中国文学与文化研究丛书

中国文学与文化研究丛书

# 既现代又古典

## ——新旧文学关系

张叹凤 著

四川大学出版社
SICHUAN UNIVERSITY PRESS

**图书在版编目（CIP）数据**

既现代，又古典 ：新旧文学关系 / 张叹凤著．— 2版．— 成都 ：四川大学出版社，2024.4

（中国文学与文化研究丛书）

ISBN 978-7-5690-6660-9

Ⅰ．①既… Ⅱ．①张… Ⅲ．①中国文学－现代文学－文学研究②中国文学－古典文学研究 Ⅳ．①I206.6 ②I206.2

中国国家版本馆 CIP 数据核字（2024）第 047436 号

书　　名：既现代，又古典——新旧文学关系

Ji Xiandai，you Gudian——Xin-jiu Wenxue Guanxi

著　　者：张叹凤

丛 书 名：中国文学与文化研究丛书

丛书策划：张宏辉　欧风偃

选题策划：梁　明

责任编辑：梁　明

责任校对：李　耕

装帧设计：李　野

责任印制：王　炜

出版发行：四川大学出版社有限责任公司

地址：成都市一环路南一段 24 号（610065）

电话：（028）85408311（发行部）、85400276（总编室）

电子邮箱：scupress@vip.163.com

网址：https://press.scu.edu.cn

印前制作：四川胜翔数码印务设计有限公司

印刷装订：成都市新都华兴印务有限公司

成品尺寸：170mm×240mm

印　　张：20.5

插　　页：2

字　　数：349 千字

版　　次：2018 年 8 月 第 1 版

2024 年 4 月 第 2 版

印　　次：2024 年 4 月 第 1 次印刷

定　　价：78.00 元

本社图书如有印装质量问题，请联系发行部调换



扫码获取数字资源

四川大学出版社
微信公众号

# 目　录

## 第四编　“不废江河万古流”（上）



## 第五编　“不废江河万古流”（下）



## 第六编　“一湾浅浅的海峡”

# “洪水”时代的感情与“薄冰”时期的幽情（代序）

哈佛大学王德威先生曾在《被压抑的现代性》一书中提出这样的命题：“没有晚清，哪来五四?”他的论断影响显著，近期更将新文学的源头追溯至晚明，提出新的见解：

> 晚明文人杨廷筠信奉天主教，接受了西方传教士艾儒略等对文学的看法后，在他的文集里思辨什么是文学。（注：杨廷筠于1627年逝世，1635年，友人将其遗作《代疑续篇》刊刻，在《代疑续篇》中，杨廷筠将艾儒略中译的“文艺之学”一词改为“文学”。）这是一个模棱两可的话题。在中国，文学这个词可以上溯到汉代以前。但杨廷筠受了西方耶稣会传教士的影响，认为文学有审美的层面。因而文章的写作者认为，这是近现代文学各种开端里比较早的一个。
>
> 台湾“中研院”的一位学者也提出，在1932年、1934年，周作人和嵇文甫就分别从右派和左派的立场、人文主义和革命主义的立场，将中国文学、思想的“现代性”上溯到了晚明。有同事不认为如此，他们觉得这个太早了，真正谈到文学还应该是19世纪。我作为编者就要谨慎，避免作者把话讲得太确定了。这大概和我们想象的文学史的开放性是不符合的。在文字上我做了很多功夫，来修订这些话语上的表达方式。
>
> 另外一篇文章来自普林斯顿大学的一个荷兰籍教授。他讲在明清之际，崇祯亡国的事情怎么经过当时的外交和商旅途径，传播到欧洲去，在未来几年或几十年里，成为欧洲戏剧的题材。
>
> 我们所谓的中国现代文学，也同时是中国的世界文学或世界的中国文学。中国怎么进入到世界体系，这是我隐含的一个论证。中国文

学的世界性是这个文学史的主轴之一。[①]

以上谈话基于王德威教授最近领衔推出长篇巨制共千余页《新编中国现代文学史》（英文版）所激起的学界反响，其前言《“世界中”的中国文学》付梓后[②]，陈思和、陈晓明、丁帆、季进等国内著名学者都跟进发言，集中于《南方文坛》2017 年第 5 期写出长文表态，总体支持这一大型工程竣工，乐观其成，亦大致赞同王氏前言的基本观点，期待这部长编中文版的早日问世。正如陈晓明教授所阐述：

> 实际上，王德威并非仅仅是武断地画下这一时间节点，也不是从社会历史的原因为文学的“现代”寻求依据。德威先生提供了中国现代文学源起的多样性方案，这些时间节点可以作并存，相互容纳。晚明只是其中一个选项，在他看来，晚明杨廷筠融汇基督教传教士引进的西方古典观念与儒家传统诗学相碰撞，形成的“文学”观念“已经带有近世文学定义的色彩”。[③]

《新编中国现代文学史》可能是继夏志清先生当年《中国现代小说史》后又一部有震撼力也会引起激烈争鸣的新文学史。不论如何，论者所强调的“世界中”，是现代文学学者的共识，也是笔者等人一贯强调与书写的教学课题。中国现当代文学史与传统古典文学史不同即在于，前者是融入世界潮流作为世界分支与应合、互文所存在的文学现象，而后者则沉睡于历史，基本处于一种单线发展、时空隔绝、不断丰富细化的状态。

就感情方面来说，士大夫文学基本秉持“忠义”“中庸”，如孔子所倡导“中行而与之”，“必也正名”，“克己复礼”，“上智下愚”，所谓“思无邪”，“乐而不淫，怨而不怒，哀而不伤”，等等。感情方面表达讲究保守、保留，中规中矩，粉饰太平以及歌功颂德、弹冠相庆，则往往不亦乐乎。鲁迅曾有形容“僵尸的乐观”（《华盖集·青年必读书》），“暮气之作，每不自知。自用而愚，污如死海”（《摩罗诗力说》）。的确，文学史上像屈原

① 见王德威答《南方周末》记者朱又可问，题为《原来中国文学是这样有意思!》，《南方周末》，2017 年 8 月 27 日。

② 王德威：《“世界中”的中国文学》，《南方文坛》，2017 年第 5 期。

③ 陈晓明：《在“世界中”的现代文学史》，《南方文坛》，2017 年，第 5 期。

那么哀艳，李白那么放肆，杜甫那么沉郁，义山那么感伤，以至李卓吾、金圣叹、曹雪芹等那么愤怒，颇为另类的人，少之又少。现代文学打开海禁门户以来，情况大不一样了，浪漫主义以及西方各类文学思潮蜂涌而入，影响并席卷现代中国文坛，如下文所述的创造社主将、成员的"眼泪"，那可是两千余年来文人压抑已久的痛苦委屈，是"呐喊"与长歌，是"仰天大笑""嚎啕痛哭"。王德威著有《现代抒情传统四论》一书，里边多涉及这方面的审美特征，他引德曼《抒情与现代性》（*Lyric and Modernity*）说：

> 抒情诗一方面被认为是历史彼端，最纯真的原初文字表现，一方面也被视为是截断传统，重新铭刻时间的首要元素；换句话说，抒情诗一方面体现亘古长在的内烁精神，一方面又再现当下此刻的现实。[①]

总结而言，现代文学重在共时性、现代性、创新性，也即主体精神与当下意义。而这其间的"世界中"意义，不容置疑。笔者曾在本科中文系学生中做过一个调查，相对而言，不喜欢郭沫若《女神》诗集的占被调查者的多数，主要认为不好记诵，以及感情过于泛滥铺张，语言少有节制。但极少有同学否认《女神》在当时的历史影响和文本示范意义。一言以蔽之：那是革命时代的"洪水"开闸，宁滥勿缺，正如当时《创造》《洪水》《奔流》等刊名。不独创造社，如鲁迅参与或指导创办的《莽原》《沉钟》《新生》等书刊，莫不题义相彰，共指并标示出变革时代的感情骀荡激越。文学主要特征是浪漫主义与唯美主义、现代主义，往往又被称为"感伤的浪漫主义"乃至"虚无主义"，形式无疑多系"标新立异""欧化""西化""拿来"的文体。

这是那个时代的审美特征。汉语往往把开始的源流形容为"滥觞"，即便恣肆泛滥一些也没关系的，毕竟如鲁迅《呐喊·自序》所述："毁坏这铁屋"并"肩住了黑暗的闸门，放他们到宽阔光明的地方去；此后幸福的度日，合理的做人"（《我们现在怎样做父亲》）。

① 见王德威：《现代抒情传统四论》，台大出版社中心，2014年，第31页。

从古典权威制约的桎梏中脱离出来，我们发现一个奇怪的现象，现代文坛不少文人、诗人往往又有慕古、复古的倾向，他们创作生命的成熟时期不免还有蹈入、隐入古典文学的趋向，甚至潜心于研究古籍，他们不大重视自己早年的“少作”（像王国维就于中年时代将三十岁前的“少作”当庭焚毁），有时还颇有悔意，少在人前提及。如果不看履历，我们尚不知道有些人早年是著名作家或诗人。他们往往终身从事古典文学或古代史研究，并以此方面的专业成就为荣。这样的例子比较多，先后如闻一多、朱自清、苏雪林、陈梦家、刘大杰、林庚、余冠英、游国恩、沈从文、陆侃如、冯沅君、汪静之等。原因一方面是高校教学或研究所工作的需要，毕竟循例古典文学教研似乎更受重视（这个局面也许现在不存在了）；另一方面个性解放、青春亢奋的时代过去，社会主调当时亦换为更为紧迫与宏大的主题，如国难当头的“一切服务抗战”，以及“为工农兵服务”“为政治服务”等时代干系，“放言无忌”“随心所欲”的时代不再，而“古为今用”“洋为中用”“推陈出新”的号召似乎更加现实与允当。有些时段毋庸讳言比较特殊敏感，文学写作不啻冒险，不免有“如履薄冰”的顾忌，“谨小慎微”“王顾左右”以及“摸着石头过河”显然是那时更好的选择。郭沫若20世纪40年代前后利用历史题材进行颇有借古讽今效果的戏剧（话剧）创作，取得很大成功，可称开风气之先。曹禺中晚期创作渐少，却也选择过《王昭君》题材创作，田汉写作《谢瑶环》。中华人民共和国成立后相继还有不少古代题材新作问世，影响较大（如《武训传》《清宫秘史》《海瑞罢官》《桃花扇》等），但后来（主要是在“文化大革命”中）遭遇也都比较惨烈。一些看似稳妥的古代题材乃至古代民间传说（如《白蛇传》《天仙配》《刘三姐》《阿诗玛》等）于特定环境中也不安全，甚至在劫难逃。但即便这样，“究古”的风气惯性与执着并未消除。古典文学四大名著率先得到“解放”与适量翻印，还有自上而下轰轰烈烈的讨论。郭沫若晚年在极其艰难与复杂的环境中，伏案写出数十万字的研究专著《李白与杜甫》（1971年出版印刷）。稍晚姚雪垠创作的《李自成》，也家喻户晓、风靡一时。一大批作家“文化大革命”后“解放”出来，也多问鼎历史题材，如萧军写作《吴越剑》，端木蕻良写作长卷《曹雪芹》等。

古代题材与古代文学，始终是文学界挥之不去的悠久情结与永不衰竭的话题。这显然形成了"既现代，又古典"的文学现象。从20世纪20年代鲁迅《故事新编》、30年代《现代》杂志施蛰存等人"新感觉派"颇多掇拾古代题材（如写石秀、鸠摩罗什、沙场将军等）着重表现心理活动，再到何其芳、吴晗、田汉、姚雪垠、聂绀弩、萧军、端木蕻良等中晚年多择写历史题材，当代名家如生活于台湾地区的余光中、蒋勋、张大春等一大批名家，引经据典，多有推陈出新的古代题义新解与挥写。以上都说明了什么问题呢？是不是新文学方向搞错了，还是要回到复古？要回归古典传统的"持正守常""六经六艺""雅颂各得其所"？答案是相反的，现代文学是自由思想与体例的文学，是古典文学的变革、变异，却也是古典文学的互文与涅槃新生，现代新文学作家"剪不断，理还乱"的古典情怀，有着复杂的内在因素（包括民族文学的血缘关系）与外部影响（包括不正常年代的干扰），值得我们深入分析与客观认识，从而做出合理的、科学的判断。现代文学的古典文学因子与联系，更大意义上是"古为今用"，是现代派的"经典解构与重释"，可以援用"新古典主义"称评之。如同李欧梵教授行文所述：

> 无论是前台或幕后，经典永远伴随着我们，就像卡尔维诺的英文译者马丁·麦克罗林所说，"经典应该是保持自身的现代性意识，却时刻不忘传统经典的作品（如同卡尔维诺的文本那样）"。[①]

"保持自身的现代性意识，却时刻不忘传统经典的作品。"刚柔并济，古今相通。以情景置换与语词勘校的科学方法，将中国现代文学与中国古典文学进行交叉研究，互文比较，无疑，这是一项艰苦的工作，需要更多的知识储备积累与广泛涉猎，包括对读、精读、细读，其实这也是一门"比较文学"（comparative literature），此前如在上海高校，即已开展这方面的工作，成立古今文学关系研究会，出版研究丛书。不少学者致力于这个领域的学术研究。这项工作的多样化特点与多维空间特色，借用香港科技大学陈建华先生的评论：

> 在全球化急遽变动的风景里展现他的理论和实践之旅，其基调仍

① 李欧梵：《李欧梵论中国现代文学》，季进编，上海三联书店，2009年，第96页。

不离现代性反思，各类文本与文化脉络错综纠葛，其色块与光影交相辉映，而欧梵先生游刃其间，如狡兔三窟，构筑多重批评空间。[①]

现代性的反思与创建离不开现实的语境，也离不开历史的联系与隐喻。在现代性的话语与建设中，古典文学往往具有回音壁的作用以及符号学的多重象征、标出意义。

① 李欧梵：《李欧梵论中国现代文学》，季进编，上海三联书店，2009年，见封底文。

# 第一编　“上征”与“反顾”

夫国民发展，功虽有在于怀古，然其怀也，思理朗然，如鉴明镜，时时上征，时时反顾，时时进光明之长途，时时念辉煌之旧有，故其新者日新，而其古亦不死。

——鲁迅《摩罗诗力说》

# 第一章 论鲁迅不轻视司马相如

## 一、不轻视，且多有同情与肯定

按常理推想，赞同“文学革命”，积极构建中国新文学的旗手鲁迅，对历史上有名的“御用文人”（班固所谓“言语侍从之臣”[①]）——司马相如一定会持否定与轻蔑的态度吧。众所周知，鲁迅劝导当时的青年读者勿读中国古书，要读西洋书，声称中国古书读了只能让人消沉颓唐，因其表现的多是“僵尸的乐观”“帮忙文学与帮闲文学”，整个封建社会是“吃人”“人肉的筵席”“铁屋子”等，鲁迅宣告“老调子已经唱完”，“古文已经死掉了；白话文还是改革道上的桥梁，因为人类还在进化。便是文章，也未必独有万古不磨的典则”[②]。类似言论，不一而足，其破旧鼎新的态度，毅然决然，鲜明昭著。汉帝时代的川籍文学家司马相如，表面看去，一为“御用文人”，二为文风气艰深浮华，在与之相去不远的年代，文士学人对他就有所诘难批评，如扬雄“劝百而讽一”的不满，刘勰著《文心雕龙》中多述及，不妨以当代学者赵仲邑先生的概括略述：

> 譬如对于司马相如，刘勰不但在《体性》中指出他的“傲诞”，在《程器》中指出他“窃妻而受金”等品德上的缺点，而且还在《夸饰》中批评他的《上林赋》“诡滥”，在《事类》中批评《上林赋》“滥侈”，在《物色》中批评他作品“丽淫”，在《才略》中批评他的作品“夸艳”，在《辩骚》中还劝后来的作家不要“乞灵于长卿”。[③]

① 班固：《两都赋序》，郭绍虞《中国历代文论选》第一册，上海古籍出版社，1979年，第144页。

② 鲁迅：《古书与白话》，《鲁迅全集》第3卷，人民文学出版社，1982年，第214页。

③ 赵仲邑：《文心雕龙译注·前言》，广西人民出版社，1982年，第13页。

虽然刘勰对司马相如也有如“文晓而喻博”等比较正面的肯定，但与上引“连珠炮”似的负面攻击相比，分量显然不对称，而且被“窃妻而受金”（人格缺陷）、“丽淫”（文风缺陷）等指责抹杀，优势似乎荡然无存。上边的概括还不尽然，如尚未列入的“彼扬马之徒，有文无质，所以终乎下位也”（《文心雕龙·程器》）这样的“盖棺论定”，司马相如想在刘勰等人笔下扬眉吐气，那是门也没有。古人尚且如此严格要求，今人思想解放，无所顾忌，对司马相如等人就更不留情了。因此我们看到不少行文，不是嘲讽，就是指责。如新文化开风气者的胡适，直指司马相如：

> 用浮华的辞藻来作应用的散文，这似乎是起于司马相如的《难蜀父老书》与《封禅遗札》。这种狗监的文人做了皇帝的清客，又做了大官，总得要打起官腔，做起人家不懂的古文，才算是架子十足。①

“狗监的文人”虽然取事“狗监”杨得意推荐司马相如入朝做事，知道的人尚可理会，不知道的如詈骂视之，这在文字符号学的意义上讲是有意的篡入叠合，增加行文的生动，本于轻视的态度。

再如文学史家刘大杰论述：

> 名望最大，在赋史上占着最显著的地位的，自然是司马相如。他是四川成都人，生于文帝初年，死于武帝元狩五年（前117），是一个活了六十多岁的中国式的风流才子的典型。他同韩非一样，患着口吃的毛病，不善于讲话而长于写文。他同卓文君那幕恋爱的喜剧，成为中国文坛上第一件有名的桃色案。结果，他死于慢性的淋病。后来儒家总欢喜骂文人无行，鄙弃文士。我想推源祸首，司马相如是逃不了这罪名的。②

这是写入文学史体例的论述，尚且以如此态度口吻，其他杂文随笔等文学体裁，涉及多有轻薄，可想而知。也有对司马相如采取有意回避或视而不见态度的，例如同是川籍文人的郭沫若，他鲜有提及司马相如，更没

---

① 胡适：《白话文学史》，岳麓书社，1986年，第47页。

② 刘大杰：《中国文学发展史》，百花文艺出版社，2007年，第78页。

有专章论述，只在自传中说及自己笔名时，提到司马相如“关沫若”的典故[①]，一笔带过。郭沫若曾写过短剧《卓文君》(1923年)，歌颂卓文君争取自由恋爱、冲破家庭礼教限制的勇气，对司马相如采取回避处理，终其全剧未见出场（后改为落幕时司马相如出现亮个相)。1962年，郭沫若在与人书信中夸赞贾谊：“他的诗品和人品，不仅压倒了宋玉，而且远远超过了司马相如、扬雄之流。”[②] 可见郭沫若对司马相如评价不高，心存轻视，因而有意回避之。与以上诸多形成鲜明对比的，不是别人，正是鲁迅。鲁迅从未涉足过西南巴蜀大地，他否定与攻击旧文学最为彻底，在中国古代文学中，他只比较同情魏晋风度。但其对司马相如并不苛求，少有责难，且颇致同情。这似乎令人有些讶异。

鲁迅于1926年执教厦门大学撰著讲义《汉文学史纲要》，其中竟给司马相如与司马迁同等待遇、相提并论的地位，并开辟专章加以论述。开卷首段即写道：

> 武帝时文人，赋莫若司马相如，文莫若司马迁，而一则寥寂，一则被刑。盖雄于文者，常桀骜不欲迎雄主之意，故遇合常不及凡文人。[③]

司马迁是创作“赋”体的杰出代表，非“凡文人”，但命运却不及凡文人。他“雄于文者”，桀骜不驯，连帝王老子（雄主）也不大理睬的。这样的观点，不能不说令人耳目一新。鲁迅对司马相如不小看，不嘲笑，不攻击詈骂，将之与“史家之绝唱，无韵之《离骚》”的《史记》作者司马迁相提并论，冠以“卓绝汉代”形容，归于“不欲迎雄主之意”，这样的独具慧眼，耐人寻味。

《汉文学史纲要》《中国小说史略》是鲁迅生平不多的学术讲著，心血之作，绝非泛泛之论。考证鲁迅别的文章讲述，思想观点往往前后一致，对司马相如的评判，显然是经过深思熟虑的。如其言：

---

① 郭沫若：《革命春秋·创造十年续编》，《沫若自传》第二卷，新文艺出版社，1951年，第184页。

② 黄淳浩：《郭沫若书信集》下，中国社会科学出版社，1992年，第135页。

③ 鲁迅：《汉文学史纲要》，《鲁迅全集》第9卷，人民文学出版社，1982年，第416页。

然其专长，终在辞赋，制作虽甚迟缓，而不师故辙，自摅妙才，广博闳丽，卓绝汉代，明王世贞评《子虚》《上林》，以为材极富，辞极丽，运笔极古雅，精神极流动，长沙有其意而无其材，班张潘有其材而无其笔，子云有其笔而不得其精神流动之处云云，其为历代评骘家所倾倒，可谓至也。[①]

“精神极流动”，“可谓至也”，鲁迅引述前人王世贞等人对司马相如的赞赏言论，显然不是人云亦云，而是采纳持平之论，甚至有意做翻案文章。这正如鲁迅好友川岛（章廷谦）所概述：

在《汉文学史纲要》中，曾提到司马相如有十来次之多，说司马相如的专长，终在辞赋，“卓绝汉代”，且“不拘成法，与当时甚不相同”。说他是“辞赋高手”，说他“不慕官爵”等等，对司马相如有恰当的评价。[②]

写作《汉文学史纲要》期间（1927年1月上旬），即鲁迅离开厦门大学前夕，鲁迅赠送给川岛夫妇一本册页手书用作纪念，亲自送上门去，书写的内容就是司马相如《大人赋》中一节，附有题跋：

将去厦门，行箧束缚俱讫，案头遂无一卷书。翻废纸，偶得司马相如《大人赋》数十字，录应斐君矛尘两君钧命。[③]

话说是“翻废纸，偶得”，但从鲁迅性格考量，倘如厌恶之辈，他断不会“偶得”而且还笔存于稿，书与友好，亲自送往。鲁迅生性“一个也不宽恕”的态度，从不会苟且草率行事。对于司马相如限于历史原因的“御用文人”的地位，鲁迅心知肚明，并不掩饰，他写道：

文学之士，在武帝左右者亦甚众。……（引者略）司马相如尤见亲幸。相如文最高，然常称疾避事；朔皋持论不根，见遇如俳优。惟严助与寿王见任用。[④]

---

① 鲁迅：《汉文学史纲要》，《鲁迅全集》第9卷，人民文学出版社，1982年，第418页。

② 川岛：《有关鲁迅先生手写司马相如〈大人赋〉的一点说明》，《鲁迅佚文集·附录》，四川人民出版社，1979年，第218页。

③ 同上，第217页。

④ 鲁迅：《汉文学史纲要》，《鲁迅全集》第9卷，人民文学出版社，1982年，第407页。

虽然身为御用文人，“尤见亲幸”，但“文最高”，并不肯逢迎奏合，经常称病拒招，自有其人格操守。东方朔、枚皋则不同，他们并无定见，热衷于迎合，待遇当然有如皇帝身边的戏优小丑。在武帝一批侍臣中，只有严助与寿王得到政治任用。在司马相如当时，似乎只有两条路，即一做“俳优”，二“逃之夭夭”，敬而远之、退避三舍。这些意思也见于鲁迅别的讲述中，如：

> 豢养文士仿佛是赞助文艺似的，而其实也是敌。宋玉司马相如之流，就受着这样的待遇，和后来的权门的“清客”略同，都是位在声色狗马之间的玩物。①
>
> 那些会念书会下棋会画画的人，陪主人念念书，下下棋，画几笔画，这叫做帮闲，也就是篾片！所以帮闲文学又名篾片文学。小说就做着篾片的职务。汉武帝时候，只有司马相如不高兴这样，常常装病不出去。至于究竟为什么装病，我可不知道。倘说他反对皇帝是为了卢布，我想大概是不会的，因为那个时候还没有卢布。②

“其实也是敌”，“只有司马相如不高兴这样”，“他反对皇帝”，对“声色狗马之间的玩物”这一封建时代文士命运的反抗与逃离，应是司马相如被鲁迅看重的根本原因。鲁迅文存中讲述涉及司马相如的地方不算太多，就其篇幅而论，理解与同情甚至敬重远多于鄙薄轻视，总体评价公允求实。有时候鲁迅很可以借题发挥嘲笑一把司马相如，从行文上讲也是当时的风气（嘲笑古人），但鲁迅偏偏包容见谅，并不人云亦云、哗众取宠。如《门外文谈》言及古文艰深晦涩、好用难字的习气时说道：“因为这可以使他特别的尊严，超出别的一切平常的士大夫之上。……汉朝的扬雄的喜欢奇字，就有这毛病的，刘歆想借他的《方言》稿子，他几乎要跳黄浦。”③ 刘勰从前就有司马相如“诡滥”“滥侈”“夸艳”“理侈而辞溢”，鲁迅如加引用相当现成，唾手可得，偏偏他视若无睹。在《作文秘诀》一

① 鲁迅：《诗歌之敌》，《鲁迅全集》第7卷，人民文学出版社，1982年，第239页。

② 鲁迅：《帮忙文学与帮闲文学》，《鲁迅全集》第7卷，人民文学出版社，1982年，第382页。

③ 鲁迅：《门外文谈》，《鲁迅全集》第6卷，人民文学出版社，1982年，第93页。

文中举“我们的古之文学大师，就常常玩着这一手”[1]，专指故弄玄虚、伪做高深的习气。文中拿班固、扬雄等人说事，也并不见及司马相如，同情维护之意显而易见。

按说小说史与司马相如并无多大关系，但鲁迅著《中国小说史略》，举例《西京杂记》，引用行文，四段当中，司马相如故事位居首段，与司马迁的故事各居其半，鲁迅对故事赞赏有加：“若论文学，则此在古小说中，固亦意绪秀异，文笔可观者也。”[2] 对司马相如的文品人品都较为欣赏，涉及司马相如的故事行文，也持爱有加，不烦录引。鲁迅与司马相如，契合点究竟在哪儿呢？

## 二、“傲诞”——品质个性的应合

### （一）不雷同，不苟同

刘勰在《文心雕龙·体性》中阐述汉魏诸家风格，讲到司马相如：“长卿傲诞，故理侈而辞溢。”按学者见解，一般认为是批评司马相如的缺点，其实考刘勰本意，这里也许仅就诸家风格而论，未必是贬义。周振甫先生对“傲诞”注释：“不拘守礼法”，以《史记·司马相如列传》琴挑文君、沽酒杂作等故事为例，周先生仍将“辞溢”解作“虚滥即侈溢”。[3] 范文澜先生对“傲诞”解为：“《文选》谢惠连《秋怀诗》注引嵇康《高士传》赞曰：‘长卿慢世，越礼自放；犊鼻居市，不耻其状；托疾避患，蔑此卿相；乃至仕人，超然莫尚。’此傲诞之征。”[4] 杨明照先生注解：“按《文选》班固典引：‘司马相如洿行无节，但有浮华之辞。’足为辞溢之征。”[5] 诸家解说都能理解司马相如不拘礼法，但都以为“辞溢”即浮华虚滥之意。鲁迅不作这样的理解，他于《汉文学史纲》中写道：“然常闲

① 鲁迅：《作文秘诀》，《鲁迅全集》第4卷，人民文学出版社，1982年，第612页。

② 鲁迅：《中国小说史略》，《鲁迅全集》第9卷，人民文学出版社，1982年，第38页。

③ 周振甫：《文心雕龙注释》，人民文学出版社，1981年，第311页。

④ 范文澜：《文心雕龙注》，人民文学出版社，1978年，第509页。此段引文，另外版本略有不同，如严可均《全三国文》辑嵇康《司马相如传赞》作“托疾避官，蔑此卿相。乃赋《大人》，超然莫尚”。见万光治：《司马相如〈大人赋〉献疑》，《行止同探集》，四川辞书出版社，2007年，第50页。

⑤ 杨明照：《文心雕龙校注》，中华书局，2000年，第384页。

居，不慕官爵，亦往往托辞讽谏，于游猎信谗之事，皆有微辞。”“而相如独变其体，益以玮奇之意，饰以琦丽之辞，句之短长，亦不拘成法，与当时甚不同。”显然并不将相如文风当作浮华虚滥来理解，而是将“理侈而辞溢”解作理充气沛、直抒胸臆、文辞奔放而不加掩饰。司马相如《哀二世赋》表达讽刺劝诫之意：“持身不谨兮，亡国失势；信谗不无寤兮，宗庙灭绝！”即可称掷地有声、锋芒毕露！这也许是“理侈而辞溢”的印证之一，是司马相如“直”“傲诞”表现之一端。从鲁迅所述不肯迎合上好并“皆有微辞”的表现来看，傲诞的作风显然顺理成章，“侈”与“溢”都是对司马相如的肯定。刘勰是南朝时代伟大的文学批评家，《文心雕龙》鸿篇巨制，涉及广泛，在书中，刘勰对司马相如的态度似乎比较矛盾，抑扬交错，有持有疑，不免受到时代局限，特别是封建社会的观念意识，如指相如“窃妻而受金”等（“窃妻”一说尤其反映了正统观念）。考“傲诞”一词，《文心雕龙》也用在孔融身上，“文举傲诞以速诛”（《程器》）。这也不确定是贬低，恰好有着客观至少是中立的认识。鲁迅对刘勰著作向不看低，也并不全持赞同，有着正确的接收理解与辨析。如：“中国汉晋以来，凡负文名者，多受谤毁，刘彦和为之辩曰，人禀五才，修短殊用，自非上哲，难以求备，然将相以位隆特达，文士以职卑多诮，此江河所以腾涌，涓流所以寸析者。东方恶习，尽此数言。”① 这是持比较赞同刘勰看法的立场，认为刘勰为文士辩论、“护短”，指责了“东方恶习”即一味地刁难与苛求、轻视文人的传统弊端。这似乎是专为司马相如、孔融等人遭到轻视所作的辩护。司马相如“职卑多诮”，常被“寸析”，加之他远权贵、反传统的“傲诞”风格，招到的非议显然要多出他人。不同时代，司马相如的处境鲁迅却能够理解，在心志方面似还有契合之处。鲁迅也曾供职“教育部”，不肯迎合大人先生，有着孤独、傲诞的一面，笔下“过客”与“战士”的形象，都不通世故，毅然决然，甚至一意孤行。鲁迅与司马相如精神方面不无应合，对之有理解，也有苦嘲，更多则是欣赏。对于刘勰《文心雕龙》的观点，鲁迅有赞同，也有反对，更有遗憾。如涉及屈原一节：“刘彦和所谓才高者菀其鸿裁，中巧者猎其艳辞，吟讽者衔其山川，

① 鲁迅：《摩罗诗力说》，《鲁迅全集》第1卷，人民文学出版社，1982年，第76页。

童蒙者拾其香草。皆著意外形，不涉内质，孤伟自死，社会依然，四语之中，函深哀焉。”[①] 鲁迅的“深哀”，当然不只针对刘勰一人的批评，整个古代文论，都有遗憾。鲁迅笔下对中国封建社会的弊端、积习、传统禁锢，都有着特别深刻的剖析。

如前所述，鲁迅对司马相如的态度，似也受到前人的影响。再如嵇康。许寿裳回忆：“自民二以后，我常常见鲁迅伏案校书，单是一部《嵇康集》，不知道校过多少遍，参照诸本，不厌精详，所以成为校勘最善之书。……（引者略）鲁迅对于汉魏文章，素所爱诵，尤其称许孔融和嵇康的文章……（引者略）为什么这样称许呢？就因为鲁迅的性质，严气正性，宁愿覆折，憎恶权势，视若蔑如，皜皜焉坚贞如白玉，懔懔焉劲烈如秋霜，很有一部分和孔嵇二人相类似的缘故。”[②] 文中虽然没有提及司马相如，但很容易引比连类，特别嵇康《司马相如传赞》（《圣贤高士传》）等行文给予鲁迅的感受应该比较清晰深刻。最能说明问题的，还是司马相如自己的传世之作。鲁迅手书司马相如《大人赋》辞章赠人，应该不是随意为之。有学者就指出：“就司马相如的遭际而言，其《大人赋》亦当属‘悲士不遇’一类。”[③]“其所咏叹的由求仙而求得道，属典型的文人之思，而非帝王之思。”[④] 这都可以说明司马相如的意识与寄寓，鲁迅对之有深刻体察认知。

### （二）“史家之绝唱，无韵之《离骚》”

这是鲁迅写下的脍炙人口的论句，对西汉伟大的历史学家、文学家司马迁做出了前所未有的推崇：“恨为弄臣，寄心楮墨，感身世之戮辱，传畸人于千秋，虽背《春秋》之义，固不失为史家之绝唱，无韵之《离骚》矣。惟不拘于史法，不囿于字句，发于情，肆于心而为文……”[⑤] 可以想象鲁迅阅读司马迁《报任安书》《悲士不遇赋》等行文的心情。司马迁所

① 鲁迅：《摩罗诗力说》，《鲁迅全集》第 1 卷，人民文学出版社，1982 年，第 69 页。

② 许寿裳：《亡友鲁迅印象记·整理古籍和古碑》，人民文学出版社，1953 年，第 41 页。

③ 万光治：《司马相如〈大人赋〉献疑》，《行止同探集》，成都：四川辞书出版社，2007 年，第 55 页。

④ 同上，第 54 页。

⑤ 鲁迅：《汉文学史纲要》，《鲁迅全集》第 9 卷，人民文学出版社，1982 年，第 420 页。

受屈辱与残害，溢于言表，血泪成文。鲁迅一生行文讲述从未有过对司马迁的轻视指责，同情推重之心，显而易见。然而将“卓绝汉代”这一称颂也加于司马相如，这似乎令人始料未及，细思又非偶然。如上所述，除了司马相如自身的特点外，司马迁当时对司马相如的推举与尊重，无疑也影响到鲁迅。古人也曾有过相提并论，如韩愈：“汉朝人莫不能为文，独司马相如、太史公、刘向、扬雄为之最。”[①] 但这仅为泛泛之论，就作文而言，如前述“著意外形，不涉内质”。鲁迅则将司马相如、司马迁相提并论，更重于思想内质。司马迁与司马相如同时代，前者是晚辈，司马迁父司马谈与司马相如共事，司马迁自己后来也是同事。《史记》始述尧舜，晚至当时，为“今人”司马相如列传，且是上下编的长传，传中过录司马相如作品若干，使之保存完整，如鲁迅述：“《司马相如》上下篇，收赋尤多，为《子虚》（合《上林》）、《哀二世》、《大人》等。”[②] 司马迁若非对司马相如敬重有加，怎会如此？《司马相如列传》一文写得热情洋溢、淋漓尽致、引人入胜，多有赞赏辩护之意[③]，可知司马迁心中司马相如地位。鲁迅行文涉及司马相如生平事迹，多参照司马迁行文与见述，显然是将司马迁的文字看作可以征信的史料。

有关司马相如与司马迁的生卒年代学界历存争议。两人隔着一辈，按李长之的考论：“老辈、晚辈、平辈一块算起来，见于记载的，是这十六人。此外像当时的老诗人司马相如（死于元狩五年，即公元前一一八，见《史记》徐广注，时司马迁年十八）……以及其他在武帝周围的一部分名臣大将文人，恐怕都可能有着友谊的。”[④] 青年司马迁无疑受到当时大文豪司马相如的影响，后来为立司马相如传专事“田野调查”，随扈到过西南边陲，又出使西南巴蜀，亲临司马相如、卓文君故地。“这事在司马迁奉使前的十九年。司马迁的奉使，却比他的前辈走得更远了一些，不但到

---

① 韩愈：《韩昌黎全集·答刘正夫书》，中国书店，1991年，第264页。

② 鲁迅：《汉文学史纲要》，《鲁迅全集》第9卷，人民文学出版社，1982年，第420页。

③ 司马迁《司马相如列传》中不掩饰司马相如的缺点：“相如虽多虚辞滥说，然其要归引之节俭，此与诗之风谏何异？”意指司马相如实际继承《诗》的风雅传统，有讥刺与劝正皇帝奢靡的题义。

④ 李长之：《司马迁之人格与风格》，生活·读书·新知三联书店，1984年，第107页。

了巴蜀以南，邛笮（西昌一带）之地，而且到了昆明。”[①] 鲁迅采信司马迁，不是无缘无故。更重要的是二人都具有浪漫不羁、反抗权贵流俗的品质与才情。在生前，司马迁与司马相如产生应合效应；身后，远至现代鲁迅，精神上的应合，可称千古继响。鲁迅“反对皇帝”一说，见于司马二人行文题旨，也见于二人生平事迹。“寂寥”“然常闲居，不慕官爵”“皆有微辞”“常常装病不出去”“他反对皇帝”等，鲁迅概说，持之有据，更有心灵的发现，是现代性的推陈出新、独出机杼。

（三）“我可以爱”

鲁迅对司马相如的同情，还在于赞同司马相如的自由恋爱，这是“傲诞”、不屈从时流正统的另一面。撰写《汉文学史纲》时，正是鲁迅与许广平“两地书”频繁往还之时。《两地书》中鲁迅有道：

> 我先前偶一想到爱，总立刻自己惭愧，怕不配，因而也不敢爱某一个人，但看清了他们的言行思想的内幕，便使我自信我决不是必须自己贬抑到那么样的人了，我可以爱！[②]

给韦素园的信中讲到与许广平（景宋）的感情：“因为景宋在京时，确是常来我寓，并替我校对，抄写过不少稿子，(《坟》的一部分，即她抄的。）这回又同车离京，到沪后她回故乡，我来厦门，而长虹遂以为我带她到厦门了。”[③]“其实呢，异性，我是爱的，但我一向不敢，因为我自己明白各种缺点，深恐辱没了对手。然而一到爱起来，气起来，是什么都不管的。后来到广东，将这些事对密斯许说了，便请她住在一所屋子里——但自然还有别的人。前年来沪，我也劝她同来了，现就住在上海。帮我做点校对之类的事——你看怎样，先前大放流言的人们，也都在上海，却反而哑口无言了，这班孱头，真是没有骨力。”[④] 冲破正统道学，不畏谣诼，“私奔”一说自然联系史上有名的司马相如卓文君故事。鲁迅修改《中国小说史略》，对古小说《西京杂记》“私奔”情节，赞为“意绪秀异，文笔

① 李长之：《司马迁之人格与风格》，生活·读书·新知三联书店，1984年，第78页。
② 鲁迅：《两地书》，《鲁迅全集》第11卷，人民文学出版社，1982年，第275页。
③ 鲁迅：《书信》，《鲁迅全集》第11卷，人民文学出版社，1982年，第519页。
④ 同上，第660页。

可观者也”，并加以录引。

司马相如初与卓文君还成都，居贫忧懑，以所著鹔鹴裘就市人阳昌贳酒，与文君为欢。既而文君抱颈而泣曰，“我生平富足，今乃以衣裘贳酒！”遂相与谋，于成都卖酒。相如亲着犊鼻裈涤器，以耻王孙。王孙果以为病，乃厚给文君，文君遂为富人。文君姣好，眉色如望远山，脸际常若芙蓉，肌肤柔滑如脂，为人放诞风流，故悦长卿之才而越礼焉。（卷二）[①]

小说文字取材《史记》《汉书》，多了些小说体例的细节渲染，鲁迅对此“越礼”故事予以肯定，作为援例首录一节，与当时的处境心情，兴许都有关系。鲁迅杂文《恨恨而死》，述及古代“因为不平的缘故，于是后来就恨恨而死了”，有以下发端感想：

我们应该趁他们活着的时候问他：诸公！你知道北京离昆仑山几里，弱水去黄河几丈么？火药除了做鞭爆，罗盘除了看风水，还有什么用处么？棉花是红的还是白的？谷子是长在树上，还是长在草上？桑间濮上如何情形，自然恋爱怎样态度？你在半夜里可忽然觉得有些羞，清早上可居然有点悔么？四斤的担，你能挑么？三里的道，你能跑么？[②]

“桑间濮上”，《鲁迅全集》注释典出《汉书·地理志》，桑间，濮水上，春秋时卫国的地方，男女幽会处。[③] 司马相如《美人赋》，开篇有所写及：

……途出郑卫，道由桑中，朝发溱洧，暮宿上宫。上宫闲馆，寂寞云虚，门阁昼掩，暧若神居。（下略）

司马相如这一篇浪漫至“靡丽”的文学，鲁迅全文录入《汉文学史纲》，也是对司马相如文学才情与勇气的赏识。鲁迅书赠川岛的司马相如《大人赋》片段：“时若暧暧将混浊兮，召屏翳诛风伯刑雨师。西望昆仑之

---

① 鲁迅：《中国小说史略》，《鲁迅全集》第9卷，人民文学出版社，1982年，第38页。
② 鲁迅：《恨恨而死》，《鲁迅全集》第1卷，人民文学出版社，1982年，第360页。
③ 同上，第361页。

轧沕荒忽兮，直径驰乎三危。排阊阖而入帝宫兮，载玉女而与之俱归。登阆风而遥集兮，亢鸟腾而壹止。低徊阴山翔以纡曲兮，吾乃今日睹王母暠然白首。戴胜而穴处兮，亦幸有三足乌为之使。必长生若此而不死兮，虽济万世不足以喜。”更寄寓与象征了对无拘无束的自由生活的向往之情。反映在冲破封建礼教、争取爱情幸福勇气方面，鲁迅一样有着“傲诞”的精神。

## 三、完整思想体系中重要一环

鲁迅对司马相如的态度，主要见于其学术著作中，反映了对中国古代文学加以整理、继承与扬弃的革新立场。鲁迅著名的言论：“旧形式是采取，必有所删除，既有删除，必有所增益，这结果是新形式的出现，也就是变革。”① “菲薄古书者，惟读过古书者最有力，这是的确的。因为他洞知弊病，能‘以子之矛攻子之盾’，正如要说明吸鸦片的弊害，大概惟吸过鸦片者最为深知，最为痛切一般。”② 将古书比作鸦片，在当时是有针对性的，并非一概而论。许钦文统计过，鲁迅一生收集整理与研究撰写的古典文学专集论著有七种八册，曾经给清华大学学生许世瑛开示的参考书共计十二种古典文学线装书。从研究出发，鲁迅生前亦精通与酷爱旧书：“他于前面说的七种八册古书以外，还花费了许多功夫研究汉画像、汉碑帖、六朝造像和墓志等。他在《小说旧闻钞》再版《序言》上说：‘时方困瘁，无力买书，则假之中央图书馆、通俗图书馆、教育部图书室等，废寝辍食，锐意穷搜，时或得之，瞿然则喜，故凡所采掇，虽无异书，然以得之之难也，颇亦珍惜。’”③ 鲁迅赠送郑振铎珍贵明版《西湖二集》，支持郑振铎古籍整理，“除了那些以腐朽为神奇，而沾沾自喜，向青年们施以毒害的宣传之外，他对于古代的遗产，决不歧视，反而抱着过分的喜爱”④。鲁迅主张向西方学习，倡导新文化，对古代有正确的甄别：“夫国

① 鲁迅：《论“旧形式的采用”》，《鲁迅全集》第 6 卷，人民文学出版社，1982 年，第 24 页。

② 鲁迅：《古书与白话》，《鲁迅全集》第 3 卷，人民文学出版社，1982 年，第 214 页。

③ 许钦文：《学习鲁迅先生》，上海文艺出版社，1959 年，第 91～92 页。

④ 茅盾、巴金等：《忆鲁迅》，人民文学出版社，1956 年，第 37 页。

民发展，功虽有在于怀古，然其怀也，思理朗然，如鉴明镜，时时上征，时时反顾，时时进光明之长途，时时念辉煌之旧有，故其新者日新，而其古亦不死。”① 司马相如、司马迁、孔融、嵇康等人兴许都在鲁迅“怀古”之列，属于“辉煌之旧有”，研究与肯定都旨在“新者日新，而其古亦不死。”

鲁迅早年是一位具有浪漫主义情怀的战士，对此郭沫若有见解：“鲁迅青年时代是一个浪漫主义斗士。任何人在青春时期，总是或多或少带有浪漫主义色彩的。但很多学者却闭眼不承认这个事实。”② “两位都曾经经历一段浪漫主义的时期。王国维喜欢德国浪漫派的哲学和文艺，鲁迅也喜欢尼采，尼采根本就是一位浪漫派。鲁迅早年的译著都带着浓厚的浪漫派的风味。这层我们不要忽略。”③ 对鲁迅叛逆的精神，海外学者夏志清也认为：“他根据达尔文的进化论和尼采的能力说，认为中华民族如不奋起竞争，将终必灭亡。”④

汉代的浪漫派文学家司马相如与现代鲁迅产生某种应合、驱动，吻合鲁迅《摩罗诗力说》中所谓：“争天拒俗，而精神复深感后世人心，绵延至于无已。”“今则举一切诗人中，凡立意在反抗，指归在动作，而为世所不甚愉悦者悉入之……”⑤ “一切诗人”中，不应排除古代的杰出诗人，鲁迅不肯轻视司马相如，其中深意，不可不察。

《中国小说史略》《汉文学史纲》等在鲁迅当时虽是“编讲义”，但鲁迅十分认真，看重自己这项工作，投入了相当大的精力，如其自述：“但我还想认真一点，编成一本较好的文学史。”⑥ “我想不管旧有的讲义，而自己好好的来编一编，功罪在所不计。”⑦ “或者研究一两年，将文学史编好。”⑧ 对台静农、曹聚仁等友人书信中多次提到文学史著撰写，表示要

① 鲁迅：《摩罗诗力说》，《鲁迅全集》第1卷，人民文学出版社，1982年，第65页。
② 黄淳浩：《郭沫若书信集》（下），中国社会科学出版社，1992年，第154页。
③ 郭沫若：《历史人物·鲁迅与王国维》，新文艺出版社，1956年，第299页。
④ 夏志清：《中国现代小说史》，复旦大学出版社，2005年，第35页。
⑤ 鲁迅：《摩罗诗力说》，《鲁迅全集》第1卷，人民文学出版社，1982年，第66页。
⑥ 鲁迅：《两地书》，《鲁迅全集》第11卷，人民文学出版社，1982年，第117页。
⑦ 同上，第123页。
⑧ 同上，第228页。

致力研究写好。曹聚仁认为鲁迅的演讲与研究类著述“都是独抒卓见，为一般文士所想不到、说不出，而且也不敢说的。……我以为鲁迅的文字，就批评现实的匕首作用说，晚年的杂文自是强韧有力。但要理解他的思想体系，说得完整一点的，还得看他的几篇长的论文和讲稿的”①。鲁迅涉及司马相如的“论文和讲稿”，是构成鲁迅“完整”“思想体系”中不可分割、忽略的一环，是相当有分量，有代表意义的。尤其对于我们在巴蜀文化继承研究方面，具有指导与启迪意义。

① 曹聚仁：《鲁迅评传》，东西文化事业公司，1987 年，第 82～83 页。

# 第二章 从鲁迅论述再观刘勰《文心雕龙》对曹丕的评鉴

## 一

众所周知，刘勰《文心雕龙》是一部体大虑周、包举宏富的文学理论与批评著作，对于南齐以前的中国文学发展，作了要而不繁、鞭辟入里的总结与分析。正如鲁迅先生所指出：“而篇章既富，评骘遂生。东则有刘彦和之文心，西则有亚里斯多德之诗学，解析神质，包举洪纤，开源发流，为世楷式。”[①]《文心雕龙》虽涉及远古，但对其“近代辞人”“近代之论文者”（语见《程器》《序志》等篇）尤为注意，评骘颇丰。这也在某种程度上体现了刘勰重视现实与创造精神的意识与倾向。

魏文帝曹丕即一位集“近代辞人”与“近代之论文者”于一身的文学家，刘勰对他相当重视，且能破除文苑陈见与庸论，独具慧眼，予曹丕应有的文学地位与客观公正的评鉴。《文心雕龙》自《明诗》篇后涉及曹氏父子尤其是曹氏兄弟不下十处之多，尤以《明诗》篇、《时序》篇、《才略》篇论析最具，另如《乐府》篇、《诏策》篇、《书记》篇、《知音》篇、《程器》篇、《序志》篇等篇章均有所述及。

虽为历代所申引，在此为了进一步理解刘勰对曹丕的文学评衡与定位，不烦再将重点摘引于下：

> 暨建安之初，五言腾踊。文帝、陈思，纵辔以骋节；王、徐、应、刘，望路而争驱；并怜风月，狎池苑，述恩荣，叙酣宴，慷慨以

① 见《鲁迅佚文集》，四川人民出版社，1979 年，第 299 页。手迹原文无题，编者加《“诗论”题记》。首载《西北大学学报》编辑部编《鲁迅研究年刊》，1974 年创刊号。

任气，磊落以使才；造怀指事，不求纤密之巧；驱辞逐貌，唯取昭晰之能。此其所同也。……独立不惧，辞谲义贞，亦魏之遗直也。（《明诗》）

魏武以相王之尊，雅爱诗章；文帝以副君之重，妙善辞赋；陈思以公子之豪，下笔琳琅；并体貌英逸，故俊才云蒸。……观其时文，雅好慷慨，良由世积乱离，风衰俗怨，并志深而笔长，故梗概而多气也。（《时序》）

魏文之才，洋洋清绮，旧谈抑之，谓去植千里，然子建思捷而才俊，诗丽而表逸；子桓虑详而力缓，故不竞于先鸣，而乐府清越，《典论》辩要；迭用短长，亦无懵焉，但俗情抑扬，雷同一响，遂令文帝以位尊减才，思王以势窘益价，未为笃论也。（《才略》）

以上对曹氏父子、兄弟以及他们的文学时代以及功用作了非常精妙的概括与点拨，向为后世勘研之指针。这里尤其看得出来，刘勰对曹氏父子兄弟的文学成就抱着一视同仁、公允客观的态度，比较而言，刘勰更重视或强调一个时代与流派的风格。《才略》篇一节，具体比较曹丕与曹植，带有为曹丕“平反”正名的意思，表现了刘勰作为一位独具胆识与慧眼的文学理论家、批评家能够校正世俗偏颇而“无私于轻重，不偏于憎爱；然后能平理若衡，照辞如镜矣”（《知音》篇）这样过人的功力。这种态度在当时是相当难能可贵的。郭沫若先生在《论曹植》一文中曾详细剖析后世对曹氏兄弟出于封建虚伪忠孝道统观念的认识误区，扬植抑丕现象确如其列举：

曹植在中国文学史上曾获得极豪华的声名。比如钟嵘的《诗品》把他列于上品，把他的哥哥曹丕列于中品，把他的父亲魏武帝曹操列于下品，便是最见轩轾的一种见解。[1]

郭老还举了隋代的王通、清代的丁晏等人的言论为例，“俗情”抬植贬丕，无非是出于对曹氏父子“篡汉”的不认可、反感，曹植在政治储君斗争中处于劣势，诗多幽怨，加之由《世说新语》这样的说部、野史的渲

① 《郭沫若古典文学论文集》，上海古籍出版社，1985年，第515页。

染，更把他描绘成一位楚楚可怜、岌岌可危的王侯才子、情种，取得世间对弱者的同情，原亦是情理之中。郭老对封建世俗观念作了很好的甄别与批判，原是十分精彩的，但限于写作时代背景，郭老的文章更多地停留于历史道德论及政治实用主义，特别纠缠于孰是孰非，以政治人品的清污得失来为曹操曹丕父子正名（尤其是《替曹操翻案》系列），这不能不说是某种矫枉过正且用意较为牵强的遗憾，而且偏离文学批评的用场轨道，在美学理论与文学审美认知上不免浅尝辄止、较为肤廓。

刘勰与曹丕的“近世”相去约有三百年距离，虽然世变纷纭，朝代更替，封建传统观念与势力仍然有着很强固的地位。这从时人尤其是个性文人的颓废噤声、遁空隐逸等现象可以看出。刘勰能够破除“旧谈”“俗情”，以不肯“雷同”甚至是以幽默尖锐的清醒见地与纯文学观点评鉴“近世”文学家，这比同时代的钟嵘的确要技高一筹、胆过一尊。当然，稍后钟嵘的《诗品》能够将陶渊明入品（虽仅列中品），这比永远付阙是个谜的《文心雕龙》要强胜一筹，二书可作优势互补。刘勰的观点在当时是卓有见识的，反对者甚至晚至清朝，仍有如丁晏这样的不满与訾议：

> 子建忠君爱国，立德立言，即文才风骨，亦非子桓所及，旧说谓“去植千里”，真“笃论”也。彦和以丕植并称，此文士识见之陋。[①]

以作者政治身份或德操来品第文学成就高低，本来就靠不住，加之“忠君爱国，立德立言”这样的正统标签，就更失之迂谬。刘勰也是梦见圣人孔子的人，他写作《文心雕龙》的立场基本执于儒家学说与观点，这是没错的，但兴许他的写作时代相对要宽松自由一些，他又曾是一位信仰佛教哲学的居士学者，思想不免要解放一些，冲淡一些，但最关键的还是他本于真理的体认以及过人的文学敏感与参悟能力。诚如杨明照先生所指出：

> 《文心雕龙》的巨大成就，绝不是越世高谈，突如其来的。而是有所继承与发展。……《序志篇》又说：“及其品列成文，有同乎旧谈者，非雷同也，势自不可异也；有异乎前论者，非苟异也，理自不

① 《郭沫若古典文学论文集》，上海古籍出版社，1985年，第518页。

可同也。同之与异，不屑古今，擘肌分理，唯务折衷。”这就说明他对于古今成就，既有所继承，也有所批判。唯其如此，他才有可能在前人的基础上，把我国古代文学理论批评推向了一个新的阶段。①

正是刘勰这种追求真理、“不屑古今”“唯务折衷”的“风骨”与“才略”，才在公元6世纪的天空，孤标灿烂，成为中国文学理论批评园地一颗不灭的最亮的星辰。

刘勰撇开“俗情抑扬”，“雷同一响”，将曹氏兄弟放在一个纯文学的视域进行参照审视，他嘲讽“遂令文帝以位尊减才，思王以势窘益价”那种狭隘庸俗的政治道学衡量观念，他将二人文学功绩并举列示，二人得失不加掩饰，“好处说好，坏处说坏”，还原真实的曹氏父子与曹氏兄弟，深刻而精确地概括出那一个时代与流派的文风及影响。

除上引三段之外，他还有些品藻，都是要言不烦，却能“擘肌分理”“唯取昭晰”。如《乐府》篇论：

> 至于魏之三祖，气爽才丽，宰割辞调，音靡节平，观其“北上”众引，“秋风”列篇，或述酣宴，或伤羁戍；志不出于淫荡，辞不离于哀思；虽三调之正声，实《韶》《夏》之郑曲也。②

此段评论曹丕、曹植、曹叡的乐府诗，表现了刘勰对《诗经》的高度尊崇，却也可体会出他的幽默，他肯定了三人“气爽才丽”，却说倘与诗经《韶》《夏》二乐相比较，三人的创作还只能算作是“郑曲”。当然在诗经之下“近世”而论，三人的乐府作品无疑是可以拿来举例（“三调之正声”）和可“观”的了。以今观之，所谓“淫荡”“哀思”其实正是文学转型期现象，即向题材的多样化与纯文学方向发展的趋势。曹丕在《典论·论文》中提出“诗赋欲丽”的观点，刘勰对此也是认同的，他用以形容“魏之三祖”“气爽才丽”。在《丽辞篇》中特别指出：“……丽句与深采并流，偶意共逸韵俱发。至魏晋群才，析句弥密，联字合趣，剖毫析厘。然契机者入巧，浮假者无功。”对于实华并茂、精益求精的作品持欣赏态度。

① 杨明照：《杨明照论〈文心雕龙〉》，上海科学技术文献出版社，2008年，第16页。
② 杨明照：《文心雕龙校注》，中华书局，2000年，第82～83页。

正如鲁迅先生所论：“曹丕的一个时代可说是‘文学的自觉时代’，或如近代所说是为艺术而艺术（Art for Art's Sake）的一派。”[①] 刘勰对“魏之三祖”的乐府诗歌带有欣赏的意思原是可以体会的，正如他评论屈原的作品，说屈原是“雅颂之博徒”“辞赋之英杰”（《辩骚》篇）一样。如果刘勰完全不认同曹氏的作品，果真认为是“淫荡”、低靡无价值的话，他也不会如此“劝百而讽一”，且特别列示与表扬。看得出来，刘勰的文学取舍尺度远较前代或时人开放、开明与专业。

对于陈思王曹植，刘勰不掩揄扬甚至是喜爱之情。他称道曹植“思捷而才俊，诗丽而表逸”，文体“兼善”（《明诗》篇）。“陈思《七启》，取美于宏壮。”（《杂文》）“陈思之表，独冠群才。”（《章表》篇）端的爱赏有加。但对其局限与败笔，刘勰亦不加粉饰。如批评曹植不擅理论：“曹植《辨道》，体同书抄。”（《论说》篇）这兴许是后来郭老在《论曹植》中批评曹植创作只知一味模仿与抄袭的母本与启源吧。另如：“陈思《魏德》假论客主，问答迂缓，且已千言，劳深绩寡，飙焰缺焉。”（《封禅》篇）说到文人相轻甚或是浅薄，也不留情地举曹植“及陈思论才，亦深排孔璋；敬礼请润色，叹以为美叹；季绪好诋诃，方之于田巴；意亦见矣”（《知音》）。相反刘勰深感“魏文称‘文人相轻’，非虚谈也”。又“故魏文以为‘古今文人，类不护细行’”。刘勰都颇致认同。对曹丕的才华，除上述引论之外，还如：“魏文帝下诏，辞义多伟。至于‘作威作福’，其万虑之一弊乎!”（《诏策》篇）爱赏与容谅之情，溢于言表。同样对于曹丕的短处和遗憾，亦不假包庇。如举曹丕不免游戏轻浮之作“至魏文因俳说以著《笑书》……而无益时用矣”（《谐隐》篇）。对《典论·论文》表遗憾：“公干笺记，丽而规益，子桓弗论，故世所共遗。”（《书记》篇）更多时候刘勰仍是对曹氏兄弟相提并论，褒贬得宜。如：“至魏文陈思，约而密之。”（《谐隐》篇）“魏《典》密而不周，陈《书》辩而无当。”（《序志》篇）等等。

刘勰敢于排除“雷同”与“俗见”，忠于自己的感受与认知，对曹丕、

---

① 鲁迅：《魏晋风度及文章与药及酒之关系》，《鲁迅全集》第3卷，人民文学出版社，1982年，第504页。

曹植这两位向有争议的“近世”文学家，进行比较研究，指示恳切，条分缕析，例述长短，深刻地分析与精辟地总结，成为后世评鉴汉魏文学尤其是曹氏父子的一面镜子。《文心雕龙》成体系的理论成就与千载盛名绝非空穴来风，而是有着坚实的基础与宏深致密的建构的。

## 二

刘勰《文心雕龙》对三曹的评骘，尤重时代风气与文学整体面貌，他的结论与刻画，往往十分精湛到位，且具创意。“慷慨以任气，磊落以使才。”“并志深而笔长，故梗概而多气也。”都是点睛传神之笔。他倡导“风骨”这个词义，特别在《风骨》篇里称道曹丕：

> 故魏文称，“文以气为主，气之清浊有体，不可力强而致”。故其论孔融，则云“体气高妙”；论徐干则云“时有齐气”；论刘桢则云“有逸气”。公干亦云：“孔氏卓卓，信含异气；笔墨之性，殆不可胜。”并重气之旨也。①

篇末“赞曰”：“情与气谐，辞共体并，文明以健，圭璋乃骋，蔚彼风力，严此骨鲠，才锋峻立，符采克炳。”看得出来，刘勰针对“楚艳汉侈，流弊不还”（《宗经》篇）等浮华侈丽文风，特别彰扬和肯定大气磅礴、苍凉沉劲、实华并茂的作品。这也展现刘勰的果敢与伟大，即反对专事奉迎与粉饰的文学，而赞成真实的、个性的、贴近生活的、遒劲有力的文学。他特别用一段生动的形容与演绎的话语来表达他这种观念：

> 夫翚翟备色，而翾翥百步，肌丰而力沉也。鹰隼乏采，而翰飞戾天，骨劲而气猛也。文章才力，有似于此。若风骨乏采，则鸷集翰林；采乏风骨，则雉窜文囿。唯藻耀而高翔，固文笔之鸣凤也。②

紧接他直接提出“风清骨峻，遍体光华”。这在封建专制时代，如此磊落豪迈、个性张扬，是十分难能可贵和需要胆识的。

关于“风骨”的研究与不同解释历来颇多，无论如何，后世有关“汉

① 杨明照：《文心雕龙校注》，中华书局，2000年，第388页。
② 同上。

魏风骨”的形容中，曹丕无疑是魏建安文学的骨干作家之一。刘勰对曹氏父子以及他们周围的文人以“慷慨”“磊落”“志深”“多气”“独立”等刚性形容词加以浏亮的标榜，亦可从中体会和把握刘勰将曹丕即归入具有风骨（“风清骨峻”）的代表作家行列，所以他能够撇开“俗见”“雷同”，还曹丕一个真实的面目与应有的文学席位。曹丕《典论·论文》倡导的“气”，学术界历来也颇有分歧，有权威学者就简单认为“气”就是指“才气”。[①] 其实，本文感觉“风骨”也罢，“气”也罢，都不是一种狭义的或技术性质的指谓词，它主要是一种境界的喻义与一种审美意识、范畴的提示。

曹顺庆先生著《中西比较诗学》专列《风骨与崇高》一节，将中国刘勰提出的“风骨”与西方郎吉弩斯提出的“崇高”观念与意义加以比较研究，发现二者有着惊人的相似：“我们可以说，‘风骨’与‘崇高’同属于一种以力为其基本特质的阳刚之美，同属于一个审美范畴。”“崇高与风骨不但在本质上是一致的，而且在许多具体的论述上也是相同的。……其产生的社会历史原因与当时文学艺术的风气都极其相似，二人提出‘崇高’与‘风骨’的动机也大体相同。”[②] 曹先生详述了郎吉弩斯“崇高”的五要素，其旨在矫正晚期希腊文学的雕琢、炫耀与浮华的风气。这与刘勰倡导“风骨”以拨正“刁华随侈”文风的宗旨十分接近。这一学术观点是十分站得住脚并很有创见的。“风骨”与“崇高”正可相互参照与意义互通，特具互文性，在当时及以后皆具时代警钟与审美号召之力。

刘勰《文心雕龙》不弃曹丕，且能予他很高很重要的评衡与正名，绝不在于仰视其三百年前的权威，恰好相反，在于不囿窠见，不流腐议，在于真正认识曹丕的文学价值以及时代影响，尤其是《典论·论文》所提出的文“气”与表现的高尚境界。

鲁迅先生指出“曹丕的一个时代可说是‘文学的自觉时代’”后进而论道：“所以曹丕做的诗赋很好，更因他以‘气’为主，故于华丽之外，加上壮大。”又道：“华丽即曹丕所主张，慷慨就因当天下大乱之际，亲戚

① 见郭绍虞主编：《中国文学批评史》，上海古籍出版社，1979年，第44页。

② 曹顺庆：《中西比较诗学》，北京出版社，1988年，第229页。

朋友死于乱者特多，于是为文就不免带着悲凉，激昂和‘慷慨’了。”[①]“华丽”“壮大”“慷慨”，这三个词汇岂不就是崇高一词的核心分解与近义吗?

不可否认，曹丕是封建割据时代的一位太子、君王，作为历史特定环境中真实的存在，他无疑有着严重的时代局限性与人格缺陷，甚至阴谋诡计、罪愆、错误，这同他父亲曹操一样，未可免俗。但作为文学家，他在执笔写作的时候，有可能乖离甚至背离自己寻常的政治生活纲常、定规与行径，从而提升自己，将自己作为理想的人、诗意的人、回归的人，以表现内心深处的想法以及相对崇高、人文与自由的意趣与欲求。这在古今中外文坛，并不乏例子。马恩曾经对于费尔巴哈、黑格尔学说以及巴尔扎克小说创作等表现出来的矛盾冲突、合理成分，都有类此世界观与方法论的辩证分析，尤其是倾向现实主义的文学作品，更多时候是为先进的创作方法即忠于真实生活感受的态度所促进。在现代研究中，这亦称为文化的二重性格，或一个历史悖论。如同西方谚语“伟大的荷马也有打盹的时候”，中国俗语“皇家也有伤心事”“高处不胜寒”等，都是指出事物的两面性与复杂性。曹操在现实世界中野心勃勃、残酷杀伐，在文学作品中，却更多展现“古直”“慷慨悲凉”。除了《短歌行》《观沧海》那样表现个人得失与意志的作品外，谁会想到他还有《蒿里行》《苦寒行》等同情广大苦难流离民众、一掬悲伤之泪的作品呢?孰是孰非，也许文学作品中的曹操反而更加真实，也许是提炼了的曹操人格更为健全，也更加理想吧。曹丕也一样，在文学作品与论文中，他表现了自己人性中更温暖、更深情同时更有力、更诚挚的一面。这也就是刘勰所谓“风骨”、郎吉弩斯所谓“崇高”意味的一个具象化实例吧。

正如鲁迅先生所言，曹丕经历“大乱之际，亲戚朋友死于乱者特多”，他内心所受到的冲击是不言而喻的。这在“近世”的刘勰已反复给出类如“良由世积乱离，风衰俗怨，并志深而笔长，故梗概而多气也”的深刻提示。曹丕的《典论·论文》与书信体文学，皆属“气爽才丽”，并“辩要”

① 鲁迅:《魏晋风度及文章与药及酒之关系》，《鲁迅全集》第3卷，人民文学出版社，1982年，第505页。

“迭用短长，亦无懵焉”这样气势淋漓、清醒意识的大手笔之作。难能可贵的是，曹丕集中地品骘与总结他同时代文人的文学创作，对“良师益友”性质的“七子”等作家作了平等公开的笃论，虽然他的评鉴不一定正确、完全，但他捐弃“文人相轻”弊俗以及政治偏见的风范态度，人性化、人文化的情思与胸怀，着实令当时文友（钟繇、王朗、卞兰等）以及刘勰以来的读者感动。七子中如孔融尚是被曹操以“不孝”罪名诛杀了的“大逆”，刘桢性格刚直简慢，言论往往抵触权贵，曾因“平视”曹丕夫人“无礼”遭罚作苦役。曹丕著文（包括与吴质书信）时尚身为“太子”，曹操还在世执政，雄才多疑，刚愎自用，文人不免动辄得咎（如杨修在曹操死前一年即建安二十四年被曹操诛杀），曹丕文中所表现出的对七子一视同仁并痛惜挽悼之情，除其真实人性流露外，岂不要具有相当的胆识与器度，乃至忘却政治地位得失的思想准备么？

也许正是“文以气为主”的观念与激情，让曹丕暂以忘怀得失，不计后果，从而“风清骨峻”以致“慷慨”“任气”吧。当然也不排除曹操的文人情怀，兴许在他暮年也有对自己往日行为的某种遗憾之意，以及对丧失人才的惋惜，故对太子的文章采取默许或认同的态度。可惜这一切我们现在都只能揣测，无从印证与讨论了。

不管怎么说，曹丕行文中所表现出来的气度、友情、激情、品藻、痛惜、遗憾、伤感等复杂情愫，以及真实自然、才气流泻的文笔，的确令读者动容，历代传诵不绝。即如：

> 盖文章，经国之大业，不朽之盛事。年寿有时而尽，荣乐止乎其身，二者必至之常期，未若文章之无穷。是以古之作者，寄身于翰墨，见意于篇籍，不假良史之辞，不托飞驰之势，而声名自传于后。故西伯幽而演《易》，周旦显而制《礼》，不以隐约而弗务，不以康乐而加思。夫然则古人贱尺璧而重寸阴，惧乎时之过已。而人多不强力，贫贱则慑于饥寒，富贵则流于逸乐，遂营目前之务，而遗千载之功，日月逝于上，体貌衰于下，忽然与万物迁化，斯志士之大痛也！

一气呵成的激动，坦率执着的剖露，那种不偏不倚，重视文章，重视创造，重视精神财富，感叹时不我待的悲壮气息，的确堪为世间范文，以

《文心雕龙》作者刘勰的超人文学领悟能力与心间同响，怎能不使他对曹丕一提再提，对其文学独立精神与人间情怀倡导有加呢？

## 三

刘勰在《书记》篇里没有特别提到曹丕的书信体文学，也许是总论已详，也许是《典论·论文》已代，也许是篇幅限制。曹丕的传世书信体散文代表作《与朝歌令吴质书》《与吴质书》二通，却正契合刘勰《书记》篇传述扬雄“言，心声也；书，心画也；声画形，君子小人见矣”。曹丕在这二通“气爽才丽”的书信体散文中，与《典论·论文》一样，所表现出的正是文人惺惺相惜以及悲天悯人的情怀，即其“君子”“崇高”的一面。本节特别要加以梳理的，是他悲观主义的情怀，以及文章特别具有悲剧意味的文学审美效果。即如：

……每念昔日南皮之游，诚不可忘。……清风夜起，悲笳微吟，乐往哀来，怆然伤怀。

……节同时异，物是人非，我劳如何？

……昔年疾疫，亲故多离其灾，徐、陈、应、刘，一时俱逝，痛可言邪？昔日游处，行则连舆，止则接席，何曾须臾相失？每至觞酌流行，丝竹并奏，酒酣耳热，仰而赋诗，当此之时，忽然不自知乐也。谓百年之分，可长共相保。何图数年之间，零落略尽，言之伤心。顷撰其遗文，都为一集，观其姓名，已为鬼录。追思昔游，犹在心目，而此诸子，化为粪壤，可复道哉？

……对之抆泪，既痛逝者，行自念也。

……年行已长大，所怀万端。时有所虑，至通夜不瞑，志意何时复类昔日？已成老翁，但未白头耳。光武言：年三十余，在兵中十岁，所更非一。吾德不及之，年与之齐矣。以犬羊之质，服虎豹之文，无众星之明，假日月之光，动见瞻观，何时易乎？恐永不复得昔日游也！

我们颇可注意的是，曹丕一生仅得三十九岁（187—226），他的苍凉沉郁、伤感过度，似乎不像是一个青年太子及壮年帝王的作为。他的人生幻灭之感，倒像是后来不得意时候的李白、苏东坡，乃至《红楼梦》中宝黛的前奏！兴许正是因为这种“辞不离于哀思”，才使刘勰未将曹丕的书信体散文列入章论中。毕竟人生不能太过消极。但是曹丕所表现出的悲观与消极，是建立在追忆文友“笔会”与痛惜文友横遭丧乱（有的甚至是被无辜杀害）的基础上，是割据时代“乱世”人生不测的哀曲与愤懑控诉，这就与一般的消极人生有所不同，令人不能不同情他，不能不被他重友惜才的深情、自然的流露所感染。他位极“太子”，万千宠荣于一身，却如此悲观，诗文中的复义与潜台词不能不说十分充足，发人深思。包括他同样抑郁悲情的诗歌《燕歌行》《善哉行》《杂诗》等作品，虽是托名“乐府”，倘无真实感受与文人气质，如何能写得那么凉风四起、清愁满纸。《燕歌行》为七言诗发端之作，却也并不见做作的痕迹。（钟嵘谓丕诗“鄙直如偶语”，反倒说明丕自然流露，平民化，不肯卖弄。）他诗中多以“故乡”为发抒，如此挥之不去的铭心刻骨“乡愁”，深入理解，岂非他心目中自由境地的指代与暗喻？

曹植的作品也很有口碑，他特别发扬了文人诗的风气（直抒胸臆，以己入诗，以文为诗等），流传久远，成绩可观。但他的幽怨甚至郁愤都是一位典型的怀才不遇的士子的幽怨，是一位政治失意者的哀鸣，如“盛年处房室，中夜起长叹”（《美女篇》），“念我平常居，气结不能言”（《送应氏》），“捐躯赴国难，视死忽如归”（《白马篇》），“愿为南流景，驰光见我君”（《杂诗》），以及《求自试表》等，皆可见功名心显著，目的性明确，隶属封建社会士子的人生情常。这样的悲剧结局历代多见，尽在情理之中。而曹丕的悲剧意义与效果则有所不同，他的目的性并不明确，现实利益得失似乎并不重要或特别地淡化，他的悲观显得更不可救药，似乎更能上升为人生宇宙的悲哀，其哲学意味更浓，更具斯芬克斯之谜以及类似哈姆雷特式的悲哀，亦更具世界意义。从现实角度着眼，他的悲观、消沉也更能揭示封建社会体制的悲剧的必然性。在悲剧的级别与层次上，曹丕显然要比曹植高出一筹，概括说：曹丕是因人的悲剧而悲观，曹植则是因己的悲剧而悲观。《典论·论文》以及《与吴质书》二通，尤其显得深沉与壮阔。有如近代学者王国维论李后主词，是血写成的文学，是自然流出的文学，而非刻意写出的文学。

叔本华在《论文学》中指出：

> 悲剧到底发生在村野茅屋抑或深宫大院，其实并无多大的区别。市民题材的悲剧并非理应无条件排斥。尽管如此，声威赫赫、重权在握的大人物却是最适宜作悲剧之用，因为痛苦与不幸——这是人生的定数——必须达到一定的程度才可以让观众——不管这观众是谁——看出狰狞、可怕样子。欧里庇德斯本人就说过："天哪，大人物可得承受大苦痛啊！"但让一小市民家庭陷入困境和绝望之中的变故，在大富大贵的人家看来通常都是芝麻一样的小事，一点点人力帮助，有时甚至是不费吹灰之力就可排除困难。所以，这样的悲剧是不会让这些观众有所震撼的。相比之下，有权有势的大人物所承受的不幸却是绝对可怕的，外在的帮忙甚至起不了作用。因为帝王将相只能依靠自己的力量，否则只有走向毁灭。此外，爬得越高，跌得越惨，而市民角色欠缺的正是这一高度落差。[①]

这样的论说当然值得商榷，其实涉及现代文学与古代文学题材分野的问题，好比王子哈姆雷特与雾都孤儿或汤姆叔叔，并不能简单说孰轻孰重，谁更有悲剧的高度与落差。但不论如何，作为古代在位太子、帝王，忧生伤世短命而死，其悲剧意味确是值得推敲与沉思的。不快乐的王公贵族也不少，关键是作为文学家的当事者能够认识与抒发这种"悲凉之气"。即如叔本华所说："文学家把我们的想象力活动起来的目的却是向我们透露人和事物的理念，也就是通过某一例子向我们显示出人生世事的实质。要达到这一目的，其首要条件就是作者本人必须对这些实质有所认识。作者对人生世事的了解到底是深刻抑或肤浅，决定了他们的文学作品的好坏。"[②]

当然，曹丕并非一个彻底的悲观、虚无主义者，他主要表现在重情谊惜人才，感叹世乱难平，好景不能永驻，人生短暂且危机四伏、变数不测。这种感伤与警惕也许部分是源自他父亲曹操的影响，实际上曹操的作品同样能反映出悲剧的情怀与猛士无助的意味。同样是"梗概多气""才丽""悲壮"，从接受美学角度讲，三人的文学效力与反响略有不同，读曹

---

① 韦启昌译：《叔本华美学随笔》，上海人民出版社，2004 年，第 57～58 页。

② 同上，第 41 页。

操作品更感雄猛苍凉（“古直”“如幽燕老将”），曹丕作品更清绮感伤（细微、深沉，明白如话），曹植则更幽怨凄切（“情兼雅怨，体被文质”）。诚如后人沈德潜等所公论，曹操多汉风，而曹氏兄弟则更具魏响。后者文学更具文人化、个性化、贴近现实生活的表现与特征。

刘勰对曹氏父子三人同等揄扬、肯定，指出其共通特色与价值，比较钟嵘将曹植放入上品，将曹丕放入中品，将曹操放入下品，且武断述其“源出”某某之类，刘勰显然更会得美学精髓，同时也更公正、更专业、严密与准确。

其实曹氏三父子正是利用文学来抒发自己的兴会与激情，寄托自己的志思，同时也化解自己的苦闷与失意，抚慰与修复内心的伤痛，从而让自己能够振奋起来，争取与继续所谓宏壮“不朽”的事业。这即曹操的“烈士暮年”“周公吐哺”之志，曹丕的“文章乃经国之大业”的豪言壮语。至于曹植，就始终没有放弃过人生的努力，即便仅仅是在文学方面，他也是三人中传世作品最多的。三人在此方面有如尼采《悲剧的诞生》所论析：

> 在意志的这一最大危险之中，艺术作为救苦救难的仙子降临了。唯她能够把生存的荒谬和可怕的厌世思想转变为使人借以活下去的表象，这些表象就是崇高和滑稽，前者用艺术来制服可怕，后者用艺术来解脱对于荒谬的厌恶。①

曹氏父子正是利用文学艺术的杠杆，将其身名平衡，心灵救赎，发起并创造出刚健有力、繁荣一时的建安文学，给后世留下一笔可称宝贵的文学遗产。

得到刘勰《文心雕龙》重点认可乃至破除“俗情抑扬”“雷同一响”而予以正名的曹丕，正是以文学文论的“风骨”“才略”“情采”以及其比较独特的悲剧精神、人文关怀价值，占据建安文学重要一席，获得世代读者的青睐与诵读。

2008 年 9 月 27 日成于叹凤楼

① 尼采：《悲剧的诞生》，周国平译，广西师范大学出版社，2005 年，第 2 版，第 55 页。

# 第三章 对鲁迅“无视”朝鲜民族“问题”的“关心”和探究

## ——对韩国学者李泳禧先生观点的答辩

## 一

2005年11月19日，在韩国的外国语大学校园里召开了一次“21世纪鲁迅研究研讨会”国际学术会议，与会代表来自韩、中、日、澳、美等国家。其时笔者在韩国做访问学者，有幸受到邀请去参加，途中还不禁心存疑问，想鲁迅研究在韩国能有多少人关心呢？未料及至会场，但见济济一堂，能容纳百来人的电教室差不多已快满座。不仅有专门的学者，还有来自韩国各个阶层行业的听众代表，于此方知在韩国鲁迅研究不仅不见冷清，反而有“显学”之势。会上先后有几位发言者都阐述，20世纪的反独裁争民主运动中，他们之所以能冲锋在前，呼唤革命，不惜代价以致锒铛入狱甚至做出牺牲，鲁迅改革社会的深刻思想和勇气无疑是其榜样与旗帜。说到动情处，有一位艺术家模样的男士，据说是韩国绘画界有名的代表，还情不自禁激呼鲁迅精神不死，看上去状极投入。另一位著名的西方哲学译介者则以鲁迅思想为据抨击韩国现实问题。虽然经过现场传译，但仍让我们中国听者不大感觉到他们是外国人，似乎是我们同人。这次与会的韩国汉学家、鲁迅研究的名宿李泳禧先生，还专门写就了一份汉文论文，发到与会者手上。老先生提出一个比较尖锐的问题，如其论文题目《试论一个问题——对鲁迅著作中没有朝鲜（韩国）之意义的考察》，论文说：“本文针对鲁迅（1881—1936）多年来的许多著作、作品、发言中一点也没提到与当时的中国一起共患民族悲运（引者：原文如此）的朝鲜民族这一事实，随意试论了自己平时怀有的一些疑问。”疑问乃至“结论”

即：鲁迅不关心朝鲜民族，甚至可能同朝鲜现代文学先驱后来走入背叛祖国歧途的李光洙一样，“认为自己的民族是不可救药的劣等民族”[①]。李先生提出这样比较尖锐的论点，旨在引起与会代表及读者的注意，以求证自己心中的疑问，正如他自己于文中所述：

> 本人作为非专业人员怀着对鲁迅生涯与作品的深爱与敬意，如上所述尝试性地进行了极其茫然的推论。2005 年 7 月在中国沈阳举行过一次“中韩鲁迅研究对话会”。此时，在某一私人谈话中偶然地听到有人随便地提到：鲁迅的作品中好像没有涉及朝鲜和朝鲜民族的内容。关于这个问题，会议期间谁也未曾表示过关心，甚至根本没有人提及这个问题。我作为那个学会的非专业人员能够参会感到荣幸，对那个谁都不太关心的问题认真地想了许多，我对这个问题的关心真不亚于对鲁迅文学本身的关心。所以，我向诸多关心鲁迅文学与生涯的学者提出了这种考察问题（鲁迅著中不存在朝鲜的原因）的初步尝试。本人真心希望今后中国、日本、朝鲜（韩国）三国的鲁迅学者能对这个问题进一步更深地探讨和研究。[②]

“谁都不太关心”，李先生的寂寞令人感到古代圣贤的寂寞。在会间午餐时，笔者恰巧与先生席案相对，环顾并无人与他讨论他在会上所提出的问题，至于自己呢，一则语言不通，二则对老先生提出的问题，也知之漠然，所以席间除了彼此间一点客气的语词外，也多陷于沉默。

但凭一个中国人的情怀，以及对鲁迅先生的粗浅了解，决不认为鲁迅有看不起任何一个国家民族的意思，更不可能有曲解和攻击友邦人民的心理与言行。李泳禧先生急切希望揭示谜底的心情可以理解，他的啧怨正是来自对鲁迅的“深爱与敬意”。遗憾的是其他学者似乎都对这个问题知之不多，或以为不太重要吧，没有与老先生形成“应和”。

要解决李先生的疑问，当对他的问题实行研究，即：鲁迅文章不涉及朝鲜，连当时震动世界的有关朝鲜人攻击日本侵占者的大事（安重根击毙

① 李泳禧：《试论一个问题——对鲁迅著作中没有提及朝鲜（韩国）之意义的考察》，载 2006 年《当代韩国》春季号并笔者所收藏会议打印稿，网上通过百度搜索亦可调阅该文。

② 同上。

伊藤博文以及尹奉吉在上海虹口公园掷弹炸死日本将领的壮举等）都“漠不关心”，怀疑鲁迅思想（主要是“懂得愤怒，懂得毅然起来反抗的精神”）的真诚性，“如果真是那样的话，可以说鲁迅的哲学与文明观是自我矛盾的”，“甚至推测会认为朝鲜民族是彻底的劣等民族”，同卖国落水文人李光洙一样，赞同“日本人对朝鲜民族的顽固偏见”，“是对现实的错误认识”[①]，等等，提出看法。

李先生这篇论文后来全文发表于韩国的中文学术刊物上，也载于互联网上，成为一篇比较醒目的标题文章，产生了一定的影响。对此，笔者认为有必要对相关论点予以研究、探讨与澄清。

## 二

检《鲁迅全集》，得到发现，鲁迅文章并非“从不涉及朝鲜”，李泳禧先生的说法并不确切。他在中国听到的“好像鲁迅没有涉及”云云，也仅仅是“好像”，道听途说，并不可靠。笔者翻阅发现，鲁迅行文语涉朝鲜共有以下多处，试以论之：

1. 鲁迅《灯下漫笔》一文有：“外国人中，不知道而赞颂者，是可恕的；占了高位，养尊处优，因此受了蛊惑，昧却灵性而赞叹者，也还可恕的。可是还有两种，其一是以中国人为劣种，只配悉照原来模样，因而故意称赞中国的旧物。其一是愿世间人各不相同以增自己旅行的兴趣，到中国看辫子，到日本看木屐，到高丽看笠子，倘若服饰一样，便索然无味了，因而来反对亚洲的欧化。这些都可憎恶。”[②] 以上这段可证明，鲁迅并不认为自己的民族是“劣种”（众所周知他只是攻击民族性中的劣根性），同时提及“高丽”，与我国相提并论，显然也并没有歧视朝鲜民族的意思。鲁迅猛烈攻击的，恰是反对亚洲改革进步，一味主张守旧，从而将亚洲当古董把玩，将亚洲人民当顺从的奴隶看待。这样的意思在鲁迅行文中颇多，又如：

---

① 李泳禧：《试论一个问题——对鲁迅著作中没有提及朝鲜（韩国）之意义的考察》，载2006年《当代韩国》春季号并笔者所收藏会议打印稿，网上通过百度搜索亦可调阅内容。

② 鲁迅：《坟·灯下漫笔》，《鲁迅全集》第1卷，人民文学出版社，1981年，216页。

中国的文化，都是侍奉主子的文化，是用很多人的痛苦换来的。无论中国人，外国人，凡是称赞中国文化的，都只是以主子自居的一部分。

以前，外国人所作的书籍，多是嘲骂中国的腐败；到了现在，不大嘲骂了，或者反而称赞中国的文化了。常听到他们说：“我在中国住得很舒服呵！”这就是中国人已经渐渐把自己的幸福送给外国人享受的证据。所以他们愈赞美，我们中国将来的苦痛要愈深的！①

显而易见，字里行间，鲁迅的“极端”恰好源于对自己民族的热爱以及唤起疗救的心理。推之其他当时的弱小国家民族，情同此理。鲁迅的意思再明白不过，所以他在《灯下漫笔》结尾明白倡导：“这人肉的筵席现在还排着，有许多人还想一直排下去，扫荡这些食人者，掀掉这筵席，毁坏这厨房，则是现在的青年的使命！”②

反过来看李泳禧先生的疑问，认为鲁迅长期留学日本，受到尼采思想影响，同时持有强烈的民族虚无主义（nihilism）观点，否定中华民族以至中国文化（李原文：“认为是无能的，反进化的存在”），继而对于邻国朝鲜，也持同“日本人对朝鲜民族的顽固偏见”。显为肤廓、情绪之见，理由是完全站不住脚的。

2. 鲁迅《译者序二》有：“全剧的宗旨，自序已经表明，是在反对战争，不必译者再说了。但我虑到几位读者，或以为日本是好战的国度，那国民才该熟读这书，中国又何须有此呢？我的私见，却很不然：中国人诚然自己不善于战争，却并没有诅咒战争；自己诚然不愿出战，却并未同情于不愿出战的他人；虽然想到自己，却没有想到他人的自己。譬如现在论及日本并吞朝鲜的事，每每有‘朝鲜本我藩属’这一类话，只要听这口气，也是足够教人害怕了。”③

这段文字非常重要，完全可以瓦解李泳禧先生“鲁迅著中不存在朝鲜”，以及鲁迅或漠视或看不起朝鲜民族的立论。鲁迅这篇短文写于1919

① 鲁迅：《老调子已经唱完》，《鲁迅全集》第7卷，人民文学出版社，1981年，312页。
② 鲁迅：《灯下漫笔》，《鲁迅全集》第1卷，人民文学出版社，1981年，217页。
③ 鲁迅：《译者序二》，《鲁迅全集》第10卷，人民文学出版社，1981年，第195页。

年 11 月 24 日，是连同前篇《译者序》说到同一个话题的，即鲁迅翻译日本作家武者小路实笃四幕反战剧本《一个青年的梦》。鲁迅在文中特别提到了朝鲜被日本侵略吞并的事件，据《鲁迅全集》对《译者序二》的注释：

> 日本吞并朝鲜的事：指一九一〇年八月日本帝国主义强迫朝鲜政府签订《日韩合并条约》，使朝鲜沦为它的殖民地。

鲁迅的立场态度显而易见，所用“并吞”一词，也是毫无疑问的贬义词，词义等同侵略。而鲁迅在文中特别指责了那种对他人（民族）的痛苦视而不见，甚至麻木不仁、大国沙文主义的态度，鲁迅用“使人害怕”来形容这种冥顽不化、苟且偷生。其中深义，不言而喻。任何一个看得懂鲁迅杂文的人，都不难明白其立场态度。不错，鲁迅有不少赞扬日本自明治维新以来积极进取的文化务实革新精神的文字，但对其军国主义侵略行径，反对的立场却是从来不含糊的。这是鲁迅研究的共识，兴许并不需要烦引。我们仅从鲁迅对东北流亡青年作家群体的携持、赞扬、鼓励，以及响应、倡导并加入“文艺界的抗日民族统一战线”言行即可见一斑。如其谓：“中国目前的革命的政党向全国人民所提出的抗日统一战线政策，我是看见的，我是拥护的，我无条件地加入这战线，那理由就因为我不但是一个作家，而且是一个中国人……我赞成一切文学家，任何派别的文学家在抗日的口号之下统一起来的主张。”[①] 立场再鲜明、坚定不过了。下面还是继续探讨与朝鲜有关的行文吧。

3. 鲁迅《〈狭的笼〉译者附记》里有：“日英是同盟国，兄弟似的情分，既然被逐于英，自然也一定被逐于日的；但这一回却添上了辱骂与殴打。也如一切被打的人们，往往遗下物件与鲜血一样，埃罗先珂也遗下东西来，这就是他的创作集，一是《天明前的歌》，二是《最后之叹息》……通观全体，他于政治经济是没有兴趣的，也并不藏着什么危险思想的气味；他只有着一个幼稚的，然而是优美的纯洁的心，人间的疆界也不能限制他的梦幻，所以对于日本常常发出身受一般的非常感愤的言辞

① 鲁迅：《且介亭杂文末编·答徐懋庸并关于抗日统一战线问题》（一九三六年八月三—六日），《鲁迅全集》第 6 卷，人民文学出版社，1982 年，第 529 页。

来。他这俄国式的大旷野的精神，在日本是不合式的，当然要得到打骂的回赠……”①

以上一段，是鲁迅翻译俄国具有革命思想的盲诗人华希理·爱罗先珂作品写下的“附记”，鲁迅同情爱罗先珂的遭遇，文中虽然没有直接提到朝鲜的字样，但上文第一句据《鲁迅全集》注释：

> 日英是同盟国：一九〇二年日、英帝国主义为侵略中国及与沙皇俄国争夺在中国东北和朝鲜的利益，缔结了反俄的军事同盟。②

此间鲁迅对我国并朝鲜两国利益的立场态度，也算间接说出来，其义不辩自明吧。

4.《〈苦闷的象征〉引言》有：“大约因为重病之故吧，曾经割去一足，然而尚能游历美国，赴朝鲜；平居则专心学问，所著作很不少。”③

这是鲁迅纪念《苦闷的象征》作者厨川白村之文，也是直接记述朝鲜语词一例。

5.《而已集·谈所谓“大内档案”》：“朝鲜的贺正表，我记得也发见过一张。”这是鲁迅回忆在教育部整理卷综时提到的。

以上材料至少说明鲁迅并不“忽略”朝鲜，并非如李泳禧先生所说“一点也没有”“完全没有涉及”。

除此之外，鲁迅也许还有涉及朝鲜的言辞。全集庞杂，且有遗漏，就以上粗略检阅，笔者感觉亦可持之与李泳禧先生商榷。当然，对于李先生关于鲁迅为什么对当时身边发生的“有关朝鲜民族的大事”（安重根击毙伊藤博文以及尹奉吉在上海虹口公园掷弹炸死日本将领的壮举等）未及见载，这不能答复，想来一定是有客观原因吧。比如当时消息并不像今日这么快捷灵通，或鲁迅对事件内幕并未立即充分了解。今日回顾历史，自然是一清二楚，设身处地于当时，则迷雾重重，谣诼四起，鲁迅本身处于避居与防范中，自身处境是在被威吓、通缉中，要他如新闻人一样，对外界事体立刻做出反应，不太现实。况且未见载于文字，不等于他没有表明过

---

① 鲁迅：《译文序跋集》，《鲁迅全集》第10卷，人民文学出版社，1981年，第199页。

② 同上，第200页。

③ 同上。

立场态度。随着近年鲁迅资料的整理公布，学者研究的深入进行，我们发现鲁迅与朝鲜国家民族关系的材料与梳理，络绎问世，昭然若揭，这都不难回答李泳禧先生提出的问题。

## 三

崔雄权《接受与批评——鲁迅与现代朝鲜文学》①，筱然《鲁迅与朝鲜文学》②，康基柱《鲁迅先生与朝鲜爱国青年》③ 等一些近年所发表的学术论文，都向我们披露了这样的历史事体，即鲁迅生前与朝鲜（包括韩国）文化友人有过较长时间的亲密接触，充分了解并支持朝鲜民族的新文艺运动并抗日爱国行为。在鲁迅日记书信中有着记录，虽然多字词寥寥，仅为记事，未及详宣，但鲁迅于匆忙的写作日程中，郑重其事，备付文案，也足见鲁迅丝毫并不轻视朝鲜民族与朝鲜友人。

康基柱的论文中援引的鲁迅于 1933 年 5 月 19 日写给《东亚日报》（今属韩国）记者申彦俊的一封信颇可引人注意：

> 彦俊先生：
>
> 来信奉到，仆于星期一（二十二日）午后二时，当在内山书店相候，乞惠临。至于文章，则因素未悉朝鲜文坛情形，一面又多所顾忌，恐未能著笔，但此事可于后日面谈耳。专此布复，敬颂
>
> 时绥
>
> 鲁迅启上
>
> 五月十九日④

鲁迅与朝鲜人申彦俊在内山书店进行了长时间（一说五六个小时）的深入交谈，申彦俊回国后记写长文《中国大文豪鲁迅访问记》，刊于《新

① 《延边大学学报》1993 年第 1 期。

② 筱然“新浪博客”，http://blog. sina. com. cn/s/blog _ 5a6f5a580100mi3w. html，此文原文出处无注释。

③ 此文见载新浪网，未注明论文原出处，有作者系中央民族大学副教授一行注释，特此谨识。

④ 这封信原题《鲁迅给申彦俊的一封信》，据论文作者注释曾见载《新文学史料》1934 年 9 月号（引者：1934 疑系 1984 或 1994 年误），李政文。另查此信已见载《鲁迅全集》第 18 卷（附集），人民文学出版社，2005 年，修订版，新增加的 20 封佚信中。

东亚》1934年4月号。申彦俊于文中详述了鲁迅的谈话，原文发表了鲁迅给他的一封书信，另一封则摘句如“虽避居度日，却随时都有遭横祸的危险”。鲁迅其时是在被国民党政府（浙江省党部许绍棣等人）通缉中。学者现存论文虽多从朝鲜文化人对鲁迅的译介与接受鲁迅影响的角度撰文，但我们从中仍不难看到，鲁迅对朝鲜民族的同情以及对朝鲜文人特别是爱国青年的无私帮助，以及热诚态度、鼓励与支持。

综合学者康基柱、杨昭全、崔雄权、筱然、姜贞爱（韩）等近年梳理研究，鲁迅与朝鲜文化人交往的事迹兹择述如下，以从旁了解历史，充实本文的主题内容与论证。

### （一）鲁迅与柳树人

最早把鲁迅作品翻译成朝鲜语介绍到朝鲜（今韩国）的朝鲜人叫柳基石，他翻译的是鲁迅《狂人日记》，登载于汉城（今首尔）1926年出版的《东光》杂志。柳基石就读中国期间因崇拜鲁迅（鲁迅原名周树人）因而改名柳树人。柳树人1905年生于朝鲜，1911年来华，早年就读延吉道立第二中学，1924年毕业于南京华中公学，后入北京朝阳大学读经济学，这期间加入了朝鲜知名人士安昌浩组织的民族主义革命团体。当时有许多朝鲜文化青年流居中国与日本，通过中文与日文认识到中国新文学特别是鲁迅的作品，一致感觉鲁迅笔下的狂人不仅写出了中国的狂人，也同样写出了朝鲜的狂人。柳树人于1925年春，在时有恒的陪同下，到鲁迅寓所拜访鲁迅，他向鲁迅表示了自己用朝鲜文翻译《狂人日记》的想法，得到鲁迅的鼓励。为了准确、详尽传达文意，翻译期间多次走访鲁迅，朝鲜文译稿竣工拜访那一次，爱罗先珂与周作人也在场。鲁迅对柳树人的翻译持毫无保留的支持态度，多次对他说：“我不懂朝鲜文，有哪些不清楚的可以问。”1929年，柳树人在南京任《东南日报》总编，为翻译《阿Q正传》又去上海拜访过鲁迅。关于这些拜访，鲁迅日记中有关于柳树人的记载，文虽简略，皆郑重其事。

### （二）鲁迅与李又观

李又观，原名李丁奎，1919年朝鲜“三一”运动后，毕业于日本庆应大学，后于1921年来华，参加朝鲜民族主义反日团体。他通过俄国盲诗人爱罗先珂认识鲁迅，得以交接畅谈。鲁迅 1923 年 3 月 18 日的日记曾记有："……下午李又观君来。"据考李又观是鲁迅日记中最早出现的朝鲜进步文化人士。李又观于抗战胜利后回韩长期任教于成均馆大学。

（三）鲁迅与金九经

金九经原是汉城帝国大学的一名青年教师，因不满日本殖民主义侵略统治，于 1924 年来华居北京，一段时期曾寄宿"未名社"。1925 年至 1928 年期间他在北京大学当讲师，讲授日文和朝鲜文，是鲁迅任教北大期间的同事，据考也是鲁迅日记中记录最多的朝鲜友人。鲁迅多次去未名社交流，与金九经多有过见面交谈。据李霁野后来回忆，鲁迅于 1929 年 5 月由上海回京省亲期间，不到十天的时间里，四次文友会晤，朝鲜友人金九经都在座，一次金九经拿出扇面请鲁迅题词，鲁迅想想还题写了自己的诗句赠送他。鲁迅在与金九经谈话中，特别详细了解朝鲜的情况，关心与分析朝鲜的形势。鲁迅省亲结束启程回上海，金九经同李霁野、台静农等一众还前往车站送行，当时金九经赠送给鲁迅一本日文月刊《改造》。这些在鲁迅日记中多有简明扼要的记录。

（四）鲁迅与李陆史

李陆史，原名李活，是一位朝鲜诗人、散文家，1905 年生于朝鲜南部，20 年代末来中国，毕业于北京大学社会科。回国后曾在《中外时报》《人文杜》等新闻言论机构任职。他是 1933 年 6 月在上海万国殡仪馆认识鲁迅的，回去后撰文，于 1936 年 10 月发表于《朝鲜日报》上的长文《论鲁迅》，感情充沛，景仰鲁迅之情溢于言表。他写见到鲁迅的情景："……过了三天，我同 R 氏乘汽车前往万国殡仪馆。我们刚刚结束烧香致哀，看见宋庆龄女士在两位年轻女子的陪同下，来到了殡仪馆。在宋女士一行中，我发现一位里穿淡灰色长袍，外着黑马褂的中年人，扶着用鲜花装饰的灵柩失声痛哭，我认出他就是鲁迅。在旁的 R 氏也说是鲁迅。大约过了十分钟后，R 氏把我介绍给了鲁迅。R 氏向鲁迅介绍了我是朝鲜青年，很久以前就想拜见先生。当时，我在一位外国老前辈面前，以谨慎的态度和尊敬的心情，等候指教了。鲁迅先生紧紧握了我的手。从此，我们就成了十分熟悉而亲近的朋友了……"李陆史后流亡到中国加入朝鲜民族主义革命团体进行反日斗争，不幸被日本宪兵逮捕，1944 年牺牲于北京监狱里。李陆史生前还翻译过鲁迅的文学作品。

### （五）鲁迅与申彦俊

申彦俊是朝鲜（今韩国）《东亚日报》特派驻华记者，特稿作家，与中国许多进步文化人士有过交往。他是 20 世纪 30 年代与鲁迅走得最近的朝鲜进步文化人士，也是对鲁迅记录报道最为详细的记者。他不仅与鲁迅有过当面长谈，相互约写稿件（鲁迅当时正筹办《中国文坛》），且有书信交往、文字记录（见上文引用），这些无疑都是研究鲁迅与朝鲜文事的宝贵的第一手资料。

与鲁迅有过联系的应该还远不止上面所述几位朝鲜友人，据考索，二三十年代朝鲜留华学生、文化青年团体“高丽来华留学生联谊会”成员多达数百名，其中将鲁迅作品翻译成韩文（朝鲜文）介绍到朝鲜国内的还有丁来东、梁白华、崔章学、尹永春、李允章、李庆荪等朝鲜青年[①]。

以上鲁迅与朝鲜友人交往事件颇为具细，李泳禧先生的疑问应该得到回答了。

至于鲁迅为什么没有专文写到朝鲜，或著作中涉及朝鲜行文不太多，即如鲁迅自己所言，“因素未悉朝鲜文坛情形”，他也没有去过朝鲜国土，“我不懂朝鲜文”，所以鲁迅谈论朝鲜不多，正如他专门谈论越南或缅甸等另外的邻邦国家不多一样，这并不等于忽略甚或小视朝鲜或其他邻邦国家的存在。众所周知，鲁迅早年翻译域外小说集，专门采择一些当时尚处于弱小地位的、并不大知名的国家民族的文学。鲁迅在《革命时代的文学》一讲中曾有批评：“有些民族因为叫苦无用，连苦也不叫了，他们便成为沉默的民族，渐渐更加衰颓下去，埃及、阿拉伯、波斯、印度就都没有什么声音了！至于富有反抗性，蕴有力量的民族，因为叫苦没用，他便觉悟起来，由哀音变为怒吼。怒吼的文学一出现，反抗就快到了。”[②] 这里也可反证，朝鲜民族并不在鲁迅所批评的“沉默的民族”行列内，即便如埃

---

① 详见崔雄权：《接受与批评——鲁迅与现代朝鲜文学》，《延边大学学报》，1993 年第 1 期。

② 鲁迅：《革命时代的文学》，《鲁迅全集》第 3 卷，人民文学出版社，1982 年，第 419 页。

及、印度等被点名的国家民族，鲁迅也并不带有轻视的意思，只是素有的“哀其不幸，怒其不争”的态度表露罢了。唤起与同情“反抗”“复仇”“蕴有力量的民族”，这才是鲁迅所谓“醒过来的人的真声音”。

从申彦俊当年访问鲁迅的长文中更可看出，鲁迅对朝鲜民族的态度，关切、平等视之，这都是毋庸置疑的。[1] 至于鲁迅会不会等同朝鲜国的李光洙，即从民族虚无主义者变质为堕落文人，甚至卖国投敌，众所周知，这一推测搁到与鲁迅胞弟周作人身上或较允当，作为“硬骨头”“真的猛士”“我以我血祭轩辕”的民族精神的代表鲁迅先生，则恰是其相反。

## 后缀

这篇论文写就不久，于 2010 年岁末得到一封来自韩国的著名汉学家朴宰雨先生发布的电子讣告，全文如下：

各位中国前辈、学者、朋友：

各位好！

有噩耗——

12 月 5 号早上，有韩国鲁迅之称的，活着的批判良心李泳禧先生永别世界！由于肝硬化去世。1929 年出生，2010 年去世，享年 81 岁。

李泳禧先生是二十世纪八十年代韩国学生民主化运动的思想领袖、导师。我们七十年代—八十年代读大学的人，都受到他的影响。12 月 8 号早上 7 点在首尔办葬礼，运柩到民主化圣地光州，永眠于光州五一八民主化墓地圣域里。有关他的思想与活动，可以参考以前《南方周末》的采访（附件）。

2010—12—05

韩国朴宰雨敬吊

阅之愕然，遗憾。这篇迟到的论文，不能被李泳禧先生读到，更没有

① 申彦俊访问鲁迅的这篇文章《中国的大文豪鲁迅访问记》原刊《新东亚》杂志 1934 年 4 月号，译文已见载《鲁迅研究月刊》，1998 年第 9 期。

机会与之当面讨论了（在韩国外国语大学国际鲁迅学术研究会餐席上，我曾与李先生伉俪对坐，有过把盏言欢交流）。作为一个学术话题，以上内容线索想来仍能得到两国学者的重视。

**2011年10月10日改于四川大学霜天花园工作室**

# 第二编　“自古成功在创造”

# 第一章　早期创造社郭沫若、郁达夫等人的“泪浪”

## 一

早期创造社文学干将郭沫若、郁达夫等人的作品有一个比较共通的特点，即感情世界表现异常丰富以至脆弱、纤细，对外部世界十分敏感，作品多带自传色彩，作者虽是男儿，但眼泪的描写与渲染却特别多，似乎泪腺发达。为此郭沫若早期的作品还带出一个小小的“泪浪”事件，引发一场有关文学创作审美的争议。我们从前因后果以及创作变化考察，认为“泪浪”事件以及早期创造社成员风格的类同特征及其时代影响，仍旧值得研究与总结。

“泪浪”一词源自郭沫若 1921 年 10 月 5 日创作的一首新诗，题为《泪浪》，此诗后收入《沫若文集》第 1 卷《集外》（一）辑中，全诗照抄如下：

别离了三阅月的旧居，
依然寂立在博多湾上。
中心怦怦地走向门前，
门外休息着两三梓匠。

这是我许多思索的摇篮，
这是我许多诗歌的产床。
我忘不了那净朗的楼头，
我忘不了那楼头的眺望。

我忘不了博多湾里的明波，

我忘不了志贺岛上的夕阳。
我忘不了十里松原的幽闲，
我忘不了网屋汀上的渔网。

我和你别离了百日有奇，
我大胆地走到了你的楼上，
哦，那儿贴过我往日的诗歌，
那儿我挂过贝多芬的肖像，
那儿我放过米勒的《牧羊少女》，
那儿我放过金字塔片两张。
如今呢，只剩下四壁空空，
只剩有往日的魂痕荡漾。

飞鸟有巢，走兽有穴，游鱼有港，
人子得不到可以安身的地方。
我被驱逐了的妻儿今在何处？
抑制不住呀，我眼中的泪浪！①

诗歌风格明白如话，描写诗人重返日本旧居，寻找妻小，不禁触景生情，追昔忆往，结合现实的苦楚（漂泊，无所定居），于是泪如泉涌。诗用“泪浪”形容，则因为海边海浪的大环境、氛围的烘托，并不使人感觉到突兀与生造，相反感觉合情合理，可以体会。倒是诗中“我”字人称稍嫌多余，因为白话（早期白话诗故意浅白如话甚至刻意通俗），循环往复，一咏三叹，重在渲染，读去也倒不觉得怎么累赘。20世纪30年代中后期写作自传《革命春秋》中《创造十年》卷，郭沫若忆及早年那一段重返旧居的光景，感从中来道：“我留在福冈的妻儿是被家主驱逐出了从前的旧居的……就单只这样的一个情景已经就使我的眼泪流了出来。……看起来真是家徒四壁，这些不消说又是催人眼泪的资料了。”② 提及当年的诗作《泪浪》，他说：

① 郭沫若：《沫若文集》，人民文学出版社，1957年，第277页。
② 郭沫若：《沫若自传·革命春秋》，新文艺出版社，1956年，第100页。

> 我那《泪浪》的一首诗，被已故的“诗哲”骂我是“假人”，骂我的眼泪“就和女人的眼泪一样不值钱”的那首诗，便是在这一天领着大的一个儿子出去理发时做的。我们绕道在以前的旧居处缠绵了一会。那里还没人住，仅仅有两三个木匠司务在那儿修缮。我也就走进去，在那楼上眺望了一回，那时候的眼泪真是贱，种种的往事一齐袭来，便又逼得“泪浪滔滔”了。[①]

可见虽然时光迁逝，境遇改换，生活处事风格包括政治信仰也都有改变，但郭沫若诗文述及当年那一段处境时，仍然不能抑制伤感，低回久之。对于那段时间，他文中常形容自己眼泪是“我的不值钱的眼泪”，例如：“我的不值钱的眼泪，在这时候率性又以不同的意义流泻了出来。”[②]“我的不值钱的眼泪，在这里又汹涌了起来。”[③] 等等。“不值钱”的缘故，于今不言自明，那时候国人的境遇、情况如郭氏所述：“想来是谁都会痛哭流涕的。”[④] 那一段留日生活印象在郭沫若记忆中特别深刻难忘。文中所指“已故的‘诗哲’”，想应指于 1931 年 11 月 19 日因空难去世的著名诗人徐志摩。如果不是“诗哲”“已故”，想来郭沫若笔下或许还会要挖苦些、尖刻些。查郭沫若 1946 年 3 月 6 日写作的评论名文《论郁达夫》，里边就还有顺带点名的“批判”，这些行文读者都较熟悉，为了说明问题，不妨再加以摘引：

> 在创造社的初期达夫是起了很大的作用的。他的清新的笔调，在中国的枯槁的社会里面好像吹来了一股春风，立刻吹醒了当时的无数青年的心。他那大胆的自我暴露，对于深藏在千年万年的背甲里面的士大夫的虚伪，完全是一种暴风雨式的闪击，把一些假道学、假才子们震惊得至于狂怒了。为什么？就因为有这样露骨的真率，使他们感受着作假的困难。于是徐志摩“诗哲”们便开始痛骂了。他说：创造社的人就和街头的乞丐一样，故意在自己身上造些血脓糜烂的创伤来

① 郭沫若：《沫若自传·革命春秋》，新文艺出版社，1956 年，第 100～101 页。
② 同上，第 83 页。
③ 同上，第 85 页。
④ 同上。

吸引过路的人的同情。这主要就是在攻击达夫。[①]

虽然是在拿郁达夫说事，但也无异于“夫子自道”，明显有借他人之杯酒浇自己块垒的意思呀。

对于所谓“泪浪事件”，核查徐志摩文集，见徐志摩原刊于1923年4月22日、5月6日《努力周报》第49、51期上的连载文章《杂记》，是一种文艺随笔体裁，长文中《坏诗，假诗，形似诗》题目下有如下一节行文（格式照录）：

> 我记得有一首新诗，题目好像是重访他数月前的故居，那位诗人摩（原文如此，引者。）按他从前的卧榻书桌，看着窗外的云光水色，不觉大大的动了伤感，他就禁不住——
>
> 泪浪滔滔。
>
> 固然作诗的人，多少不免感情作用，诗人的眼泪比女人的眼泪更不值钱些，但每次流泪至少总得有个相当的缘由。踹死了一个蚂蚁，也不失为一个伤心的理由。现在我们这位诗人回到他三月前的故寓，这三月内也并不曾经过重大的变迁，他就使感情强烈，就使眼泪“富裕”，也何至于像海浪一样的滔滔而来！
>
> 我们固然不能断定他当时究竟出了眼泪没有，但我们敢说他即使流泪也决不至于成浪而且滔滔——除非他的泪腺的组织是特异的。总之形容失实便是一种作伪，形容哭泪的字类尽有，比之泉涌，比之雨骤，都还在情理之中，但谁能想象个泪浪滔滔呢？[②]

徐志摩文中挖苦“那位诗人”，《徐志摩散文全编》专门加有脚注以说明：“这位诗人指郭沫若，下边引述的诗句见郭沫若《泪浪》一诗。徐志摩这里对郭沫若的批评，很快招致创造社批评家成仿吾的反击。在此之前，徐志摩与创造社方面关系甚洽，这事使成仿吾觉得他心口不一，于是便将徐写给他的几封信（内有称赞郭沫若及其诗作的话）在《创造周刊》上发表，以示揭露。为此，徐志摩又写了《‘天下本无事’》一文澄清。”[③]

① 郭沫若：《论郁达夫》，《创造社资料》下，福建人民出版社，1985年，第803～804页。

② 徐志摩：《徐志摩散文全编》，来凤仪编，浙江文艺出版社，1991年，第444页。

③ 同上，第446页。

《“天下本无事”》一文较长，内容主要是徐志摩辩解自己是对事不对人，指责“泪浪滔滔”仅是出于文学艺术修辞方面的分析，就事论事。而且即便否定这一句、这一首诗，并不代表否定郭沫若的全部创作，而且志摩向来是高度评价郭沫若的诗歌，其云：“比如每次有人问我新诗里谁的最要得，我未有不首推郭沫若的，同时我也不隐讳他初期尝试作品之不足为法。”[①]“我说‘泪浪滔滔’这类句法不是可做榜样的，并不妨碍我承认沫若在新文学里最有建树的一个人。”[②] 徐志摩行文恳切诚实，抱着与人为善、析解纷争的态度，苦苦申明自己的本意与其单纯的用心。但当初用笔犀利，文章产生相当影响，所以徐志摩似乎并没有怎么取得创造社成员尤其是郭沫若本人的谅解，甚至在其身后，虽然徐志摩与创造社成员关系不错，特别是和郁达夫既同乡又中学同学（“平生风谊”）。这件文坛纷争，亦成为20世纪二三十年代新文学阵营里一场小小的风波与遗憾吧。

今天看来，徐志摩应不是郭沫若文中所指的“假道学、假才子”的代表，徐志摩为人真诚、热情、单纯，世所共知。同为新文学的闯将，志摩所代表的新月派、现代评论派风格与郭沫若、郁达夫等人初期创造社风格，在审美取向与创作路数方面其实存在异同，有扞格，有隔膜，有误会，有不相融解处。于今来看，这些现象都是正常的，是风格路数的歧异与多样化，也是有着理论争论意义的（促使新文学的成熟与繁荣）。双方昔年的纷争倒正好作为今天我们研究新文学发轫与初期文学探索所留下的行文轨迹与审美启示。

我们以为，留学日本与留学欧美归来的新文学作家在五四时期表现出有所不同的着力点、侧重点与伸展领域，这在今天多是常识，毋庸赘议。总体说来，新月与现代评论派的文学比较唯美、理智，同时浪漫、幽默，多表现欧美绅士风，代表新实用主义、人文主义（徐志摩、胡适、西滢、梁实秋等堪为代表），另一批像李金发、戴望舒、闻一多、卞之琳、朱湘等则更趋同象征主义、表现主义以及新古典主义的道路，也是欧美风气较浓，较为内敛，富有张力。而留学日本的初期创造社成员创作路数主要采

① 徐志摩：《徐志摩散文全编》，来凤仪编，浙江文艺出版社，1991年，第451页。
② 同上，第453页。

取感伤的浪漫主义，以及18世纪以来欧洲自传体式的“忏悔录”做派，并从中糅合了日本不无病态与感伤的如“私小说”那样的个性暴露、情感夸张外溢等审美特征。加之留日学生出身的普遍的底层化，他们所感受到的比较特别的政治经济地位低下，大国弱小，寄篱岛国，忍气吞声，“漂泊”与“屈辱”，今昔对比（唐朝中土是多么绚烂，情况完全相反）、“世态炎凉”诸多感触，可能要比留学欧美的青年知识分子更加来得深刻、浓重、直接。总之留日学生出身的文学家的文学创作，不约而同，魂魄交织，对此郭沫若1928年1月撰文有如下精到论述：

> 中国文坛大半是日本留学生建筑成的。
>
> 创造社的主要作家都是日本留学生，语丝派的也是一样。
>
> 此外有些从欧美回来的彗星和国内奋起的新人，他们的努力和他们的建树，总还没有前两派的势力的浩大，而且多是受了前两派的影响。
>
> 就因为这样的原故，中国的新文艺是深受了日本的洗礼的。而日本文坛的毒害也就尽量的流到中国来了。
>
> 比如极狭隘，极狭隘的个人的生活的描写，极渺小，极渺小的抒情文字的游戏，甚至对于狭邪的风流三昧……一切日本资产阶级文坛的病毒，都尽量的流到中国来了。[①]

情趣相投，“拿来”利用，必然会不免泥滓俱下。值得注意的是郭沫若这篇文章写于后期创造社时代，那时郭氏思想与创作风格都发生较大转变，其中行文，不免也有些情绪化和偏激，后来知道他主要是针对当时创造社内部所产生的裂痕，有感而发，主要是对郁达夫撰文攻击广州同仁事件有所不满，带有批判的意识。但从客观来看，文章也真实地揭示了五四文学尤其是留日归来学生创作所受日本文学影响的某些特征与不可避免的弱点。在文章中，郭沫若特别呼吁走出新路，抛弃模仿与“剿袭”，“努力做一个社会的人吧！”如何才是“一个社会的人”呢，显然即革命者，郭沫若带头向创造社成名的“感伤主义”发起了攻击与决裂，宣布自己要走

① 麦克昂（郭沫若）：《桌子的跳舞》，《创造社资料》上，福建人民出版社，1985年，第196页。

向“革命文学”“无产阶级文学”，他批评包括他自己在内的当年的同伴们：“他们都是些很舒散的很舒散的个人无政府主义者。他们只是想绝对的自由。他们一点也吃不得苦——稍微吃了一点苦，嗳呀。不得了！鼻脓鼻涕都流出来了。啊，我是受人虐待了！我是受人虐待了！我真孤独哟！我真悲哀哟！”“病寮的呻吟布满了全中国。”对此，郭沫若宣告：“我们应该改悔了吧！”“感伤主义是一条歧路，它是可以左可以右的。它是中间阶级（Intelligentsia）的动摇现象。”他于文中大力倡导“无产阶级文学”——他说：

最勇猛的斗士大概是最健全的。

文艺是阶级的勇猛的斗士之一员，而且是先锋。

他只有愤怒，没有感伤。

他只有叫喊，没有呻吟。

他只有冲锋前进，没有低徊。

他只有手榴弹，没有绣花针。

他只有流血，没有眼泪。①

这些像诗行一般的口号，也许不能全看作郭沫若情绪化的宣泄，实质上代表了创造社部分主要成员前后期思想与创作作风发生的转变，以及艺术风格上主观的追求，尤其代表了郭沫若自己文学道路与风格的转向。当然事实上实行起来又是另一回事。如上所述，郭沫若自己仍旧存在思想上的矛盾，故而在回忆录中并未忘情，亦并未“没有眼泪”。

我们于今看来，也许没有早期创造社的“感伤主义”，没有那么多文艺眼泪乃至“泪腺特别发达”的“泪浪”的渲染，也就没有郭沫若、郁达夫、张资平等人当年的“横空出世”，没有他们所产生的广泛而深刻的影响，也就没有创造社流派的应运而生。我们不在这里探讨前后期创造社风格变化的得失或是非，我们只从文艺审美方面来回顾与总结五四新文学时期创造社所谓感伤主义倾向的文学所留下的历史痕迹与审美取向。

① 麦克昂（郭沫若）：《桌子的跳舞》，《创造社资料》上，福建人民出版社，1985年，第203页。

## 二

早期创造社文学的确受到18世纪以来欧美浪漫主义文学尤其是20世纪初期日本感伤的、唯美的、暴露的个性文学的影响，留下浓重的创作痕迹。但文学模仿是自然的过程，借鉴与融合，更是中国现代文学发生与发展的必由之路与鲜明特征之一。放在当时的环境、心境与语境中，即便有些生硬的模仿（包括当时文学界的所谓“硬译”），也是有其合理性与存在价值的。在当时产生广泛的社会影响与进步意义，催生新的文学风格样式的树立，就是最好的作用与证明。当时的文学青年受到启迪与熏陶，鲁迅的沉郁而激愤的乡土题材小说是一类；胡适、徐志摩等清新明白、婉转抒情是一类；郭沫若、郁达夫等人感伤、暴露乃至嚎叫的个性文学亦是一类，各有千秋，不分轩轾。他们都是新文学建立与开拓时期不可废弃的尝试，不可剥离的合力。

郭沫若的“泪浪”渲染放在他当时的处境与语境中，并不过分，于今看来仍然可以感同身受、情志相通，感觉到他自然清新、真实直率的风尚，文本并没有大的硬伤与稍多虚假，较之他人生晚年不少创作的应景迎合包括浮夸与牵强，倒觉得更为真实自然、朴实地道，有余味可品，总的来说弥足珍贵。

那时的风气，较之郭沫若的“泪浪”，郁达夫似乎更喜欢渲染、暴露眼泪的艺术，从他的《沉沦》到《南迁》《还乡记》《零余者》等大量作品中，感伤的眼泪可说滔滔汩汩，随时可掬，说文字是在眼泪中浸泡也不过分。这似乎形成了郁达夫创作风格的一个定势与程式，只因有人性的合理成分在内，加之文笔膺扬矫健，并不令人讨厌或致反感（从众多追随模仿者可见一斑）。与郁达夫相好的文友都有近同的感受，其人与文殊，如郑伯奇说：“达夫给我的印象是一个非常聪明活泼而且比较乐观的人。他没有他作品所表现的那样富于忧郁性的色彩，反使我感到轻微的失望。”[①]老舍也有观感：“快开会，一眼看见了郁达夫先生。久就听说，他为人最磊落光明，可惜没机会见他一面。赶上去和他握手，果然他是个豪爽的汉

① 郑伯奇：《怀念郁达夫》，《回忆郁达夫》，湖南文艺出版社，1986年，第33页。

子。他非常的自然，非常的大方，不故意的亲热，而确是亲热。”[①] 其他同时代的作家文友也多有类似的回忆与记录，形容对郁达夫不无意外的观感，例如讲到朋友见面时郁达夫总是唱主角，性格热情开朗、豪爽奔放。作品与生活中究竟哪一个郁达夫才是真实的，也许不能一概而论，更不能片面作判断，这是常识，人有双重性和隐蔽性。我们读了郁达夫作品不得不承认他文中的忧郁形象与泪哭渲染，确是他创作风貌一个比较突出的鲜明的特色。从《沉沦》到《日记九种》，如“痛哭一场”“又哭了一阵”“一个人泣到了天明”等人所熟悉的语式句子，可称如线贯珠，“琳琅满目”。这方面较之他的同道郭沫若，或许要“有过之而无不及”，所以后期闹矛盾时连郭沫若也批评他“感伤主义”。纵观文学创造社主要成员大抵如此，他们相对来说，敢爱敢恨，特别感伤、多情、敏感、愤怒、脆弱甚至神经质，这似乎成为他们下笔创作的无形推手与催化剂。

张资平的自传体小说代表作《冲积期化石》，其中就有与郭沫若、郁达夫“泪浪”异曲同工、一木所本之作：

> 他的热泪像新开的温泉，滚滚的由眼眶里奔流出来，经过他的双颊，流到他的口角唇边，有点没有给风吹干的泪珠儿，还悬在口角边，不时作痒。他无意识的用舌头去舐了那颗泪珠。他此时才感觉到眼泪是含有盐分的。[②]

如果按徐志摩当年的评判标准，“眼泪像新开的温泉”“滚滚的奔流”怕也会有言过其实之弊，有“假”的修辞成分与语病。但这实际上是仁者见仁，智者见智的问题，是经历与审美取舍有所不同的接受结果。留日学生的苦楚与形容，也许只有他们自己或与之抱有同感的人才会有深的体会。《资平自传》更多有郭沫若似“不值钱的眼泪”，有些段落又活像郁达夫如《沉沦》的翻版：

> 我把行李安置好了后，走出甲板上面来看时，轮船已经蠕动了，我朝着广州方面，暗默地叫了一声：

① 老舍：《我这一辈子》，江苏文艺出版社，2011年，第121页。
② 张资平：《冲积期化石》，上海书店，1986年，影印版，第41页。

“祖国！别了！学不成名死不还！我不知道今后要在什么时候才能看见你啦！”

我当时的心情有些像初出征的军人一样，异常的悲壮，但同时也起了很多廉价的感伤。至于我的精神是十分痛快的，只恨缺少一个情人来为我挥泪了。[①]

郭沫若与张资平都自陈“廉价的感伤”，但他们却都摆不脱当时这种情感路数与创作惯性。“廉价”（人微言轻，更看不到明天）或正是真实自然、自我写照的正确反映。

茅盾于20世纪30年代中期与杨澜君讨论“中国文坛上是个充满了悲观——沉闷和感伤。‘因为所描写的都是社会中没落分子底事迹。因此，从内容到形式上都呈现着颓丧和悲哀。’”[②] 茅盾不赞成将作者与作品中人物画等号：“问题不在描写的是不是没落分子的事迹，而在作者对这些没落分子抱什么态度。”[③] 当时所谓的“没落分子”实际上也包括了时代的边缘人、“零余者”（“畸零人”）这些常出现在创造社作品中的“小人物”，故而眼泪搁在这些人面颊上，特别来得贴切、容易，倒并不让人感觉多少造作与虚伪。这一渲染对时代文学创作风气的影响不可低估。自陈“受五四文学余波影响”的沈从文当年写有《论郁达夫》一文，其中即有颇为精辟的评论：

在作者的作品上，年轻人在渺小的平凡生活里，用憔悴的眼看四方。再看看自己，有眼泪的都不能悭吝他的眼泪了。这是作者一人的悲哀么？不，这不是作者，却是读者。多数的读者，诚实的心是为这个而鼓励的。多数的读者，由郁达夫的作品，认识了自己的脸色与环境。[④]

比较有趣的是，沈从文还比较了郭沫若与郁达夫二人之间的不同：

---

① 张资平：《资平自传》，中国华侨出版社，1994年，第59～60页。

② 茅盾：《论所谓“感伤”》，《茅盾文艺杂论集》上册，上海文艺出版社，1985年，第498页。

③ 同上，第499页。

④ 沈从文：《论郁达夫》，邹啸编《郁达夫论》，上海书店，1987年，影印版，第36页。

作者所长是那种自白的诚恳，虽不免夸张，却毫不矜持，又能处置文字，运用词藻，在作品上那种神经质的人格混合美恶，糅杂爱憎，不完全处，缺憾处，乃反面正是给人十分尊敬处。郭沫若用英雄夸大样子，有时使人发笑，在郁达夫作品上，用小丑的卑微神气出现，却使人忧郁起来了。[①]

沈从文认为郭沫若有夸张过头的倾向，而郁达夫则长于刻画当时无助无告的“青年人心灵的悲剧”。[②] 与沈从文同样没有留学日本的经历但深受创造社文学影响的作家如王以仁、许杰等人，亦能认识与间接体会到留日学生当年创作的处境与精神气质，特别加以模仿、吸收、借鉴，差不多成为创造社的编外成员。在那个时代还可举出多例作者作品，如郁达夫的一名学生叫彭基相的，他大学作文中就有一段生动描写，很能说明问题：

我在第一天上郁先生教的《少奶奶的扇子》一出戏剧时，我凝神的注视他；看他蓬松的头发，面孔现着一副尖利而和爱的样子；等到听到他底声音时，觉到声音里面时藏有讥刺与不平的声调。这时我对他已暗洒了许多同情之泪，不是同情之泪，却是同感之泪。……郁先生！穷人的心理已被你在这一段顺笔写来的公开状中描写尽了。[③]

可见感伤是当时国内外知识青年的风气，倒并不一定局限于留日的创造社成员。后期创造社虽然宣布走上革命文学道路，侧重于社会政论体裁，但像叶灵凤那样的抒情作家，仍旧很大程度沿袭与发挥着感伤的气息，像这样的形容：“我受了这意外的惊动，将头略略移了一移。我感觉有两道清冷的东西，从颊上流到了我的唇边。”[④] 在叶灵凤《灵凤小品》以及小说创作中，不难枚举这样多情伤感而兼唯美的眼泪，他的风格颇似早期创造社的延续。

以上引文足见郭沫若、郁达夫等创造社发起成员在当时与以后文坛读

---

① 沈从文：《论郁达夫》，邹啸编《郁达夫论》，上海书店，1987 年，影印版，第 37 页。

② 同上。

③ 彭基相：《读了给一位文学青年的公开状以后》，《郁达夫论》，北新书局，1933 年，第 62 页。

④ 叶灵凤：《灵凤小品集》，现代书局，1933 年，第 245 页。

者中所引起的强烈感触与共鸣，所形成一时的风气与延伸不绝的文学审美认同，将其“泪浪”称为一种“专利”，或也不觉乖离吧。

## 三

对于20世纪初中国所处贫穷多难、风声鹤唳的险境，毋庸辞费。从文学审美方面探讨创造社成员创作中的眼泪渲染与其审美导向，可得深趣与认识。其实当时不仅创造社，就是文研会、语丝社、狂飙社、沉钟社以至新月社（包括徐志摩自己），都不乏感伤的渲染。朱自清的《背影》在20世纪80年代曾被台湾诗人余光中撰文批评其感伤矫情，列举一个大男孩怎么可能看见父亲背影就那么容易流泪云云，实质也是脱离当时的时代背景与个人的特殊境遇，我们不能强人所难，或许也不能强人不流泪，《红楼梦》当时人（永忠）就叹说：“传神文笔足千秋，不是情人不泪流。”文坛允许并鼓励多样化，有些流派较为亢直、劲朗，有些优雅、从容，有些似作滑稽突梯，而这都不能说明创造社以及其他同时代作家感伤存在的不合理。近百年的新文学尝试，创造社文学始终占有一席之地，不可旁绕，郭、郁等人“泪浪”、泪痕未干，这似乎已说明问题。

“泪浪”看似受到西洋文学（包括东洋文学）的影响，实际上也是暗合与继承了我国历史上比较优良的文学精神传统（郭沫若、郁达夫等人都深谙并吸收古典文学），特别是悲剧的艺术，从《诗》“国风”“小雅”到《离骚》（“长太息以掩涕兮”）以下至黄仲则（郁达夫有《采石矶》小说写他）、《红楼梦》，中间的“沉郁顿挫”“蜡炬成灰泪始干”等感伤意识与象征，一脉相承，不绝如缕，特别叙写出人生的苦难与心灵的悲剧，特别表现出文人的多愁善感，这看似脆弱、消极，实则与正统的、官样的文学形成对抗，走的是一条性情文学、真实文学的道路。即如崇拜徐志摩的梁遇春《泪与笑》中所写：

> 眼泪真是人生的甘露，当我是小孩时候，常常觉得心里有说不出的难过，故意去臆造些伤心事情，想到有味时候，有时会不觉流下泪来，那时就感到说不出的快乐。现在却再寻不到这种无根的泪痕了。哪个有心人不爱看悲剧，亚里斯多德所说的净化的确不错。我们精神所纠结郁积的悲痛随着台上的凄惨情节发出来，哭泣之后我们有形容

不出的快感，好似精神上吸到新鲜空气一样，我们的心灵忽然间呈非常健康的状态……中国的诗词说高兴赏心的事总不大感人，谈愁语恨却是易工，也由于那些怨词悲调是泪的结晶，有时会逗我们洒些同情的泪，所以亡国的李后主，感伤的李义山，始终是我们爱读的作家……

这些热泪只有青年才会有，它是同青春的幻梦同时消灭的，泪尽了，个个人心里都像苏东坡所说的“存亡惯见浑无泪”那样的冷淡了，坟墓的影已染着我们的残年。①

文中将热泪与青春期画等号而排除人生的迟暮虽然有些偏颇片面，却也从另一方面提醒我们，当时确是那样一个年轻人更易于激动与感伤的幻灭的时代。当时的新文学作者尤其是创造社成员都还很年轻，郭沫若是创造社中老大哥，写《泪浪》时也不过二十八九岁（周氏兄弟五四时期也只三十余岁）。二三十岁的作者，情感丰富，处境特别，易于感伤，泪如泉涌，形成“泪浪”，这同古代李白“白发三千丈，缘愁似个长”一样看似夸张荒谬而实质契合，可以理解。这都不足为病，不足为怪，反而使新文学别开生面，给人发掘出人性中最真实与深刻的东西，也给人文本的新异感以及持久性。夏志清批评郭沫若、郁达夫等人“这种文体暴露了最糟的矫揉造作的伤感”②，语虽通达，领异标新，却是无损郭郁成就，反见刻舟求剑，“不觉前贤畏后生”。郭沫若、郁达夫等人的“泪浪”渲染作品，是我国新文学早期的青春文学，为一时之选，较之他们近代及当时的老气横秋、腐儒精致之作，显然更有生命活力，也更能踩到世界大同文学的节拍，给人以宇宙式的悲哀与饱满的审美喜悦。“生存意欲越是得到智力的照明，它就越清晰地看到了自己的悲惨景况。在那些禀赋极高的人身上经常可见的忧郁心境可以以阿尔卑斯山最高峰白朗山峰作为象征。”③ 这倒像是专指郭沫若、郁达夫以及他们一代“感伤主义”的文友而言。

郭沫若自己写于1922年的认识与理论也颇值得回味与重视：

① 梁遇春：《泪与笑》，开明书店，1934年，第4～5页。
② 夏志清：《中国现代小说史》，复旦大学出版社，2005年，第75～76页。
③ 叔本华：《叔本华思想随笔》，韦启昌译，上海人民出版社，2008年，第16页。

文艺是苦闷的象征，无论它是反射的或创造的，都是血与泪的文学。不必在纸面上定要有红色字眼才算是血，不必在纸面上定要有三水旁边一个戾字的才算是泪。个人的苦闷，社会的苦闷，全人类的苦闷，都是血泪的源泉，三者可以说是一根直线的三个分段，由个人的苦闷可以反射出社会的苦闷来，可以反射出全人类的苦闷来，不必定要精赤裸裸地描写社会的文字，然后才能算是满纸的血泪。无论表现个人也好，描写社会也好，替全人类代白也好，主要的眼目（泪?），总要在苦闷的重围中，由灵魂深处流写出来的悲哀，然后才能震撼读者的魂魄……

我承认一切艺术，她虽形似无用，然在她的无用之中，有大用存焉。她是唤醒人性的警钟，她是招返迷羊的圣箓，她是澄清河浊的阿胶，她是鼓舞生命的醍醐……①

“泪浪”文学，正有着这样的灵魂与气息。

① 郭沫若：《论国内的评坛及我对于创作上的态度》，《创造社资料》上，福建人民出版社，1985年，第15～16页。

# 第二章　通过荒诞完成审美喜悦

## ——郭沫若自传体长卷散文艺术探奥

### 一

郭沫若先生在文史哲领域均有卓越建树，是五四新文学公认的巨擘之一，其重大成就与影响无人可以抹杀。即便持不同见地与倾向看低郭沫若文学创作成就的人，也不得不承认：“郭沫若是个孜孜不倦的多产作家……而他的自传，是中国知识分子史的重要文件。”[①] 20 世纪 20 年代末及 30 年代，是中国自传体文学发起与兴盛的时代，这种风气毫无疑问是受到西方人文主义、实验主义以及社会科学种种思潮影响，经过历史发酵特别是变革时代所经历的思想驱动的结果。这种文体的产生，是对我国封建时代重权威、多“禁忌”“讳言”，采取隐忍与压制个性，并轻视社会平民、忽略人的本体作用的传统习俗与桎梏的一种自觉破除。留存今天的许多杰出的自传体散文，几乎都是那个时代应运而生并有意革新、尝试、树立的榜样。郭沫若的自传体散文无疑是其中的排头兵、成功的嚆矢。正如胡适在 1933 年 6 月写作《四十自述》序文中所述：“我的这部《自述》虽然至今没写成，几位旧友的自传，如郭沫若先生的，如李季先生的，都早已出版了。自传的风气似乎已开了。我很盼望我们这几个三四十岁的人的自传的出世可以引起一班老年朋友的兴趣，可以使我们的文学里添出无数的可读而又可信的传记来。我们抛出几块砖瓦，只是希望能引出许多块美玉宝石来；我们赤裸裸的叙述我们少年时代的琐碎生活，为的是希望社会上做过一番事业的人也会赤裸裸的记载他们的生活，给史家做材料，给文

① 夏志清：《中国现代小说史》，复旦大学出版社，2005 年，第 70～74 页。

学开生路。”[①] 信奉新的人文、实验主义的胡适重视传记文学，自有其社会改良思想作主导，所谓“赤裸裸”，在于求真务实与留存宝贵的社会政治及人生经验史料。而倾向浪漫主义情感更加激越、张扬的创造社派作家，自然对传记文学别有一番顶戴、垂青，同时也很吻合“给文学开生路”的时流前沿想法与主张。例如众所周知的将文学创作视为作家的“自叙状”的郁达夫，他从理论到实践，身体力行，小说散文里都无不存在他自身的影子，创作出《悲剧的出生》等系列自传色彩散文，同他的小说《沉沦》《南迁》等一样风靡文坛。张资平也于1933年6月杀青了他的《我的生涯》“之一部”《资平自传》。别的社团流派作家自传色彩浓郁的散文也颇令人瞩目，如脍炙人口的鲁迅的《朝花夕拾》、晚些时候沈从文的《从文自传》、谢冰莹的《从军日记》以及老舍后来的长卷《我这一辈子》等。冰心在《我的故乡》一文中也特别提到早年在英国，弗吉尼亚·伍尔夫（Virginia Woolf）曾热情鼓动她写自传的故事。[②] 可见当时写自传确为现代世界文学潮流之一脉。自传作品勤而丰、“早而慧”，且构成鸿篇巨制规模创作的，中国现代文学领域则非郭沫若莫属。为什么这样说呢？近年“中国现代作家自述文丛”编者的概括颇为具细：

> 在中国现代作家中，自传数量最多的首推郭沫若，从《我的童年》至《苏联纪行》，他总共撰写了十八部自传（包括《五十年简谱》），编为四卷，累计达一百一十万字。此外，自称“不喜欢小说”的郭沫若还写过近四十万字的小说，其中不少采用了自叙传体式，如《鼠灾》《月蚀》《漂流三部曲》《行路难》《亭子间中》《矛盾的统一》《湖心亭》《圣者》《后悔》《宾阳门外》《三诗人之死》《红瓜》《未央》等，其中不少篇填补了他自传的空白。[③]

要说自传体与小说体例是不相等同的，但因为创造社作家群体比较类同的风格，即认为文学创作皆为作家的“自叙状”“供述”，描绘自己的心

---

① 胡适：《四十自述·序》，上海书店，1987年，据亚东图书馆1939年版影印，第6页。

② 冰心：《冰心散文选》，人民文学出版社，1983年，第258页。

③ 陈漱渝、刘天华：《中国现代作家自述文丛·总序》，《资平自传》，中国华侨出版社，1994年，第3～4页。

灵诉求、身世情感经历遭遇，这样的作品写来才最为真实动人，并有时代的特色。所以创造社成员体裁界线（主要是散文与小说、自传与小说）往往比较模糊，或故意不绳墨苛刻（采取互为补充，今所谓“互文”手段）。恰如沈从文在20世纪30年代初撰写的《论郭沫若》里所评论的：“《创造》后出，每个人莫不在英雄主义的态度下，以自己生活作题材加以冤屈的喊叫。到现在，我们说创造社所有的功绩，是帮我们提出一个喊叫本身苦闷的新派，是告我们喊叫方法的一位前辈，因喊叫而成就到今日样子，话好像稍稍失了敬意，却并不为夸张过分的。他们缺少理知，不用理知，才能从一点伟大的自信中，为我们中国文学史走了一条新路……”① 沈从文对创造社以及对郭沫若自传作品《我的幼年》（又题作《我的童年》）、《反正前后》的看法与微词（主要认为艺术上文字不节制，有些情节过于夸张，加之篇幅太长，书价太贵），或许因彼此风格追求有所不同，或自传与小说本身体裁的侧重、肯綮有所不同，仁者见仁，智者见智，各抒己见，未为不可。探讨起来，沈从文更倾向小说描写文字艺术的俭省与含蓄，但他的批评行文中忽略了一个基本出发点，即郭沫若写作的并非小说而是传记文学。虽有不满意处，但沈从文仍十分认可创造社作家的创新性与对后人的巨大震动、启发，认可郭沫若的文学地位，沈从文说：“这力量的强（从成绩上看），以及那词藻的美，是在我们较后一点的人看来觉得是伟大的。若是我们把每一个在前面走路的人，皆应加以相当的敬仰，这个人（郭沫若）我们不能作为例外。”② 毫无疑问，1934年出版的同样成为经典名作的《从文自传》，受到鲁迅乡土文学题材创作的启发，亦同样受到郭沫若自传体散文的影响，只是在写作风格追求上有所判别而已。

综上所述，郭沫若20世纪20年代后期开始创作出版的自传体散文，特别是长中篇自传总题《少年时代》中的《我的童年》（1929年4月）、《反正前后》（1929年8月）、《黑猫》（1931年1月）、《初出夔门》（1936年）及以后包括《创造十年》《创造十年续编》在内的《革命春秋》《洪波曲》等共三卷本文集《沫若自传》，是二三十年代自传体例特别是中长篇

① 沈从文：《沫沫集》，上海书店，1987年，据大东书店1934年版影印，第18～19页。

② 同上，第13页。

自传散文写作的奠基扛鼎之作，是中国现代文学史上一道亮丽的风景线，由此弥补了有史以来我国此类体裁（自传）的不足，起到了号召当时、惠及后代的巨大作用，成为文学宝库中可资宝贵的一笔文学遗产。因郭沫若其他方面成就同样丰硕与具有开拓性质，如诗歌、戏剧、杂论等，盛名甚至盖过了其自传体散文，加之艺术上仁智各见的关系，其自传作品相对而言历来评骘不多，但其开风气的性质与其重大影响是历史事实与现实存在，正如创造社同人郑伯奇先生 1942 年总括郭沫若早期文学创作时所述：

沫若的二十五年来的精神活动，简直是一部雄伟瑰奇的史诗。以伟大的中国革命为背景，这部史诗是交织着悲壮的诗，激烈的剧，遒劲的散文和深锐的思索，而上面还须加上鲜明浓厚的时代色彩。①

这固然是形容他瑰奇的人生，但“遒劲的散文”，仍然给人恰到好处的联想。与郭沫若真实人生最为贴近且最能体现时代精神、风云际会的传记体中、长篇散文，不是一样值得我们加以特别的注意与需作深入的分析研究么？我们是文学研究者，我们对人对事只作客观公正、科学的评剖，不能因人废言，更不能因其人生经历缺点、遗憾乃至于败笔而抹杀其整体，像当今网上呈现的不少谩骂甚至诬构之辞，只能徒显行文的浅薄、苛酷与某种反讽自嘲。任何人都不可能拔着头发离开他所处的实地，“伟大的歌德也有平庸的一面”，我们又更何必苛求甚至歪曲自己的同胞先贤呢？还是回到文学本身，回到正题，如何来看待郭沫若自传体散文不减的艺术魅力，试以详缕之。

## 二

郭沫若自传系列尤以前边几部即后来合集为《少年时代》（可称发轫之作）耐读，有代表性，特别经得起时光的淬验。后边的创作也许从《创造十年》开始，逐渐显得有些“事浮于人”“忙于应酬”，也许当时他更重视亲身经历的重要的历史事件记述，不再像早年那些描摹细腻、充满创造气息的文学沉吟与酝酿。过去的学者杨凡《评郭沫若的〈创造十年〉》有

① 郑伯奇：《二十年代的一面——郭沫若先生与前期创造社》，《创造社资料》下卷，福建人民出版社，1985 年，第 768 页。

“个人的流水账”一说也许并非全是出于“诬蔑”。[①] 对于深谙其历史背景事件和有心致力研究者来说，兴许阅读仍旧会趣味盎然，不惮发掘；但就一般读者来说，从审美的范畴与接受美学程度来说，《我的童年》《反正前后》《黑猫》《初出夔门》等诸篇更显得引人入胜、如诗如画，特具文学风采，其情节的张弛有度，真实有力，以及自我世界的坦陈与率真感情的暴露、浪漫的气息，无疑都首屈一指，可称精品。从这些作品出版以后引起的轰动效应与长达数十年间的深入影响、家喻户晓，即可见其生命力的不衰。

郭沫若正式写作自传始于1928年2月再赴日本后，即始于他的“日本的十年流亡生活”。研究者都知道，这十年是他创作的高产期，原因一在于其正当壮年，才情横溢；二在于养家糊口，需要靠卖文为生；三远别家乡与昔日的生活，隔海而每起乡愁遥思，陈酿情怀，故产生创作冲动。恰如后来的编辑者所述：“在此期间，他除了撰写自传、历史小说、翻译外国文学作品而外，更多的精力从事于中国古代社会历史的研究。”[②] 左右开弓，双管齐下，他的辛苦可想而知。写自传，如其自述，既是他庞大研究计划之余的一种调剂、精神放松享受，也是他养家糊口所必需的一项稿费进账。我们除了惊叹作者的才华与精力、坚韧的意志外，确可以理解他越往后越不能精雕细刻的匆忙。可贵的是，不论艺术追求进退程度，他坦率的本真与实录不捐的史家精神始终保持如一（如胡适所谓“赤裸裸”“琐碎生活”）。在《少年时代》（《沫若自传》第一卷）各篇中，因酝酿成熟，下笔腾挪有致，更显得从容不迫，艺术上更见功力、魅力。

值得注意的是，历史上贫穷都青睐天才（杜甫：“文章憎命达”），郭沫若在他困顿的年代，创作出了多部不朽之作，达到了他创作成就的高峰，他一生特别敬佩德国大文学家歌德、海涅、席勒等人，翻译过他们的文学作品。歌德有诗《谚语》：“当我处境很好的时候，我的诗歌之火相当微弱。但在逃离迫在眉睫的灾害时，它却熊熊燃烧。优美的诗歌就像彩

① 转见张毓茂：《中国近代革命历史风云的画卷——试论郭沫若的传记文学》载《中国当代文学研究资料——郭沫若专集》1，四川人民出版社，1984年，第919页。

② 肖斌如、邵华：《郭沫若传略》，《中国当代文学研究资料——郭沫若专集》1，四川人民出版社，1984年，第7页。

虹，只能描画在暗淡的背景。诗人的才情喜欢咀嚼忧郁的心情。”[1] 郭沫若的自传，即为他当时另一种“诗歌”创作，如上述沈从文形容：“力量的强，词藻的美。”作为郭沫若同乡的后来者，我们阅读中所感受的趣味，引发的亲切，兴许超过别地方的读者（他多用方言土语传神写照、韵味十足）。虽然经过了八十余年的岁月洗练，这些名篇佳作仍然是表现近现代四川题材写实文学的不二之选。有人预感“郭沫若作品传世的希望最微”[2]，或许这种预言还没有破产，有待时光继续检验，但就迄今而言，事实已证明郭沫若的自传如果从近百年文学史中抽去，结构虽不致坍塌，也会成为重大缺陷与一种畸形。笔者少年时代接触过《沫若自传》，眼下阅读，隔着四十年的风云，仍感觉审美的惊喜。当我们闭上眼睛，那些乡土气息浓郁并时代特色鲜明、思想感情突出、烘托特别细腻的光景、情节仍不由浮现于眼前：峨眉山下、大渡河边，小小少年，世纪末的情怀，他的敏感，他的勇敢，他的冲动，他的悲伤，他对悲剧的特别体验与烘托，以及没有遮拦的才情，无不跃然纸上，化腐朽为神奇。例如那些轿夫、“长年”、家人，在河边上寻觅与呼叫着“八老师”的声音，犹然在耳畔；与年轻的五嫂月下相逢踟蹰，拘于礼节而不无同情、感伤的扼腕叹息；同学的沉浮“闹学”；被支配的如“隔着麻布口袋买猫子”的旧式婚姻；以及陪同大嫂乘船往赴成都并在成都就学、见证推翻帝制、走出夔门、困于北京、赴日本的火车上得到一个苹果捱饥等情节追述，无不绘声绘色，精彩纷呈，给人长久的回味。其余如乡土风俗、史地人文、行帮匪患等地方现状知识等，无不具细突出，讲解有致，描绘与点缀生动活泼，给人以深刻的警醒。

那些脍炙人口的行文我们这里无烦占用篇幅加以引用，但诵读之余，口角留香，从悲剧效果中得到充足的审美快感与享受，却是不争的事实。特别是作者生长的环境氛围，如非具有扛鼎之笔，绝不可能那样驾轻就熟，下笔有神，随时有李杜苏黄等前贤文豪诗文的快感、信息。也许作者的生长地“嘉州”并不因郭沫若才具有名气，但你不得不承认，有了郭沫

① 转见叔本华：《论天才》，韦启昌译《叔本华思想随笔》，上海人民出版社，2008年，第15～16页。

② 夏志清：《中国现代小说史》，复旦大学出版社，2005年，第70页。

若，“嘉州”更有名气，也更加具有文学特别是现代文学的吸引力、张力、能指。“‘现代’赋予整个过去以一种世界史（Weltgeschichte）的肌质……”[①] 郭沫若正是在“世界史”的观念中结撰他的自传文学，所以他的作品有着强烈的现代精神气质。黑格尔在《精神现象学》中曾有如下阐述：

> 我们不难看到，我们这个时代是一个新时期的降生和过渡的时代。人的精神已经跟他旧日的生活与观念世界决裂，正使旧日的一切葬入于过去而着手进行他的自我改造。现存世界里充满了那种粗率和无聊，以及对某种未知的东西的那种模模糊糊的若有所感，都在预示着有什么别的东西正在到来。可是这种颓废败坏……突然为日出所中断，升起着的太阳犹如闪电般一下照亮了新世界的形相。[②]

移置郭沫若自传体长卷散文的主题诠释与阅读的审美感受，颇为切中。也许这就是郭沫若文学所体现出来的现代性与前沿价值。身处19、20世纪交界点，新旧嬗变，笑看风云卷舒，郭沫若的新文学创作包括他的自传体散文，意味无穷，新义自在，不因时光消磨而消泯。

如其1947年《少年时代》序文中明确表示：“通过自己看出一个时代。……无意识的时代过去了，让它也成为觉醒意识的资料吧。觉醒着的人应该睁开眼睛走路，睁开眼睛为比自己年轻的人们领路。”更早写于1928年的《我的童年》的序中，更像是诗的宣告，列在前边：

> 我的童年是封建社会向资本主义制度转换的时代，
> 我现在把它从黑暗的石炭的坑底挖出土来。
> 我不是想学 Augustine 和 Rousseau 要表述甚么忏悔，
> 我也不是想学 Goethe 和 Tolstoy 要描写甚么天才。
> 我写的只是这样的社会生出了这样的一个人，
> 或者也可以说有过这样的人生在这样的时代。

这和胡适所倡导撰写自传来表现时代、为历史存底的想法没有冲突，

① 于尔根·哈贝马斯：《现代性的哲学话语》，译林出版社，2004年，第7页。
② 同上。

显然都是当时那个重在弘扬与崇尚科学、民主价值观念的时代的同构。如周作人与郁达夫分别为新文学大系20年代散文序中相近同的看法，那时候的散文，个性突出，自由抒写，是王纲解纽、破除正统观念的产物。当时人到中年的郭沫若，回首他自己的过去，具有科学的头脑，加之他已接受社会主义思想，主张社会改造，有意识、有理想，于行文中挥洒自如，真如古人所谓“治大国若烹小鲜”，虽为长卷，结构浑成严密，一气呵成，时代精神充沛饱满张扬，这成为情节贯穿首尾的红线。与别的作家有所不同，浪漫主义时代与创造社出身所留下的大胆暴露与自我情感世界宣泄的方式，或许比别人的自传更带感情，更夸张、浪漫、坦率，然却不失诗意，情节往往跌宕起伏，令人惊奇，令人啼笑皆非，给人复合、系统的审美愉悦。这是郭沫若自传散文风格最为明显的一种特色。

## 三

我们要研究这种特色的内在张力与审美构件。进一步清理你会发现，他的写作艺术往往是通过事件的荒诞性质的暴露与悲剧结局的揭示，来达到与发挥思想感染的效力，完成审美喜悦，虽然这种喜悦夹杂着叹息甚至是悲哀的过程。这或许就是西方文学传诵不绝的古罗马贺拉斯“愤怒出诗人”以及近代西方美学“悲哀夹杂着愉快，愉快夹杂着悲哀”的说法。我国古代诗论中亦多有悲喜交加、相互促成的文论，兹不赘述。郭沫若显然深谙其理路，在艺术上如探骊得物、游刃有余，给人看到幻灭的过程与接受其表述方式的满足感。因他的情节多采自亲身经历或周遭熟悉所闻，所以得来全不费功夫，往往真实、自然、熨帖。也许得来太容易，有时候不免夸张过甚，有过虐过露之嫌，这在沈从文的批评文章中已有指出。我们的确看到个别行文段落，如《黑猫》，如多篇中涉及与描写学校师长的章节，即有稍过之嫌。但这种用笔的轻率不等于作风轻薄，如《黑猫》中所揭露出来的旧式婚姻的无主性与悲剧性，本身可称典型。特别实叙在母爱的责备下，“我是同意了的”，这种不加掩饰的诚恳检讨态度，足可化解行文中嘲谑稍露之弊。而当时教师职守的抱残守缺、不少愚昧荒唐的教育方式，也切合自传中笔锋给予讥刺。而且当时对这种腐迂师教予以嘲讽，也是革命时代风气，如鲁迅、李劼人等人都有写及。长卷的自传作品，不免有赘笔、败笔，可贵的是，更多切实的内容与精彩、诗意，远过于不足。

通过对荒诞事物的层层剥示，将悲剧社会人生（乖谬、荒唐、黑暗、愚昧、麻木等）予以陈列展览，用作理喻、解剖，以史为镜，以史为鉴，以审美认知作为结构经纬，这是郭沫若长卷自传散文所呈现出来的一个显著的思想艺术特征。如《少年时代》中父亲出身破落，经营正当生意难以为继，后靠贩鸦片烟发家致富；母亲是因苗乱被仆人从死人堆里带着逃出来的（关于母亲的身世，郭沫若另有散文《芭蕉花》叙写具细）；老师不通却冬烘自愚、刚愎自用；情窦初开产生“扪触”异性兴趣的对象却是自己的三嫂；“视学”王畏岩先生的小女儿本来是说给郭沫若自己的，却因一场病错过而成了他的五嫂；那一场怪病来势凶猛，家人都为其准备料理后事了，不想一阵乱下猛药后侥幸生还，留下终身耳疾；学校的闹学先后被开除出校，绝望中却又“绝处逢生”，后被成都名校录取继而开除；以及在读期间逛胡同（坐妓怀）、打戏场、同性恋等不经；结婚更是悲喜剧的高潮；轿夫是些摇摇晃晃如行尸走肉般的“烟枪”；从县府请来的壮丁保安等人竟也是烟中饿鬼；另如炮打乡场恶人杨朗生家院；“反正前后”成都官场的戏剧性“乱哄哄你方唱罢我登台”；出夔门赴天津应考的“拓都与么匿”莫名其妙考题；火车上没有日本钱只能佯装不饿，得到日本女郎赠送一只苹果，等等。举凡所述人物情节，莫不在一种可悲可啼、可笑可叹、堪称极不正常的氛围境域中登台演出，如走马灯过场。作者的一支笔，驾轻就熟，摇曳多姿，刻画处往往入木三分，跃然纸上，适当运用配合乡俚方言，更增强丰富性与表现力。有的情节之间，配以奇论，让人阅之不免心惊肉跳，有身在陷阱之感。如少年时偷看《西厢》被大嫂发觉告诉母亲从而受到责备，作者对此议论道：

> 但是责备有什么裨益呢？已经开了闸的水总得要流泻到它的内外平静了的一天。这种生理上的变动实在是无可如何的，能够的时候最好是使它少受刺激性的东西。儿童的读物当然也是一个很重大的问题，回想起来，怕我们发蒙当时天天所读的甚么“窈窕淑女，君子好逑”的圣经贤传，对于我的或和我同年代的一般人的性的早熟，怕要负很重大的责任吧？
>
> 淫书倒不必一定限于小说，就是从前发蒙用的《三字经》也可以

说是一本淫书。譬如说：

蔡文姬，能辨琴。谢道韫，能咏吟。

彼女子，且聪敏。尔男子，当自儆。

像这样好像是含着勉励的教训话，其实正是促进儿童早意识到性的差别。又那些天经地义的圣人的典礼，甚么“男女七岁不同席”，“叔嫂不通问，长幼不比肩”之类，这比红娘、莺莺的“去来，去来”，所含的暗示不还要厉害吗？近来听说还有些大人先生们在提倡读经，愚而可悯的礼教大人们哟，你们为你们自己的儿女打算一下罢！（见《我的童年·第一篇》）①

像这样的奇崛之论，遍布集中，展示着作者得到科学启蒙与个性解放后的充沛才识、觉悟。因其现代知识（主要取自西方）的体系，愈发突显出旧传统不合理事物的荒诞性、颓败处。读者或许不完全赞同作者的言论，但不得不佩服他文采的腾挪跳跃与笔走龙蛇。五四时代的自传体散文都喜欢类似揭示事物荒诞性质的表现手法，如鲁迅《朝花夕拾》述为父亲抓药、陈莲河医生的“天方夜谭”般的方子；胡适《四十自述》中少年不羁酩酊大醉睡卧于街首泥淖之中；沈从文《从文自传》在地方武装目睹过多的砍头杀人，包括一个女“山大王”的故事；周作人《初恋》遭遇一个天真无邪的少女“阿三”，却被“宋姨太”诅咒“将来总要流落到拱辰桥去做婊子的”。类似例子举不胜举，盖因当时中国新文化处于反封建的最前沿，文学家担当着社会变革的使命与自觉意识。没有谁比郭沫若付出更多的精力来写他自己的一生，写他的遭遇经历，如上所述除了“卖文”的一层因由外，他立志纪录“革命春秋”，有着充分的历史观念、革命精神与激情澎湃的文学创作才情，这无论如何是不容抹杀的。

曾经留学日本的创造社作家，大多有着很好的德文底子，深受德国文学、哲学的熏陶影响（留日学生多如此），郁达夫直接用尼采《悲剧的出生》（又译《悲剧的诞生》）作为自己的自传散文题名，郭沫若虽然没有径用德文原题，但他受德国文学哲学乃至自然科学的影响，似更在郁达夫之上（郭沫若说过郁达夫英文更好），这从郭自传中的科学知识与德文词汇

① 郭沫若：《沫若文集》第6卷，人民文学出版社，1958年，第49～50页。

（多医学、哲学术语）引用注解可见一斑。同样重要的是，他深谙悲剧艺术，他写的历史事件虽然多属于悲剧，但他能够通过悲剧的过程来揭示其荒诞可怕，倡导人性的、理性的自由思想与健康的审美精神。即如尼采援引希腊神话与莎士比亚作品说事论艺：

> 一个人意识到他一度瞥见的真理，他就处处只看见存在的荒谬可怕……他厌世了。
>
> 就在这里，在意志的这一最大危险之中，艺术作为救苦救难的仙子降临了。惟她能够把生存荒谬可怕的厌世思想转变为使人借以活下去的表象，这些表象就是崇高和滑稽，前者用艺术来制服可怕，后者用艺术来解脱对于荒谬的厌恶。[①]

郭沫若最早出名是因为创作一首表现厌世思想有自杀念头的《死的诱惑》（1918 年），这首小诗被日本文坛翻译作为中国现代诗的一个样板介绍。就其整个前期创作来说，郭沫若大多是描绘黑暗的际遇与心情，寻求“凤凰之再生”的辉煌奇迹。系列自传散文正是这组旋律中的一种，他之所以勤于表现荒诞的故事，书写故土衰落的文明，一则事实当时大体如此；二则他的信奉（认同普遍真理，20 年代后主要接受马列思想的社会主义）使然。他文中表现出“崇高与滑稽”，表现出诗意的庄严与温暖，将“可怕”与“厌恶”成功转换为一种文学加工、过滤后的审美喜悦。篇中凡涉河山壮丽、人文史乘、民风古朴等，均极力渲染，如数家珍，这种激情渗透，一如读到他浪漫主义作风的诗歌。

“每部真正的悲剧都用一种形而上的慰藉来解脱我们：不管现象如何变化，事物基础之中的生命仍是坚不可摧和充满欢乐的。”[②] 这就是不论时光如何迁徙、流转，我们书架上始终保持与重视多卷本《沫若自传》的理由。

2012 年 11 月 10 日再改于红枫岭

---

① 尼采：《悲剧的诞生》，周国平译，广西师范大学出版社，2002 年，第 55 页。

② 同上，第 51 页。

# 第三章 论郭沫若早期诗歌海洋特色书写中的文化地景关系

郭沫若于日本留学期间尝试新文学创作，时值祖国五四新文化运动序幕拉开，代表世界先进趋势的欧洲现代文艺思潮，早已成型发展，席卷世界文坛，影响达百余年。正如德国哲学家黑格尔早年行文所揭示："我们不难看到，我们这个时代是一个新时期的降生和过渡的时代。人的精神已经跟他旧日的生活与观念世界决裂，正使旧日的一切葬入于过去而着手进行他的自我改造。……升起的太阳就如闪电般一下子建立起了新世界的形象。"[①] 黑格尔于18世纪末的描绘，用来形容中国19世纪末20世纪初的文艺思潮端倪，恰到好处。古老的中国传统文学，正在世界浪潮冲击下，日渐式微，思新求变风气以不可遏制的姿态，唱响东方。文学创造社发起主将郭沫若在结社前后所代表的，正是这样一个叛逆者与革新者的形象。他浓郁的富有海洋气息的作品，是传统文学的一个异数与突破，是新文学大纛高帜的亮相。郭沫若《女神》以史无前例的创新象喻与探索精神，刷新了中国文学审美习尚，女神既是对先秦文学如楚辞篇章中女性瑰玮意象的承接，更是对西方文学中现代精神的横植。"新精神的开端乃是各种文化形式的一个彻底变革的产物，乃是走完各种错综复杂的道路并作出各种艰苦的奋斗努力而后取得的代价。"[②] 通过"维新运动""洋务运动""保路运动""反正前后"（辛亥革命），郭沫若的出现是文学趋势的造化，正如黑格尔所说，是"一个彻底变革的产物"。郭诗《女神》《凤凰涅槃》《立在地球边上放号》等大量具有视听冲击效果、洋溢海洋生态气息的作

① 黑格尔：《序言：论科学认识》，《精神现象学》上，商务印书馆，2013年，第8页。
② 同上。

品，如同驶向世界大潮船头的高歌呼号，在陌生的语文效果中，刺激与掳掠着读者的心智、审美共鸣。

海洋，当时代表着外部世界，象征时代潮流。郭沫若至今的文学影响与里程碑，仍以早期创作为重，可称划时代贡献。正如宗白华述：“当时，沫若正在日本留学，他从国外向《学灯》投寄新诗。沫若的诗大胆、奔放，充满火山爆发式的激情，深深地打动了我。”① 对郭沫若创作有微词的人，也不否认郭沫若早期贡献。如沈从文：“让我们把郭沫若的名字位置在英雄上，诗人上，煽动者或任何名分上，加以尊敬与同情。”② 再如夏志清：“《女神》出版以后，立刻引起社会注意的是郭沫若的大胆作风，把早期白话诗不死不活的印象主义（imagism）一扫而光。”③ 以开启新诗一代浪漫主义雄风评价郭沫若作品，仍旧公道。“创造社初期的主要倾向虽说是浪漫主义，因为各个作家的阶层、环境、体格、性质等种种的不相同，各人便有了各人独自的色彩。只就最初四个代表作家来看，各个的特色便很清楚。郭沫若受德国浪漫派的影响最深，他崇拜自然，尊重自我，提倡反抗，因而也接受了雪莱、惠特曼、太戈尔的影响；而新罗曼派和表现派更助长了他的这种倾向。”④ 笔者认为，郭沫若早期诗歌特色表现中，内陆身份与文本建构海洋在场的身份形成鲜明对比，构成尖锐冲突与遥相呼应，相反相成，一种多层次的反内陆封闭状态的艺术风貌与诗兴张力，是其诗歌异军突起、刷新阅读体验纪录的重要因素。概言之，郭沫若具有鲜明特色的海洋气息抒情诗，是内陆传统诗歌的悖论与革新，在文化地景书写方面，可称冲出重围，置身海洋世界，标志着一种新的向力建构，这无疑是其生命力所在。以下详论之：

---

① 宗白华：《秋日谈往——回忆同郭沫若、田汉青年时期的友谊》，邹士芳、赵尊党整理，1980年10月19日《北京日报》。《三叶集》，上海亚东图书馆，1920年，1981年上海书店影印版，附录第2页。

② 沈从文：《论郭沫若》，《沫沫集》，上海书店，1934年原版，第19页，1987年影印版。

③ 夏志清：《中国现代小说史》，刘绍铭、李欧梵等人译，复旦大学出版社，2005年，第70页。

④ 郑伯奇：《中国新文学大系·小说三集·导言》，上海良友图书公司，1935年原版，上海文艺出版社，1981年影印版，第13页。

## 一、内陆人身份与海洋在场的冲突和谐

内陆人的身份是郭沫若喜欢标示的文化符号，海洋氛围则是他创作的前沿阵地与新名片。他最早创作并被日本诗坛翻译成日文的新诗是《死的诱惑》以及《抱和儿浴博多湾中》。前首在《女神》集中有尾注："这是我最早的诗，大概是1918年初夏作的。"① 后首未见收入《女神》，据《三叶集》，田汉与郭沫若见面前，已从日文翻译发表得见，并手抄日文诗赠郭沫若，信中赞赏道："我虽没有读过这首诗的原文，可就这首译诗已有可传的价值了。"② 后田汉访郭沫若，仍然畅谈："至海岸，寿昌说：——这便是博多湾么？你抱你和儿海浴的便在这儿么？"③ 可见诗作于二人见面前后都占据话语空间，成为谈锋。《凤凰涅槃》系列作品，发表前后为志趣相投的学人、诗人宗白华、田汉等充分欣赏，亦见影响。《女神》一集涉及大海、海洋的字词光景书写可说俯拾皆是，浓墨重彩专题表现的，如《晨安》《笔立山头展望》《浴海》《立在地球边上放号》《光海》《太阳礼赞》《沙上的脚印》《新阳关三叠》《辍了课的第一点钟里》《霁月》《岸上》《日暮的婚筵》《海舟中望日出》，等等。可以这样说，《女神》几乎就是海洋的拟人化象征，是其立在大海边上的放歌。作者豪情满怀："你请替我唱着凯旋歌哟！/我今朝可算是战胜了海洋！"（《海舟中望日出》）因为逃课去看海、亲近海，十分感谢为之开门放行的门卫："工人！我的恩人！/我在这海岸上跑去跑来，/我真快畅！/工人！我的恩人！/我感谢你得深深，/同那海心一样！"（《辍了课的第一点钟里》）亢奋之间，随地取材，即成歌咏，充分表现了内陆深居者对大海的好奇与憧憬，对自由天地的向往拥抱。《死的诱惑》只有两阙，后半阙——

> 窗外的青青海水
> 不住声地也向我叫号。

① 郭沫若：《女神》，人民文学出版社，1958年，129页。另《沫若文集》1，人民文学出版社，1957年，119页。

② 郭沫若、宗白华、田寿昌（田汉）：《三叶集》，上海亚东图书馆，1920年，1981年上海书店影印版，第80页。

③ 同上，第123页。

她向我叫道：
沫若哟，你别用心焦！
你快来入我的怀儿
我好替你除却许多烦恼。

《抱和儿浴博多湾中》共只五行——

儿呀！你快看那一海的银波。
夕阳光里的大海都被新磨。
儿呀！你看那西方的山影罩着纱罗。
儿呀！我愿你的身心像海一样的光洁
山一样的清疏！

同类题材还有未见收入《女神》的印在《三叶集》书信中的《新月与晴海》，后半阙——

儿见晴海，
儿学海号。
知我儿心正飘荡，
追随海浪潮。

《光海》书写海景表现奔放、酣畅的情怀：“海也在笑，/山也在笑/太阳也在笑/地球也在笑/我同阿和，我的嫩苗，/同在笑中笑。”对大海有着异居者、迁居者撞击般的新奇新鲜，本身即构成一种活力张力。大海固有的惊涛骇浪、阴森恐怖、深不可测、瞬息万变等，被审美情趣选择左右，作了有意忽略、避而不谈。这正代表浪漫主义以及革新主义者雄健唯美的倾向。

五四时代谱写大海“传奇”、抒发海洋情怀的当然不只郭沫若一人，例如生长于福建海滨的女作家冰心，还有一些留洋跨海或生活于海疆的诗人作者，间有涉及，却没有一个像郭沫若这样集中地高蹈发扬，极尽描写，十分冲动，显然是有意为海洋世界做圣颂者、鼓吹手。海洋在他笔下超离物质疆域世界，象喻了世界新鲜空气与潮流。这正是《女神》的魅力之一。

## 二、遥相呼应，构建双重共建话语空间

尽管极力讴歌大海的雄奇美丽，反复歌咏，但并不呈现单调，相反文本意蕴丰富、变化有致。秘密在于郭沫若长于开拓话语空间维度，他一方面极力渲染海洋的魅力，一方面不忘本土陆居者的身份，随时唤回往日的封闭记忆，将自己的传奇经历加以渲染，强化冲突效果，让诗歌内容跌宕起伏，吻合大海的波涛音调。诗歌版图无限延伸，时空交错，构成一种浅白形态中交织深刻复杂关系的语文模式。强调内地四川大山一隅出生的诗人，置身辽阔海洋边上，奔跑于无尽的海岸线与思想疆域，这一脱胎换骨、洗心革面般的嬗变，无疑制造了诗歌的兴奋点，陆海交构冲突的情怀，在当时其他诗人笔下甚为罕见，如冰心就完全没有。而在郭沫若笔下，形成艺术真空与文化地景，主题鲜明，持续发酵，产生影响。如阿英评论得当："如果称沫若做一个小说家，总不如称他为诗人的恰当。像他的《女神》里那些诗歌，在中国的诗坛上，很难找到和他可以对立的作家……沫若是一个诗人，中国新文坛上最有成绩的一个诗人！……《女神》里不但表现了勇猛的，反抗的，狂暴的精神，同时还有和这种精神对称的狂暴的技巧。大部分的诗都是狂风暴雨一样的动人，技巧和精神是一样的震动的，咆哮的，海洋的，电闪雷霆的，像这样精神的集子，到现在还找不到第二部，至于语句的自然，当然也是以后的诗歌所赶不上的。"① 这不是过誉之词。当时诗人描写海洋多止于静态印象式的，乃至旅行的浮光掠影的点缀。多阅不免单调。郭沫若擅于制造落差悬殊与惊奇，这是时代使然，也是他的文艺冲动与意识使然。

他从中国大陆前往日本海滨求学，较长时间居处岛国异乡，海洋环抱，感受新异，而生活的奇遇与现实的处境，岛民生活，婚恋，生子，拮据的家庭开支，艰辛的劳作，以及异国的边缘化感受等，无不冲击他的感官神经与思想，使之错综复杂，交织澎湃，自有旁人难及的深度。其受欧洲文艺影响，锐意变革，今昔之感包括忏悔的情怀、牺牲的决心等，皆发

---

① 钱杏邨：《诗人郭沫若》，《中国当代文学研究资料·郭沫若专集》1，四川人民出版社，1984年，第211页。

韧诗文，形成明喻与隐喻、互文等多层话语空间关系。“海也者，能发人进取之雄心者也。陆居者以怀土之故，而种种之系累生焉。试一观海，忽觉超然万累之表，而行为思想，皆得无限自由。”[①] 地理文化的差异，反映到思想中，于其诗歌致因明显。留日期间郭沫若受到欧美文学、哲学影响，尤以歌德为著，兼之法国卢梭，英国拜伦、雪莱，美国惠特曼等，看齐之心昭著。“陆居者”身份不免“怀土之故”，不能切割的血肉联系与文化矛盾纠结，于文本调子中，昂扬中有着压抑，惊奇中有着苦痛，浪漫激昂情怀间又常不能回避现实问题，波澜起伏，见分裂于统一。确有后来批评家所谓不够和谐完善乃至于矫造之处（如沈从文、夏志清等指），但这在探索创造的初期，付诸自然，正如江河奔腾，泥沙俱下，无碍恢宏气势。所以阿英认为这一震动的、“海洋的”“语句的”自然，有章可循。郭沫若的生长经历，正好做了海洋生活坚实的铺垫。海洋更多表现了涤荡尘垢、洗涮旧我的象喻希冀。距离生产美，互文性增加了内容的层次。“‘自由’是‘精神’的唯一的真理”……世界历史无非是‘自由’意识的进展。”[②]“东方各国只知道一个人是自由的，希腊和罗马世界只知道一部分人是自由的，至于我们知道一切人们（人类之为人类）绝对是自由的……”[③] 也许郭沫若海洋抒情诗，正是黑格尔最后一句的题释与图解。为了表现切近真实，诗中往往把自己的名字（“沫若哟”）、家庭、经历遭遇及至隐私，都加以择写入诗，大胆吟咏暴露。故他的抒情诗，亦不妨可看作自传体例作品，是诗歌的“自叙状”，是《三叶集》、自传、小说多部曲的伴奏或前奏。甚至连古代的题材寓言，也不排除“先入为主”“六经注我”，与现实结合，并自我插入，自我写照，例如：

诸君！你们在乌烟瘴气的黑暗世界当中怕已经坐倦了吧！怕在渴望着光明了吧！作这幕诗剧的诗人做到这儿便停了笔，他真正逃往海外去造新的光明和新的热力去了。（《女神之再生》）

我们飞向西方，/西方同是一座屠场。/我们飞向东方，/东方同

---

① 梁启超：《梁启超哲学思想论文选》，北京大学出版社，1984年，第76页。

② 黑格尔：《历史哲学》，王造时译，上海世纪出版社集团，2014年，第16页。

③ 同上，第17页。

是一座囚牢。/我们飞向南方，/南方同是一座坟墓。/我们飞向北方，/北方同是一座地狱。/我们生在这样个世界当中，/只好学着海洋哀哭。(《凤凰涅槃》)

古今沆瀣一气，是时间的互文。海边与内地映衬，是空间的互文。正是多维空间与向心的鲜明主题，看似与海洋无关的古代题材，也因作者身处海域这一文化地景关系，变得关系密切了。在直接的海洋景观抒情中，不时穿插抒发自己的真实生活经历、感想、回忆，泄露最真实的心语，如《光海》一首："十五年前的旧我呀，/也还是这么年少，/我住在青衣江上的嘉州，/我住在至乐山下的高小。/至乐山下的母校呀！/你怀儿中的沙场，我的摇篮，/可还是这么光耀？/唉！我有个心爱的同窗，听说今年死了!"又如："我本是一滴的清泉呀，/我的故乡，/本在那峨眉山的山上。/山风吹我，/一种无名的诱力引我，/把我引下山来；/我便流落在大渡河里，/流落在扬子江里，/流过巫山，流过武汉，流过江南，/一路滔滔不尽的浊潮/把我冲荡到海里来了。"(《黄海中的哀歌》)近同散文化的叙述，驾着诗歌激情浪潮的翅膀，也是一气呵成，率真自然。写海时不断的"插曲"，不仅没有因陆居描写而背离主题，反而从旁烘托了大海的在场身份与气息，突出了昂扬亢奋的情怀，如："阿和，哪儿是大地？/他指着海中的洲岛。/阿和，哪儿是爹爹？/他指着空中的一只飞鸟。/哦哈，我便是那只飞鸟！/我要同白云比飞，/我要同明帆赛跑。/你看我们哪个飞得高？/你看我们哪个跑得好?""一切的偶像都在我面前毁破!"(《梅花树下醉歌》)"我又是个偶像崇拜者哟!"(《我是个偶像崇拜者》)"海湾中喧豗着的涛声/猛烈地在我背后推荡!"(《岸上》)义无反顾，勇往直前，形成海潮韵律般的惯性力量，拍打着读者的心扉。这样的诗歌前所未有。在陆海交构纠缠的记忆冲突、异质文明对照中，表现新生、自由的力量与光明的理念。再如《女神》集外的《月下的故乡》《梦醒》《峨眉山上的白雪》《巫峡的回忆》等多篇，均有如此"陆居者"的"怀土"之思，以海洋情怀涤荡，相映生辉，其比兴得到作者自己这样的诠释："我月下的故乡，那浩森无边的大海又近在我眼前了!""我们谁不是幽闭在一个狭隘的境地……但我只要一出了夔门，我便要乘风破浪!"虽然不免陆居之思，但毅然决然，在诗中多处表白决不走回头路，不愿回到旧我："我是永远不愿回乡。”(《梦醒》)“但我总觉得不适宜于这样雄浑的地方。”(《巫峡的回忆》) 事实上直到抗战军兴中间曾回乡省亲，郭沫若有长达二十六年未返故乡，这不单是天涯路遥、时代原因，也是信念选择的冲突与牺牲。“在这个超感官世界里，凡是前一世界里受轻视的东西便受到尊重，而在前一世界受尊重的东西便遭受轻蔑。按照前一个世界的规律，惩罚使人耻辱，并且毁灭人，而在与它相反的世界里，惩罚便转变成一种宽恕的恩典，这恩典保存了他的性命并给他带来了光荣。”[①] 郭沫若倘不毅然决然走出夔门，奔向世界，兴许也不会有后来那么大的光荣。“前一个是‘现象世界’，另一个是‘自在世界’，前一世界之存在是为另一世界而存在，反之另一世界却是自为的世界。”[②]《女神》恰到好处地诠释了自由的世界，而前后世界的冲突与指喻，是其艺术惯用手法。“地理学与文学都是有关地方与空间的书写，两者都是表意作用（signification）过程，也就是在社会媒介中赋予地方意义的过程。”[③] 因为郭沫若，不仅故乡乐山更有名了，日本九州福冈“博多湾”海滨也成为一处有人文纪念意义的胜地。“这种浪漫派的地景观点，找寻的是自然的庄严雄伟，亦即超越渺小人类的‘崇高’。这些诗本身就是历史事件。”[④] 郭沫若文学初期海洋地景气息旋律的诗篇，无疑早已公认是“历史事件。”

## 三、海是雄壮、健康、创造的象征

虽然以“女神”题寓诗集，郭沫若的诗歌视域与原型更多还是以男性创造者、活力崇拜者取喻抒怀，“女神”只是一种欧化的观念与现代意识，是自由的象征。他诗中更多的表达是赞美雄壮、解放、果敢的创造力，更吻合男性的拟人化与讴歌。也许海洋在当时象喻雄健更为贴切恰当，更符合陆居者奔向世界、拥抱世界的冲动，也更能呼应知识体系中像希腊神话中的勇士以及像“浮士德”那样的悲剧英雄，像尼采、雪莱、拜伦、惠特

① 黑格尔：《序言：论科学认识》，《精神现象学》上，商务印书馆，2013 年，第 121 页。

② 同上。

③ Mike Krang：《文化地理学》，王志弘、余佳玲、方淑惠译，台湾巨流图书股份有限公司，2008 年，第 45 页。

④ 同上，第 61 页。

曼那样的剽悍作风。最典型莫过像《立在地球边上放号》——

无数的白云正在空中怒涌，
啊啊！好幅壮丽的北冰洋的晴景哟！
无限的太平洋提起他全身的力量来要把地球推倒。
啊啊！我眼前来了的滚滚的洪涛哟！
啊啊！不断的毁坏，不断的创造，不断的努力哟！
啊啊！力哟！力哟！
力的绘画，力的舞蹈，力的音乐，力的诗歌，力的律吕哟！

远离大海的陆居者，往往将海洋美好一面集中展示与夸饰，表达向往之情，这在近现代乃至当代文学中颇为常见。西方文学对海洋背景与场域恶魔式的“基型”（如弗莱论）描写很少见诸我国文学家笔下，这和“距离产生美”以及我国传统文学乌托邦（世外桃源）气息习尚切合，这当另文讨论。惊涛骇浪、惊心动魄、无边的荒凉海洋气象都被郭沫若当作了生命力的高调加以歌颂。后之批评者有“把这种浪漫主义手法和态度拿来混用，自然可以把当时没有读过西洋诗的读者弄得目迷五色。这种诗看似雄浑，其实骨子里并没有真正内在的感情；节奏的刻板，惊叹句的滥用，都显示缺乏诗才”①。公正地说这批评失之武断，忽略了历史的向维与时间的检验。事实上近百年后的今天阅读《女神》诸篇，仍能感受五四激情澎湃的时代气息扑面而来，海潮指喻外部的开放的世界与新生事物。不可抹杀郭诗已是当时创造不羁的典范之作。

海洋描写与题材由边缘化占据表现中心，文学家将之作为有喜剧气息、欢乐颂元素的宝藏加以开发利用，这是新文学的一个特点。这也是中国文学由内地文学向世界海洋文学靠近、融入的动态与趋势。海洋辽阔、新奇、突破与自由的象征意义以及健康活力崇拜体现、修辞语境都给新文学带来新鲜血液与崭新面貌，别开生面。而这恰以郭沫若《女神》等作品为显例。“早安！所有的事物都愉快而美丽！”（Good morning，Life—and

① 夏志清：《中国现代小说史》，刘绍铭、李欧梵等译，复旦大学出版社，2005 年，第 70 页。

all Things glad and beautiful!)① 在海洋面前，久羁保守的中国人，迎着欧风美雨，面貌心情都焕然一新。这是浪漫主义的时代。即便有着哀愁、悲伤、挫折，都无损扬帆远航的动力。郭沫若《死的诱惑》，有投入“青青海水”这样“涅槃”畅想的唯美感伤情怀，即为一例。死亡在美的映射下，不是可怕而是一种抒情、象征方式，所以爱与死的题材充斥新文学。“精神的生活不是害怕死亡而幸免于蹂躏的生活，而是敢于承当死亡并在死亡中得以自存的生活。”② 郭沫若在《三叶集》中表达真诚坦率的心曲，如宗白华追忆：“我们和当时的青年一样，受到时代潮流的冲击，感到半封建半殖民的旧中国太令人窒息了，我们苦闷，探索，反抗，在信中谈及人生，谈事业，谈哲学，谈诗歌和戏剧，谈婚姻和恋爱问题……互相倾诉心中的不平，追求着美好的理想，自我解剖，彼此鼓励。我们的心像火一样热烈，像水晶一样透明。”③ 这样取喻的物象、意境都莫过海洋最能担当与形神皆备。郭沫若自己形容：

> 我想诗人底心境譬如一湾清澈的海水，没有风的时候，便静止着如像一张明镜，宇宙万汇底印象都涵映着在里面；一有风的时候，便要翻波涌浪起来，宇宙万汇底印象都活动着在里面。④

由一个文学的浪漫主义者、革新探索者走上社会革命、共产主义信仰者的道路，坦率、担当、追求光明美好的勇气，一开始即从《女神》等作品喷发出来。这种精神也是新文学涉及海洋题材特别专注于雄壮自由元素取材的因由。

将海洋赋予美的自由的象征意义，无疑也有地理文化的新意，从封闭到开放，实现疆域的无限的突破。“这现象界便是特殊目的的领域，各个人代表他们的个性而活动，使这个性能充分地开展和客观地实现，藉以求得这些特殊目的的完成，这种‘立场’又是快乐和悲哀的立场。这样的人

① 傅孝先：《西洋文学散论》，中国友谊出版公司，1985年，第184页。

② 黑格尔：《序言：论科学认识》，《精神现象学》上，商务印书馆，2013年，第24页。

③ 宗白华：《秋日谈往——回忆同郭沫若、田汉青年时期的友谊》，邹士芳、赵尊党整理，1980年10月19日《北京日报》。《三叶集》，上海亚东图书馆，1920年，1981年上海书店影印版，附录第3页。

④ 《三叶集》，上海亚东图书馆，1920年，1981年上海书店影印版，第7页。

是快乐的，假如他发现他自己的环境适合他的特殊的性格，意志和幻想，因此便能在这种环境里自得其乐。”[①]《女神》调子“自得其乐”正在于此。“一个向着全人类吟诵的真正的诗人应该被称为‘和谐’大师。”[②]《凤凰涅槃》宣示：“我们热诚，我们挚爱。/我们欢乐，我们和谐。/一切的一，和谐。/一的一切，和谐。/和谐便是你，和谐便是我/和谐便是他，和谐便是火。”一往无前、摧枯拉朽的气势，表现着强有力的刚健清新，从形式到内容，都刷新了中国诗歌的传统版图与范式。

郭沫若极力渲染海洋光明、雄壮、神奇的力量，且与家乡四川盆地昔日沉闷阴郁、狭隘落后乃至颓废病态现象对比，构成常在的呼应与对抗、冲突关系。海边生活阳刚、雄健，是男性的、父性的。川中生活更多时候是阴郁、低沉、孱弱、女性化（病态）的，愁闷、颓唐、悲调。这在《沫若文集》总名《少年时代》多部自传中可见首尾。直到《革命春秋》、“漂流三部曲”等作品还有继响与表现。川中生活远离海洋也即远离世界先进浪潮，表现为较为封闭、保守、落后的体量场景，名山大川如高墙铁牢封锁。能够突破这样的藩篱，只能以英雄气势与革命精神。郭沫若对家乡生活的描写，沈从文有嫌笔墨累赘冗长之弊，这于郭氏确有长大篇幅争取更多版税维持生活的考量，但更重要也更直接的，还是他不肯隐忍、敢于暴露的率真激烈态度作风使然。这在《三叶集》中已有充分说明，他并非刻意模仿卢梭或谁谁，“我写的只是这样的社会生出了这样的一个人，或者也可以说有过这样的人生在这样的时代”[③]。要真实记述生活、历史，反映变革。《女神》中的自传色彩与鲜明对比，思想艺术张力，海洋健康气息冲击，与前后两种地景文化遭际密切相关，形成阴柔病态与阳刚健康的冲突反差。家乡青少年时代，郭氏早慧而较为顽劣、颓唐，如性的觉醒、幻想，狭邪之游，“倡优之蓄”即与“戏子”“妓女”等接触，逃学、斗殴，近乎同性恋、畸恋等。这之间固然有时代、地方风俗原因，也有反抗体制权威故意为之的夸张成分，但历史的真实大体如此，不容粉饰回避，他在川中两次遭到开除学籍处分，生活方面的混乱，人生道路的彷徨，皆

① 黑格尔：《历史哲学》，王造时译，上海世纪出版社集团，2014 年，第 24 页。

② 见王锦厚：《罗曼·罗兰身边的两个中国青年》，《郭沫若学刊》，2015 年第 1 期。

③ 郭沫若：《少年时代·前言》，《沫若文集》6，人民文学出版社，1958 年，第 2 页。

反映出一个“封建社会向资本制度转换的时代”[①]。压抑与突破，晦暗与光明，在海洋世界进步文化空气激荡中得到净化与提升，仿佛溶入所谓“光海”，焕然一新。他译《浮士德》诗句形容：

两个心儿，唉！在我胸中居住在，
人心相同道心分开；
人心耽溺在欢乐之中，
固执着这尘浊的世界；
道心猛烈地超脱凡尘，
想飞到个更高的灵之地带。[②]

《女神》《三叶集》等作品抒写心声，淋漓尽致。是其生命交响曲中“欢乐颂”一段，是作为一名丈夫、父亲身份乃至新文化弄潮儿、创造者的担当与勇气。由阴郁彷徨走向雄健阳刚的生命历程，形象而铿锵有力地反映到《女神》新制中。“一个灰色的回忆不能抗衡‘现在’的生动和自由。”[③] 黑格尔曾在《历史哲学》中详论东西文化关系，指出温带农业河流区域与海洋如地中海区域民族精神的不同，前者静态，更偏向于阴柔守旧，后者动态，更偏向于冒险、雄健、创新。美国学者迈克·克让(Mike Krang）分析：“家园感觉的创造，是文本中深刻的地理建构。……家被视为依附与安稳的处所，但也是禁闭之地。……移动能力、自由、家园和欲望之间的变动关系，被视为男性气概之空间经验的寓言。……英雄不再寻求回归某个安定的家，事实上，他们抛弃了这种意图。然而，我们仍能看到男性英雄的明显区别，逃离了承诺，迈向开阔的道路，避开禁锢他们的女性化的家园。”[④] 郭沫若前后生活的“变动关系”，正好反映出这一驱动变化。“欧化”的海洋色彩与地景文化观念，是郭沫若诗歌显著的表征与突破，从而打破“那个永无变动的单一”[⑤]。

---

① 郭沫若：《少年时代·前言》，《沫若文集》6，人民文学出版社，1958年，第2页。

② 《三叶集》，上海亚东图书馆，1920年，1981年上海书店影印版，第1页。

③ 黑格尔：《历史哲学》，王造时译，上海世纪出版社集团，2014年，第6页。

④ Mike Krang：《文化地理学》，王志弘、余佳玲、方淑惠译，巨流图书股份有限公司，2008年，第63～64页。

⑤ 同上，第107页。

啊我年青的女郎！
我自从重见天光，
我常常思念我的故乡，
我为我心爱的人儿
燃到了这般模样！（《炉中煤》）

太阳当顶了！
无限的太平洋鼓奏着男性的音调！（《浴海》）

“男性的音调”象征了作者的革新与自强。

## 四、方言土语与欧风美雨、海洋词汇的交融结合

郭沫若书写带有海洋气息的诗歌篇章，富有地理文化景观特色，还表现在将四川方言土语大胆尝试、自然率真写入诗行，与欧化的思想文体、多国语言典章结合杂糅、交汇，相映生辉，彼此互文，取得创造的奇趣与陌生化的新异样式，自由体诗的无拘无束、新颖活泼，与海洋风光意味熔为一炉，堪称新文学的一次壮观探险。

涌着在，涌着在，涌着在，涌着在呀！
万籁共鸣的 aymphony，
自然与人生的婚礼呀！
穹穹的海岸好像 Cupid 的弓弩呀！
人的生命便是箭，正在海上放射呀！（《笔立山头展望》）

雪的波涛！
一个银白的宇宙！
我全身心好像要化了光明流去，
Open-secret 哟！（《雪朝》）

太阳哟，你便是颗热烈的榴弹哟！
我要看你“自我”的爆裂，开出血红的花朵。（《新阳关三叠》）

反抗婆罗门的妙谛，倡导涅槃邪说的释迦牟尼呀！
兼爱无父，禽兽一样的墨家巨子呀！

反抗法王的天启，开创邪宗的马丁路德呀！

西北南东去来今，

一切宗教革命的匪徒们呀！

万岁！万岁！万岁！（《匪徒颂》）

像这样组合新词新意的建构尝试书写，充溢《女神》。正如“命名了那被叫做‘灵魂’的东西的本质”①，通过诗歌创作表现人类挣脱枷锁、自由发展创新，也即“一个还乡的种类的美”②。透过四川方言土语的改造呈现，使奔赴海洋的进程意味更加浓厚。纵观其早期诗文，方言土语在诗人灵魂燃烧、逸兴遄飞时，不吝挥洒，有机地、自然地组合到新的乐章中。阿英“语句的自然”评骘，兴许也包括语言词组造句的率真不拘。以下将《女神》有川土方言特色的诗句字词选取排行（重复段不列，黑体显示）一部分，可见一斑：

《序诗》：“‘女神’哟!”川南地区（郭沫若生长地）如乐山、雅（安）、宜（宾）、泸（州）等片区入声音韵方言隶属中国古音韵承传区域，惯用惊叹词“哟”，如“哟喂”“哟噎”等。这一用法遍见《沫若文集》，如“沫若哟!”“我是个偶像崇拜者哟!”等等。

《女神之再生》：“怕在这宇宙之中，有什么浩劫要再!”“你们在乌烟瘴气的黑暗世界当中怕已坐倦了吧!”四川方言常用推测词“怕”，推测判断事情结果，不定有畏惧的本意，有时还指代喜事，如“怕有喜、怕有客、怕要开花、怕要发财”等。

出同上：“那样五色的东西此后莫中用了!”川南方言常用古音韵文“莫”，如“莫来、莫去、莫听”等。

《湘累》：“他们随处都叫我是疯子。”川方言指称精神分裂、狂人，常作修辞指代，如“酒疯子、诗疯子、画疯子”等。

出同上：“我想不到才有这样一位姐子!”川语称“哥子、姐子、老子、娘子、啥子”等，“子”作尾缀词常见。

《凤凰涅槃》：“请了！请了!”四川人聚会辞别时惯用礼貌语，此例也

① 海德格尔：《在通向语言的途中》，孙周兴译，商务印书馆，2004年，第34页。

② 同上，第75页。

见《三叶集》中郭沫若致宗白华书信。

《天狗》：“我在我脑筋上飞跑。”四川人常称思想、头脑为“脑筋”，如“动脑筋、脑筋灵活、脑筋不好使、脑筋有问题”等。

“飞跑”，川语形容极快之意。如“飞香、飞辣、飞痛、飞咸、飞高、飞闹”等，状极之意。此例亦见于郭诗《新生》：“飞跑，飞跑，飞跑……好，好，好。”

《无烟煤》：“可要几时才能开放呀？”“几时”：有文言色彩，川南口语普遍使用。江西等地亦常用，如“红军哥哥几时回”等，疑为客家话入川，郭沫若父系即广东迁蜀客家人。

《光海》：“我反把你揎倒。”川人多用动词“揎”代“推”，如“揎车、揎人、揎一把”等。

《新阳关三叠》：“我独自一人，坐在这海岸边的石梁上”。四川人习惯将高坦平实的大石称“石梁”。

“你看我们哪个飞得高？”四川人口语一般不用“谁”，以“哪个”代替。如有人敲门，问：“哪个？”“哪个”也不仅独指某一人，有众类指称。如面对一群人问：“哪个愿去？”“哪个来？”不限一人。

《夜》：“硬要生出一些差别起。”“硬要，硬是”，川语常用，意指固执倔强。“起”，尾助词，表示时态，如“拴起、悬起、雄起、倒起”等。

《新月与白云》：“解解我火一样的焦心？”川人将着急、恐惧、担忧等情状，统用“焦心”“心焦”。《死的诱惑》中：“沫若，你别用心焦。”

《火葬场》：“我这瘟颈子上的头颅”，川语贬斥常用，如“瘟丧，瘟神”等。对无精打采、若丧考妣者，常指“瘟颈子”。

《春蚕》：“终怕是”，常用于川方言。如“终怕是好不起来了，终怕要下雨”等。

《岸上》：“只惊得草里的虾蟆四窜。”四川人将青蛙、癞蛤蟆、跳虫等统称“虾蟆”。

《日暮的婚筵》：“夕阳，笼在蔷薇花色的纱罗中。”川语将“笼”名词动用化，如“笼手笼脚、笼鸡鸭、笼起”等。

《海舟中望日出》：“黑汹汹”“白晶晶”，川语常用叠声连韵形容词。

《西湖记游》：“我一心念着我西蜀的娘，/我一心又念着我东国的儿。”

“一心念着”，川语惯用，如“为娘一心念你，一心念读书”等。

还有很多介于普通话与四川方言土语之间的词汇句式，较常通用，但用在普通话与川话中各有侧重神韵。总之四川方言土语写入现代诗，在郭沫若《女神》中触处皆是，信手拈来，加之文集、书信、散文、回忆录、小说、戏剧等大量著作，堪称巴蜀词语大典，川语王国。其大胆掇拾、合理穿插应用、结合，点缀精彩，标志了强烈的地方性，强化了自我身份意义，表现出浓郁的生活气息（四川人特有的诙谐幽默），更加强化了内地与沿海文化的对应、冲突、互文关系。

郭沫若原名郭开贞，笔名取家乡水系沫水、若水字义嵌合。“郭沫若”三字的川南方音谐合汉代司马相如《喻巴蜀檄》中“关沫若”一语①，这要四川尤其是川南地区方言念读才能心领神会。毫无疑问，郭沫若的地理意识与文化景观表现鲜明突出，川方言土语与海洋书写中欧风美雨的新名词概念奇异组合，宛如奇葩怒放，在陌生化的艺术效果中见到惊奇与深刻，是新诗前所未有。凸显了“自我身份”与“文本身份”的有机结合。“身份是任何自我发送符号意义或解释符号意义时必须采用的一个‘角色’，是与对方、与符号文本相关的一个人际角色或社会角色。……意义的实现，是双方身份对应（应和或对抗）的结果，没有身份就没有意义。”② 郭沫若的四川人身份，在海洋特色诗歌创作中彰显突出，正是“应和或对抗”的效果。在海洋接受与体验生活抒情中，多惊奇，多自我，也更多新世纪的激情，包括错愕、矛盾、知识、剖白、忏悔意识等，文本内容丰富邃密、奇幻。

> 我想永远在这健康的道路上，自由自在地走着，走到我死日为止。海涅底诗丽而不雄。惠特曼底诗雄而不丽。两者我都喜欢。两者都还不足令我满足。所以讲到无所需要一层，我还办不到。我很想多得哥德底“风光明媚的地方”一样的诗来痛读，令我口角流沫，声带

① 关于郭沫若的笔名来由，见其自述：《沫若自传·革命春秋》，新文艺出版社，1956年，第184～185页。司马相如“关沫若”三字被他提到，认为“便是那两条河并举的开始了”。但郭沫若三字川南发音谐合“关沫若”，则是本文笔者自己的经验判断。特此说明，仅供参考。

② 赵毅衡：《身份与本文身份，自我与符号自我》，《外国文学评论》，2010年第2期。亦见载其著《符号学——原理与推演》，南京大学出版社，2012年。

震断。雄丽的巨制我国古文学中罕见，因为我尤为喜欢的是赞颂自然的诗，能满足我这个条件的文章，可惜我读书太少，我还不曾见到。木玄虚底《海赋》，郭景纯的《江赋》都是好题目，可惜都不是好文章……①

在欧风美雨世界思潮冲击中，川语方言的脱口成秀，原生态特色，是以巴蜀地景的雄浑之势推助大海的波澜起伏，更加抵达与向往“雄丽”的境界。

综上所述，郭沫若《女神》等作品，洋溢着海洋特色风光气息，以及世界进步浪潮、声讯信息，以一个远离海洋的内陆自我身份标识，在文本中率真、坦荡、“雄丽”地反映了走向世界、追求真理的革新勇气。鲜明突出的文化地景书写，冲突对抗、矛盾情结，加深了思想内涵及艺术张力，是新文学海洋风光题材的罕见力作。

2016 年 1 月 26 日再改

① 郭沫若等：《三叶集》，上海亚东图书馆，1920 年，1981 年上海书店影印版，第 143～144 页。

# 第四章 郁达夫曾资助刘大杰去日本留学吗?

刘大杰先生曾是我现在任教的四川大学中文系的老系主任，我在课堂给学生讲析刘先生的散文名作《成都的春天》，顺带介绍刘先生的生平事迹，一般的现代文学教材或辞典涉及他很是简略或多付阙如，备课参考的资料十分有限，从网上查阅“百度百科”词条，有关刘大杰生平与成果的编写则颇为细充，堪称图文并茂，填补了这项空白，对此不由对编写者的辛勤劳动与专业知识表示钦敬。电子技术发达并常可更新，兴许这正是纸质工具书所不达的长项吧。

互联网百度词条关于刘大杰有如下行文：

> 1922年，大杰考入国立武昌师范大学，报考数学系，结果分配在中文系。著名学者黄侃、胡小石主讲文学课程对他产生过积极影响。尤其是主讲“文学概论”“小说创作”的郁达夫教授，给他启迪和帮助更大。1925年冬，武昌师大中文系旧派反对郁达夫，郁愤而辞职。刘大杰同情郁达夫，一道离校来到上海。在郁的鼓励和帮助下，于1926年，毕业于武昌师范大学中文系，赴日本留学，在东京一个补习学校学习日语。1927年考入日本早稻田大学研究科文学部，专攻欧洲文学。在校3年，经常写点短文寄回国内发表，以稿费维持生活。
>
> 天资聪慧的刘大杰以勤奋向上，且酷爱文学引起了郁达夫的注意。当郁达夫得知这出身贫穷的湖南籍学生，年幼时有着边放牛边看书的艰难求知经历时，自然对刘大杰更是关怀有加。甚至，1927年刘大杰去日本早稻田大学深造的费用，亦由爱才的郁达夫慷慨资助。之后，师生交往密切，常有在一起饮酒赋诗的佳话。

笔者对以上表述稍感意外，过去对郁达夫也有所研读，尚不闻郁达夫曾“慷慨资助”刘大杰去留学日本这一事宜，果真如此，这在当时会是一笔很不小的费用开支。从郁达夫的好朋友郭沫若的回忆录里得知，郭沫若20世纪初去日本是由其长兄出资了两根金条方成行（见《初出夔门》一章）。20年代后期留日费用应该也不会降低。沈从文20年代中期（1924年11月）曾经向郁达夫倾诉困难与希望，引出郁达夫《给一位文学青年的公开状》文，据“公开状”记录并沈从文后来回忆，郁达夫亲自到旅舍探望了沈从文这个文学青年，请他去外边小饭馆吃了一餐，剩下的零钱，似都支援了他，回去于是有行文记述感想。如果郁达夫曾赞助过刘大杰一笔不菲的学费，那这在郁达夫方面，应该是有记录的一项较大的支出项目，但这并未见载郁氏书录。查郁达夫1925年日记付阙，1926（11月3日起）、1927（7月31日止）年正好有《日记九种》留存，分别为“劳生日记”“病闲日记”“村居日记”“穷冬日记”等，其中支出较细，如汇款回家，赠人款项等，即使十元、五元，都间有记录，如1926年11月7日记：“昨晚上接到一位同乡来告贷的苦信，义不容辞，便亲自送了十块钱去。”1927年1月30日记：“午后出去访徐氏兄妹，给了他们五块钱度岁。”对告穷而提出要求者，作为文坛名人的郁达夫时有躲避，如1927年1月31日记：“昨日有人来找我要钱，今天打算跑出去，避掉他们。”郁达夫一生教、著（卖文）为生，浪迹天涯，落拓不羁（甚至狎妓、吸鸦片、赌牌这时期亦时见记录），加之购书成瘾，开销不小，行文颇爱叫穷。《日记九种》中幽怨牢骚之辞不绝于书，当时他境况并不大好，有像这样的书写：“天呀天呀，你何以播弄得我如此的厉害，竟把我这贫文士的最宝贵的财产，糟蹋尽了。啊啊！儿子死了，女人病了，薪金被人家抢了，最后连我顶爱的这几箱书都不能保存，我真不晓得这世界上真的有没有天帝的，我真不知道做人的余味，还存在哪里？我想哭，我想咒诅，我想杀人。”（1926年11月3日）当然贫穷并不等于吝啬，郁达夫本性善良且富于同情心，对弱者对朋友都不失豪爽慷慨。如郭沫若曾记1921年9月回日本，在上海汇山码头上船，身上盘缠被扒窃一空，当时一筹莫展，“达夫连忙把他的钱包搜了出来，倾了五十块钱给我”（见《创造十年》第九节）。郁达夫在《给一位文学青年的公开状》中也曾写道：“平素不认识的可怜的朋友，或是写信来，或是亲自上我这里来的，很多很多。我因为想报答两位也是我素不认识而对于我却有十二分的同情过的朋友的厚恩起见，总尽我的力量帮助他们。可是我的力量太薄弱了，可怜的朋友太多了，所以结果近来弄得我自家连一条棉裤也没有。”这也许是郁达夫作为名人和性情中人的真实苦恼。与真的穷人相比，也许郁达夫还算“阔”，时有饮酒抽烟挥霍的余地，他常态的叫穷兴许多少还是有夸张、控诉的成分在里边。但无论如何，当时凡上百元对文人郁达夫来说都绝不是小数目，从他当时的生活经济状况和日记收支明细看，如果他果真有一笔较大资助给学生刘大杰去留学东洋，至少可以借题发挥写篇文章出来，或见载于日记，不仅在于述德，也在于反映社会问题，像 1924 年拿沈从文说事那样，产生一定的社会反响。但郁达夫读者印象中并未有此援助青年留学外国的述录。

附在刘大杰《中国文学发展史》（初版重印本，2007 年百花文艺出版社）后边的陈尚君先生撰写的：《刘大杰先生和他的〈中国文学发展史〉——写在〈中国文学发展史〉初版重印之际》涉及刘郁关系处的行文值得参考：

> 刘大杰先生是湖南岳阳人，1904 年出生……在困苦中勤奋自学，于十六岁时考入武昌旅鄂中学，三年后考入武昌师范大学，先后受教于黄侃、胡小石、郁达夫等名家。受郁达夫影响，他开始走上文学道路，开始小说、诗歌的创作。郁受排挤离校时，他弃学追随，来到上海，并于 1926 年初由郁推荐，赴日本留学。

文章重在论著评述而不是生平事迹介绍，行文比较简略，里边也未有提及“资助”一事，只有“由郁推荐”这一说法。

鉴于纸媒文学史对刘大杰的介绍历来较少和多有付阙，“百度百科”这一最为普及便捷的查阅方式与呈现，容易被读者或教学研究者接受、参考、使用。我于是有意去查阅原始资料，想将郁达夫是否真的资助过刘大杰留日这个问题搞清楚。如果是，则为研郁界一大谈资，可谓锦上添花。不是，忠于历史事实，搞清来龙去脉，也免以讹传讹，同时亦可为完善词条建设贡献一点绵力。其实不论有无经济资助一事，应该都无损郁、刘二人才名、德名，最多在读者方面留点小小遗憾而已。

最便捷的方法莫过于直接了解当事人的说法，惜乎郁、刘二位先生都已过世。查见上海生活书店1934年（民国二十三年七月）出版发行由郑振铎、傅东华编辑的《我与文学》集子中收编刘大杰《追求艺术的苦闷》一文，应是今天我们所见最直接最初始的说法，可信度应无多疑。

刘大杰先生于文中首先述及“投考高师”，尔后“记得是进高师的第三年第二学期，郁达夫先生到学校里来教文学了”。（这里说明刘大杰当时所在学校还不是前边所引述的“武昌师范大学”，而是“高师”，即师范专科学校，今所谓大专。①）与郁达夫先生关系及留学的缘由，所涉行文照抄如下：

记得是进高师的第三年第二学期，郁达夫先生到学校里来教文学了。我那时正从家里逃婚出来，手中一文钱也没有，痛苦的寄居在学校里一间小房里，心里充满着说不出的压迫的情绪，好像非写出来不可似的。于是便把逃婚的事体作为骨干，写了一篇万把字长的似是而非的小说，那篇名是《桃林寺》，我送给达夫先生看，他说：“还好的。”他立即拿起笔来写了一封介绍信，寄到《晨报副刊》了。十天以后，小说果然连续地登了出来，编辑先生寄来十二块钱，外附一页信，很客气地叫我以后常替《晨报副刊》写文章。

刘大杰受郁达夫影响与支持走上文学创作道路，这是确定无疑的。文中涉及上海与留学一节，摘抄如下：

民国十四年的秋天，我带着渺茫的前途，带着青年的热情与冒险性，到了陌生的上海。同达夫先生同住在法租界吉祥路的一家小旅馆里，那旅馆真小得可怜，又没有光线，白天也是要开电灯的。一间小房里，开了两铺床，再也容不下身子。因此就常到郭沫若先生家里去

---

① 武昌师大由高师升为大学，郭沫若恰有记录可参考，见《创造十年》第三节，叙述一九二五年初，郁达夫推荐郭沫若入教武师大被郭婉拒事，按郭的说法，武昌高师转大学，“……一九二四年的八月，是已经升成大学的时代了”。“达夫既在那儿，又有张资平是那儿的理科教授，颇有声望，而且正领导着一批青年作家。”这个“青年作家”群里应即有刘大杰，想来郁达夫或向郭沫若提及过。如此说来，就时间而言，刘大杰先生入校时尚是武高师，出校时则已是武师大了。可知称其考入武师大也对也不对。

玩。郭先生极力鼓励我到日本去。他当时叫（原文如此，引者）了我几句简单的日语，告诉了我的路线，我从朋友那里弄了一百二十几块钱，便毫无目的毫无把握地跑到日本去了。

可见，如果是老师郁达夫资助的学费，刘大杰不可能隐而不扬，却说成“从朋友那里弄了一百二十几块钱”，除非是郁达夫叫他保密，否则断不会如此。从当时郁达夫的生活境况看，不大可能出一百多元给刘大杰去日本留学。兴许住宿上海小旅馆费用与时或的饭钱支持是应有的（惜乎对此刘大杰文中未予提及），但留学日本的动议来自郭沫若（郭应由郁推荐介绍而认识）的鼓励而非郁达夫，文中阐述甚明，郁出资事行文中一字未见道及。文章后部分再次提到郁达夫，是刘大杰留日六年期间，郁达夫在国内《青年界》月刊上为刘大杰小说《昨日之花》撰写一篇评论，“内面有一段说”：

从《昨日之花》里面几篇小说总括地观察起来，我觉得作者，是一位新时代的作者，是一位新时代的作家，是适合于写问题小说宣传小说的。我们中国最近闹革命文学也总算闹得起劲了，但真正能完成这宣传的使命，使什么人看了也要五体投地的宣传小说，似乎还没有造成的样子。所以我看了刘先生的作品之后，觉得风气在转换了，转向新时代去的作品以后会渐渐产生出来了。而刘先生的尤其适合于写这一种小说的原因，就是在他的能在小说里把他所想提出的问题不放松而陈述出来的素质上面。我希望刘先生以后能善用其所长，把目前中国的社会问题，斗争问题，男女问题，都一一的在小说里具体地表现出来……

郁达夫期望可说很高，但刘大杰文章之所以题为《追求艺术的苦闷》，是表述其归国执教后感觉创作难以有所创新突破从而徘徊于坚持与放弃的矛盾心态中。从花城、三联香港分社版《郁达夫文集》查到这篇原文《读刘大杰著的〈昨日之花〉》，文章前部分有一段讲述与刘大杰关系的文字，于本文似颇重要：

作者刘大杰先生，本年二十七岁，湖南岳州人，是我七年前在武昌大学文学系教书时候的同学。他那时从武昌大学出来之后，曾到日本早稻田大学去专习过文学的。因为有了这一段关系，所以有许多人似乎在批评他的作品，系继承我的作风的——这是作者自己对我说近来有人这样批评他——但我把他的这一册短篇小说集一读之后，觉得这话却是大大的不然。

郁达夫著文是因先读到他人的评论，“恰巧作者刘大杰先生，也正在我这里进出的当中，所以就问他要了一册来读了一遍”①。于是有以上评文言论。

综上所述，郁达夫对青年刘大杰学习并走上文学道路、从事文学创作的确予以了不遗余力的热情支持与提携、鼓励，师生结下了深厚的情谊，这从“百度百科”词条里引举的几首刘大杰生平悼念郁达夫的几首旧体诗里也可加以体会，但当年由郁达夫鼓动并出资促成刘大杰去留学日本一节，似不是事实，也不见及当事人自述或暗示，可能性很小。或许这属于词条撰写者的良好愿望与主观臆测，也或许援引于别的什么人的道听途说（甚或不排除是刘大杰先生后期的某次自说②），即便如此，也恐系“溢美之辞”。当然这种说法肯定是出于善意并可理解的。只是我们作为教学研究者，需认同历史真实，不肯妄加揣测或“想当然耳”才好呢。

2012 年 9 月 2 日改定

① 《郁达夫文集》第六卷，花城出版社、生活·读书·新知三联书店香港分店，1983 年，第 79~80 页。

② 这是笔者的揣想与假设。人无完人，刘大杰先生晚年苦心按儒法斗争路线指示修改其名著《中国文学发展史》，据其复旦大学同事许道明先生等人撰文述忆，大杰先生即便在非正常年代仍是一名孜孜不倦的学者，只是不免沾染时风，较喜夸饰，好虚誉。终其一生，瑕不掩瑜耳。

# 第三编　一片冰心在玉壶

# 第一章 论冰心新文学的古典气质与“乡愁”书写

## 前 论

海外知名学者夏志清教授曾说：“冰心代表的是中国文学里的感伤传统。即使文学革命没有发生，她仍然会成为一个颇为重要的诗人和散文作家。但在旧的传统下，她可能会更有成就，更为多产。”[①] 这显然是一个伪命题，代表一种偏见。因为不曾发生的事情，揣想它的可能性，都不是科学的依据与结论。况且冰心的文学，众所周知，从整体与本质来讲，是新文学的催生与结果。她博爱、平等、民主、自由的思想以及与其相适应的新体式，开时代风气，影响深远。不论是“冰心体”的新诗，还是“问题小说”，以及通讯体的散文随笔，都打着鲜明的时代烙印，冰心与她的文学，都成为五四新文学一种风格的代言，一个价值坐标与具有象征意义的符号体系，夏教授随意设想她倘如守旧或索性回到旧传统时代，“会更有成就，更为多产”，这不是坐井观天，就是盲人摸象，抑或自我标榜。令人惊讶的是这竟是写入文学史编述的行文。夏教授还有对冰心吸收外国文学的成就的抹杀，认为“说教”“破坏了感性”“冒牌的”等，以个人的审美取向、价值好恶，随意地取代文学史的严谨邃密，这不啻一种观念语言暴力，如黑格尔所说：“一体化充满了暴力，一方将另一方纳入自己的控制之下。……这种本应是绝对的同一性，却是一种欠缺的同一性。”[②] 颐指气使，以偏概全，这也是近年国内一小股否定与贬低新文学名家包括

① 夏志清：《中国现代小说史》，复旦大学出版社，2005 年，第 53 页。

② 转见于尔根·哈贝马斯：《现代性的哲学话语》，曹卫东等译，译林出版社，2004 年，第 39 页。

冰心文学成就在内的潮流的共同特征，显示出语言暴力与抹杀历史的轻率态度。同样近年生活在海外，有些学者，却能够比较公允而不流肤浅地看到问题的实质，给出合理的分析解释，如著名美学家李泽厚先生认为："在冰心的单纯里，恰恰关联着埋藏在人类心灵深处最重要、最不可缺少的东西，在这个非常限定的意义上，她也是深刻的。……鲁迅和冰心对人生都有一种真诚的关切，只是关切的形态不同。"① 冰心的现代性与其文体的新文学本质特征，鲜明特点，在学坛早已形成共识、常识，是不争的事实，这里无意展开来述说，也非本文论点所在。我们否认与反对将冰心文学与旧文学混淆的言论，不等于我们排除和无视冰心身上所具有的一种高贵的古典气质与风度，不等于否认冰心接受优秀的古典文学遗产以及其水乳交融般的创作借鉴与吸收成果。夏志清先生认为："冰心的优点并不在于感伤的说教，也不在于对自然的泛神崇拜态度，而在于她对狭小范围内的情感有具体的认识。"② 抛开前二句不论，对其所谓"对狭小范围内的情感有具体的认识"这一句，笔者倒可借其指意，来谈论本文的论题，即冰心身上所具有的一种古典气质以及创作中对古典文学"乡愁"语词的发现与创新运用。据笔者的梳理考证，冰心很可能是中国现代文学中"乡愁"文学的始作俑者，是"乡愁"语词在近现代的第一个言说者、书写者。

## 一、冰心的古典气质

冰心的古典气质，着重表现在她为人冰雪聪明、不依不傍、博爱清新、特别注重亲情伦常、含蓄而充沛的情感修养方面，不仅在于文学艺术手法上对中国古典文学营养的吸收，也在于对外国文学经典作品的取法借鉴。不论是泰戈尔还是纪伯伦抑或英美小说、戏剧、诗歌、散文随笔，还是那比较真切而典雅含蓄、高贵、特别能传达爱与美的人性方面的作品都能够打动她，给她留下深刻印象。对于冰心的这种古典气质，郁达夫早有脍炙人口的评价："冰心女士散文的清丽，文字的典雅，思想的纯洁，在

① 刘再复：《李泽厚美学概论》，生活·读书·新知三联书店，2009年，第170页。

② 夏志清：《中国现代小说史》，复旦大学出版社，2005年，第53页。

中国好算是独一无二的作家了；记得雪莱的咏云雀的诗里，仿佛曾说过云雀是初生的欢喜的化身，是光天化日之下的星辰，是同月光一样来把歌声散溢于宇宙之中的使者，是虹霓的彩滴要自愧不如的妙音的雨师，是……对父母之爱，对小弟兄小朋友之爱，以及对异国的弱小儿女，同病者之爱，使她的笔底有了像温泉水似的柔情。她的写异性爱的文字不多，写自己的两性间的苦闷的地方独少的原因，一半原是因为中国传统的思想在那里束缚她，但一半也因为她的思想纯洁，把她的爱宇宙化了秘密化了的缘故。”[①] 郁达夫后文虽然也将冰心与“中国一切历史上的才女”相提并论，但这是置于“独一无二”这个文学现代性的前提下，谈她的继承性，与夏志清轻率地推论冰心回到旧传统去会更好的视域完全是南辕北辙。早在新文学早期的20世纪20年代，对冰心文学即好评如潮，读者为其令人耳目一新的散发着时代气息的作品欢欣鼓舞，不禁品头论足，说长道短，见黄人影编《当代中国女作家论》，其中评论冰心总共七篇文章，是集中数量之最，几乎一致肯定冰心爱的文学，以及其作品无比清纯的诗意。“描写‘爱’的文字，再没有比她写得再圣洁而圆满了!”[②] “冰心的用字极其清新，使人感到美妙柔婉的情绪。”[③] “虽不必都像冰心那样的作品才是健康的作品，然而冰心的作品可无论如何也找不出一点‘世纪末’文学的气息；为社会的缘故，我也深深地赞美了冰心的作品了。”[④] “她幽静的天性，更能助她摒绝世扰，自强不息。”[⑤] 这些赞美都是发自真心的，有深刻寄寓的。当时冰心只是个年轻作家（评论中甚至有称“少年作家”[⑥]），倘非清新，非切实存在的重大的社会影响，彰显出新文学的作风气派，赞者岂不是白日做梦的一群发神经？冰心二十二岁即成名，她的天才，她的应运而生，以及对时代脉搏、新声的敏感把握、推陈出新，都是她与她的

① 郁达夫：《中国新文学大系·散文二集导言》，《现代散文序跋选》，百花文艺出版社，1983年，第137～138页。

② 黄人影编《当代中国女作家论》，上海书店，1985年，据上海光华书局1933年版影印，第187页。

③ 同上，第209页。

④ 同上，第174页。

⑤ 同上，第194页。

⑥ 同上。

文学家喻户晓的根本原因。由于审美观念的不同或期望颇高的缘故，论者也有对她文学表示遗憾与批评的，如梁实秋对她小诗（《繁星》《春水》）的“纤巧”的遗憾，希望她更能扬长避短，“大气流行，卓然独立”[①]。茅盾在其长文《冰心论》中对爱的哲学过甚而直面现实、社会暴露内容太少的批评[②]等。我们说，一个作家不能兼擅各种风格，如同一个歌者并不一定兼擅各种唱腔，一个战士不一定兼能各种装备武器一样，如上引李泽厚先生所言，冰心的风格其实与鲁迅的风格一样是切实关心社会的，分别代表一个物体不同的两面而已。在当时残破凋零、人心冷漠坚硬的中国社会，提倡富于牺牲精神与理性的爱心也是要有勇气与毅力的，如同鲁迅志在改造社会的疾恶如仇。近百年的时光考验业已说明，冰心文学能够传世不衰，也正因其有着兴许不无遗憾的独特的哲学观念与审美情操表现。其实世上没有遗憾的事物本是不存在的。

那么，优秀古典文学的可贵气质与传神表现手法，对于冰心的文学，有如雪溶于水一般，化解无痕，巧妙熨帖。正如当时的评论家所感：

> 她的文字，的确是“中文西文化”“今文古文化”的文字，另有一种丰韵和气息，永远是清丽和条畅，没有一毫的生拗牵强，却又绝对不是《红楼》《水浒》的笔法，因为她已将中国的白话文欧化了！[③]

这里其实正是指出了冰心的文学的新文学特征：一种兼容中西的世界文学气质。

我们在冰心一生的自述与他人写作的传记中不难发现，冰心自幼所受到的中国古典文学包括通俗文学的熏陶与影响。这里我们专题探讨冰心对古代“乡愁”文学的吸取与推陈创新。

---

① 黄人影编《当代中国女作家论》，上海书店，1985年，据上海光华书局1933年版影印，第214页。

② 见茅盾：《冰心论》，《作家论》，上海书店，1984年，据上海生活书店1936年版影印，第177页。

③ 黄人影编：《当代中国女作家论》，上海书店，1985年，据上海光华书局1933年版影印，第186页。

## 二、从杜甫诗中“拿来”了“乡愁”这个语词

冰心最早发表的成名作是小说，后被称为五四时期“问题小说”，即通过小说提出一些现实的社会问题，从而寄寓时代的思考与心声。列在《中国新文学大系·小说一集》第一篇的《斯人独憔悴》，即冰心早期代表作。这里摘录一段茅盾的评论：

在《斯人独憔悴》中，她勇敢地提出“父与子的冲突”来了，可是她使得那“子”——五四式青年的颖铭，终于屈服在旧官僚的“父”的淫威之下，只斜倚在一张藤椅上，低徊欲绝地吟着：“出门搔白首，若负平生志，冠盖满京华，斯人独憔悴……”

茅盾指出：“她的问题小说里的人物就是那样软脊骨的好人。”① 这里我们不参与冰心问题小说中人物特点与主题的讨论。我们只要注意，冰心这篇小说的取名与引用的诗句，正是杜甫流传很广的诗歌《梦李白二首》之二。与其说冰心小说中人物熟悉杜诗，不如说冰心对杜诗别有会心，曾经有熟读的经历。这首《梦李白》之二开首四句：“浮云终日行，游子久不归。三夜频梦君，情亲见君意。”宛如冰心怀乡去国时心情的形容与再现。当然冰心对其他优秀的古典文学作品都有涉猎与通晓，如她另一篇小说《秋风秋雨愁煞人》也是化用旧诗句，散文中也多有引用古诗（《诗经》以下多信手拈来）并提及古典诗人，如苏东坡、陆放翁、辛幼安等。对杜甫她有特别的感受，例如《寄小读者》中：

原来，造物者为我安置下的几个早晨的深谷，却在离北京数万里外的沙穰，我何其“无心”，造物者何其“有意”？——我还忆起，有“空谷足音”，和杜甫的“绝代有佳人，幽居在空谷”的一首诗，小朋友读过么？我翻来覆去的背诵，只忆得“绝代有佳人，幽居在空谷；自云良家子，零落依草木……摘花不插鬓，采柏动盈掬——天寒翠袖薄，日暮倚修竹”这八句来。黄昏时又去了。那时想起的，有“前不

① 见茅盾：《冰心论》，《作家论》，上海书店，1984 年，据上海生活书店 1936 年版影印，第 191 页。

见古人，后不见来者，念天地之悠悠，独怆然而涕下”。归途中又诵“云无心以出岫，鸟倦飞而知还。景翳翳以将入，抚孤松而盘桓”。小朋友，愿你们用心读古人书，他们常在一定的环境中，说出你心中要说的话！（通讯十四）

这里涉及杜甫、陈子昂、陶渊明三位诗人，杜甫显然是她思乡念国时想到并背诵其诗歌用以寄兴慰情的重要的一位。她在早期诗歌中表露真切：“经过了离别/我凄然的承认了/许多诗词/在文学上的价值。”（《远道》）也许正是离别的乡愁促使她更多地吸收古典文学。据笔者的研究考证，“乡愁”这个如今早已脍炙人口的词语，最早是出于杜甫的创构。[①]见成都时期杜诗《和裴迪登蜀州东亭送客逢早梅相忆见寄》：

东阁官梅动诗兴，还如何逊在扬州。此时对雪遥相忆，送客逢春可自由。幸不折来伤岁暮，若为看去乱乡愁。江边一树垂垂发，朝夕催人自白头。

这是我们最早见到的“乡愁”词型例。后代有沿用，但不常见。相反同类词，近、同义词，则非常繁富，如“客愁”“春愁”“离愁”“牢愁”“闲愁”“秋思”“乡思”“乡怨”“乡情”，等等。古代不论了，这里仅就冰心稍前或同时代的五四时期著名作家笔下抒写举例而论。鲁迅《戛剑生杂记》引自作旧体诗句：“日暮客愁集，烟深人语喧。”《别诸弟》：“还家未久又离家，日暮新愁分外加。”新文学作品《野草》与《朝花夕拾》中有“悲哀”“思乡”等，小说《在酒楼上》《故乡》等篇都有乡愁情绪的描写，但未见“乡愁”语词的直接使用，仍是以近义词相代。郭沫若新旧体裁作品都多有乡愁情怀抒写，但也都未取用“乡愁”语词，而是采用“怀乡”“客愁”“穷愁”等近同义词。郁达夫亦然，小说《沉沦》中有“怀乡病”（Nostalgia）这一表述，虽然 Nostalgia 在今天或就径直译为乡愁，但当时郁达夫并未这样翻译。笔者在以前的研究中指出，古人多不肯表用“乡愁”，怕是受到自《论语》以来“乡愿”“乡难”“乡曲”等带有贬义意味

① 详见拙著：《中国乡愁文学研究》第四章《“乡愁”诗人鼻祖——杜甫》，巴蜀书社，2011 年。亦见载《四川大学学报》（哲社版），2010 年第 6 期。

的语词的影响，怕产生歧义被人看低，而新文学初期，可能又是有意不肯落入旧文学的嫌疑与窠臼。总之我们可以看到，直接援用“乡愁”语词，以致今天广为人知、普遍使用，新文学创作初肇则为冰心[①]，可以说她是推陈出新第一人。以下即她作品中“乡愁”出处的梳理与具体的罗列：

新诗《乡愁》（原刊《晨报副镌》，1923 年 8 月 27 日）：

万水千山，求他载着她的爱和悲哀归去。

我们都是小孩子，
偶然在海舟上遇见了。
谈笑的资料穷了之后，
索然的对坐，
无言的各起了乡愁。
……

1922 年 7 月开始写作并发表的书信体散文《寄小读者》，连载于北京《晨报副刊》，查文中直书“乡愁”处：

通讯十一（1923 年 12 月 26 日）：“自那时又起了乡愁——恕我不写了，此信到日，正是故国的新年，祝你们快乐平安！”

通讯十八：“从此过起了异乡的学校生活。虽只过了两个多月，而慰冰湖及新的环境和我静中常起的乡愁，将我两个多月的生涯，装点得十分浪漫。”

通讯十九：“山亭及小桥流水之侧，和万松参天的林中，我曾在此流过乡愁之泪，曾在此有清晨之默坐与诵读……”

1924 年 3 月 7 日作《往事》散文一篇，题引自作诗：

她是翩翩的乳燕，
横海飘游，
月明风紧，
不敢停留——

① 关于这一点，现在的研究者多不甚了了，有的推系胡适，有的判断叶灵凤，有的说为当代余光中，搞清这一点，似有必要。

在她频频的飞翔里

总带着乡愁！

行文中有：

乡愁麻痹到全身，我掠着头发，发上掠到了乡愁；我捏着指尖，指上捏着了乡愁。是实实在在的躯壳上感着的苦痛，不是灵魂上浮泛流动悲哀！

以后诗文还有多处，不遑复引。这些资料为我们找到“乡愁”语词的出处与援引创作第一人，无疑是最直接的依据支持。虽然冰心在世时从来没有谈起过这个词语与杜诗的关系，但我们作为后来人研究至此，似乎已无须也不可能去向她去求取证明了。论据考证是第一支撑，冰心的作品说明了新文学早期“乡愁”的出处。

## 三、冰心“乡愁”文学创作的新意

五四时期，除冰心之外，还有冯乃超、叶灵凤、李广田等多位作家先后直接以“乡愁”语词题写入文①，论其影响，当然数冰心最大，创作时间也最早，称作开风气之人应无疑义。数十年后即 20 世纪五六十年代，径以“乡愁”题目写诗，传诵广远，在台湾就有余光中、席慕蓉、杨唤、蓉子、沙漠、朵思等，文中见“乡愁”的更不计其数。可见杜甫首创的由冰心推陈出新用于新文学的这个语词，经过长时间的锻炼与认识，业已深入人心并家喻户晓，成为我国现代汉语中一个规范而通俗的形容语义名词。

冰心抒写乡愁情结的新文学贡献，除了上述的主题思想与时代特征外，从艺术上探讨，笔者认为，还有一显著特色应予注意，即将传统的乡愁赋予了世界性、现代性，扩大了其内容与外延，这着重表现在以大海、海洋为背景、语境的艺术抒发塑造方面。而在此之前，乡愁主要依托农业社会、内陆经济地域文明，例如普遍以江河为背景与起兴手段的抒情表现

① 冯乃超、李广田“乡愁”书写作品见于诗歌，叶灵凤散文《乡愁》，始作于 1926 年 7 月，见《灵凤小品集》，上海书店据 1933 年现代书局版影印，第 232 页。

上。千古文学，显例举不胜举，如："请君试问东流水，别意与之谁短长?"（李白）"丛菊两开他日泪，孤舟一系故园心。"（杜甫）"自是人生长恨水长东。""问君能有几多愁，恰似一江春水向东流。"（李煜）"试登绝顶望乡国，江南江北青山多。"（苏轼）"只恐双溪舴艋舟，载不动许多愁。"（李清照）太多了。

冰心在《寄小读者》通讯十四中记写与弟弟们谈海的内容，有道：

> 他们都笑了——我也笑说："不是说做女神，我希望我们都做个'海化'的青年。像涵说的，海是温柔而沉静。杰说的，海是超绝而威严。楫说的更好了，海是神秘而有容，也是虚怀，也是广博……"
>
> 我的话太乏味了，楫的头渐渐的从我臂上垂下去，我扶住了，回身轻轻地将他放在竹榻上。
>
> 涵突然说："也许是我看的书太少了，中国的诗里，咏海的真是不多：可惜这么一个古国，上下数千年，竟没有一个'海化'的诗人!"
>
> 从诗人上，他们的谈锋便转移到别处去了——我只默默的守着楫坐着，刚才的那些话，只在我心中，反复的寻味——思想。

冰心的弟弟说得很对，中国古典文学中，"海化"的诗人的确罕见，这主要是传统文学的生活舞台与背景，罕有大海的参与与衬托，更不成为生活与艺术的中心场域。我们也有李商隐那样"海化"的诗歌，如"沧海月明珠有泪""星沉海底当窗见"等，但义山的"海"多是一种情绪的象征，是隐喻的符号，他实际终其一生未见过大海，更不可能有海洋的切身感受与具体描写。冰心的文学则正在于对大海远洋以及身临其境的绘声绘色、心灵歌唱，如——

> 痴绝的无数的送别者，在最远的江岸，仅仅牵着这终于断绝的纸条儿，放这庞然大物，载着最重的离愁，飘然西去!
>
> ……
>
> 我自少住在海滨，却没有看见过海平如镜。这次出了吴淞口，一天的航程，一望无际尽是粼粼的微波。凉风习习，舟如在冰上行。到过了高丽界，海水竟似湖光。蓝极绿极，凝成一片。斜阳的金光，长

蛇般自天边直接到栏旁人立处。上自穹苍，下至船前的水，自浅红至于深翠，幻成几十色，一层层，一片片的漾开了来。——小朋友，恨我不能画，文字竟是世界上最无用的东西，写不出这空灵的妙景！（《寄小读者》通讯七）

父亲说："和人群大陆隔绝，是怎样的一种牺牲，这情绪，我们航海人真是透彻中边的了！"言次，他微叹。

我连忙说："否，这在我并不是牺牲！我晚上举着火炬，登上天梯，我觉得有无上的倨傲与光荣。几多好男子，轻侮别离，弄潮破浪，狎习了海上的腥风，驱使着如意的桅帆，自以为不可一世，而在狂飙浓雾，海水山立之顷，他们却蹙眉低首，捧盘屏息，凝注着这一点高悬闪烁的光明！这一点是警觉，是慰安，是导引，然而这一点是由我燃着！"［《往事》（二）八］

真是排山倒海，掷地有声，洋溢着时代创造的气息。冰心可称奇女子。抒发其想做一个航海灯塔守护者的心愿："然而这一点是由我燃着！"移植于她的"乡愁"新文学作品，亦堪允当。

如上所述，中国诗像"海上生明月，天涯共此时"这样罕有的以海景心境入诗的作品委实太少。故而冰心有意在文学作品中注入海洋的潮汐、描写与哲思、敏慧的感受，她自述"反复的寻味——思想"，其收成是写出了富有海洋气息与时空距离的有世界意味的乡愁文学，如其名著《寄小读者》，新意与长盛不衰的魅力或许正在于此。如上引郁达夫所谓："把她的爱宇宙化了神秘化了。"更加广阔的境界与心胸，将海作为爱与思、开拓、创造的具象艺术、寓意，形成特色，当时的读者论者就有鲜明直接的感受，如直民："母亲的爱，小孩子的爱，这二者是冰心的一切著作中的基调，海是一个喜用的背景。"① 梁实秋："倘若我也给繁星一个比例，读他时应在月明如水的静夜，坐在海边的石上，对着自然的景色细细的读

① 黄人影编：《当代中国女作家论》，上海书店，1985年，据上海光华书局1933年版影印，第166页。

着，与涛声相和了。”① 冰心后来的自述也很重视自己早期创作与海的紧密关系：

> 从这一天起，大海就在我的思想感情上占了一个极其重要的位置。我常常心里想着它，嘴里谈着它，笔下写着它；尤其是三十年代前的十几年里，当我忧从中来，无可告语的时候，我一想到大海，我的心胸就开阔了起来，宁静了下去！②

海洋是冰心文学的一个常设背景，也是构成她文学内容、联想的艺术机杼，是其世界性、全球意识的有意建树，她新文学的意义于此便昭然若揭，清晰梳理，毋庸争议了。

海德格尔说：“与纯粹之说即诗歌相对立的，并不是散文。纯粹的散文绝不是‘平淡乏味的’。纯粹的散文与诗歌一样地富有诗意，因而也一样的稀罕。”③ 冰心诗文相映，反映出的，正是穿越岁月的某种永恒性与透明性（包含人性的光辉）。巴金当年作为读者的心声仍唤起今天读者的同感：“从她的作品里我们得到了不少的温暖和安慰，我们知道了爱星、爱海，而且我们从那些亲切而美丽的语句里重温了我们永久失去的母爱。”④ 对于当下有些随意轻薄前辈文学成就、眼光短浅的议论，我们似没有什么好说的了，谨以叔本华论文艺一段来结束本篇论文，纪念新文学的先驱与“乡愁”书写推陈出新者冰心先生：

> 相比之下，真正的作品，亦即全凭作品本身获得名声、并因此在各个不同的时候都能重新引发人们赞叹的创作，却像特别轻盈的浮体，依靠自身就能浮上水面，并沿着时间的长河漂浮。⑤

**2012 年 6 月 10 日写毕于成都霜天老屋**

---

① 黄人影编：《当代中国女作家论》，上海书店，1985 年，据上海光华书局 1933 年版影印，第 208 页。

② 冰心：《我的童年》，《冰心散文选》，人民文学出版社，1983 年，第 262 页。

③ 海德格尔：《在通向语言的途中》，商务印书馆，2004 年，第 24～25 页。

④ 巴金：《冰心著作集·后记》，转引自张放《中国新散文源流》，百花文艺出版社，1990 年，第 68 页。

⑤ 韦启昌译：《叔本华美学随笔》，上海人民出版社，2004 年，第 145 页。

# 第二章 冰心研究欧美述略

在欧美汉学界现代中国文学研究领域，被誉为“美国中国现代文学研究界的首席权威”① 的夏志清（Hsia Chih-tsing）先生无疑是最早的拓荒者之一，他那部奠定学术声名的 *A History of Modern Chinese Fiction*（刘绍铭等人译名《中国现代小说史》）自 20 世纪 60 年代初问世以来，一版再版，确如李欧梵（Leo，Ou-fan）等“门生”所评骘：“它真正开辟了一个新领域，为美国作同类研究的后学扫除障碍。我们全都受益于夏志清。”② 夏著别出心裁、力排众议，给他自己心仪的作家很大篇幅与发掘（例如钱锺书、张天翼、张爱玲、沈从文等人），而有些此前属于标志性的作家，则不大受其赏识（如某些左翼、左联作家）。还好，冰心尚见于专题讨论③，这也说明某种不可旁绕的价值意义。因为是著述小说文体史，不列冰心作单独专章尚可理解。但夏先生对冰心的“问题小说”的评价，不免“率尔操觚”，有立史立论过于随意化、想当然的疏漏与遗憾④。如论称——

冰心代表的是中国文学里的感伤传统。即使文学革命没有发生，她仍然会成为一个颇为重要的诗人和散文作家。但在旧的传统下，她可能会更有成就，更为多产。⑤

---

① 普实克著：《抒情与史诗——现代中国文学论集》，李欧梵编，郭建玲译，李欧梵《序言》，上海三联书店，2010 年，第 5 页。

② 夏志清：《中国现代小说史》，刘绍铭等译，复旦大学出版社，2005 年，见封底。

③ 同上，第三章：“文学研究会及其他：叶绍均、冰心、凌叔华、许地山”。

④ 如直接评庐隐为“一个相当拙劣的短篇和长篇小说作家”，不仅显出见地偏颇狭隘，写史笔法不严谨规范，似也是对曾经著名的女性逝者的不敬。

⑤ 夏志清：《中国现代小说史》，刘绍铭等译，复旦大学出版社，2005 年，第 53 页。

抛开审美观念的异同不论，夏志清这番言论与他自己的定论也形成矛盾冲突，显示出认识体系方面的某种紊乱与疏离。如他评说：“……这些小说充满了对月亮、星星和母爱如醉如痴的礼赞，是不折不扣的滥用感情之作。”[①] 后边却又道：“冰心的作品不多，但她是值得在第一期的作家中占一席重要地位的。虽然她的诗和散文因缺乏现实的架构而倾向于伤感，但她的一些短篇小说具有独特的风格，不受她所处那个时代的迷信与狂热所感染。”[②] 这些不无自相矛盾甚至流为肤浅的见解，置放在20世纪五六十年代之交，于欧美汉学对中国现代文学研究尚处于空白与荒芜地带，不作苛求，聊备一格，肯定夏著具有的开拓意义，亦是情理间事。

以后欧美特别是英文世界的多项冰心研究成果，多有矫正与辨正从前夏志清等人的观念，于冰心的历史地位、文学风格、现代意义、世界性方面，多所发掘、发微。正如哈佛大学王德威（David Der-wei Wang）教授有感夏志清著作而言：“后之来者必须在充分吸收、辩驳夏氏观点后，才能推陈出新，另创不同的典范。”[③] 王德威在序夏著时也不回避地说：“性别主义者可以指陈夏书对女性、性别议题辩证不足，解构学派专家可以强调夏书对立论内蕴的盲点，缺乏自觉。后殖民主义者可以就着全书依赖‘第一世界’的批评论述，大做文章，而文化多元论者也可攻击夏对西方典律毫无保留的推崇。”[④] 所谓不破不立，承前启后。在欧美英文世界以研究的视域关注与探讨冰心文学成就，予以较详细的评鹄，夏志清亦有褴褛之功。

雅罗斯拉夫·普实克（Jaruslav Prusek）是与夏志清在海外齐名的汉学中国现代文学领域研究的泰斗级名家，他是欧洲捷克斯洛伐克东方学者，夏著出版之际，他正客居并任教于美国哈佛大学，对中国文学（古典与现代）多所发抉，他本是一位中国汉学通，与许多中国现代文学名家都有交往。普实克于夏著出版次年（1961）撰写《中国现代文学史的根本问

① 夏志清：《中国现代小说史》，刘绍铭等译，复旦大学出版社，2005年，第53页。
② 同上，第56页。
③ 同上，见封底，源自英文本第三版导言。
④ 夏志清著，刘绍铭等译：《中国现代小说史》，复旦大学出版社，2005年，第35页。

题——评夏志清的〈中国现代小说史〉》[①] 一篇万言长文痛批夏著“以教条式的褊狭和无视人的尊严的态度”“歪曲评价”“轻率”“不公”，有违历史事实与文学规律。不久得到夏志清同样长篇幅论文反驳[②]。这场轰动汉学界的笔战发生于法国《通报》（*Toung Pao*）。虽然最终未分胜负，各执己见，但启迪后学，发人深思，引发海外学人对中国现代文学更多的关注，则是这场争论不争的收获。李欧梵所指出的普实克有些重要的观点，如其“古典诗歌所集中体现的文人文学的抒情性也是一份经久不息的遗产，塑造了五四作家的文学感”[③]，以及“将文本置于它们所产生的那个时代的社会历史背景中，以便对作品有一种更宽容的理解”[④]，等等，这些观点移置冰心研究，颇为允当。对夏志清与普实克事实上所代表的两种学术观点、方法、流派，李欧梵后来有如下叙述：“我能够恰巧成为两大‘对头’（他们后来也成了朋友）的学生，实在是够幸运的。从那以后，我在学术研究中努力追随两位大师：普实克的历史意识和夏志清的文学判断。”[⑤]

普实克早在20世纪三四十年代即活跃于中国文坛，他与茅盾、郑振铎、钱杏邨等都非常熟悉，他用捷克语文写作过系列的名家专访专论、随笔散文，其中有显著篇幅述及冰心[⑥]。据普实克学生现亦为欧洲（捷克）著名汉学家、中国现当代文学研究名家马利安·高利克（Marián Gálik）介绍，普实克三四十年代在中国常见到冰心，也曾是冰心家中高朋满座外宾之一，他与吴文藻、冰心夫妇都较熟悉（显然对吴文藻的社会学更感兴趣）。普实克认为冰心文学“实际上是古老的艺术、古老的感情领域与富

① 普实克：《抒情与史诗——现代中国文学论集》，李欧梵编，郭建玲译，上海三联书店，2010年，第193～229页。

② 夏志清此篇长文亦见载本书所引的夏志清《中国现代小说史》附录及普实克著《抒情与史诗——现代中国文学论集》附录。

③ 普实克：《抒情与史诗——现代中国文学论集》，李欧梵编，郭建玲译，上海三联书店，2010年，李欧梵《序言》，第2页。

④ 同上，第5页。

⑤ 李欧梵：《李欧梵论中国现代文学》，季进等编译，生活·读书·新知三联书店，2009年，第181页。

⑥ 普实克：《中国——我的姐妹》，陈平陵、李梅译，外语教学与研究出版社，2005年，第268～279页。

有创造性的方法之结合。……富于感情，十分可爱，但没有超出个人生活的狭小圈子”[①]。具有西方马克思主义人文社会学观念、同情左翼进步文学的普实克对冰心文学研究的未及深入并存在遗憾，也许与夏志清后来的观念出发点完全不同，路径也有所差异，但认识方面的局限性与低估方面，被后来的欧美汉学中国现代文学学者质疑与辨正，两位开路先锋似的著名学者倒似“殊途同归”。他们一方面激发了后学，一方面也不免成为后学的靶子。这也是学问深入研究、“后浪推前浪”的正常现象，毕竟“时代不同了”，“一个时代有一个时代的文学”，学科的细化与认识的系统化也更具时代选择。

以下分几个不同的方面论述，管窥近三十年欧美（以英语世界为主）冰心研究的主要成果与重点，并略加整理评析[②]。

## 一、主题坚固、经久意义与新声迭发的再认识

冰心的作品从她出名以来就引发不少的争议，当年茅盾、成仿吾、西滢、阿英、梁实秋[③]都对其主题（主要指抽象的、“以自我为中心”的所谓“超现实的爱”）有所遗憾与不满，却又不得不承认冰心的知名度与其作品的独特风范、影响。如说：“冰心女士是一位伟大的讴歌‘爱’的作家。她的本身好像一只蜘蛛，她的哲理是她吐的丝，以‘自然’之爱为经，母亲和婴孩之爱为纬，织成一个团团的光网，将她自己的生命悬在中间，这是她一切作品的基础，——描写‘爱’的文字，再没有比她写得再圣洁而圆满了！”[④] 当时的评论以感发式的随笔体例为主，除了茅盾的长评较为理性化、专业化外，多不免夹缠有认识上的局限性与时代痕迹。欧美世界汉学对冰心的再认识，因为有了距离感与更多的缜密的学术性，侧重于学理的系统探析与研究，呈现多为长篇论文（包括学位论文），思路更显邃密周章、客观清晰，对前人定论有质疑，有辩难，不偏不倚的学问

① 马利安·高利克：《冰心创作在波希米亚和斯洛伐克》，李玲译，倪辉莉校，《捷克和斯洛伐克汉学研究》，学苑出版社，2009 年，第 80～90 页。

② 下文所引英文汉译均为笔者试译。

③ 有趣的是在抗战中他成了冰心夫妇的好友，堪称冰心的“男闺密”。

④ 黄人影：《当代中国女作家论》，光华书局，1933 年，第 187 页。

追求与学术方法，体现了欧美学坛的现代胸襟器识与学术化，以及异域他者的思辨特色。这在高利克《冰心创作在波希米亚和斯洛伐克》一文中介绍尤细，与其老师普实克还有同门达娜·什托维科娃、马塞拉·鲍什科娃以及另外的汉学家如娅米拉·黑林高娃等人，对冰心文学都有用心梳理分析与总体好评，主要体现在冰心创作的自然观、女性意识以及文体成就方面。高利克于“文化大革命”后对冰心还有专访记载，后文涉及。

美国纽约州立大学 Wei Yanmei 在她的博士论文《20 世纪中国文学中的女性气质与母女关系》中将冰心作为列举的首例加以论述，着重探讨与比较 20 世纪中国女性作家的主体意识，揭示母女关系、家庭亲情的文学主题。对以前学者对冰心的指责、批评，她直言不讳地写道：

> 我认为所有这些对冰心的抱怨就在于她不断地、充满激情地书写女性主题，如母爱、孩童的纯真、大自然的美，这些主题听起来就是值得怀疑的乌托邦和逃避现实，她的作品在风格上尽管很美，很精巧，但无法负担时代杰作的严谨和重量。值得一提的是，五四文学论争中炮轰冰心的几乎所有都是男性作家，或许丁玲是个例外，她的作品处理的妇女群或题材与冰心明显不同。然而，这些批评对于一个有着强烈的社会良知、怀着真诚的渴望改变社会为大众带来幸福而参与五四运动的作家来说，是不公平的。他们不是在公平地评价冰心的作品，更重要的是他们在对文学作品的文化评估中体现出一种性别上的偏见。①

对于主题意义，论者进一步分析道：

> 鲁迅曾说：爱与真诚是两个中国文化中正在消失的东西。冰心很敏锐地意识到五四知识分子所面临的问题，想把母爱作为一种更有人性的社会和文化的蓝本。……冰心所尝试的就是把母爱作为疗救社会异化和邪恶的良药，她热切地希望她作品中倡导的新家庭模式能在全国范围内采用，补救这一病态的国家。她不赞同漠视社会的超人哲

① Wei，Yanmei：“Femininity and mother-daughter relationships in twentieth-century Chinese literature (Bing Xin，Zhang Jie，Chen Ran，Maxine Hong Kingston，Gish Jen)”，State University of New York at Stony Brook，1999，p. 34.

学。在她的作品中，母亲的力量保护了儿女，它被歌颂为激发和养育人类的力量。冰心因写爱与童年而遭受批评，因为这些主题在社会、政治激荡的时代被认为是远离现实。我想说的是，与主张远离人类、逃避现实的仇恨哲学相比，冰心通过宣扬母爱的美德与模范家庭而立足现实。①

文中强调冰心爱的模式与家庭责任担当意义的重要性，指出这是冰心对旧中国改善的一种蓝图构想与精彩创意。这与专注或侧重于破坏性的“超人哲学”明显有对立，不属于同一审美范畴（“道不同不相为谋”）。这些见地与评论，在国内冰心研究中似还不多见，显然更代表另一种话语体系。上举东欧的汉学家也有类似的表述。

美国亚利桑那大学 Wang Bo 的博士论文《一种新生的话语抗衡：二十世纪初期的中国女性修辞》也有深入的抉发，如：

冰心认为母爱是普爱的一种象征，而后者是宇宙的基础。她对母爱的赞歌，在本质上是反映女性的痛苦经历和导致她们悲惨遭遇的原因的另一种切入方式。冰心没有提出对社会的细致的政治批评，而是更多地使用道德哲学作为解决社会问题的一种方法。虽然她的方法听起来不那么激进，但是在每一个文化活动都为男性设计的男权社会中，冰心从女性角度代表妇女和儿童本身就是一个反封建行动。在中国文化背景下，通过赞美大自然，冰心表达了她自己作为一个个体的个性和情绪，强化了赞颂个性和自由的新文化价值观。②

对“爱的哲学”所体现出来的时代精神与女权思想深入体认阐发，这不仅是五四以后中国文坛那些评论家所不及认识到的，就是夏志清在史论中，如上文所援引还认为冰心如果生活在古代会更有成就（这显然是一个伪命题）。普实克也认为冰心文学是“古老的艺术”，未脱离狭小的自我圈

① Wei, Yanmei: “Femininity and mother-daughter relationships in twentieth-century Chinese literature (Bing Xin, Zhang Jie, Chen Ran, Maxine Hong Kingston, Gish Jen”, State University of New York at Stony Brook, 1999, pp. 43—44.

② Wang Bo: “Inventing a discourse of resistance: Rhetorical women in early twentieth-century China”, The University of Arizona, 2005, p. 142.

子云云，显然是一种泛社会学的局限性的认识。比较而言，近年欧美的学术平台无疑更加宽阔高远，也更加自如，对原作文本发掘得更细、更深刻，事实上代表了“结构主义”“新批评”等文学流派兴起后的新成果，以及西方女权主义思潮的影响。投映到冰心文学研究领域，学术意识更加清晰、宏观，也更加前卫、敏锐，阐幽发微的新知新义往往让人耳目一新，深受启迪，不得不冷静重新认识冰心的文学成就价值。再例如：

> 冰心的散文反映了她的文学理论。在她的抒情散文中，她完全表达了她作为一个女性作家的个性，树立了个性化新文学的楷模。沈从文——杰出的现代小说作家曾指出：当我们读冰心的作品时，“很容易找到作者的个性和她美丽的女性心灵”。冰心的散文也反映了她爱的哲学，集中在母爱、童真和自然之美。通过描绘妇女和孩子的生活，她的散文传播了女权主义思想，提倡妇女和儿童的权利。在五四时期，中国新修辞旨在批判儒家封建伦理和帮助人们实现“独立的人格”。新文学，作为重要的话语策略，被用来传播强调个性、自由和男女平等的新思想。①

茅盾等人曾认为冰心的爱的哲学主题脱离现实社会，如同“穿着橡皮衣”，与人间颇有隔膜，行不通。在西方的多篇冰心研究论文中，对此都予以不同程度的质疑与反驳，例如以下论旨：

> 冰心意图提倡一种爱的哲学——一种集中国传统哲学、基督教思想和泛神论的世界观。冰心的爱的哲学本质是一种道德哲学或对理想人格的追求。她的散文探讨了人际关系的积极方面，并试图用爱来影响读者，使其可以用行动改变社会的黑暗与腐败。②

弗吉尼亚大学出版社所出版的 Lieberman 的《母亲与现代中国的叙事政治》一书中也有如下论述：

> 冰心是先锋之一，她探索妇女问题中理想母亲的某些难题的社会

① Wang Bo: “Inventing a discourse of resistance: Rhetorical women in early twentieth-century China”, The University of Arizona, 2005, p. 137.

② Ibid., p. 139.

实践—写作—例证等崭新的、可能的形式，她以写作回应了培育女性美德的普遍呼声，冰心立即声名鹊起，但随着新文化运动本身从早期主观主义和感伤中分化，她很快就遭到反对。……但叶圣陶、鲁迅等男性在五四时期对母爱的颂扬长期被忽略，历史记录保存了对长期被质疑的“爱的哲学”的有价值的记忆，这要归功于冰心。①

这也是很有见地和胆识的判断。对冰心文学社会主题与女性（女权）视角的再认识、评估是海外冰心研究认知方面的一个亮点、创新点，不禁使人联想到捷克汉学家高利克 20 世纪 80 年代的感叹，他曾引冰心诗“冷静的心，/在任何环境里，/都能建立了更深微的世界”（《繁星》第 57 首），说明事隔多年反顾反思，冰心果然比不少她的同时代人甚至包括时代风云人物都更加明智，更有恒心与预见。她不为时代潮流时髦所左右的风范，有了时间的充分的证明。由高利克的感受推论，这兴许也是夏志清在《中国现代小说史》中也不由得不佩服冰心独立不羁、不受时流左右的品格的原因。文学需要时间的证明。茅盾早年论述，曾引用法朗士的名言阐述冰心文学的主旨：“嘲讽和怜悯是两位好顾问，前者有了微笑使得人生温馨可爱，而后者的眼泪却使得生活神圣庄严。”对此茅盾曾自问：“冰心女士的‘微笑’和‘眼泪’除了字面的意义外，是否含有更深湛的——象征意义呢?”②

欧美现代学者的回答是肯定的。他们将冰心作品主题与其象征意义淋漓尽致、不吝篇幅地加以探讨揭示，不吝余墨。我们看到冰心早年(1922) 有诗表达她自己那种特有的“严冷的微笑”：

假如我是个作家，
我只愿我的作品
入到他人脑中的时候，
平常的，不在意的，没有一句话说：
流水般过去了，

① Sally Taylor Lieberman: *The Mother and Narrative Politics in Modern China*, University of Virginia Press, 1998, pp. 49-50.

② 茅盾：《论冰心》，茅盾等著《作家论》，生活书店，1936 年，第 180～181 页。

不值得赞扬，
更不屑得评驳；
然而在他的生活中，
痛苦，或快乐临到时，
他便模糊的想起
好像这光景在谁的文字里描写过！
这时我便要流下快乐之泪了！

——《假如我是个作家》[①]

冰心对自己的评估相当有信心有预见并有分寸。冰心文学主题意义不因时光迁流而褪色、遗忘，反能迭发新意，影响一代又一代的读者，在欧美汉学领域也受到重视与深入阐发，无疑是基于作品的存在与价值，以及人生信念认知与不断刷新的审美判断。

这种对主题重新认识、重视的行文，尚见于克莱蒙研究大学安德森·科莱纳1954年博士学位论文《两位中国现代女性——冰心、丁玲研究》、美国莱斯大学历史系教授白露（Tani E. Barlow）著的《现代中国的性别政治：写作与女性主义》[②]、美国蒙大拿大学、曼斯菲尔德中心中国语言文学菲利普·威廉姆斯（Philip F. Williams）教授主编的《亚洲文学的声音：从边缘到主流》[③]、文棣（Wendy Larson）的《现代中国女性与写作》[④] 等英文专著、论文中，其互文性与应合意义都较为突出。

## 二、履新实践所展示的修辞学先进意义

对冰心文学新文体意识与口语化尝试艺术成就的高度肯定，在早年的评论家中虽然也曾涉及，例如："她的文字，的确是'中文西文化''今文古文化'的文字，另有一种丰韵和气息，永远是清丽和条畅，没有一毫生

① 茅盾：《论冰心》，茅盾等著《作家论》，生活书店，1936年，第202～203页。

② Tani E. Barlow: *Gender Politics in Modern China: Writing and Feminism*, Duke University Press, 1993.

③ Philip F. Williams: *Asian Literary Voices: From Marginal to Mainstream*, Amsterdam University Press, 2010.

④ Wendy Larson: *Women and Writing in Modern China*, Stanford University Press, 1988.

拗牵强，却又绝对不是《红楼》《水浒》的笔法，因为她已将中国的白话文欧化了!”[①] 等等。比起英文世界论文探讨来，以前国内的学者所论只能算兴之所至、“吉光片羽”，未如欧美学者论文以“宏大叙事”的篇幅与专业层面理论对冰心文学此方面成就给予详尽分析。如 Wang Bo 的论文中说：

> 作为一个提倡汉语白话文的先锋，冰心写就了大量的典雅和诗意的散文，缓解了人们对白话文的偏见。自 20 世纪 20 年代冰心的许多抒情散文入选中小学教科书，显示了她对发展新的书面语的影响。
>
> 跟庐隐一样，冰心采用新的文学体裁，包括散文、小说和诗歌来探索各种社会问题，尤其是与妇女、儿童有关的问题。她的作品通过扩大现代文学题材范围，打开了妇女儿童文学的一个全新的领域。虽然历史上有很多女性作者，但她们不能发表作品，而且基本上不写小说和散文。历史上几乎没有专门为少年儿童写作的文献。在五四时期，妇女和儿童的问题受到越来越多的社会关注；因此，反映妇女和儿童生活的文学作品逐渐形成。冰心的小品文（抒情散文）如《寄小读者》《往事》不仅表达了一个女人的情感和生活，而且还专门为孩子们写的。冰心描绘了男权社会里的妇女和孩子们，并从她们的角度表达了她们的感情和愿望，这是一个对传统的男权文化的勇敢挑战。与庐隐相比，冰心在她的作品中没有明确的条款主张如女权主义思想。然而，她的作品中女性教育和解放的主题以及孩子的独立人格，都反映了她的女权主义取向。此外，冰心的白话文中展示的独特的女性风格影响了许多后代作家，这本身就是对根深蒂固的男性价值观文化的抗议。我认为，这些话语实践打乱了占统治地位的男权话语，传播了一种新的文化。因此，冰心的文学作品对中国新修辞作出了重大贡献。[②]

当冰心倾向于以隐晦方式表达女权主义思想的同时，她在小说和

① 黄人影：《当代中国女作家论》，光华书局，1933 年，第 186 页。

② Wang Bo：“Inventing a discourse of resistance：Rhetorical women in early twentieth-century China”，The University of Arizona，2005，pp. 123－124.

散文中的白话文实验使她成为语言改革方面的勇敢先锋——这种改革将在后来以许多不同的方式影响汉语文化。如第二章中讨论的一样，中国新修辞学的一个重要方面是强调白话文的使用；冰心创造性地使用白话，并形成了她自己独特的风格，这本身就是一种传播新意识、改变旧传统的话语方式。事实上，冰心典雅的女性散文风格可以被视为通过文学的影响书写女性力量的一个有效策略；因此，作为一个文体家和作家，冰心帮助创建了一种反抗统治意识形态的新话语。①

在我的研究背景中，她的重要性还有另一个原因：她展现了许多中国修辞学家很难完成的——创新一种新修辞方式，在跨文化修辞碰撞中复兴了民族文化。②

像这样着重阐述冰心文学修辞学方面的开拓性创造，以及影响时代认知与风气的“宏大叙事”、话语意义的探讨，在以往中国内地汉语论文中，尚不多见。从上述英文专著中三段节译我们可以看出，冰心作品九十多年来的流传，教育作用与意义，语文范示，都是不可否认的事实。英文著述对此方面的探讨，可称剥茧抽丝、成就体系。

对长久以来“冰心体”文体意识与风范的影响，多篇论文都给予了充分认识与讨论。尤其对冰心文学新语体积极建设的要素意义发祥揭橥，对国内冰心语文研究不啻是一种互补、互动，更是一种丰富与“外延”。李欧梵有感：“我认为新文学是一个质变，作家的写作在语言上，视野上有着极大的变动。从这个角度讲，我个人觉得自己所做的还是不够的。”③有这样的意识，即有不落窠臼的发现与研究。“冰心体”所代表的中国文学的“质变”，在语言方面“极大的变动”，都绝非“生活在古代会更好”，也绝非只局限于“个人狭小的圈子”“古老的艺术”，其要义现代性非常突出。如欧美学者所论——

为此首先我将冰心定位为20世纪初中国的一位女权主义修辞学

① Wang Bo：“Inventing a discourse of resistance：Rhetorical women in early twentieth-century China”，The University of Arizona，2005，p. 130.

② Ibid.，p. 149.

③ 李欧梵：《李欧梵论中国现代文学》，季进等编译，上海三联书店，2009年，第115页。

家。然后我从她关于写作的散文推断她的修辞理论，并探索她的文学文本怎样视为将一种现代性的新修辞理论化并作为建模策略。我查看了她的问题小说，带出了她的小说的修辞维度。①

> 中国新修辞学的一个重要方面是强调白话文的使用；冰心创造性地使用白话，并形成了自己独特的风格，这本身就是一种传播新意识、改变旧传统的话语方式。……因此，作为一个文体家和作家，冰心帮助创建了一种反抗统治意识形态的新话语。②

使用非汉语撰写的论文，同时频繁地翻译冰心原作原文，用以证明文学理论观点，这实际上也起到了译介、宣传与再创作的作用，让非汉语领域的学者、读者能更直观地认识了解与走近冰心。这些译文往往出于专业人士，译笔雅驯清新，如严复早年有关翻译的名论“信、达、雅”，可圈可点，如对冰心表述自己走上文学道路缘由与文学创作观念的行文章节译介③，都能证明“冰心体”的中国现代意义与世界属性、公共关系。

> 因此，冰心写作观有一个深刻的社会、道德和精神倾向。如其所述，她将修辞视为包括人们用来说服、沟通和告知的所有言语行为。冰心认可语言的交际、说服和信息功能，也思索这些功能如何用来促进现代社会的公共利益。在这种意义层面上，冰心的文学理论可以视为修辞学的。④

通过世界学者类似阐述，冰心文学的修辞意义可说“大白于天下”。

## 三、对冰心创作与翻译方面突破区域意识走世界路线的论述

南卡罗来纳大学 Liu Xiaoqing 的博士论文《作为翻译的写作：20 世纪初的现代中国女性写作》开章明义即指出：

① Wang Bo：“Inventing a discourse of resistance：Rhetorical women in early twentieth-century China”，The University of Arizona，2005，p. 124.

② Ibid.，p. 149.

③ Ibid.，pp. 126，131.

④ Ibid.，p. 136.

我的论文审查了20世纪早期中国现代女作家的四部作品，即冰心的《繁星》《春水》，庐隐的《海冰故人》和凌淑华的《古韵》，认为现代中国女作家的作品有着明显的翻译特征，也就是说她们打上了翻译的印记。这些特征不一定是指传统意义上的翻译，而是更为隐喻意义上的翻译，即各种形式的模仿、挪用、转录、转化、转移、传输。这些写作展现了中国现代女性与世界的相互交流。

对中国现代文学的学术研究集中在女作家的独立性和主体性，自传体的写作特征，以及她们共同的私人事件主题，如母爱和浪漫的爱情。然而，很少有研究者直接把中国女作家与外界特别是西方相联系作为研究的焦点，我的论文从翻译的角度致力于这一领域，高度关注中国现代女作家的文学、政治与中国传统、同时代的现代化进程、国外特别是西方国家的相互影响关系。

本章集中关注冰心《繁星》《春水》两本诗集，以及与泰戈尔《飞鸟集》的关系，我认为《繁星》《春水》是对《飞鸟集》的"翻译"，她在自己的诗歌创作中模仿和调适《飞鸟集》。通过模仿，冰心学习了泰戈尔的诗歌形式，但更重要的是，她通过调适展示了自己的创造性，抵制了《飞鸟集》中明显的父权和殖民化倾向。《繁星》《春水》不仅帮助建构了现代小诗，而且有助于中国早期的女权运动。[①]

冰心以她鲜明的环境特征重塑了泰戈尔的影响。将《飞鸟集》中先验的、抽象的、乌托邦式的、神秘的、非历史的氛围转变为《繁星》《春水》特定的、具体的、实际的氛围。……冰心通过把泰戈尔的特色移植到她自身所处的环境中，打破了泰戈尔诗歌的超凡脱俗的平静。[②]

国内论坛历来一般定论为冰心早年受到泰戈尔《飞鸟集》《新月集》等作品影响，甚至认为冰心是从模仿泰戈尔入手的。海外世界论文则用"调适"（appropriation）来形容冰心对泰戈尔的学习与借鉴，指出她不是

① Liu Xiaoqing: "Writing as translating: Modern Chinese women's writing in the early twentieth century", University of South Carolina, 2009, pp. 1—2.

② Ibid., pp. 50—51.

简单地模仿，在她的借鉴中，贯穿了自己的独立意识，是对泰戈尔“东方”殖民色彩、父权社会、乌托邦式话语模式的解构与突围，从泰戈尔的语体诗文中涅槃，升华为一种先进的、现实的世界主义，即对爱、平等、自由、富足等现代价值观的认同，以及主题方面的女性意识，这也是泰戈尔文学中所不完全具备的。冰心在学习与借鉴中，独出机杼，表现了她不受权威拘束的创造性、探索性。又例如她对大海、远航的充分描写、渲染与时常作为背景的“话语策略”，也都是世界主义、现代性特征的具体、深刻、自然的体现。

这样的观点在欧美其他学者研究中也颇有发扬，例如高利克，他在20世纪80年代初亲自访问冰心的记录中得到冰心回答，她原不是最喜欢泰戈尔的《新月集》而是《吉檀迦利》。对这样的回答高利克当时“很惊奇”，他进而得出冰心是“对人类世界的描述”“是所有基督徒感受中最深的精髓”这样的认知与结论：“爱的宇宙并非是来自于她的心境、情感的一个疑问，而来自于她的精神、理智与意识。”[①]

突破泰戈尔殖民化背景的东方神秘趣味以及男性父权社会“长老”式的话语方式，实现一种世界理想的关爱、平等对话以及童心世界的美好期待，这是冰心文学所呈现出的一种鲜明特征，表现了真实动人的人文主义关怀。这在海外多篇论文中，皆得到一致的共鸣、应合。

近年在欧美侨居讲学的李泽厚与刘再复也注意到这样的意识。李泽厚说：“在冰心的单纯里，恰恰关联着埋藏在人类心灵深处的最重要、最不可缺少的东西。在这个非常限定的意义上，她也是深刻的。……中国人的心灵里，包括整个民族心灵每个个体的心灵里，经过数十年各种斗争的洗礼，现在缺乏的正是冰心的这种单纯。……鲁迅和冰心对人生都有一种真诚的关切，只是关切的形态不同。”[②] 刘再复于2012年秋重庆冰心国际学术研讨会上的书面发言《天天向冰心靠近》一文中提出冰心“孩子救救我”[③] 的主题昭示，对冰心文学主题的世界性、人文意义作了较深刻的阐发。

---

① 高利克：《冰心创作在波希米亚和斯洛伐克》，《捷克和斯洛伐克汉学研究》，李玲译，倪辉莉校，学苑出版社，2009年，第85页。

② 刘再复：《李泽厚美学概论》，生活·读书·新知三联书店，2009年，第169~170页。

③ 刘再复：《天天向冰心靠近》，《华文文学评论》第一辑，巴蜀书社，2013年，第170页。

欧美论文中，有的将冰心明确定位为“反东方主义”，分析说：

泰戈尔明显是采用东方主义的角度在写作或把他的诗歌译介到英语世界。……冰心通过写作和重写，用她中国式的诗歌，即五四写作和中国古典写作纠正了泰戈尔。①

泰戈尔《飞鸟集》影响、促成了《繁星》《春水》，冰心在形式和内容上都模仿《飞鸟集》，并在写作中加以调适，结果，她正式建立了一种新的诗歌风格，即中国现代文学中不押韵的、自由体式的、白话文的小诗。这两本诗集出版后深受好评，胡愈之、赵景深等给予评论，对冰心的生活、新鲜、写作灵感的认同，使得这些诗歌在青年中很快流行、模仿，巴金、宗白华、苏雪林……作为小诗中最具代表性的诗歌，冰心在中国现代诗歌发展中确立了她的地位。

《繁星》《春水》是模仿与调适的结果，模仿与调适是两种形式的翻译，翻译的视角为阅读《繁星》《春水》提供了有利的视点，有助于重新定位这两本诗集在世界文学中的位置，《繁星》《春水》的创作是与世界其他文学相连，而不仅仅局限于本国文学。冰心的诗不像公认的那样是孤立的“原创”。泰戈尔《飞鸟集》是其主要资源，模仿是冰心创作《繁星》《春水》的基础。同时，翻译的视角让我们更近距离地审视冰心的创作行为，创作突出了她作为一个翻译者和作者的权力。作为译者，冰心借鉴了泰戈尔写作的方式，但她不是生搬硬套地借鉴，而是在选择与调适中展现了她的主体性。把借鉴到的重新写进她的作品中。写作揭示了她与泰戈尔的差异，展示了她的权力，抵制殖民主义和女性楷模的权力。

冰心在与世界的连接中证明了她自己是一个五四时期的优秀的女作家和翻译者。②

类似论述，独当一面，新见迭出。对于冰心文学的深入研究，欧美研究者秉持勇气、真知与智慧，开辟更多的话语空间，如同打开了更多的

---

① Liu Xiaoqing： “Writing as translating：Modern Chinese women's writing in the early twentieth century”，University of South Carolina，2009，pp. 82－84.

② Ibid.，pp. 88－91.

“芝麻门”。

另外，对于冰心文学创作中母亲形象的塑造是否消解了母亲的个性与权利，冰心文学是现实主义、浪漫主义还是神秘主义，以及冰心文学宗教趣味的归类定性，她究竟是基督徒、佛教徒，还是20世纪初更为时兴的泛爱论者等，都在欧美世界学者论文中，反映突出，屡有争论，颇能旁征博引、自圆其说。

总体说来，冰心文学研究不是欧美汉学中国现代文学研究领域的一门显学，据笔者不完全统计，英语方面专业论文与文学史专著、类书等涉及的专章、篇章，总计不会超过百篇，其中大约有博士学位论文4部，涉及冰心并占有较大篇幅的论著约有10部，另如瑞典名家马悦然、捷克学者高利克、冯铁等，部分以英文涉及的评论等。虽然不算一门“显学”，但冰心文学的话题，绵远悠长，一脉相承，薪火相传，贯穿于世界汉学中国现代文学研究领域，特别象征了岁月的历练以及作品价值的话语力量。叔本华论文学有一段名言：“相比之下，真正的作品，亦即全凭作品本身获得名声，并因此在各个不同的时候都能重新引发人们赞叹的创作，却像特别轻盈的浮体，依靠自身就能浮上水面，并沿着时间的长河漂浮。”[①] 海外冰心研究带给我们的感受亦正是“隐隐约约地感觉是这种庄严、崇高心绪的基本低音”[②] 并能“沿着时间的长河漂浮”。

（后注：此章系与蒋林欣博士合撰）

① 韦启昌编译：《叔本华美学随笔》，上海人民出版社，2004年，第145页。
② 同上；第202页。

# 第三章　论冰心文学书写中的西南地理文化呈现

新文学世界冰心的成就世人皆知，她的题材建树多在反映我国东南沿海地区、北国故都以及海外游学境域的生活经历与景观文化、社会观察感受等，她下笔亲切、晓畅、从容、和谐、自然，包容人世间爱与智、进步精神的大家风范体例，影响尤其深远经久，在成名当初即有“冰心体”的社会赞誉与认可，其文学开风气之先，是新文学中女作家首屈一指的代表。近一百年来，冰心文学并未因时光远去而褪色、逊色，反而随着时光的陶冶取舍益见其价值，女性的关爱与母性的圣洁，是她作品中最鲜明的、永不凋谢的主题。按现代文学研究者所论五四文学中那种“抒情与史诗”[①]“史诗时代的抒情声音”[②]特质风貌，在冰心文学中即颇能形象体现。她西南时期的写作，增进与强化了“史诗”的内容质地。

徙居内陆大西南地区主要是云南、川渝两地（1938—1945），这时的文学书写，是冰心一生创作的重要节点，虽然在她创作生涯中不是篇目数量最多的时期，但处境特别，事关全局，可说取材宏大、酝酿经久、作风沉雄、含英咀华，尤能反映迁居异地他乡的新奇审美与地方文化接收传播效应以及世界联系等内容，这时期的创作自成特色。历史上进入巴蜀并旅居边疆的作家也不算少，尤其是在战争年代，像众所周知唐“安史之乱”以及唐五代割据时期，但女性文学家来川并留下作品比较罕见。新文学创作中像冰心这样的著名女作家，辗转迁居滇渝等地长逾七年，这于西南内

① 详见普实克：《抒情与史诗》，上海三联书店，2010 年。关于海外汉学对冰心文学的详细探究，请参见拙作《欧美汉学界的冰心文学研究述略》，《现代中国文化与文学》第 18 辑，巴蜀书社，2016 年，第 248 页。

② 见《现代中国文化与文学》第 17 辑，巴蜀书社，2015 年，第 1 页。

地边疆文化来说，不啻一件大事。她身经世变，笔下对西南边地文化的观察汲取与反映，也从“他者”的视野，结合亲身经历体验，构织了西南地理文化与文学书写的特殊魅力，也为地方文化增添了新的元素与符号，如其旧居包括周遭风景名胜以及作品中所涉及内容、细节描写等，直至今天，仍然是地方旅游文化景观与名胜风物风味所在，令人遐思。文学的所指与能指的效应空间，在相当长的时期，预料仍将持续体现。这是冰心文学的魅力，也是新文学的强大，是地理文化所折射出来的互文、丰富效应。正如唐代的杜甫描写成都，宋代的苏轼描写岭南，明代的杨慎描写云南一样，异域的新奇陌生感，反而构建了当时与所在的精准、敏感、新奇、丰富寓意，往往形成作家身份文本（既有的知名度）与文学文本（新的创作）的共鸣绝唱，对地方文化来说是精彩注入、补充与提升。而地理文化也激发了文学家创作的热情，带给更多的昭示与联想。《文心雕龙》所谓：“精理为文，秀气成采。鉴悬日月，辞富山海。”亦可理解为山川地理人文风貌特色，对文学家的特别滋养，而文学的表现，亦无疑提升了地方文化的知名度，甚至使之赋予不朽。这在名山大川胜景、方志文化典物中，事例不胜枚举。

冰心抗战时期旅居滇、渝两地的创作，超越了早期比较抽象的爱的教义式的抒写，也超越了相对狭小意义的“问题小说”范畴，她对大西南形胜风貌、社会抗战主流精神以及大后方人文坚守信念等“写生”，往往举重若轻，宏大中有细微，沉雄中见婉约，构织坚贞品格，这于冰心文学创作生涯乃至整个现代文学史述中，意义都不可小觑。这一时期冰心别具一格、特色显著、行文洗练坚实的名篇佳作，不分体裁，都体现与贯注着强烈的时代精神，突出表现作者光明磊落的情怀个性，以及艰苦准备乃至牺牲的斗志，从而寄寓抗战必胜的乐观情操。体裁多小品文、速写、书信体散文以及演讲稿等，于今诵读，仍觉壮志如山，风光如绘，人情踊跃，无不形于眼前。以下试分析阐述：

## 一、山川形胜、地缘文化

我国西南地区主要以云、贵、川三省（含已单列的重庆直辖市）交集组成，这些区域在历史上都不曾是国家行政首都或文化中心区域（抗战时期“陪都”重庆例外)。历史上云、贵、川大体为内陆西南边疆多民族杂居地区，行政管辖权归属中央政府，有过分封与土司建制，也有过封建割据分裂时代。西南总体距离北方古都、中原以及江南（长江三角洲）名都盛会都比较遥远，相去有距，交通路况堪称天堑，险要逼仄，故向有“蜀道之难难于上青天”的传诵。从汉代司马相如的“使西南夷”到当代的“三线建设”以至近年的开发西部地区、建设大西南，这片广袤雄奇、源远流长的山川土地，都有边远、边疆、边土、“边缘化”的现实语义与独特的地缘文化特色。诗圣杜甫当年来川中作诗有感叹：“我行山川异，忽在天一方。但逢新人民，未卜见故乡。”(《成都府》)即可说明身处异域、风貌迥异于“剑外”的感受。历代文人在西南地区的“羁旅”行述与作品，都见诸史料典章。西南考古学，也有别于通常意义的华夏考古。从地理关系来说，这是一个非中心也非聚焦点的人居散置场域。冰心于抗战初兴迁徙并置留于西南滇、渝两地，在昆明两年（1938 年夏—1940 年 8 月 4 日），四川重庆五年（1940 年 8 月—1945 年 9 月，其间有到访成都等地演讲参访一类的短期逗留)[①]。像这样长时间的“入川”“深入生活”，差不多可与历史上的杜甫、黄庭坚、陆游等省外来“剑南”寄居、久住的文豪“媲美”。冰心当时将自己云南呈贡山居住处题名“默庐”，将重庆山居题为“潜庐”，顾名思义，显然都有持久、沉默、坚持的打算与寓意。如她自己行文解释：“四川歌乐山的潜庐和云南三台山的默庐一样，都是主人静伏的意思。”(《力构小窗随笔》)[②] 结合当时全民抗战、大西南坚持支援、无私奉献、英勇牺牲的民族精神意志而言，冰心的心境情怀正相契合，与山川风貌、人文特色颇能构成呼应对照的文学关系。

地理文化空间的改变与身临其境，给冰心文学感官焕然一新的触动，这一比较陌生化的际遇，令其书写表现自来习惯东南沿海与北方古都景致审美的笔调风格，豁然有所变化与转向，有如迎面怀抱旷野高原的骀荡春风与雄奇山水，清新雄壮的一页令其创作空间不免拓展刷新，加之诸多抗

① 具体时间参见李波主编、康清莲等编著：《山路上的繁星——冰心在重庆·年谱》，重庆大学出版社，2010 年，第 128～130 页。

② 卓如编：《冰心全集》3，海峡文艺出版社，1994 年，第 320 页。按：以下冰心作品引文皆引自该集，恕不一一赘注。

战时代主流精神见闻、社会活动亲身参与，其写作营养灵感不期而至，往往来得真切自然，不吐不快。这有如西方人文地理学者所论：“我们必须考虑历史脉络下，文学生产的特殊关系。这让我们能够诠释特定时期里，具有独特历史牵连的有关某地的‘感觉结构’（structures of feeling）……家园感觉的创作，是文本中深刻的地理建构。”①

冰心关于云南呈贡与重庆歌乐山的取材写作，即多着重“家园感觉”“家国感觉”，体现的正是“文本中深刻的地理建构”。滇、渝风光与心境恰好构织出鲜明的“感觉结构”。迁徙艰困的物质生活，较多的社会活动，冰心这时期分身较多，数量不算太多的作品，却充盈着蓬勃的生机活力与昂扬的斗志以及清新自然的艺术表现，形成西南生活时期特有的风貌。如反映当时生活的《小橘灯》等作品至今仍脍炙人口，给人山道弯弯石阶逶迤以及黄葛树、橘子、西南土语等类似“巴国布衣”等种种细节印象，这毫无疑问都是地理意识建构中直接的取材，升华为文学作品的意境。与其以前脍炙人口的海滨印象抒怀与京师人文创作相比，冰心西南书写别开生面，更多躬亲实践的内容。这令人联想到我国诗歌中的边塞诗，在旷野苍劲、苦寒沉雄中透射出特有的清新、自然、奔放气息。这一时期冰心的创作正有如新文学中的“边塞诗”。而较以前的创作则显得更加“单纯、明白”。有著名学者探讨冰心文学价值，极为肯定其“清新、单纯”的美，认为：“在冰心的单纯里，恰恰关联着埋藏在人类心灵深处的最重要、最不可缺少的东西。在这个非常限定的意义上，她也是深刻的。”“中国人的心灵里，包括整个民族心灵每个个体的心灵里，经过数十年各种斗争的洗礼，现在缺乏的正是冰心的这种单纯。……鲁迅和冰心对人生都有一种真诚的关切，只是关切的形态不同。”② 我们认为，在冰心滇、渝时期的创作中，单纯中更加突出坚贞的品格质地以及民族风义，这与作家人到中年经历忧患、心系国家紧密相关，也与其写作磨砺作风日臻精进、成熟大器吻合。“共克时艰”“坚持胜利”是当时抗战文学的鲜明主题，也是冰心在这一“黄河大合唱”中自己的声部。虽然她写作未必一味悲壮或程式化，

① 麦克·克让：《文化地理学》，王志弘等译，台北巨流图书股份有限公司，2008年，第61～63页。

② 刘再复：《李泽厚美学概论》，生活·读书·新知三联书店，2009年，第170页。

却是往往表现得更加有个性、率真与一些脱俗的风趣，都是当时爱国者、文化人信心、坚持与乐观必胜信念的自然支撑体现。

流离跋涉迁徙生活无疑艰苦危险，有时甚至命悬一线，惊心动魄（如遭敌机轰炸袭击），但云南高原与山城峰峦叠起的“异域”风光，都给了冰心身心方面的安慰与美的滋养。她下笔有情味、有神奇，颇多远近写生、工笔细描与特色渲染，从中得出结论，如《默庐试笔》一文中：“呈贡山居的环境，实在比我北平西郊的住处，还静，还美。……回溯生平郊外的住宅，无论是长居短居，恐怕是默庐最惬心意。……没有一处赶得上默庐。我已经说过，这里整个是一首华兹华斯的诗!”《摆龙门阵——从昆明到重庆》一文中：“昆明那一片蔚蓝的天，春秋的太阳，光煦的晒到脸上，使人感觉到故都的温暖。”《致梁实秋》书信体文：“日常生活，都在跑山望水，柴米油盐中度过。”山川地理文化气息，无不洋溢于文中。这时期除重新发表颇受读者喜爱的“冰心体”散文、书信、随笔之外，还有诗作问世。《呈贡简易师范学校校歌歌词》堪为代表，寄寓深厚，朗朗上口，字里行间力与美，诵之唱之无不感觉荡气回肠，爱国爱乡之情油然而生，中如——

西山苍苍洱海长，
绿原上面是家乡。
师生济济聚一堂，
切磋弦育乐未央。

首端二句，写出云南地域之美，可称传神之笔。整个作品将高原形胜风貌特色与人文教育思想气息熔为一炉，洗练又如水乳交融，颇为自然贴切。这在当时，对当地师生民众的鼓励可以想象，而在冰心的文学里，也是主题鲜明、肩负天下责任的难能可贵之佳作。至今流传、弦诵于当地。虽然时过境迁，但作品所表现的精神操守在人间却始终如一，这也是冰心文学“单纯”、坚贞的最好印证。

冰心在重庆歌乐山蛰居长达五年时光，抚养小儿女，亲自料理烦琐家务外，仍积极参与大后方抗战救亡运动、妇女组织、文化宣传教育、演讲等系列社会公益活动，其感受诸多，虽然伏案的时间较之以前少了，却总能忙中偷闲，率性书写，重庆山城时期的作品较之云南增多（近年学界又搜集到颇多未收入冰心文集的佚文[①]），也更为读者熟悉。甚至连居住的“歌乐山”也因冰心而更加有名气。从《摆龙门阵——从昆明到重庆》到《从重庆到箱根》，晚至 1957 年根据当年素材改写创作的短篇小说《小橘灯》，此前还有写于重庆期间（40 年代初）《再寄小读者》系列等，其写山城歌乐山高处倚松筑屋居住，山城长江、嘉陵江均于一望中，心寄天下，思前想后，不时有神来之笔，尤其是地理人文风光方面的采写运用如诗如画，堪称如有神助。五四时代作者表现于文中大姐姐的循循善诱、平易近人，以及求新求知的精神风貌再次展现，这一时期显然更加多了现实社会的内容以及重大的主题，作品基调显得更加沉稳、成熟、直观，突出了川东雾都重庆地理文化的风貌特征。对此作者往往直抒胸臆，形诸笔端，如：“昨夜还看见新月，今晨起来，却又是浓阴的天！……我是如同从最高峰上，缓缓下山，但每一驻足回望，只觉得山势愈巍峨，山容愈静穆，我知道我离山愈远，而这座山峰，愈会无限度的增高的。”《力构小窗随笔》中描写尤其详尽，如同画出，如写居处：

> 潜庐只是歌乐山腰，向东的一座土房，大小只有六间屋子，外面看去四四方方的，毫无风趣可言！倒是屋子四围那几十棵松树，三年来拔高了四五尺，把房子完全遮起，无冬无夏，都是浓荫逼人。房子左右，有云顶兔子二山当窗对峙，无论从哪一处外望，都有峰峦起伏之胜。房子东面松树下便是山坡，有小小的一块空地，站在那里看下去，便如同在飞机里下视一般，嘉陵江蜿蜒如带，沙磁区各学校建筑，都排列在眼前，隔江是重庆，重庆山外是南岸的山，真是“蜀江水碧蜀山青”，重庆又常常阴雨，淡雾之中，碧的更碧，青的更青，比起北方山水，又另是一番景色。[②]

① 可参见熊飞宇编著：《重庆时期冰心的创作与活动研究》，广西师范大学出版社，2015 年。

② 关于冰心歌乐山旧居，冰心曾写道：“‘潜庐’我决定不卖，交给保管委员会去管。——作周末休息之用。我请他们保管一切依旧，说不定我还会回来。”（《致赵清阁》）。见《冰心全集》3，第 371 页。笔者 1986 年春旅经重庆，因胞妹供职重庆职业技术学院，时在歌乐山腰，寝室即冰心旧居一间。笔者上山探视，冰心旧居房屋、周围形胜风光，一仍其旧。现已拆建不存。

山城的生态气息，雾都地理，包括当年李白的畅咏“蜀江水碧蜀山青”等，都恰到好处糅合自然，浑然一体，像一幅山水画。

还有如：“重庆是个山城，台阶特别的多，有时高至数百级，在市内走路，走平地的时候就很少，在层阶中腰歇下，往上看是高不可攀，往下看是下临无地，因此自从到了重庆以后，就常常梦见登山或上梯。”（《力构小窗随笔·做梦》）重庆特有的“爬坡上坎”“通天之梯”在冰心笔下渲染颇多，生动形象。像这样的地理文化光景，有七年时间加以体验，身亲笔述，可称“如行山阴道上，目不暇接”。这种地理描写亦形成她山城重庆作品的一大亮色。如前所述，冰心的“家园感觉”还不仅限于居处环境这一“小处”，更有国家完整这一宏大意识，所以她虽然在昆明呈贡、重庆歌乐山寄居，描绘当地居处远近风光，颇有“家山北望”“归去来兮”即收复失地、回归北国故都这一心愿情结，这令其地理文化建构、人文意识、现实关怀，行文总能以少总多，以小见大，表现更多的地理人文关系、地标情结与内容。正是：“地方不只是一组累计的资料，更牵涉了人类意向。”[①] 感情色彩浓郁的描绘，艺术特色更加鲜明、丰富，将今昔、南北、山区高原与平原沿海、大后方与抗战前线等，有机结合，互为融通照应，打造出坚实的文章质地，颇多映衬之美以及联想的空间之维。这一时期的作品读之有大义、有情节、有自然巧妙的审美结构，益智增知，明心励志，在单纯中包容了更多的丰富。这与地理版图更多的形象入文、入题以及传神达意的话语空间密不可分。

## 二、人文精神、民族气节的直接表现

在这时期饶有地理特色建构的写作中，冰心的情怀更加畅朗、奔放、率真，显然，山川人文精神与民族气节是其内容的有力支撑与活跃因子，这也是地理文化的肌质与灵魂作用。如黑格尔哲学所指出：“助成民族精神的产生的那种自然的联系，就是地理基础。……要知道这地方的自然类型和生长在这地方上的人民的类型和性格有着密切的联系。”[②] 黑格尔认

① 麦克·克让：《文化地理学》，王志弘等译，巨流图书股份有限公司，2008 年，第 143 页。

② 黑格尔：《历史哲学》，王造时译，上海世纪出版集团，2014 年，第 41 页。

为“精神的理念”赋予时空更加鲜活的生命力与联系。对此其他学者也持共识，如：“‘民族历史’让民族成员产生一体之同胞情感，民族国家藉此来动员其国民；‘历史地理’让民族成员认识民族之共同领域资产，现有的及‘原有’的。”[①] 冰心西南时期文学书写（包括演讲稿、讲义、通信）中，都彰显民族救亡图存主题，讴歌时代精神，牺牲、奉献精神。她表现抗战情怀所涉及的人物类型颇多，可称林林总总，有当地人民、外地人（多系北方迁徙西南后方的知识分子、文化人），还有自身见闻以及心目中的人物。例如当地人中涉及普通劳动者、房东、学校师生、小职员等，作品如《张嫂》中的张嫂、《小橘灯》中的小姑娘，《空屋》中的虹等，都是正面描写。不时穿插点缀于地理文化景观中的人物形象、民间风俗风貌，充实行文。写外来者因为其接触面多系知识分子、文化工作者，包括所结交的一些文学友人、名家，如梁实秋、赵清阁、郭沫若、老舍等人，都有写到。描写总能细节纷呈、形神兼备。如昆明时期所写：

> 昆明还有些朋友，大半是些穷教授，北平各大学来的，见过世面，穷而不酸。几两花生，一杯白酒，抵掌论天下事，对于抗战有信念，对于战后的回到北平，也有相当的把握。他们早晨起来是豆腐浆烧饼，中饭有个肉丝炒什么的，就算是荤菜。一件破蓝布大褂，昂然上课，一点不损教授的尊严。他们也谈穷，谈轰炸，谈的却很幽默，而不悲惨，他们会给防空壕门口贴上“见机而作，入土为安”的春联。他们自比为落难的公子，曾给自己刻上一颗“小姐赠金”的图章。他们是抗战建国期中最结实最沉默最中坚的分子。（《摆龙门阵——从昆明到重庆》）

这些描写信息量颇丰，不由让人联想到当时西南联大的一些著名教授（如杨振声、金岳霖、闻一多、朱自清、沈从文等人），冰心以简洁生动、妙趣横生的笔调，写出了知识分子在国家民族危难时期坚守不弃的志向情操与乐观态度。

抗战中的生活无疑是异常艰苦的，即便后方也时在敌机瞄准轰炸进攻

① 王明珂：《华夏边缘——历史记忆与族群认同》，浙江人民出版社，2014 年，第 24 页。

的威胁中，地方经济本来贫困，外来人大量涌入，物资匮乏，冰心自己一家人也不例外："从前是月余吃不着整个的鸡，现在是月余吃不着整斤的肉（一片肉一元六角），我们自慰着说，'肉食者鄙'，等抗战完结再作'鄙人'罢。"［《乱离中的音讯（通信）——论抗战、生活及其他》］这时期冰心不过中年初到，但创作已如"幽燕老将"，文笔沉雄洗练，驭重若轻，性情表现耿直，已然不同于初期的朦胧青涩和偏重闺秀气质、温文尔雅。身经世变与患难，她对外寇不免也有深仇大恨，她甚至在《鸽子》一诗中设想自己倘若有支枪可以架于歌乐山上击落日寇猖獗的飞机：

巨大的眼泪忽然滚落到我的脸上，
乖乖，我的孩子，
我看见了五十四只鸽子，
可惜我没有枪！

相较前期，冰心抗战中创作较少，这有多重原因，迁徙不定的生活，时有敌机轰炸骚扰的处境，积极奔走参与后方抗战文化建设等。她忙中偷闲的不多作品，仍然引人注目，创作"含金量"很高，也是当地带有文学地标意义的作家之一。冰心在昆明，冰心在重庆，这都随着她的作品在当地报刊揭载而有宣传与现身意义。在《默庐试笔》中，冰心沉痛地描写了日寇占领下北方同胞做了亡国奴的屈辱与悲愤：

……最后我看见了景山最高顶，"明思宗殉国处"的方亭阑干上，有灯彩扎成的六个大字，是"庆祝徐州陷落"！

晴空下的天安门，饱看过千万青年摇旗呐喊，高呼"打倒日本帝国主义"的，如今只镇定的在看着一队一队零落的中小学生的行列，拖着太阳旗，五色旗，红着眼，低着头，来"庆祝"保定陷落，南京陷落……后面有日本的机关枪队紧紧地监视跟随着。

文中书写信念，尤显坚强，如："我走，我要走到天之涯，地之角，抖拂身上的怨尘恨土，深深的呼吸一下兴奋新鲜的朝气；我再走，我要掮着这方旗帜，来招集一星星的尊严美丽的灵魂，杀入那美丽尊严的躯壳！"（《默庐试笔》）"前途很难预测，聚散也没有一定，所准知道的只是一个信念，就是‘中国不亡’，其余的一切也就是身外事了。”［《乱离中的音讯（通信）》］以前冰心作品宣扬爱、人性的爱、普世的爱等，为世人所知，但这时期她也不禁宣泄仇恨，同仇敌忾，这在冰心文学中也是一大变化。抗战的大环境，以及最后的河山疆土亦受到侵略威胁的焦虑感与地域重视，这也是政治与地理文化有机结合并产生呼应关系的真切体现。“文化经常是政治性的，且充满抗争；也就是说，文化在不同地方，对不同的人而言，指涉了不同的事物。因此，国家可能从特定的象征区域倡导某种‘民族’观念。”[①] 昆明与重庆在冰心创作中，正是“指涉了”这样的“象征区域”。御侮抗敌，发出了西南后方人民的心声，也代表了人类正义的呼声。冰心此一时期散文、诗歌也许不是那么含蓄平和，但正如两千年前屈原《橘颂》所吟：“秉德无私，参天地兮。”李泽厚认为：“鲁迅和冰心对人生都有一种真诚的关切，只是关切的形态不同。”[②] 一般而言，鲁迅作品情调侧重表现“恨”，冰心作品情调着重表现“爱”，但这也不是封闭的，而是相对的，在不同的时候，正可互为转换，爱与恨，原正是“真诚的关切”的两种不同呈现形态。冰心的“恨”正缘于维护与保卫爱。如此说来她的风格是文如其人，是前后相接，一如既往的。

避居大西南共七年的创作中，由于地处环境、心境或有所不同，在创作风格与笔调方面，也有变化，前中期激烈愤慨些，后期沉稳、内敛些。总体更倾向于明白率真，“指示切要”，“直言其事”，但也不失抒情的风采。风格较之五四年代显然有所变化。诗作《献词》写道：“三年来，我们的汗血/滴落在战地，在后方，/开出温慰的香花。……站在明丽的胜利之曙光里，/我们更期望未来无限美满光辉的岁年。”这可以概括冰心西南时期坚持不懈的昂扬斗志与风貌。

## 三、山居生活的明显影响

冰心远离沿海地区、北方平原都市暂居大西南高原山野山城，在滇、渝两地生活共达七年时光，这虽然不能说直接影响、改变了她的创作风格

① 麦克·克让：《文化地理学》，王志弘等译，台北巨流图书股份有限公司，2008 年，第 6 页。

② 刘再复：《李泽厚美学概论》，生活·读书·新知三联书店，2009 年，第 170 页。

与人生轨迹，但地理文化致因与创作嬗变显而易见，山地生活的影响于其创作心理与审美情怀还是有迹可循的。冰心向称“海的女儿”，她生长于东南海滨城市，幼年随父母移居古都北京。除了“问题小说”创作外，《繁星》《春水》《寄小读者》等系列作品，总体都为沿海区域与北方地理人文的外化背景。如果不是抗战爆发，冰心一生也许不会和内地西南边疆地区产生紧密关系，以致索居七年以上。战时生活吃苦耐劳与坚强生存的要求，以及高原盆地山野的葱茏朴实、雄壮粗犷的风貌，对冰心创作开拓境界、变化风格，包括题材的丰富，乃至更多倾向男性担当的社会属性等，都在她身上起到催生与促进的作用，影响到写作风格的劲朗趋势。从她自己当时以及后来的表白中，对自己滇、渝两地的居住生活都是不计得失甘苦，勇于面对接受，甚至表示相当知足与满意。这无疑一则为抗战胜利的信念所致，二则为身处河山高地壮丽风景所致，这二者从内到外，都有刷新与影响其创作的作用。古人“智者乐水，仁者乐山。智者动，仁者静”，虽然绝对化，也有大理存焉。冰心早年的文学书写，无疑受到水流主要指大海关系影响是显而易见的，她当时的作品更倾向动态，求知，求新，漂洋过海，异国留学，包括倾向宗教情怀的关爱意识等，动态的世界性的特征明显。西南山居生活虽然缘于动荡迁徙，但持久抗战的现实，蜗居山隅静待与静观世相世变的心态，加之人到中年，为人妻、人母、人师，各项要求皆是坚定自如、甘苦如饴，毕竟她早已成为一位有着极高知名度的代表作家。选择蛰居山中，冰心自述倾向好静：“我觉得我要写文章，是一定要在很静的环境里才能写。所以我不喜欢在城市里面住，也不愿意在城市里面写，我喜欢在乡间住，过安静日子。……我常常喜欢与自然接触，大城市里缺乏自然的风色。如果你没有在山上，看不到晚霞，甚至于连这些颜色都不容易想象。”（《写作经验》）整个山城时期，冰心基本以歌乐山为固定居所，直到抗战结束离开，她对歌乐山“潜庐”还颇有不舍，吩咐受托人照管一切如旧，她时有可能回来继续居住。这种爱山恋“静”与倚凭壮丽的种种元素，注入其文学创作，有潜移默化的影响。在文尾往往落款标注“写于四川大荒山”（《关于女人·后记》），“大荒”词语，极赋其静其幽，有着苍莽雄浑多重复杂况味与隐喻，当然，它的出典还令人联想到《红楼梦》开篇“大荒山无稽崖”等形容。总之一是山川雄奇荒凉的处境，二是国家山河支离破碎的现实隐喻，三是有如“野火烧不尽，春风吹又生”的生命家园重建希望等，这都构成冰心当时的“大荒”意识与取喻。

这种“家园感觉”与自然意识，强调了“自然是人类容身的寓所”[①]这一象征意义。冰心在重庆歌乐山上“潜居”期间，写了一册颇为别致奇异堪称有些奇葩另类的文集，题为《关于女人》，总计十四篇散文，署名“男士”，通篇化身并采用男性身份口吻讲述故事、描绘人物。文体介乎散文与小说之间，有如一场“华丽转身”，在当时真使读者以为出现了一位才华横溢的新作家。以后创作反映当年背景的作品《小橘灯》等叙事散文，则将人物身份与口吻还原为女性，不再更换性别、掩藏身份。这就颇耐人寻思。推测与山居生活的性别模糊化甚至更多男人意味密切关联。雄山大川总是能够借力，在吃苦抗战的年代，男性的道义担当显然也更加急迫一些。冰心当时用男士口吻写作自述：“这些女人，一提起来，真是大大的有名！人人知晓，个个熟认……”写及人物多系她平生故交知己熟人亲谊等原型合成。这些作品不免与西南地理文化紧密相关，如《张嫂》一篇即直接采写山城乡间妇女，没有直接关联的，也因为她自己男士的化身，拉到眼前来，配合时下风景，多有远近交融、旧事新提的涵泳妙趣。“仁者乐山”，处静坚持，冰心其时对生命中至亲至情至性进行了一次检阅，笔风虽不失幽默，但整个是“仁爱”的抒情意味，在抗战时期性命攸关之际，怀念亲情友情人情，尤显弥足珍贵。

虽然自述为了写作发挥更加方便自由，以及家庭生活支出所需（稿费），但这部山居小书奇书，并非游戏之作，实为作者精心创作的“得意之作”，多年后，她写道：“我对这本书有点偏爱，没事就翻来看看……这就好像一个孩子，背着大人做了一件利己而不损人的淘气事儿，自己虽然很高兴，很痛快，但也只能对最知心的好朋友，悄悄地说说！”[②]当时连载发表于重庆报章，受到读者喜爱（叶圣陶在成都将之选作教材范文），后经巴金介绍出版，加印多次。冰心的新作，也广为人知，包括她山居生

① 叶舒宪选编：《神话——原型批评》，陕西师范大学出版社，1987 年，第 187 页。
② 《关于女人·三版自序》，《关于女人》，宁夏人民出版社，1980 年。

活的“男士”笔名。学者认为：“许多作家认为对待土地的方式呼应了对待妇女的办法。”[①] 冰心这种身份假借与自我异性化的换位思考，不失为一种大胆尝试，想象与西南山居生活的地理人文密切相关。雄山大川，艰苦跋涉，抗战后方无数辛劳奉献的妇女，以及她生命中许多熟悉的坚韧不拔令人感动的女性，都来眼前笔端，作者换位思考，写来更加自由“痛快”，也更能代言男性对妇女（母亲、妻子）的感谢爱戴与同情。这一创作风格在闺秀时代的冰心创作中，少有见到。恰如地理人文学者所指：“这种结构背离了某些重要的文化地理，以及某种性别化地理。平心而论，这种结构‘驯化了’家园，家被视为依附与安稳的处所，但也是禁闭之地，为了证明自己，男性英雄得离开（或因愚蠢或出自选择），进入男性冒险的空间。”[②] 西方经典文学的归纳并不能一概而论，但冰心长期静处（从当时流离迁徙被迫滞居“陪都”一隅角度来讲，也有“禁闭”的意味）西南山中，也不禁会产生“离开”尝试与冒险的念头，她可能设想与化名一名“男性英雄”从而“进入男性冒险的空间”，她重视自己这件作品，并不当游戏之作，兴许正是她一次勇敢地对自己旧有生活与风格的突围尝试。其笔风畅达、朴实、干练，也酷似“男士”，这与身处的地域景观文化等多重影响皆密不可分。

## 四、地标与方言的摄取

强化地理文化的再一表现，是作品中多次并反复出现的地标（Landmark）意义指代，包括当地方言口语的欣然择用，这也形成了冰心文学当时的地域建构特色。“‘地理学’一词的字面意思，其字源为‘书写世界’，即将意义铭刻于大地之上。”[③] 冰心文学正有这样的气魄境界。她对云南“昆明”“呈贡”“西山”“黑龙潭”“太华寺”“华林寺”“三台寺”以及“呈贡八影”“凤岭松峦”“海潮夕照”“渔浦新灯”“龙山花坞”“梁峰兆雨”“河洲月渚”“彩洞亭雨”“碧潭异石”等地域标志赞美有加，录入作品不遗余力，这兴许有作家自己的喜好、寄托与渲染夸张习惯，但文

① 麦克·克让：《文化地理学》，王志弘等译，台北巨流图书有限公司，2008年，第87页。
② 同上，第48页。
③ 同上，第59页。

学书写本来就是“文学与地景的组合”①。当时、当地、当事人等元素，都完善地组合在一起，这样的作品一入读者视域，符号学意义特显，衬托出“云南”这样一个强烈的地景地标关系，令后人读之也不免产生按图索骥加以体验的美好冲动。在书写重庆生活时这样的地景地标关系更加繁多细致，因为居处时间更久、更深入。如“山城”“歌乐山”“嘉陵江”“南岸”“北碚”“沙磁区”（沙坪坝与磁器口）等，多见于行文中，构成牢固而绵延不断的山城风景关系。冰心行文通脱活泼、雅俗共赏，往往能恰到好处化用中外格言警句诗词等，有如画龙点睛。如表现四川地景关系的古诗文“蜀江水碧蜀山青”“此地有崇山峻岭，茂林修竹”“最难风雨故人来”等，巧妙穿插引用。四川方言如“摆龙门阵”“打水漂儿”“不安逸”“鸡冠花”“小橘灯”等日常口语、地方风物名词等，都适当采择运用，使之生动有趣，更能体现地理人文关系的近情与合理。

《〈小难民自述〉序》《〈蜀道难〉序》等文化人的旅行游记、考察笔记前言，都有特意关注与书写，对西南地理风貌的共鸣等，尤有揭橥。从另外行文包括近年发现尚未收入文集的不少当年滇、渝两地生活的佚文出世，其中均对滇、渝、蜀文化颇多深切关注。滇、川两处地景关系、民风世俗，在其行文中，亦多自然穿插融入，形象生动往往呼之欲出。

总括冰心西南文学书写中的地理文化景观呈现，我们欣喜地看到相对少有为外人所知晓并罕有名人描写的大西南地景人文风光，经这位五四新文学名家点染勾画、神奇展示，多栩栩如生、诗意盎然，有丰富的象征意蕴。作品经受时间的洗礼与考验，如同将时光定格在生动的空间关系上，如那盏永不熄灭的、脍炙人口的“小橘灯”，在自然雄奇逶迤夜晚的山道上，在人心向善向美坚持不懈的奋斗精神中，发出永不熄灭的光芒。

2017 年 5 月 21 日改定于成都霜天老屋

① 麦克·克让：《文化地理学》，王志弘等译，台北巨流图书有限公司，2008 年，第 57 页。

# 第四编　“不废江河万古流”（上）

# 第一章 论何其芳文学创作与欣赏中的杜诗影响及定位

何其芳先生是新文学创作队伍中受到中国古典文学与西方现代文学（尤其是象征主义、现实主义文学）双重熏陶影响的比较典型的杰出的文学家。他诗文兼及，创作理论并行，前后期文学创作风格变化巨大，是一位带有浓郁时代精神与特色的个性彰显的作家，有成功，有失败，有欢悦，有悲伤，有困惑与纠结，更有坚贞不屈的追寻。像同时代的杰出作家一样，他的背影至今留在人们关切新文学的视野中。在中国古典文学中，何其芳深爱唐诗，以其晚年自述形容为：“忆昔危楼夜读书，唐诗一卷瓦灯孤。”（《忆昔》）早年有述如：“我读着晚唐五代时期的那些精致的冶艳的诗词……我喜欢读一些唐人的绝句。”（《梦中道路》）等等。后半生因在文学研究所任职，何其芳对文学研究倾注了更多的注意与心血（特别是对《红楼梦》的研究招致政治打击与迫害）。他于 1961 底写成《诗歌欣赏》一卷，陆续刊载发表，1962 年 4 月由人民文学出版社正式出版，1978 年 5 月第 5 次印刷，手边没有现成的统计数目可查（在当时年代印数应该相当大），这本文学欣赏小册子（扉页题作“献给爱好诗歌并希望提高鉴赏力的同志们”）曾广为传布，深入人心，在当时文学工作者以及广大文学爱好者中间产生了深刻影响（笔者大学时代与同学们对此书即如获至宝、诵咏有加）。在这本可视为他文学诗歌体例欣赏代表作的《诗歌欣赏》中，只选择了五位唐诗作者入题，其欣赏顺序是这样的：杜甫、李白、白居易、李贺、李商隐。赏析行文精到，文风亲切活泼，表现了厚积薄发的学养。有趣的是，何其芳对中国唐代诗人中的两座高峰——李白和杜甫，有一个由自然的喜好（天性似更倾向杜甫）到有意地比较论定、重新认识乃至于权威意志下不无纠葛的审美情结。其间的微妙态度与转化，既反映了时代、政治的影响，同时也体现了何其芳性格与文学欣赏趣味的真实性。今天我们研究这一现象，不仅是对当年“抑李扬杜”或“扬李抑杜”那场文学纷争的检讨，而且对何其芳先生文学创作与审美研究道路的认识，也不无裨益与参照。本文以下分几个层面来探讨何其芳文学创作与欣赏中对唐诗李杜诗歌的吸收与其倾向性。

## 一、创作风格显然更倾向于杜诗

何其芳早年的诗歌与散文创作（《预言》《画梦录》《还乡杂记》等），都有意无意地融入了中国古典诗歌尤其是唐诗的抒情性与意境滋味，着重剪裁与锤炼，“内容大抵是从幼稚的伤感、寂寞的欢欣和辽远的幻想到深沉的寂寞和郁结的苦闷”[①]。虽然写作当时作者还十分年轻，但宁静好思与少年老成的特点以及比较忧郁的性格，用作者自己的话说是：“渐渐地感到了老年的沉重。”（《迟暮的花》）“从此始感到成人的寂寞。”（《梦中的道路》题语）“表达我的郁结与颓丧。……坠入了文字的魔障。我喜欢那种锤炼，那种色彩的配合，那种镜花水月。……我从陈旧的诗文里选择着一些可以重新燃烧的字。使用着一些可以引起新的联想的典故。”（《梦中的道路》）“于是叹息着世界上为什么充满了不幸和痛苦。于是我的心胸里仿佛充满了对于人类的热爱。”（《街》）有研究者曾列出一个图表，揭示“季候病”中的“深秋”和“逆旅”是何其芳早年创作的首要意象系列。[②]显然，这类特点、诉求与有着“沉郁顿挫”“羁旅哀愁”即苦吟加抒情作风的杜诗更为接近与吻合。而杜诗着眼现实人生的精神与作风，对后来投奔延安走上革命道路、创作题材与风格转向的何其芳来说，仍然持之有效。众所周知，何其芳晚年对自己早年的创作有所反思与检讨，说自己“苦求精致近颓废，绮丽从来不足珍”（《忆昔》）。20世纪40年代答记者问中，深刻地总结了自己文学选择的道路，把早年的创作视为“可怜的小书”，“一个寂寞的孩子为他自己制造的一些玩具”。“在这样的时候我还在

① 方敬：《缅怀其人，珍视其诗文》，《何其芳选集》第一卷，四川人民出版社，1979年，第15页。

② 骆寒超：《论何其芳早期诗作的抒情个性》，《何其芳佚诗三十首》，重庆出版社，1985年，第66页。

那里‘留连光景惜朱颜’，实在太落后了。”（《写诗的经过》）今天看来，何其芳文学道路的转向与选择都是自然的、真实的，他前后期虽然因政治、时代背景以及世界观的影响看上去判若两人，但其精神实质是相通的（尤其是苦闷的、内照的情愫是遥相呼应的），审美判断是有机联系的。着重现实的、抒情的特征与敏感的心灵诉求始终表现在何其芳的文学创作中，展示出诚与善、真与美的意向建构特色。其早年的代表作也并不因作者自己后来人为因素小看、谦抑而有所逊色或贬值，相反文学自身的持久生命力说明了文本当时构造的合法，其独创性、坚固性、丰富与合理性仍然随着时光的流逝而凸显，成为五四新文学流域中一座值得纪念的经典碑塔。

要选取何其芳早年创作以证明他明显受杜诗影响这比较难，因为何其芳的行文相当自然与圆融，不着痕迹，无论是古典文学还是外国文学，都在他诗文里若隐若现，有机地化为自身的营养。他很少公开地引用和摭拾成例，像当时另外一些作家那样旁征博引，中西合璧。他是一位抒情作家，他的行文是从心灵到笔头自然流淌出来的，就整个氛围与特征来说，更接近于杜诗的那种看似寻常不寻常的精神气质与哀愁中对美的精细发现。如其对乡愁的抒写：

> 我怀想着故乡的雷声和雨声。那隆隆的有力的搏击，从山谷返响到山谷，仿佛春之芽就从冻土里震动，惊醒，而怒茁出来，细草样柔的雨声又以温存之手抚摩它，使它簇生油绿的枝叶而开出红色的花。这些怀想如乡愁一样萦绕得使我忧郁了。
>
> ——《雨前》

杜诗特别是四川时期所作有大量类似的抒写，随手摭拾二三例如：

> 东阁官梅动诗兴，还如何逊在扬州。此时对雪遥相忆，送客逢春可自由。幸不折来伤岁暮，若为看去乱乡愁。江边一树垂垂发，朝夕催人自白头。
>
> ——《和裴迪登蜀州东亭送客逢早梅相忆见寄》

> 莽莽天涯雨，江边独立时。不愁巴道路，恐失汉旌旗。
>
> ——《对雨》

丛菊两开他日泪，孤舟一系故园心。

请看石上藤萝月，已映洲前芦荻花。

——《秋兴八首》之一、之二句

何其芳的名篇又如：

马蹄声，孤独又忧郁地自远至近，洒落在沉默的街上如白色的小花朵。我立住，一乘古旧的黑色马车，空无乘人，纡徐地从我身侧走过。疑惑是载着黄昏，沿途散下它阴暗的影子，遂又自近至远地消失了。

街上愈荒凉。暮色下垂而合闭，柔和地，如从银灰的归翅间坠落一些慵倦于我心上。我傲然，耸耸肩，脚下发出凄异的长叹。

一列整饬的宫墙漫长地立着。不少次，我以目光叩问它，它以叩问回答我：

——黄昏的猎人，你寻找着什么？

——《黄昏》

这与颇多“独语与冥想”的杜诗不是有惊人的暗合么？如富于象征意味与心语气质的《秋兴》八首，上引之外还如：“夔府孤城落日斜，每依北斗望京华。听猿实下三声泪，奉使虚随八月槎。”“蓬莱宫阙对南山，承露金茎霄汉间。”“关塞极天唯鸟道，江湖满地一渔翁。”如说何其芳抒情多描绘爱情，老杜当然不是，但未必没有，如《秋兴八首》末首就有：“佳人拾翠春相问，仙侣同舟晚更移。彩笔昔曾干气象，白头吟望苦低垂。”画梦般的迤逦回忆加苍凉处境，何其芳类似描写可称繁多，随手摭拾：“你青春的声音使我悲哀。我妒忌它如欢乐的流水声……我害着更温柔的怀念病，自从你遗下你明珠似的声音，触惊到我忧郁的思想。”（《古意》）《预言》集中多有类似：

霜隼在无云的秋空掠过。

猎骑驰骋在荒郊。

夕阳从古代的城阙落下。

风与月色抚摩着摇落的树。

或者凝着忍耐的驼铃声

留滞在长长的乏水草的道路上，
一粒大的白色的陨星
如一滴冷泪流向辽远的夜。

——《爱情》

这不就是老杜站在成都浣花溪畔草堂边、幕府中或三峡白帝城下，念旧怀乡心向自由的寂寞的写照么？将青春的乡愁与人生迟暮的乡愁对比当然不尽相同，但那种独立苍茫、自哀自怜的心声，遐迩多思的抒情气质，敏捷比兴的感受，实在使古今二人气息相通，可援为知音。何其芳对杜诗（以及杜诗以后的中晚唐诗）的吸收借鉴，显而易见。瓦雷里在《诗与抽象思维》里说："那些不同于普通话语的话语，即诗句，它们以奇怪的方式排列起来，除了符合它们将为自己制造的需要之外不符合任何需要，它们永远只谈论不在场的事物，或者内心深刻感受到的事物，它们是奇怪的话语，似乎不是由说出它们的人，而是由另一个人写成的，似乎不是对聆听它们的人，而是对另一个人说的。"① 何其芳与杜诗的互文性，在其早期的诗文里反映得隐蔽而切实。晚年特别是病中的何其芳"经磨历劫"，写作转为更加简略的旧体诗，杜律的影响几乎无处不在他诗中，一气呵成的《忆昔》十四首直接采用杜诗《忆昔》原题，显然这和他上了年龄以及更加体会老杜的心声、处境有着密切的关系。限于篇幅，仅摘其旧体诗句数例以见其巧妙化用。

《忆昔》诗中："海上桃花红似锦，燕都积雪白于银。"（杜诗："不分桃花红似锦，生憎柳絮白于绵。"《送路十六侍御入朝》）"我叹因循多舛误，君言改正即无愆。""因循"一词虽已不见今存杜诗，但这种意指仕途飘零、坎坷不遇的宿命却是杜诗反复自伤与吟诉的一个重点（从《奉赠韦左丞丈二十二韵》到《登高》《秋兴八首》《咏怀古迹》，等等），后世沿袭与仿效者无数。例如白居易："少时多嗤诮，晚岁多因循。"（《不致仕》）"因循掷白日，积渐凋朱颜"（《和栉沐寄道友》）"因循过日月，真是俗人心。"（《自叹》）李商隐："中路因循我所长，古来才命两相妨。"（《有感》）王安石："万事因循今白发，一年容易即黄花。"（《愁台》）黄庭坚："因循

① 转引自江弱水：《古典诗的现代性》，生活·读书·新知三联书店，2010年，第128页。

不到此江头，匹马黄埃三十秋。”（《秀江亭》）柳永：“嗟因循，久作天涯客。”（《浪淘沙》）等等。何其芳旧体诗另如：“牛毛细字老年写，蜗角虚名贤者羞。”“岂有文章惊海内，愧无才思并江淹。”“梁燕不来昼寂寂，梧桐初茂月纤纤。”“花若多情应有泪，臣之少壮不如人。”（《偶成四首》）“峨眉皓齿楚宫腰，花易飘零叶易凋。”“学书学剑两无成，能敌万人更意倾。”“而今风尚是多能，云爱翻腾人奋兴。”（《杂诗八首》）等等。不用详细对比，直接从中就不难看出杜诗的章法典句、魂魄与影子。当然何其芳旧体诗包括他的新文学作品也有唐诗别家，如李白的影响。他“苦求精致近颓废，绮丽从来不足珍”后一句即化用李白《古风》：“自从建安来，绮丽不足珍。”李白的想落天外与豪放慷慨对何其芳行文也具有相当的影响，另如白居易、李商隐、杜牧及唐宋学杜诸家等，但这些都不如学杜诗那么直接、会心与频密。如上所述，这兴许是性情更为接近、文学的审美趣味更为趋同的缘故吧。

下边我们就直接来聆听与看待何其芳心目中的杜甫吧。

## 二、对李杜前后的认识以及不无纠结的变化

在《诗歌欣赏》中，何其芳只选择了五位唐诗作者入卷，他欣赏的顺序却是这样的：杜甫、李白、白居易、李贺、李商隐。这样排列不等于说他把杜甫看得绝对第一，但性情所至，开宗明义，他一口气分析了杜甫三首诗（《梦李白》二首与《赠卫八处士》），叹赏其人间真情厚意：“虽然写的是比较平常的生活，但作者从其中感到了亲切的动人的东西，并且优美地圆满地表现了出来，它就同样能够深深地打进人的心里了。”称赞杜甫为“伟大的诗人”，“一个伟大的作家”。平实、深情、优美、圆满，这在思想艺术上的鲜明特色，兴许正是何其芳推崇与学习杜甫的关键。虽然他对李白也用“伟大的诗人”，重点赏析了《蜀道难》，赞叹其“豪放、雄壮和有浓厚的浪漫主义色彩”，但笔锋一转，紧接欣赏的李白三首小诗，却是“写得平易亲切，却又很有特色的”，可见他审美方面更着重于现实的态度。直到 1977 年 6 月 7 日给王季思（王起）信中仍说：“杜李向有争论。我过去持‘李杜操持事略齐’说。最近再三考虑毛主席更爱好李白诗的原因，略有改变，就是从整个诗歌的精神状态来说，还是李白的精神

（对封建秩序的态度）略高一筹。”[①] 他说“杜李”，说“再三考虑”，可见审美倾向上还是有纠结的。他就王季思的论文还写道：“只是抑李扬杜处似应斟酌。毛主席不止一次说过，他更爱读李白诗。而且听说还说过：李白是千古诗人之冠。”[②] 在当时的政治语境中，他这样表态显而易见是剖露了自己真实的心声，同时也反映出了劝告“同道”的某种纠结与微妙处。毛泽东的个人爱好其实早在何其芳写作《诗歌欣赏》时就有所知晓了，只是当时的政治与文化、文艺氛围还相对宽松，他不无顾虑，但仍禁不住自己的喜好与“放笔”，在欣赏完李贺、李商隐后的一段行文，表露了他这方面的考虑：“听说毛泽东同志喜欢三李的诗，就是李白、李贺和李商隐的诗。从他的诗词也可以看出他吸收了这三位诗人的某些特点和优点。这是值得我们深思的。我想毛泽东同志绝不会不能看到李贺和李商隐的作品的弱点，不看到他们的某些不好的艺术倾向，然而他仍然喜欢他们的诗，这就说明他们到底还是写了一些难得的好诗，到底还是有他们艺术上的特别吸引人之处。对于爱好诗歌而又还不熟悉我国古典诗歌的人，白居易的诗是比较容易理解的，李白和杜甫的诗或许也不难接受，要欣赏李贺和李商隐的诗却可能阻碍较多。但为了使我们的眼界扩大一些，为了使我们的艺术爱好广泛一些，我们应该能够欣赏各种各样的好诗，包括比较难于欣赏的好诗。”[③] 这很微妙，可说既是他欣赏顺序排列的一种保护色，也是他自己审美观念的一种辩说。

长期担任国家文学研究所所长的何其芳，他的“深思”是真实的，也是渐进与纠结着的。最终他试图说服自己，他说：“还是李白的精神（对封建秩序的态度）略高一筹。”1976 年作《杂诗八首》写于 9 月 20 日的《屈子》咏道：“屈子文章悬日月，谪仙歌咏俯瀛洲，生前放逐难销恨，身后喧争犹未休。”自注：“指对李白评价问题之争论。自元稹尊杜贬李以后，对李白之评价迄无定论。今日看来，李杜虽各有独创之处，就整个作品精神而论，李白毕竟更高一筹，他更藐视封建统治、封建秩序，与人民

① 《何其芳选集》第三卷，四川人民出版社，1979 年，第 49 页。
② 同上，第 50 页。
③ 何其芳：《诗歌欣赏》，人民文学出版社，1978 年，第 70 页。

有更多有形无形联系，这种精神更接近人民，或可定矣。”[①]“或可定矣”，他就是这样苦苦找说辞来说服自己。写于1977年的《蜀中纪游》中《万县太白岩》二首其一有：“如辟谪仙读书处，草堂那可比雄奇？”其二云：“李杜操持事略同，天然毕竟胜人工。”很微妙，他把他过去欣赏与认同的“李杜操持事略齐”（笔者对此句进行了爬梳查阅，发现此句源出李商隐诗《漫成五章》其二）[②] 改了一个字：“同”，“事略同”。“齐”即“一样，齐名”意；“同”，即“略同”，则“差不多”或“相似”之意。何其芳先生一生追求进步，在革命生涯中，培养了自己的观念，但在特殊年代，他也难免屈从大局，怀疑自己。他在“文革”下放改造中甚至写出这样的反映真实心声的“歌诀”：“主席指示，养猪重要，品种要好，圈干食饱……”还特别加注：“毛主席关于养猪的指示不少，首先要认真学习，反复学习，这是政治挂帅，思想领先。”[③] 这并不可笑，放在当时的语境中，他是非常认真的（毛泽东在延安就曾经评价他“认真”）。养猪况且如此，关于李杜的认识（涉及意识形态上层建筑），岂能不予重视呢？但何其芳并不像另外的文学名家特意写一本紧跟时代的《李白与杜甫》，他仍有保留，《诗歌欣赏》中排列顺序他独行其是，“天然毕竟胜人工”的强作解人诗句下，紧接而来的则是：“岧峣殿阁白云下，盘礴鲸鱼碧海中。涕泪疮痍真长者，秕糠轩冕是英雄。人民哺乳李生子，后代终应共敬崇。”诗中着重歌颂了杜甫，仍然持“李杜操持事略齐”的初衷，可见内心深处根本没有扬李抑杜的意思。爱好与情趣往往是人天性的流露，并不因一时一地的强势话语左右或随大流而有所改变。何其芳《蜀中纪游》第一首咏“诸葛祠”，第二首咏“成都杜甫草堂”，第三首咏他家乡“万县太白岩”，杜甫仍在李白前头。咏杜诗云：“文惊海内千秋事，家住成都万里桥。山水无灵添啸咏，疮痍满目入歌谣。当年草屋愁风雨，今日花溪不寂寥。三月海棠如待我，枝头红艳斗春娇。”亲切自然，言为心声，引为杜甫千古知音，云何不可！这同写李白的一首内容较为空洞抽象，只是主观上给戴顶高帽子相比，判

---

① 《何其芳选集》第一卷，四川人民出版社，1979年，第190页。

② 李商隐：《漫成五章》其二：“李杜操持事略齐，三才万象共端倪。集仙殿与金銮殿，可是苍蝇惑曙鸡？”刘学锴、余恕诚：《李商隐诗歌集解》，中华书局，1988年，第913页。

③ 《何其芳选集》第三卷，四川人民出版社，1979年，第101页。

若二致。

其《忆昔》第二首写道：“曾依太白岩边住，又入岑公洞里游。万里寒江滩石吼，几杯旨酒曲池浮。”第二句自注：“杜甫晚年由成都至夔州，中经渝州、忠州、云安（今四川云阳县），当亦经万县。唯集中无专咏万县景物诗，或未停留也。又，在云安作《长江二首》有句云：‘众水会涪万。’《杜鹃》云‘涪万无杜鹃’。万县有杜鹃，杜甫或未闻其啼声耳。”[①] 作为万县人，何其芳一往情深，话如涌泉，感觉他真的恨不得起杜公于九泉之下而商略之。

## 三、对刻意扬李抑杜的论著的基本态度

何其芳被诬陷、受迫害甚至被剥夺了基本工资的年代，也是自上而下出于某种政治考量的扬李抑杜大行其道的年代。对此，何其芳不论身处何等的逆境险况，他都是有自己的清醒认识与不偏不倚的文学审美真实态度的。除了上节所引的诗歌、言说外，他于 1972 年 8 月 30 日写给外甥女小早的家书中一段行文相当中肯与颇具胆识，代表了他认真、清醒的工作作风与高度的责任感：

> 对于李、杜，向来有三派意见：扬杜抑李，扬李抑杜，李杜不宜分优劣。我是赞成后一派的。讲杜甫的坏话可以讲一大篇，要讲李白的坏话又何尝不可讲得同样多或更多？你说的那本近著显然有偏袒，对两个人的写法就显然不同，关于杜甫的那些章节，何尝不可以基本上适用于李白？李白的世界观和人生观难道就超过了封建地主阶级的思想体系？不可看了别人的意见就太容易受影响，要经过自己的考查和思索。至于个人阅读的偏好却是可以容许，应该容许的。你可以爱读李白一些，他可以爱读杜甫一些，但要作历史的评价，文学艺术的评价，却应力求科学。[②]

这些言论出自 1972 年，虽是家书，但当时因家书获罪者也不在少数。何其芳先生为人正直坦率的作风与宽容的心胸以及文学持平之论，于此可

① 《何其芳选集》第一卷，四川人民出版社，1979 年，第 176 页。

② 《何其芳选集》第三卷，四川人民出版社，1979 年，第 117～118 页。

以尽观。

对于同是川籍文学家的郭沫若先生，何其芳一向是尊重、称道的，他的《诗歌欣赏》紧接唐诗欣赏后的第九节即为郭沫若一人开的专节。他热情洋溢地赏析了郭沫若早年的诗歌代表作，倾注了关爱之情。即便这样，他也不掩饰郭氏创作中的缺点，他说：

> 但由于作者曾有些过于强调自然流露，这也的确使他的某些诗有加工不够的缺点。至于作者还说过“我高兴做个‘标语人’‘口号人’，而不必一定要做‘诗人’（《我的作诗的经过》），那更或许不过是有所为而发的偏激之论。诗究竟还是不能走标语口号化的道路的”。①

这个“偏激之论”或许用于郭沫若写于“文化大革命”中的《李白与杜甫》，亦为允当。何其芳明确不同意郭沫若有关李、杜的观点，但他尊重郭老，据现有资料看，他没有公开的或更多的指责之论，兴许他能理解郭老的处境。1972 年 1 月 24 日写给贺敬之的信中说：“《李白与杜甫》已替你买到一本，托小多带回。此书听说郭老还要大改，重版。”点到为止，不无言外之意、弦外之音。

对郭老客气，对另外一些当时别有用心动辄“无限上纲”、歪曲事实的“学者”，何其芳则不掩其厌恶、鄙夷之情，直言无忌。他有幸活到了“四人帮”倒台后，虽然当时“两个凡是”当头，文化形势仍然严峻，他自身处境状况也并无更多改变，他却快人快语，不计后果，不掩饰自己的真知灼见。在《红楼梦》申辩问题上如此（1972 年他曾有万言书信致人民文学出版社驳某学者挟权威之势对他的恶意攻讦，1976 年年底有长诗《我控诉》投向《人民日报》），在李杜问题上亦向来如此，如骨鲠在喉不吐不快，他给王季思（王起）信中说：

> “四人帮”在台上时，把李白说成法家诗人之说我也听说过。我当时就觉得是荒唐的，可笑的。从战国时候诸子百家来说，与其说李白近法家，不如说更近道家和纵横家。我觉得文学家毕竟和思想家不

① 何其芳：《诗歌欣赏》，人民文学出版社，1978 年，第 80～81 页。

同，不能用过去的某一个哲学派别、思想家流派来概括。何况真正的大思想家，有独创性的大思想家，也不是适宜用过去的封建社会的某种学术派别来划分的。①

他赞同王起观点，认为“批李白为法家诗人”为“谬说”，他宣告自己“李杜操持事略齐”的一贯学术立场，他写诗表达：“应有高才两兼美，胸吞山态水容妍。”（《西湖》）“人民哺育孪生子，后代终应共敬崇。”（《万县太白岩》）对李杜一视同仁、并相敬重，看待如日月同辉。这在“按既定方针办”、倒春寒时来的当时，以他文化名人以及文学研究所领导、刊物主编的身份，不能说不冒风险，不会再遭到攻击，而他堪为有志有立场之斗士。正如他的朋友沙汀先生所论：“诚恳直率，平易近人，这是人们对其芳同志的共同看法。……在是非面前，或者听到什么人胡说八道，他会立刻激动起来，直言无隐。……不管生活多么艰苦，斗争多么尖锐复杂，也不管是战争年代抑或和平时期，一直积极工作，数十年如一日，这在中国知识界是有代表性的，值得研究。”② 对唐诗李、杜的观点，正是何其芳为人与个性表现的一端，反映了鲜明的时代特色与执着于真理的审美追求。

何其芳先生在“文化大革命”中受到政治迫害，道路艰辛坎坷，痛病交侵，生命终止于65岁。他是公认的“我国著名的诗人、散文家和文艺理论家、文学工作领导者”。他早期的诗文对后来台港与海外华文乡愁文学（如台湾诗人痖弦、郑愁予等）影响甚著。在对唐诗李、杜的见解上，他从来没有公开表白过自己更喜欢杜甫，而是双持敬重。只是因为他早年的抑郁青春书写、不满现实的愤懑与人间关怀之情，使他的欣赏与创作自然而然地更倾向于现实主义的杜诗，向其汲取更多营养，但他倡导自由的欣赏与借鉴，也不反对别人的喜好甚至是偏好。对于学术立场的抑此扬彼或出于政治用心的歪曲，他都有着清醒的认识、判别和思索。这些思索受外在的影响也许于他不无纠结、矛盾，但正如布封名言：“风格即人”，何其芳忠于心灵感受与不偏不倚、不忮不求的风骨，表现了主体性，让人想

① 《何其芳选集》第三卷，四川人民出版社，1979年，第48页。

② 沙汀：《何其芳选集·题记》第一卷，四川人民出版社，1979年，第5～7页。

到文艺学的一句名言："才气天资乃是一种托付。"[①] 这种托付是真实的、自然的、执着的，闪耀着感情与理性的光辉，亦如刘勰《文心雕龙》所谓："援古以证今……文章由学，能在天资。"（《事类》）"写天地之辉光，晓生民之耳目矣。"（《原道》）移植何其芳亲近杜诗，有戚戚焉。

**2012 年 5 月 12 日改毕于成都航空港霜天老屋**

① 瓦·叶·哈利泽夫：《文学学导论》，北京大学出版社，2006 年，第 71 页。

# 第二章 梁启超文学观念中的杜甫情结

梁启超先生是中国近现代转折时期被公认为百科全书式的人物，他虽然没有直接投身于后来的五四新文化运动，但堪称前茅与同路人，他对西化的新文学乐观其成，并不反对新文学革命，他执教清华大学国学研究院前后，与新文学运动的中坚如胡适、徐志摩、赵元任等新派人物多有交际应酬，徐志摩与陆小曼结婚仪式，他出席讲话；他的儿媳林徽因，也是新文学运动中出名的女诗人。梁启超早年的“诗界革命”“新小说”“新文体”“新文艺”“新学界”“泰西鸿哲”“文艺复兴”等倡导述及，包括对西哲培根、笛卡尔、莎士比亚、弥尔顿、拜伦等欧洲近代进步哲学、文学家的极力推崇、评介，与五四新文学运动主张虽不完全等同，却颇有前后呼应与自然契合之势。尤其是“笔锋常带感情”的写作实践、范式，启迪后人，造成很大的声势影响，至今仍起作用。本文就梁启超文学观念中的杜甫纪念情结做一梳理考镜，以观文学变革时代，优秀经典文艺作品的不朽价值与生机焕发。

## 一、《饮冰室诗话》涉及杜甫

《饮冰室诗话》是梁启超在诗论领域方面一部里程碑式的作品。写成于戊戌变法失败后他流亡日本期间，集中反映了他对中国文艺建设、变革的理论观点。如舒芜校点本所述：“《饮冰室诗话》的基本精神，完全是服务于当时实践上的需要，而且倾向性非常鲜明，只谈当时人，只谈改良派中的人，同别的诗话泛论古今者完全不同。”[1] 这确是《饮冰室诗话》一书的鲜明风貌与特点，与稍后出现的王国维的《人间词话》一样是时代精神产

① 梁启超：《饮冰室诗话》，舒芜校点本，人民文学出版社，1982 年，第 144 页。

物，有里程碑意义，特别代表了对西方文学、哲学的重视与借鉴，但二书颇有不同，王国维主要援例与讨论经典文学，主要是唐宋诗词作品，如李煜、晏殊词等。而梁启超则力推当世新作，所谓“近世诗人能熔铸新理想以入旧风格者”①。他的“近世”主要指倾向政治维新的改良派，但尺度颇宽，出人意表，甚至包括太平天国将领石达开②的作品，他也述及。在诗话中，他开篇即旗帜鲜明地表述：“我生爱朋友，又爱文学，每于师友之诗文辞，芳馨悱恻，辄讽诵之，以印于脑。自忖于古人之诗，能成诵者寥寥，而近人诗则数倍之，殆所谓丰于昵者耶。”③ 又道：“中国结习，薄今爱古，无论学问文章事业，皆以古人为不可几及。余生平最恶闻此言。窃谓自今以往，其进步之远轶前代，固不待蓍龟，即并世人物亦何遽让于古所云哉?”④ 旗帜鲜明，倡导新源，挑战古代以及古代经典文学是不可逾越的既有观念。“并世人物”黄遵宪、谭嗣同、康有为等当时人的诗作，是梁启超力荐与激赞的中坚，在他眼中，这些名家特别亲切，并不逊让古代经典名家，且“进步之远轶前代”，“能熔铸新理想以入旧风格”，进步意义特别重大。对这些作品他多能出口成诵、信手援引，远过于对古人作品的亲近。虽然这里边有着师友亲炙、交际的道义感情方面原因，但革新的理想观念、激越的情怀、感同身受的知音等因素，更是他选择与标榜的根本所在。我们现隔着一百多年的时光，回顾梁启超推举的近代诗家作品，客观讲，能传世的脍炙人口的佳作并不见得多，但梁氏大力推举、倡导的意义，不言而喻。他思想解放、特具远见卓识的胸襟勇气，给人留下深刻印象与思考。梁氏力荐他当时的力作，在欧洲文学价值观影响与支配下，似乎有意淡化古代传统经典文学，就是对杜甫，他当初也存有不满。如他说——

> 希腊诗人荷马，古代第一文豪也。其诗篇为今日考据希腊史者，独一无二之秘本，每篇率万数千言。近世诗家，如莎士比亚、弥儿敦、田尼逊，其诗动亦数万言。伟哉！勿论文藻，即其气魄固已夺人矣。中国事事落他人后，惟文学似差可颉颃西域，然长篇之诗，最传诵者，

① 梁启超：《饮冰室诗话》，舒芜校点本，人民文学出版社，1982年，第2页。

② 同上，第18～19页。

③ 同上，第1页。

④ 同上，第4页。

惟杜之《北征》，韩之《南山》，宋人至称为日月争光，然其精深盘郁、雄伟博丽之气，尚未足也。古诗《孔雀东南飞》一篇，千七百余字，号称古今第一长篇诗，诗虽奇绝，亦只儿女子语，于世运无影响也。①

他认为，中国文学，包括杜诗《北征》在内，不够“雄伟博丽”，更“于世运无影响”，可见梁启超当时特别看重时代精神与现实意义，以及对社会政治人心的正面影响。这种观念渗透并贯穿于他当时的文论，可以信手拈来，即见其“重西轻中”“厚今薄古”的前沿化意识，如：

诗之境界，被数千年鹦鹉名士（自注：余尝戏名词章家为鹦鹉名士，自觉过于尖刻）占尽矣！虽有佳章佳句，一读之，似在某集中曾相见者，是最可恨也。故今日不作诗则已，若作诗，必为诗界之哥仑布、玛赛郎然后可。欲为诗界之哥仑布、玛赛郎，不可不备三长：第一要新意境，第二要新语句，而又须以古人之风格入之，然后成其为诗。不然，如移木星金星之动物以实美洲，瑰伟则瑰伟矣，其如不类何？若三者皆备，则可以为二十世纪支那之诗王矣。……今欲易之，不可不求之于欧洲。欧洲之意境语句，甚繁富而玮异，得之可以陵轹千古，涵盖一切，今尚未有其人也。

——《夏威夷游记》②

诗界革命，必取泰西文豪之意境之风格，镕铸之以入我诗，然后可为此道开一新天地。谓取索士比亚、弥尔顿、摆伦诸杰构，以曲本体裁译之，非难也。

——《新中国未来记》③

读泰西文明史，无论何代，无论何国，无不食文学家之赐；其国民于诸文豪，亦顶礼而尸祝之。若中国之词章家，则于国民岂有丝毫之影响耶？

——《饮冰室诗话》④

① 梁启超：《饮冰室诗话》，舒芜校点本，人民文学出版社，1982 年，第 4 页。
② 王蘧常选注：《梁启超诗文选注》，人民文学出版社，1987 年，第 58 页。
③ 同上。
④ 梁启超：《饮冰室诗话》，舒芜校点本，人民文学出版社，1982 年，第 59 页。

在他这样的理论谱系与改革观念中，中国古代的经典文学显然是有些扞格不入了！即便杰出如杜甫，似也可以忽略不计。毕竟梁启超是登“泰西”而小天下了。但值得我们注意的是，他虽然力倡学习“泰西”，但并未放弃“又须以古人之风格入之”这一理念，这就为古代优秀文学保留了一席之地，为李杜等人的复出预留了话语空间。这与后来五四新文化运动一开始的主张全盘西化、一概抹杀古典文学的主张显然有所不同，他仍主张保持本体，衔接传统，对自己的激烈主张保持几分冷静与客观。可以说这是他思想观念中的矛盾，也可以说是他渐渐清晰起来的中西结合意识与尝试。具有现实主义作风的唐代诗人杜甫，得此在梁氏锐意标新立异的《饮冰室诗话》中，数度出现，自然而然地被他多次提到，映射在他对当时人作品的鉴赏与比较中，作为一种历史参照与表义符号，多见援引，且能应合，有古今打通之妙。虽然他认为就磅礴大气结构篇幅方面来讲，与欧洲文艺杰作相比即便有“与日月争光”的杜甫《北征》也有遗憾，不够完美，但比较而言，这并未减削他对杜甫作品整体上的好感，且从他对杜甫的逐渐频繁提及与日益推崇看来，认知水平与重视程度显然与日俱增。

其实不论中西古今，名家名作都有某些缺陷，存有一定遗憾，梁启超时重西学，杜甫为其少有的比较满意的古代文学家之一（另一位比较满意的是屈原），这表现在他各阶段文论与讲述中，颇可相互参照、融会贯通。“我们今天遇到很多问题，梁启超等人都经历过，他们处理一些问题的方式对我们有价值。比如说他青年和中年的时候倾向西方的价值观，到晚年更倾向中国的价值。过去我们以此批评梁启超，说他多变，但是今天我们以同情和理解看梁启超这样的变化，你可以发现当下中国很多学者经历类似的阶段，80 年代大家认为向西方学习是最主要的，今天很多提倡儒家的人，当年他们是向西方学习，后来他们转向东方，这样的转变是怎么回事？这个转变的逻辑是什么？当中隐含什么样的经验和教训？这些可以给我们一个很好的借鉴。”[①] 梁启超的“多变”，并不是人格上的问题，恰好体现了他不断学习、自审并自我纠正的努力。从不同的角度会有不同的观

① 见 2012 年 9 月 15 日《新京报》张弘《钱理群等人解读梁启超：我们应当理解他的“多变”》。

点与解读，梁启超的确经历了政治制度、理念立场的蜕变转折，前后有矛盾冲突，但他的文学观念前后较为一致，学习西方，注重现实人间，探索创新，不妨“以古人之风格入之”，这一选择认知始终未渝，能够形成一条清晰的发展路线。表现在对杜甫的接受与评论方面即是如此，其间有矛盾，但更见其鲜明突出、自然融合的认识。《饮冰室诗话》宣称只评“近世诗人”，“最恶闻”“薄今爱古”，“同别的诗话泛论古今者完全不同……这样强烈地肯定当代，这样坚定地信仰未来，这样勇敢地向过去挑战，是同当时诗坛上居统治地位的各种各样的拟古派尖锐对立的”①。即便如此，杜甫并没被他轻视与遗忘，每能复活，焕发生机，这里不避烦琐，即将其中行文摘录如下，以窥其用心与端倪——

第十一则评吴君《北山楼集》：“宋平子跋之云：‘五言古体，多似陶韦。五言律体，多似少陵。七言律体，直逼江西诸祖。’盖道实也。”

第十三则评丁叔雅诗：“绝似剑南学杜诸作也。”

第二十六则评康有为诗：“南海先生不以诗名，然其诗固有非寻常作家所能及者，盖发于真性情，故诗外常有人也。先生最嗜杜诗，能诵全杜集，一字不遗，故其诗虽非刻意有所学，然一见殆与杜集乱楮叶。”

第五十三则开头自抒感怀：“岁暮怀人，万感交集。自念我入世以来，不过十二三年，而生平所最敬爱之亲友，溘亡大半，读杜少陵‘死别已吞声，生别常恻恻’‘魂来枫林青，魂返关塞黑’之句，不自知其涕之淋浪也。”

第五十四则评黄遵宪《出军歌》四章前感：“吾中国向无军歌，其有一二，若杜工部之前后《出塞》，盖不多见，然于发扬蹈厉之气尤缺。此非徒祖国文学之缺点，抑亦国运升沉所关也。”

第七十九则：“公度之诗，诗史也。”

第八十则评楚青诗《秋感四首》，引激赏句：“乱世杜陵哀蜀道，暮年庾信泣江关。古今一样伤心事，检点青衫涕泪潸。”

第九十则评黄遵宪诗云：“顷复录其诗史两章。”

第九十三则评李亦园云：“其风格在少陵、玉谿之间，真诗人之诗也；

① 梁启超：《饮冰室诗话》，舒芜校点本，人民文学出版社，1982年，第144页。

特此二章已须人作郑笺耳。”

第一二九则评无名氏诗云：“吾尤爱其第三章，天性之言，纯肖少陵也。”

第一四一则评挽黄公度诗云：“情文沉郁，风格遒绝。”

第一四二则评翙高诗云：“其风格直逼杜集也。”

加上前边引述《北征》的第八则，《饮冰室诗话》算来明确提到或显然涉及杜甫的至少有十三则，尚不包括诗话中隐喻或化用、暗示的行文。可见梁启超虽力除厚古薄今之积习，亦有意别开生面、不落俗套，重视当时先进的诗歌品评，但内心对杜甫作品的推崇亲近显然一以贯之，颇能迭发新意，与“今人”相提并论，是自然而然的跃出与迭现，也说明杜甫在他心目中不可旁绕的意义。

## 二、冠以“情圣”二字

杜甫诗历史上多有“诗圣”“诗史”之赞誉，梁启超对此不仅是认同，而且冠以“情圣”二字加以形容，在文论中逐步深入、递相阐发，热烈赞誉，这与他“笔锋常带感情”的文风有关系，并相契合，他对杜甫关爱人间的精神与现实情怀，包括其乱世飘零、身不由己的真实写照和慨叹等，都高度地加以肯定，希望这一创作风格发扬光大。这与五四时期反对载道的文学、粉饰的文学，从而倡导人的文学、平民的文学等思潮是互动与响应的。这无疑是中国文学走向世界、深入民间、关心社会现实变革的趋势导向，从中表现出梁启超文学认知由初期比较单一激进的“世用”“时事”维新理念，发展为有文学移情审美熏陶兼容并致的人间理想情怀、观念。虽然在《饮冰室诗话》中，梁氏已多次表述杜甫“真性情”，但明确以“情圣”加以形容与誉扬，是在后期文论中，这体现他受到新时代文运与风气的影响。探索“情圣”这一“封号”首见于梁启超1922年3月25日编就于清华学校的长篇讲演稿《中国韵文里头所表现的情感》[①]。这一时期梁氏的讲义文章，都以白话语体出之，颇能深入浅出、亲切见风趣，与当时业已成熟并成为风气的白话新体散文毫无碍滞，显然已经融入其中，

① 梁启超：《饮冰室合集》4，中华书局，1989年，第70页。

能够浑然一体，代表时代特色。虽然其主观上不一定认同他自己是五四新文化阵营中的一员，事实上已有惺惺相惜之功。“情圣”一说始见于《中国韵文里头所表现的情感》行文：

> 中古以降的诗，用这种表情法用得最好的，我可以举出一个人当代表。什么人？杜工部。后人上杜工部的徽号叫做“诗圣”，别的圣不圣，我不敢说，最少“情圣”两个字，他是当得起。他有他自己独到的一种表情法。前头的人没有这种境界，后头的人逃不出这种境界。他集中的情诗太多了，我只随意举出人人共读的几首为例。[①]

他列举《新安吏》《垂老别》《哀江头》《哀王孙》《忆昔》《梦李白》《自京赴奉先咏怀》《述怀》《同谷七歌中三首》《百忧集行》等名篇，兼及他人作品，包括有名的《月夜》《春望》等。文中他特别说明，由于手边无书，杜甫等人诗歌全凭记忆写出（从《饮冰室诗话》到《情圣杜甫》皆如此），说是“我只随意举出人人共读的几首为例”[②]，但举述之间，颇见选择，有成竹在胸之娴熟，显然酝酿已久。他对杜集的熟悉程度兴许并不亚于他的前老师康有为（能默诵杜集）。他评论杜诗说：“后人都恭维他的诗是诗史，但我们要知道他的诗史，每一句每一字都有个‘杜甫’在里头。”[③]“读这些诗，他那浓挚的爱情，隔着一千多年，还把我们包围不放哩。”[④]“高岑王李那些大家，都不能和他相提并论，后来这种表情法，虽然好的作品不少，都是受他的影响。”[⑤] 真是到了言必称杜甫、除却杜诗不是诗这样的地步。“都不能和他相提并论”，一语中的。

值得注意的是，梁启超口里的“情诗”“爱情”不独形容异性、夫妻间爱情，而是一种广义的指称，包容人间真爱、关爱、友爱、手足之爱，凡大爱，都用“爱情”“情诗”“表情”之词法结构概括之。实际体现了中国语文中“仁者爱人”“情动于中而形于言”等提法的初义与表现手法。又加上了时代语词特征，如“人性”“人情”“人道”“人文”等，都能颇

① 梁启超：《饮冰室合集》4，中华书局，1989年，第87页。
② 同上。
③ 同上，第89页。
④ 同上，第90页。
⑤ 同上，第92页。

相照应，新意迭出。他肯定地说，就用情写诗的感人程度与成功不朽的价值方面，杜甫无人超越。这一认识与判断，贯穿于文论。同年 5 月所作《情圣杜甫》（五月二十一日为诗学研究会讲演）的讲演稿，更加强化了这一认知，且加以特别题写。如结尾有："我希望这位情圣的精神，和我们的语言文字同其寿命。尤盼望这种精神有一部分注入现代青年文学家的脑里头。"① 更加鲜明地表达了他新旧文学优势互补结合的希望。梁启超虽由保皇党（君主立宪）出道，但其"少年中国""新一国之民""新文艺""世界曙光"等文艺认知，推动其进步，能融入共和，迈入新世纪，他后来虽以壮年之身从政治舞台前台隐退，专攻学术著述，但并不保守褊狭颓废，始终追求真理的精神与坚守，于杜甫研究上边，可见一斑。

强调感情的作用，将"情感"视为"最神圣"，他说：

> 天下最神圣的莫过于情感。用理解来引导人，顶多能叫人知道那件事应该做，那件事怎样做法，却是被引导的人到底去做不去做，没有什么关系。有时所知的越发多，所做的倒越发少。用情感来激发人，好像磁力吸铁一般，有多大分量的磁，便引多大分量的铁，丝毫容不得躲闪。所以情感这样东西，可以说是一种催眠术，是人类一切动作的原动力。
>
> 情感的性质是本能的，但他的力量，能引人到超本能的境界。情感的性质是现在的，但他的力量，能引人到超现在的境界。我们想入到生命之奥，把我的思想行为和我的生命迸合为一，把我的生命和宇宙和众生迸合为一，除却通过情感这一个关门，别无他路。所以情感是宇宙间一种大秘密。②

这种强调与论述，充满时代元素以及知识水平，虽然在他当时有刻意淡化与规避政治纷争的倾向，但从长远利益与永久意义把握，无疑道出了人间的真谛。他显然受到近代欧洲哲学更多影响，从笛卡尔、培根、卢梭、康德、柏格森等一路下来，启蒙的意义与自由精神意志不言而喻，亦可见其摆脱或说放弃了早期君权思想的束缚与主张。他花了不少精力时间

① 梁启超：《饮冰室合集》5，中华书局，1989 年，第 50 页。

② 梁启超：《饮冰室合集》4，中华书局，1989 年，第 71 页。

来研究、传介欧洲哲学，为蒋百川《欧洲文艺复兴史》一书作序下笔无休，长过原文，只好另行印刷。故而在讲解杜甫上边，思想语境、心情、看法，都有鲜明的“世界潮”影响与烙印。与前期《饮冰室诗话》相比，对文艺的改善、教育与审美关怀作用提得更高，更加注重，如其表述：

> 情感的作用固然是神圣，但他的本质不能说他都是善的都是美的，他也有很恶的方面，他也有很丑的方面，他是盲目的，到处乱迸，好起来好得可爱，坏起来也坏得可怕。所以古来大宗教家大教育家，都最注意情感的陶养。老实说，是把情感教育放在第一位，情感教育的目的，不外将情感善的美的方面尽量发挥，把那恶的丑的方面渐渐压伏淘汰下去。这种工夫做得一分，便是人类一分的进步。
>
> 情感教育最大的利器，就是艺术。音乐美术文学这三件法宝，把“情感秘密”的钥匙都掌住了，艺术的权威，是把那霎时间便过去的情感，捉住他令他随时可以再现，是把艺术家自己“个性”的情感，打进别人们的“情阈”里头，在若干期间内占领了“他心”的位置，因为他有恁么大的权威，所以艺术家的责任很重。为功为罪，间不容发。艺术家认清楚自己的地位，就该知道，最要紧的工夫，是要修养自己的情感，极力往高洁纯挚的方面，向上提挈，向里体验，自己腔子里那一团优美的情感养足了，再用美妙的技术把他表现出来。这才不辱没了艺术的价值。[①]

《情圣杜甫》继续阐释类似情感艺术，认为唯有情感是“不受进化法则支配的”，古今可以通融穿越；其次非得以本国民族语言文字工具纯熟地加以表现才好，否则“纵然有很丰富高妙的思想，也不能成为艺术的表现”[②]。在此前提下，杜甫诗作显然成为梁启超演讲举例的不二之选——

> 因为他的情感的内容，是极丰富的，极真实的，极深刻的，他表情的方法又极熟练，能鞭辟到最深处，能将他全部完全反映不走样子。能像电气一般一振一荡的打到别人的心弦上。中国文学界写情圣

① 梁启超：《饮冰室合集》4，中华书局，1989年，第71～72页。
② 梁启超：《饮冰室合集》5，中华书局，1989年，第37页。

手，没有人比得上他。所以我叫他做情圣。[1]

我们可将前后相近时期著作文论的王国维、鲁迅与梁启超加以比较，可以看出，三人都受到欧洲近代哲学、文学思想影响，从而反观固有文明，王国维侧重叔本华、尼采的悲观（悲剧）哲学，比较认同李煜那样的“血泪”“忏悔型”作家；鲁迅力主反抗，肯定“摩罗”诗派，同情魏晋风度；梁启超则着重情感活力（显然受柏格森生命活力哲学影响），提出杜甫加以声张。三人的侧重与褒贬不尽相同，探索追求与世界大潮呼应的用心则不约而同。最终取法不一，道路有别，但贡献求真，精神于今浏亮同辉。

## 三、李杜并称，更爱杜甫

梁启超早年著文即追求“自解放，务为平易畅达”“纵笔所至不检束”“笔锋常带感情”“别有一番魔力”等效果，近乎檄文体例的“新文体”、新文艺、新认知，涉及文史哲乃至社会政治、边疆地理各个领域，可称纵横捭阖，气象万千，影响深远，称为那一时代的“百科全书”，并不过誉。遁身于学术领域后，思辨缜密，仍不掩激情，每有登高一呼的勇气，冠称杜甫“情圣”，即其一例。总体说来与前期比较更加沉稳一些，专注一些，但绝非改弦易辙、否定前是。有人论其“后来渐渐趋于保守，失去了往日的生龙活虎、冲决常规、长江大河挟泥沙俱下的气势。回国以后，更走向复古道路，晚年虽然也曾赞助文学革命运动，但意气却迥非畴昔了。这是和他政治思想上，逐渐失去革命朝气，逐渐走上反动道路，是分不开的。”[2] 这显然是由于历史局限的违心之论。梁启超有过彷徨甚至失误，但绝无反动，作为文学领域的先行者、探索者，其坚持改革探索的精神与博大情怀，殊无改变。如其自述：

吾侪处漫漫长夜中垂二千年，今之人皇皇然追求曙光饥渴等于百里者，不知凡几也。不求而得，未之前闻；求而不得，亦未之前闻。欧洲之文艺复兴，则追求之念最热烈之时代也。追求相续，如波斯荡，光华烂漫，迄今日而未有止。吾国人诚欲求之。则彼之前躅，在

① 梁启超：《饮冰室合集》5，中华书局，1989 年，第 38 页。

② 王蘧常选注：《梁启超诗文选注·前言》，人民文学出版社，1987 年，第 54 页。

在可师已。①

发扬蹈厉，择善而从。在古典文学中，对唐代李杜并称，看到他们各自的好处，由于更加重视现实民生的原因，他更加亲近杜甫。如早年《秋蟪吟馆诗钞序》里即指出：

诗果有尽乎？人类之识想若有限域，则其所发宜有限域，世法之对境若一成不变，则其所受宜一成不变。而不然者，则文章千古其运无涯，谓一切悉已函孕于古人，譬言今之新艺术新器可以无作，宁有是处？大抵文学之事，必经国家百数十年之平和发育，然后所积受者厚，而大家乃能出乎其间。而所谓大家者，必其天才之绝特，其性情之笃挚，其学力之深博，斯无论已。又必其身世所遭值有以异于群众，甚且为人生所莫能堪之境，其振奇磊落之气，百无所寄泄，而一以迸集于此一途。其身所经历，心所接构，复有无量之异象以为之资，以此为诗，而诗乃千古矣。唐之李杜，宋之苏黄，欧西之莎士比亚、戛狄尔，皆其人也。……然以李杜万丈光焰，韩公犹有群儿多毁之叹，岂文章真价必易世而始章也？②

李杜苏黄，可与西贤相提并论，正确看待。他对李白的欣赏表述与批评，由来已久，并无偏见。试摘数条于下。

谈到文学的“化学（合）作用”：

唐朝的文学，用温柔敦厚的底子，加入许多慷慨悲歌的新成分，不知不觉便产生出一种异彩来。盛唐各大家，为什么能在文学史上占很重的位置呢？他们的价值，在能洗却南朝的铅华靡曼，参以伉爽真率，却又不是北朝粗犷一路。拿欧洲来比方，好像古代希腊罗马文明，搀入些森林里头日耳曼蛮人色彩，便开辟一个新天地，试举几位代表作家的作品。③

于是列举了李白《行路难》、杜甫《前出塞》、高适《燕歌行》，都给

① 梁启超：《饮冰室合集》5，中华书局，1989年，第44页。
② 梁启超：《饮冰室合集》4，中华书局，1989年，第76～77页。
③ 梁启超：《饮冰室合集》5，中华书局，1989年，第107～108页。

予很高评价，印证“民族化合”（即吸收、采纳、融合意）的文学观念。专论李白如：

> 浪漫派的文学，总是想象力愈丰富愈奇诡便愈见精彩，这一点，盛唐大家李太白，确有他的特长。

列举李白诗《公无渡河》《蜀道难》、词《桂殿秋》，加以说明：

> 太白集中像这类的很多，都可以证明他想象力之伟大。能构造出别人所构不出的境界。……这类诗词，从唯美的见地看去，很有价值，他们并无何种寄托，只是要表那一片空灵纯洁的美感。太白介甫一流人，胸次高旷，所以能有这类作品，像杜工部虽然是情圣，他却不会作此等语。①

论及各有千秋，客观中允。对李白的感受相对来说比较平面，所涉及的地方少于老杜，这是出于他对“写实派”的选择，体现了自入世以来特别关注社会现实的作风。对杜甫不吝赞扬之辞，用了“最好”“最精彩”“最深刻”“最动人”“很好”的种种评价乃至“情圣”的冠称，爱赏之情，溢于言表，呼之欲出。反之对李白的不满与遗憾也不加掩饰，如谈及汉乐府时说：

> 大略可以看得出当时平民文学的特采，是极真率而又极深刻，后来许多专门作家都赶不上。李太白刻意学这一体，但神味差得远了。②

对李白以后的豪放夸张派，他也说：“这一派词，我本来不大喜欢，因为他有烂名士爱说大话的习气。”③

也许这就是梁启超认为杜甫“同时高岑王李那些大家都不能和他相提并论”的理由吧，这一重视真诚品格与人间大爱情怀的立场从《饮冰室诗话》到《情圣杜甫》，路线清晰明白，感发认知是逐日递增深入的。这也是梁启超率真之处，是他“笔锋常带感情”的本色表现以及文学审美认知的与时俱进及道义坚守。

---

① 梁启超：《饮冰室合集》5，中华书局，1989 年，第 132 页。

② 同上，第 85 页。

③ 同上，第 109 页。

## 附录：

### 梁启超笔下的岳飞风骨

在我国晚清、近代历史上，梁启超早年属于“康梁”一党，是要求维新、变法、君主立宪、实现开明的贤君政治的保皇派，与毅然决然提出“驱除鞑虏，恢复中华”口号，即带有鲜明的民族主义色彩的革命党人孙文、黄兴等是有轩轾之别的。传说梁启超青年时代因辩论挨过他人两个耳光，一个是章太炎学派人打的，一个即孙中山革命党一派人打的。梁启超一生前后期政治态度有所变化，即前期保皇，后期则反对封建帝制复辟（支持并联合学生蔡锷讨袁即一例）。总体来说，梁启超的政治思想是主张西方资产阶级式的开明与改良，他虽然疾恶如仇、激情澎湃，但并不主张武装动乱与暴力革命，他生命最后十年退缩学术，也即这种政治选择的被动结果。故此梁启超的文章中少有提及历史上的民族英雄，在民族意识方面，他率先提出“中华民族”这个具有包容与团结意义的口号，历来不主张“反清复明”与“扶汉排满”。清末海内外的革命党人后期也实际采纳了各族人民联合反对清王朝封建专制的策略，志在开创民国，实现共和，由激烈的反满主张改为反清、反对专制。这一进程间梁启超的影响（他避难海外所撰大量行文风靡神州）无疑是潜移默化、不可忽略的。

梁启超因为早年追随老师康有为，将光绪皇帝视为一代明主，故而在种族、民族思想方面并不激烈，比较兼容与因循。即使后期（民国时期），也并未改弦易辙、否定早年的选择。但人都是矛盾的综合体，梁启超毕竟比康有为年轻十一岁，加之他为人敢于担当，胸怀“以天下为己任”，自号“任公”，写文章如其自述：“纵笔所至不检束”，“笔锋常带感情”，其慷慨悲歌的作风，有时候也颇接近于革命党人。他的名作《少年中国说》如一篇爱国宣言，似与封建老朽帝国势不两立。他在文末罕见地加了一个“作者附识”——

> “三十功名尘与土，八千里路云和月。莫等闲白了少年头，空悲切。”此岳武穆《满江红》词句也，作者自六岁时即口受记忆，至今喜诵之不衰。自今以往，弃哀时客之名，更自名曰少年中国之少年。

真是掷地有声！这是梁启超二十八岁（1900年）所写作，我们可以体会，他是如何地忍了又忍，终于把心中拱护的岳飞这一民族英雄抬了出来！谁不知道岳飞是南宋时代抗金的民族英雄，而当时统治者是清贵族，即金人之后。革命党人大书特书岳武穆“还我河山”，康梁一党并不主张革命，不主张推翻清王朝（只与慈禧旧势力势不两立）而改朝换代。但梁启超为激情驱使，笔下居然将岳武穆表白出来，唯一的原因，就是岳飞《满江红》词对他的影响实在太深刻，如其自述，自小“口受记忆”“喜诵不衰”，使其当时不吐不快，而罔顾其他，无所顾忌了！虽然梁启超追随康有为老师，政治主张有局限性，但他的热血澎湃、“少年”英气胆气，一如他写到公车上书六君子祭文等檄文一样，近乎举起了声讨封建黑暗专制的大旗，自己也能慷慨赴死、献身中华一样！

另一部他于流亡日本时写下的名著《饮冰室诗话》，亦提到岳飞《满江红》词——见诗话第一一九则：

> 乐学渐有发达之机，可谓我国教育界前途一庆幸。苟有此学专门，则吾国古诗今诗，可以入谱者正自不少；如岳鄂王《满江红》之类，最可谱也。

喜爱之情，溢于言表。

《饮冰室诗话》中更有一则（第二十五则）令人大跌眼镜，他居然写到太平天国英雄石达开的诗歌，称其“太平翼王石达开，其用兵之才，尽人知之，而不知其娴于文学也”。于是转录石达开诗作五首，尤其对其中第三首激赞有加，称为：“不愧作者之林，且仁人之言蔼如也。”这一首的内容我们转录如下：

> 扬鞭慷慨莅中原，不为仇雠不为恩。只觉苍天方愦愦，莫凭赤手拯元元。三年揽辔悲羸马，万众梯山似病猿。我志未酬人亦苦，东南到处有啼痕。

在文尾，梁启超更抖出石破天惊的评论，说道：

> 又闻石有所作檄文，全篇骈骊，中四语云：“忍令上国衣冠，沦于夷狄；相率中原豪杰，还我河山！”

热烈赞道：“虽陈琳、骆宾王，亦无此佳语，岂得徒以武夫目之耶?”称其佳语！无人不知，“还我河山”系岳飞亲笔，同其《满江红》词作、手书诸葛亮前后《出师表》一样有名，在清末时激起多少人的民族英雄正气与反抗精神，梁启超居然在他的《饮冰室诗话》前部分中，写出这样的行文来，可称出人意表！这只能说明，梁启超内心深处的民族解放与爱国主义情怀，实质上与孙文、黄兴等众多革命党人，并无二致。这也许是他以后出任民国北洋政府要职的基因吧，也是他后来与老师康有为产生政治分歧、裂痕的前因吧。

《饮冰室诗话》抛弃传统诗话的旧路，几乎全部是高度地赞扬当时人（石达开相去也只几十年）的创作，所录几乎全为“诗界革命”的闯将与显例（黄遵宪、谭嗣同等）。那些不惜蹈海赴死、杀身成仁以唤醒民智的民族英雄，在梁启超心中其实正有着至高无上的地位与深刻而无可替代的影响作用!

梁启超自己形容不特别爱好与擅长诗词歌赋，其实他的诗词也是别具一格，可称回肠荡气，有时代风范。他亦有《满江红》词作一首，岳武穆《满江红》影子鲜明可见：

> 如此江山，送多少英雄去了。又尔我蹋尘独漉，睨天长啸。炯炯一空馀子目，便便不合时宜肚。向人间一笑醉相逢，两年少。使不尽，灌夫酒。屠不了，要（渐）离狗。有酒边狂哭，花前狂笑。剑外惟馀肝胆在，镜中应诧头颅好。问匏黄阁外一畦蔬，能同否？

词中虽有历经惊涛骇浪之后的失意成分，有些牢愁，但岳飞与辛弃疾、陆游词作的风骨影响，显而易见！岳飞《满江红》词中的关键词如“尘与土”“仰天长啸”“少年”以及百折不挠、誓逐强寇的意志，其中都有直接或间接的体现、化用。英雄豪气与时光忧煎情怀，是《满江红》词作近千年来一以贯之的风格，梁启超一如既往。

岳飞，毫无疑问，正是梁启超爱国主义情怀以至下笔“壮怀激烈”“笔锋常带感情”的原动力之一。

2013年11月24日改于成都航空港霜天老屋

# 第三章　古今并重的李杜友情

## ——着重现代成果研究

中国文学史上两位最杰出的诗人李白与杜甫生同时代，相识、相处、相知与相互纪念，留下不朽的诗歌记录，这在中国文学史上一直传为佳话。即便以打倒古典文学权威统治、破除僵死桎梏为号召的五四新文学运动开展，不少新文学作家、学者，仍旧被唐代李白与杜甫的结识友谊诗篇深深感动和热情鼓舞，视那一段友情为千古文人相亲相重的光辉范例。从梁启超、胡适、郑振铎、闻一多、朱自清、李长之、郭沫若、朱东润、冯至、林庚、顾随到程千帆、安旗、刘开扬、金启华、傅璇琮、陈贻焮、叶嘉莹、莫砺锋等，中间还有多少研究、考证与书写李杜友情的现代学者，难以枚举，说数以千计，兴许并不夸张。历来并称“李杜”，不仅对其文学成就一视同仁、并相敬重，也是对二人珍贵友情的特别纪念。清张岱有《夜航船》一书述一和尚坐船因敬畏对面读书人一直蜷缩双腿，当听到对方信口开河说李杜是一个人的名字时，就毫不犹豫地将脚伸直出去了。这虽然是个笑话，却也表现了往昔民间对李杜的尊崇与家喻户晓的知名度。

近年也有极个别学者出于学术“创新”的用心质疑李杜“公案”，如立论说“李杜二人交往并非‘相知甚深’，也并非‘互不待见’，而是失落的知识分子偶遇到一起，同借一壶浊酒浇却心头的块垒而提笔作诗，此乃当时士子风尚，非独李杜二人专己之意”[①]，怀疑李杜之间并无深厚友谊，推论杜甫怀念李白的诗写得多无非是“怜其才”，而“醉眠秋共被”之类也无非是限于当时住宿条件不好偶然拼床而已，总之说李杜实乃偶然萍水相逢，无非借酒浇愁、不出泛泛之交云。学术无禁区，置疑已有的定论，

① 霞绍晖：《李白杜甫交谊考论》，《杜甫研究学刊》2013年3期，第101页。

挑战学术权威的勇气固然可嘉，但置疑的论据与理由稀薄缺失，显得主观片面甚至武断，不免就会蹈入空洞无力之论，甚至落入“妄议”的言诠。换句话说，要挑战李杜难能可贵的友情一说，首先还不是挑战以前的学术权威、研究名家的定论，首先应是挑战李杜自己的诗篇——这才是第一手的证据，即所谓“李杜文章在，光焰万丈长”（韩愈句）。即便用现代“新批评”的方法，抛开成见他说，细读文本，诗作据实存在，不容抹杀，且“所指”“能指”因细读会迭发新意、清晰再现，质疑者先要跨越这道天堑，谈何容易，又岂能视而不见！

留传下来的杜甫写及李白的诗将近二十首，直接题赠与点名道姓述及的即达十五首，未及提名但内容相关涉的还有多首。李白写赠杜甫的诗，现存四首。二人诗作具体篇目，学界众所周知。如果说二人系泛泛之交，偶尔相遇相处，不过是借酒浇愁的“过眼烟云”式人物，那么我们要问：岂有长期以来杜甫对李白的又是“思”、又是“忆”、又是“梦”？“寂寞书斋里，终朝独尔思。”“故人入我梦，明我长相忆。”“三夜频梦君，情亲见君意。”……

没有血缘亲情的外人，若无深厚的友谊以及曾经朝夕相处的难忘记忆，岂能如此“情亲”地怀念？岂能如此一往情深？这差不多是杜甫自己站出来在反复说明事实了，可我们还有个别学者要质疑、反对、“另辟蹊径”。“事实胜于雄辩。”正如梁启超先生当年所感发：“这些诗不是寻常应酬话，他实在拿郑（按指郑虔）、李等人当一个朋友。对于他们的境遇，所感痛苦和自己亲受一样，所以做出来的诗句句都带血带泪。”[①] 任公说得有理。想想，谁会连续做十多二十首诗“带血带泪”、指名道姓、淋漓尽致地去抒发怀念一个路人（或偶尔同住过旅舍的人）呢？这是不辩自明的事体。何况杜甫生前多有描述彼此友情的细节，如：“余亦东蒙客，怜君如弟兄。醉眠秋共被，携手日同行。”（《与李十二白同寻范十隐居》）“三夜频梦君，情亲见君意。告归常局促，苦道来不易。”（《梦李白二首其二》）“乞归优诏许，遇我宿心亲。……醉舞梁园夜，行歌泗水春。”（《答李十二白二十韵》）等等，历历描绘如同画出，这还不是知心朋友的铁证吗？

---

① 梁启超：《饮冰室合集·情圣杜甫》5，中华书局，2011年，第42页。

李杜先后几度同聚同游（一年多内，至少三次）、并相期约，这都见于诗中表述，岂是"偶尔相逢"呢？李杜当年的诗篇都未必齐全地流传下来，有专家认为杜甫诗数量"估计将近三千首，现在留存的有一千四百多首"[①]。我们可以想象，杜甫怀李白写李白兴许还有散失的诗章，即便如此，以现存诗数述及，亦可称证据饱满结实充分、资料翔实。李白呢，他"敏捷诗千首"，身世坎坷，性情不羁，曾经历下狱与流放，散失作品应该会更多。即便这样，还有四首诗留存下来，传诵千年未泯，可以推敲考证，岂容轻易将之抹杀？李诗中如："相失各万里，茫然空尔思。"（《秋日鲁郡尧祠亭上宴别杜补阙范侍御》[②]）"思君若汶水，浩荡寄南征！"（《沙丘城下寄杜甫》）如果不是真朋友、好朋友，不是相互欣赏、情趣相投、希望再次相会、相处相聚的，能够说出"思君若汶水"这样自然贴切、形象生动、深情的形容表述吗？

质疑与否定李杜友情先要跨越李杜自己诗篇的这个事实"天堑"，倘若对之视而不见，强作曲解、主观臆断，不啻如古人比喻的刻舟求剑、缘木求鱼，甚至掩耳盗铃，并也偏离社会科学研究的道路与方法。李白诗后半时期固然没见到再写到杜甫的诗了，但没见着不等于他没写，即便没写，"茫然空尔思"，不是李白对朋友的一种深深思念、忆述的方式吗？不一定写出来才是"思"。就现有篇目来说，也足证两个好朋友之间经久的友谊与非同寻常的心心相印了。

五四新文学曾以推翻传统的贵族式僵死的古典文学桎梏为号召，一度甚至偏激地轻视古代文学家，但李杜的才情与友情，"光焰万丈长"，研究竟迄未中断，甚至引领与发展到一个新的高度——即以现代社会科学的研究形态方法，大书特书，呈现出从未有过的鲜明时代特色与成就体系的传记文学、考论风貌。使李杜的友情不仅更加清晰如画、曲折入微，更加感人，富有历史寓意，凡名家研究至此，无不"笔下常带感情"，力求重现那一段不朽的传奇。

如闻一多立传时不禁激动抒发："写到这里，我们该当品三通画角，

① 刘开扬：《杜甫》，上海古籍出版社，1978年，第95页。

② 专家多认为"杜补阙"后二字系杜甫名字传抄间的衍讹之文，详见郭沫若《李白与杜甫》，人民文学出版社，1971年，第101～102页。

发三通擂鼓，然后提起笔来蘸饱了金墨，大书而特书。”[①] 闻一多将李、杜相会与孔、老相会相提并论、一视同仁，可见其重视的程度。质疑李杜友谊论者偏对此不以为然，还有些诮笑的意思在里边。那么我们要问：作为一个文学工作者或者热爱文学的人，李杜相会难道不是中国文学史上一件值得十分纪念的盛事吗？不是后世应该师表的高风亮节与坦荡襟怀吗？闻一多的激动代表了人类对天才精英善类人物并相倚重、心灵交汇的喝彩与敬重：“如今李白与杜甫——诗中的两曜，劈面走来了，我们看去，不比那天空的异瑞一样的神奇、一样的有重大的意义吗？”[②] 叶嘉莹教授论及此时也颇为动容道：“李白、杜甫两个人到各地饮酒作诗，登山临水，共同度过了一段千载之下犹使人艳羡不已的相知相得的日子。”[③] 这些出诸现代、今人的心灵感受与研究结论是有强大依据支撑，有说服力的，并非空穴来风、一厢情愿。反之，否定者倒显得像是在望空打拳、自命胜出。中国现代文学与学术研究在走向世界大潮的进程中，重视人文精神与平等、自由主张，因此在书写文人友情方面，表现出比古人更多的远见卓识与深刻完整理解，更具一种介入与分享的激情，这恰好表明了李杜的友情在现代学术的进程中，同样具有日新月异、星斗其空的不朽的人文价值与启迪意义。五四新文学的作家、学者从李杜才华与友情中汲取了充分的养料与激情，对于发扬优良传统，结盟文学社团，同事创作，建构新型的同志、同行关系，亦饶有裨益，从而推动新文学建设，开拓文学遗产研究的新局面、新天地。这些，可说都是许多现、当代学人从事李杜研究的用意寄心、根本所在吧。

对于李杜二人间曾有嘲谑（揶揄）一说的成见，可以商量。退一步说，即便有，我们认为也是朋友间的善意诙谐，从中渗透着关爱之情。杜甫：“痛饮狂歌空度日，飞扬跋扈为谁雄？”其实并非指摘李白，实则记述李杜二人相约重逢后再次兴会聚游时，彼此间的共同写照，前句“相顾”一语，即已说明问题。对此郭沫若有过论证：“‘空度日’‘为谁雄？’都是愤世疾俗之词，在慨叹英雄无用武之地。这里指的不仅是李白一个人，也

① 闻一多：《唐诗杂论·杜甫》，中华书局，2003 年，第 150 页。
② 同上，第 150 页。
③ 叶嘉莹：《叶嘉莹说杜诗》，中华书局，2012 年，第 37 页。

包含了杜甫自己。”[①] 已有学者指出，郭沫若写下的这些见识，实际上也寄寓了他自己写作当时（“文化大革命”中）的风险处境与受人排斥的心态。李白年长杜甫十一岁，对杜甫或有过一点儿诙谐调侃逗弄的意思，也合乎李白洒脱不羁、为人奔放的性情，这不仅不足为据质疑李杜的友情，反而能说明二人的亲密无间、无话不谈，并不见外。宋人旧有的有关李杜或许“互不待见”之测论，本不足采信。一则唐宋朝代间情况不同；二则人与人并不同。李杜的伟大，即在于胸怀宽广、心底无私、惺惺相惜、相互欣赏、升华在诗意相辉映的纯粹美学生活中。如《新唐书》本传所谓“浑涵汪茫，千汇万状”。不可用俗世凡意去加以猜测、衡量、看待。宋代文人吏治，“偃武修文”，文官地位提高，党争派别矛盾激烈，利害关系更加明显，以宋度唐，本有局限；以小溪量大海，相去岂不以里计？

李杜几番同游，相期相约，相亲相重，学界历来对此只有时间上、界定上的分歧，而没有事实认可上的分歧。这一段历史铸成，已成文学界同人共同呵护的心灵丰碑、精神家园。除去李杜自述彼此相印证外，还有同游者的记录可为铁证。这无疑形成一条证据链条，坚实无懈。我们说，这首先是同为盛唐著名诗人的高适的证明。正如研究者所论：“李白与杜甫、高适同游梁宋，在盛唐诗坛上，乃至在中国文学史上，都是一件非常重大的事。”[②]

众所周知，杜甫与高适是一生莫逆之交，即便后来政治见解或许小有分歧，却并不影响二人间的经久友谊与思念。听到高适去世，杜甫有《闻高常侍亡》一诗痛哭之，其中：“致君丹槛折，哭友白云长。独步诗名在，只令故旧伤。”伤痛之情，溢于言表！过了六七年，从箧中检出高适的赠诗，杜甫又写诗追悼。《追酬故高蜀州人日见寄》题下更有“并序”一章，是少见的杜甫的一篇“散文小品”（杜甫诗序行文存约八篇），其友情深重，最能体现杜甫为人重情重义的性格，可与哀念李白诗、序相对读：

开文书帙中，检所遗忘，因得故高常侍适往居在成都时高任蜀州

① 郭沫若：《李白与杜甫》，人民文学出版社，1971年，第99～100页。

② 王伯奇：《李白与杜甫、高适游梁宋时间新考》，《中国李白研究》，黄山书社，2002年，第558页。

刺史人日相忆见寄诗。泪洒行间，读终篇末！自蒙诗，已十余年；莫记存殁，又六七年矣。老病怀旧，生意可知。今海内忘形故人，独汉中王与昭州敬使君超先在。爱而不见，情见乎辞。大历五年正月二十一日，却追酬高公此作，因寄王及敬弟。[①]

“追酬”即对亡故的朋友写诗回答其生前投赠，可见生者的深长思念。“忘形故人”，指亲密无间的老友，其时李白也亡故，故杜甫叙存世知己已极为寥落。“爱而不见”，这种爱，宁非伟大的友爱、知音间的深情？昔人有云杜甫不擅长散文，其实不然，这一篇小品文字，就特别自然生动、明白如话，可称字字珠玑，“泪洒行间”，令人信服。

与“高李辈”的同游情景，是杜甫诗中写得最详细、最生动的（今成都浣花溪公园吹台相会三人雕塑，即据杜诗而作），给后人留下了无限想象的空间。脍炙人口的诗有二首：

**昔游**

昔者与高（适）李（白），晚登单父台。寒芜际碣石，万里风云来。桑柘叶如雨，飞藿去徘徊。清霜大泽冻，禽兽有余哀。

**遣怀**

忆与高（适）李（白）辈，论交入酒垆。两公壮藻思，得我色敷腴。气酣登吹台，怀古视平芜。芒砀云一去，雁鹜空相呼。

其旷古知音、高山流水之韵味，呼之欲出。高、李年龄相同或很相近，朱东润先生《杜甫叙论》称：“这两位诗人都比杜甫年长一些，李白长十一岁，当时已是全国闻名的诗人。高适长三岁……”[②] 这是一派的观点。多数学者考证则倾向于高、李应系同岁或年龄极相近。高适年谱确定其生于唐武后长安元年辛丑（701年）[③]。按杜甫称谓的排序，我们相信高适比李白或许还稍年长一点儿。高适前期（五十岁前）怀才不遇、落拓坎坷，《唐才子传》称其：“年五十始学为诗，即工，以气质自高，多胸臆间

① 《杜甫选集》，上海古籍出版社，1983年，第365页。

② 朱东润：《杜甫叙论》，人民文学出版社，1981年，第18页。

③ 孙钦善：《高适集校注》，上海古籍出版社，1984年，第359页。

语，每一篇已，好事者辄传播吟玩。尝过汴州，与李白、杜甫会，酒酣登吹台，慷慨悲歌，临风怀古，人莫测也，中间倡和颇多。”[①] 年五十始学诗或许不可信，从杜甫的叙述看来，“两公壮藻思”，李、高二人的文采都是飞扬的，性情也是耿直豪爽的。“壮藻思”应还有世人或同好认可的一层意思在里边，并非单是杜甫一人的看法表白。高适本身诗歌质量也能说明问题。三人“忘形”的聚会真实可信。杜甫年轻十一二岁，在旁边为两个老大哥的高谈阔论、激扬文字点头喝彩，这是合乎情理的，也是“细论文”的佐证。“呜呼壮士多慷慨，合沓高名动寥廓。”（杜甫《追酬故高蜀州人日见寄》）谁说不也寄寓着当年吹台等地三人兴会、“合沓”的具体回忆呢?《高适年谱》作者述：“高适交游甚广，朋友中有著名诗人、文士有储光羲、綦毋潜、贺兰进明、王维、薛据、李颀、李邕、颜真卿、张旭、李白、杜甫、沈千运、岑参、王之涣、独孤及、贾至等，有彼此酬赠之诗文可证。而与杜甫尤为莫逆之交，屡有酬唱。”[②] 其中的多数文学家，与李杜先后有过从。所以说，这些友谊，形成一个个友情链接，彼此援引与参照、互文，实为盛唐文学“文人相重”的优良风气的骄傲与见证！杜甫一生致怀李白、高适、严武的诗歌最多，如果说对后二者有些时期尚有所诉求、期待、应酬的话，对李白，真是“我独怜其才”！但“怜才”绝非不了解对方为人，更不可能是不及其人其事的肤浅关系，像个别置疑的学者所讲仅仅是谈诗歌就事论事云云。

高适记述李白的诗确实不多见，这应该和他“年五十始学诗”（至少五十岁前写诗不多）相关。但其诗集中的一首《宋中别周梁李三子》，历来被学者所重视，认为其中“李侯怀英雄，骯髒乃天资。方寸且无间，衣冠当在斯。俱为千里游，勿念两乡辞。且见壮心在，莫嗟携手迟”[③]。写作时间、背景、活动范围皆能与杜甫“李侯有佳句，往往似阴铿”中的称谓相呼应协调（或系当时朋友对李白亲切习惯的尊敬称谓）。“方寸且无间，衣冠当在斯”，说明刚辞京漂游的李白当时与高适辈文人的相契相重。有些学者据此推测杜甫系由高适介绍认识李白，更多的学者，书写为高适

① 孙钦善：《高适集校注》，上海古籍出版社，1984 年，第 354 页。

② 同上，第 358 页。

③ 同上，第 120 页。

或由杜甫而结识李白。这个要搞清楚来龙去脉可能有难度了，但三人以及当时结游的朋友们肝胆相照、同气相求、诗文互映，果然为“你中有我，我中有你”。闻一多《少陵先生年谱会笺》论述高适当时诗颇相吻合：“适集中多宋中诗，所言时序，多与公诗合，其间必有是时所作者。”① 可见当时与杜甫关系紧密，与李白即不可能生疏。

李、杜、高等人当时意气相投、惺惺相惜、相互欣赏，皆系性情中人，但他们亦未必料到名传千古，包括我们后人会穷研不舍，故当时写诗记文，随写随散（尤其李白），也未必要标题清详明确，“野无遗贤”，以作后世的参考援引。即便如此，留下来的诗明明白白地存在，很多诗虽未指名，但可推想其人其事，并非“踏雪鸿踪不留指爪”，相反还有白纸黑字可以坐实。李白晚年有《送张秀才谒高中丞并序》一首，可以肯定李、高二人的老朋友关系——

> 余时系浔阳狱中，正读《留侯传》。秀才张孟熊，蕴灭胡之策，将之广陵谒高中丞。余喜子房之风，感激于斯人，因作是诗以送之。
>
> 秦帝沦玉镜，留侯降氛氲。感激黄石老，经过仓海君。壮士挥金槌，报仇六国闻。智勇冠终古，萧、陈难与群。两龙争斗时，天地动风云。酒酣舞长剑，仓卒解汉纷。宇宙初倒悬，鸿沟势将分。英谋信奇绝，夫子扬清芬。胡月入紫微，三光乱天文。高公镇淮海，谈笑却妖氛。采尔幕中画，戡难光殊勋。我无燕霜感，玉石俱烧焚。但洒一行泪，临歧竟何云。②

李白蒙难系狱之际，有求助于高适之意，这是不言而喻的。但倘如二人关系不到位，没有旧交的基础，不是知己，李白词意之间不会有那么多隐喻，那么多倾诉。字里行间，尤其是后部分内容，分明在唤起当年结伴同游宋梁，登单父台、吹台，“清霜大泽冻，禽兽有余哀”“芒砀云一去，雁鹜空相呼”类似的深刻回忆。这里边兴许还寓意着当年朋友间的推心置腹、承诺与默契，信息量是很大的。有人认为高适集中不见答赠诗，即未理睬李白，这样的结论太过武断。高适未必没有设法疏救李白，疏救也未

① 闻一多：《唐诗杂论·杜甫》，中华书局，2003年，第55页。
② 《李太白全集》中，中华书局，1977年，第842~843页。

必见于记录，即便记录下来也未必一定保存传世。退一万步说，即便高适明哲保身未理睬李白，也不等于从前的交谊为零。诗在字在，这个友情链是没有问题的。笔者倒愿意相信，正是因为高适的参与疏救，李白得以出狱东还。而将帅郭子仪搭救故事等只能视同传奇小说的附会，学者未可轻信。

在李、杜、高三人先后结伴同游过访的队伍中，有些传名于后世，而有的姓名（或代指）则已湮灭不闻，我们不知其人其事。后世注解，往往以“其人不详”对付。但我们从三人赠答记述的诗歌中，体味得出，当时有些人是很有名气、很有影响与才华的。能够存名后世、流芳千古，毕竟少之又少。李、杜、高算是队伍中出类拔萃者与幸运者。另如有相关赠答、记述诗文存世，可视为李杜友情链接之一环的，高适之外，还例如贾至、任华、独孤及、魏颢（万）等。王之涣、孟浩然、王维、李邕、贺知章、储光羲、颜真卿、岑参、李颀等名家，虽未见诗文直接具体记述，但彼此关系，互通款曲，互为引申，友好相与，这都是或有见记于诗题，或有见记于史料的。从杜甫的《饮中八仙歌》等作品就看得出来，他与诗中描写者关系是相当熟稔的。另如严武，杜甫与之唱酬赠答或内容相关涉的存诗竟达三十多首，严武是杜的深交腻友，是高的熟人、同僚，从严武给杜甫诗里的相知度（对杜甫过去历史如释、道方面信仰）来推测，应该与李白也有过结识，至少知晓李杜往年过从关系，如访名山名寺之类。

有些失名的文士，现在名字似已微不足道，但当时却很得杜甫等人看重。例如“卫八处士”，杜诗名作集必选这一首《赠卫八处士》，千百年来，这首诗歌温暖了无数有着患难见真情感受的文人、读者的心。这个“卫八”，绝非一般农夫乡党，称其“处士”，“鹤注：‘处士，隐者之号。以有处士星，故名’”[①]。是不是唐时有名的隐士“卫大经”的族子并不重要，想来卫八应该也是当年“壮游”诗人群中的一员。杜甫“二十载”只是举其成数（古人向有惯例），不一定死推年代。从“重上君子堂”等友情弥笃、感人至深的词意来看，当年彼此过往、有深厚的友谊是毫无问题的。

① 《杜少陵集详注》，文学古籍刊行社，1955年，第134页。

高适写“卫八”诗有二首，不常见，特抄于下边：

酬卫八雪中见寄

季冬忆淇上，落日归山樊。旧宅带流水，平田临古村。雪中望来信，醉里开衡门。果得希代宝，缄之那可论！

同卫八题陆少府书斋

知君薄州县，好静无冬春。散帙至棲鸟，明灯留故人。深房腊酒熟，高院梅花新。若是周旋地，当令风义亲。[①]

从“处士”的特征与为人“风义亲”的描述来看，这个“卫八”与杜甫写到的“卫八”应为同一人。倘非同一人，又姓卫，又排行第八，又同被称呼“处士”，性秉淳厚友善，这样的重例与巧合很难成立。据此我们可知杜甫高适皆友好“卫八”。这在当时互相近同（包括生活区域）的文人朋友圈内，可能性是很大的。

李白集存诗歌未见“卫八”书写，但有一首《金乡送韦八之西京》值得我们留意：

客自长安来，还（一作送）归长安去。狂风吹我心，西挂咸阳树。此情不可道，此别何时遇？望望不见君，连山起烟雾。

这个也注身世“不详”的“韦（繁体‘韋’）八”兴许正是“卫（繁体‘衛’）八”的抄误或脱略，兴许恰为一人。如是，可知李、杜、高的确都有共同的好友。

总之，从已有的明确无误的记载（特别是李、杜二人的诗篇）上看，李杜友情深厚亲密可以确信无疑。加之其友情链接，由有名的、无名的、有诗的、无诗的文案资料信息（包括此文没有涉及的稍后的集序、新旧《唐书·文苑传》等史料）交织佐证互文，可称坚不可摧，不容抹杀。李杜友谊，如日月在天，这是那一时代文学的光荣，是中国古典文学的光荣。

新文学革命以来，推翻了僵死的封建八股气息文学，倡导与建立“人

① 孙钦善：《高适集校注》，上海古籍出版社，1984年，第59～60页。

的文学”、现代的文学、世界的文学，以李白、杜甫为代表的唐代文学优良传统与精华得到弘扬与尊敬、汲取，李杜考论成果空前丰硕，从全新的价值观与方法论着手，凸现、彰显了李杜的天才与友情，以及他们那不为尘俗蒙蔽、不向权贵低头的高贵品质与清新无比的才华，摒弃了古代研究中难免的酸腐之论、褊狭妄测之辞，将李杜的文本研究提升到一个科学的平台，同时大大丰富了诠释的文本，产生出许多文情并茂、时代风云际会的精彩传记、评论（如先后涌现出的闻一多、冯至、朱东润、郭沫若、李长之、安旗、陈贻焮等所撰名著），将历史往事艺术复活，神奇再现，为李杜及其诗歌的深入人心、永垂不朽，添加了更多的动力、文采与话语空间（即便是可以争论的），功不可没。这也是古今打通研究、融会贯通、遥相呼应的最好实例之一，是李杜研究的历史高峰与时代精品，其成绩同样具有重要性、现代性与研究价值，对此我们亦同样不可忽略与低估，值得认真总结、借鉴，并将之深入开展，发扬光大。

# 第四章　“边愁”试说

“边愁”是边塞诗中一个比较突出与常见的题材领域。边愁显然联结乡愁情怀，属于乡愁情绪系统中的一环，因守边望乡、怀乡，从而加深“边愁”。这是乡愁意指的一个特定区域与代指。“边愁”的发生地往往是边疆地区，或边缘文化区域，诗人产生生命的珍惜、人生的忧惧、处境的哀伤等复杂情感，加之战时的现实忧患、怀疑、苦楚、无奈等，凡此种种，构成“边愁”特指。

“边愁”一词来源于今已不难查考，它更多得益于历代杜甫诗歌的详注与研究，杜甫《秋兴八首》言及“边愁”，以后注释家不绝于途[①]。“边愁”注释出处首见于南朝陈时苏子卿《南征》诗：

故乡梦中近，边愁酒上宽。

另初唐杜审言、盛唐王昌龄等诗人，都有写及与言及。如王昌龄《从军行》之二：

撩乱边愁听（一作弹）不尽，高高秋月照长城。

这一联脍炙人口。边愁作为边塞诗中常见的领域题义，表现无疑得力于唐诗边塞派诗人的出现与盛行。虽然边塞诗人不一定都直接使用“边愁”词型（如“乡愁”一样有多种词型，包括同义、近义甚至暗示义），但那种渲染边疆、边地、边缘地带精神与物质双重困苦的思想感情题旨书写，则颇为接近，都能给人强烈的、深刻的打动，从时间、处境、气候、民俗与距离等方方面面，形容毕至、渲染如画。林庚先生曾有形容：“那异乡的情调，浪漫的气质，都是少年心情的表现。这正是一个文坛全盛的

① 见仇兆鳌注：《杜少陵集详注》三，文学古籍刊行社，1955 年，第 69 页。

时候，作家中趋于粗豪一面的则有李颀、高适、岑参等，他们都各自在不同的杰作中，完成了男性的表现。……男性的文艺时代，为诗国的高潮增加了无限的声势。……所谓旅人之思，正是这时诗国的主题。”[①] 豪迈之外，边愁随生，且与时俱增。往往交织着雄关如铁、垂老边荒的哀思情愁，积极与消极两相冲突与互文，更显张力。汉唐以来封建君主开边用武、好大喜功，促使边塞诗派发展成熟，英雄主义固然时时跃动，但怀疑主义也不禁滋生，特别是身临其境的无谓牺牲征伐与大量痛苦消耗，都触发现实的悲哀与人性的悲怆，成为边塞诗派更多更浓厚的情调。唐边塞诗派代表为高适、岑参，杜甫当时对二人有“高岑”并称（“高岑殊缓步”）[②]，后人称呼继之，可见其代表性。如宋代严羽《沧浪诗话》卷四：“高岑之诗悲壮，读之使人感慨。”边塞诗甚至也有直接以“高岑诗派”来代指与概括。[③] 再从王昌龄到李颀、李益及至宋朝词坛的范仲淹等，一以贯之，将边关战争的豪情、艰困、苦难、悲壮乃至哀矜、郁愤等，和盘托出，抒发到极致。总而言之，边愁的情怀主要缘于并体现于以下几个方面：

## 一、惨烈悲壮，身陷其间，旷日持久，不能自拔

高适代表作《燕歌行》可证：

> 山川萧条极边土，胡骑凭陵杂风雨。战士军前半死生，美人帐下犹歌舞！大漠穷秋塞草腓，孤城落日斗兵稀。身当恩遇恒轻敌，力尽关山未解围。

这像一幅场面浩大惨烈的图画，像当代的战争大片场景，对比十分鲜明，惊心动魄。王翰《凉州词》也有苦诉：“葡萄美酒夜光杯，欲饮琵琶马上催。醉卧沙场君莫笑，古来征战几人回！”李白《关山月》：“由来征战地，不见有人还！”《古风》：“俯视洛阳川，茫茫走胡兵。流血涂野草，豺狼尽冠缨。”陈陶《陇西行》：“誓扫匈奴不顾身，五千貂锦丧胡尘。可

① 林庚：《中国文学史》，鹭江出版社，2005 年，第 167、171 页。

② 见杜甫诗《寄彭州高三十五使君适虢州岑二十七长史参三十韵》。

③ 参见贾伽、周道贵选注：《高适岑参诗选・前言》，巴蜀书社，2001 年，第 3 页。

怜无定河边骨，犹是春闺梦里人！”极尽惨痛之辞。这些诗历来传诵不绝，控诉无谓的战争，深入人心。杜甫《悲陈陶》有同样的效力：“孟冬十郡良家子，血作陈陶泽中水。野旷天清无战声，四万义军同日死。”其心情的沉痛、愤懑、哀挽，至今仍能体察，感同身受。

## 二、叹世无英雄，渴望得胜凯旋

这也是边愁题材中比较突出的表现。久战不决，胜利看去渺茫，甚至正在走向优势的反面，显然陷入了一场无端、无终结的消耗与牺牲中，恨不能起前朝传说中的英雄神将，一战奏凯、班师还朝、回家团聚。这方面首屈一指的代表作无疑是王昌龄的《出塞》歌：“秦时明月汉时关，万里长征人未还。但使龙城飞将在，不教胡马度阴山！”世相传诵，表现了怀古与对英雄救世的渴望，间接抒发了现实中对指挥庸懦无能的不满与愤懑。类似作品还有如高适：“君不见沙场征战苦，至今犹忆李将军！”（《燕歌行》）杜甫：“落日照大旗，马鸣风萧萧。……悲笳数声动，壮士惨不骄。借问大将谁？恐是霍骠姚。”（《后出塞》）王维：“萧关逢候骑，都护在燕然。”（《使至塞上》）无名氏：“北斗七星高，哥舒夜带刀。至今窥牧马，不敢过临洮。”（《哥舒歌》）神人猛将常胜都是传说，最终无不一一落空，成为一厢情愿，梦总被现实击得粉碎，一场战争往往付出的代价是成千上万乃至数十万人的生命。

## 三、文化乡愁

因地域气候、生活习尚、文化传统等各方面有所不同，加之羁留异地看不到希望，将士的边愁与日俱增，不免每有风吹草动，天籁地声，也足可触发悲愁的情怀。例如以音乐演奏为线索起兴怀乡的诗篇，令人动容。这方面有王之涣《凉州词》、王维《陇头吟》、李颀《古从军行》、杜甫《后出塞》等作品，描写音乐人情，渲染边愁，不尽苍凉之感！如：

王昌龄：“烽火城西百尺楼，黄昏独坐海风秋。更吹羌笛关山月，无那金闺万里愁！”（《从军行》）

岑参：“中军置酒饮归客，胡琴琵琶与羌笛。”（《白雪歌送武判官归京》）“长路关山何日尽，满堂丝竹为君愁！”（《送卢举人使河源》）

较为集中地通过音乐演奏抒发边愁的是李益诗歌作品，如：

“回乐峰前沙似雪，受降城外（一作下）月如霜。不知何处吹芦管，一夜征人尽望乡！”（《夜上受降城闻笛》）

“繁霜一夜坠关榆，吹角当城片月孤。无限塞鸿飞不度，秋风卷入小单于。”（《听晓角》）

“天山雪后海风寒，横笛遍吹行路难。碛里征人三十万，一时回首月中看!”（《人军北征》）

李益还有：“燕歌未断塞鸿飞，牧马群嘶边草绿。”（《塞下曲》）“几处吹笛明月夜，何人倚剑白云天?”（《盐州过胡儿饮马泉》）等等。皆能“情动于中而形于言”，使人咏之闻之无不愁肠百结，不尽千里相思。李益文学造诣正如专家所评：“他称得上是继高适、岑参之后的又一位著名的边塞诗人!”①

## 四、艰难困苦，无计可施

战争的消耗与旷日持久，生活上的艰难困苦、无计可施，常引发边愁。李益妻兄卢纶也是边塞诗高手，他的名作如：“月黑雁飞高，单于夜遁逃。欲将轻骑逐，大雪满弓刀。”（《塞下曲》其三）不仅写出边疆战地气候环境的恶劣，更写出无计可施、将士坐地无奈的内心悲切愤懑。

岑参《走马川行奉送封大夫出师西征》《天山雪歌送萧治归京》《白雪歌送武判官归京》等，后一首如“北风卷地白草折，胡天八月即飞雪。忽如一夜春风来，千树万树梨花开”，历来被称作千古绝唱、奇句警新，学诗者无不习诵。但这首诗的后段也不容忽视：“散入珠帘湿罗幕，狐裘不暖锦衾薄。将军角弓不得控，都护铁衣冷难着。瀚海阑干百丈冰，愁云惨淡万里凝。……纷纷暮雪下辕门，风掣红旗冻不翻。”写景具现，“愁云惨淡万里凝”，如同画出。诗中的形容取材将军帐幕生活，广大下层士卒的艰难困苦，坐以待毙情状，哀愁痛苦可知!

战争中即使敌营一方日子也不好过，甚至一样艰苦，李颀诗有：“胡雁哀鸣夜夜飞，胡儿眼泪双双落。”（《古从军行》）形容边疆原住地区戍边

---

①　范之麟注：《李益诗注》，上海古籍出版社，1984 年，第 2 页。

将士，怀乡念家，厌恶战争，亦形象逼真。

王维诗：“关山正飞雪，烽火断无烟。”（《陇西行》）“关西老将不胜愁，驻马听之双泪流。”（《陇头吟》）“大漠孤烟直，长河落日圆。”（《使至塞上》）等等，都刻画苍凉、悲壮，包容曲折、悲辛！李白：“戍客望边色，思归多苦颜。”（《关山月》）得自亲身见闻。杜甫“三吏三别”、《北征》、《自京赴奉先县咏怀五百字》等，其中描写战争发边细节也可称淋漓尽致，无不勾起千万里之外的哀思。

## 五、前途渺茫，处于被边缘化的感喟

战争消耗国力，更消耗将士的宝贵生命，离散数以千万计的家庭。种种沉痛的现实，在边塞诗里反映突出。杜甫《兵车行》触目惊心：“或从十五北防河，便至四十西营田。去时里正与裹头，归来头白还戍边。边庭流血成海水，武皇开边意未已！”“安得壮士挽天河，净洗甲兵长不用！”（《洗兵马》）这是愿景，也是愤辞。杜甫生前诗歌不大被官方重视，落选当时权威选本，重要原因即在于他的创作手法不假掩饰，近于现代的报告文学、特写，其逼真叙事，惊心动魄，当时人尚不敢、不习惯面对。直到中唐以后，才被如元稹、韩愈等高度重视，引发时人以及后世密切关注。杜甫写国家宏大叙事的同时，也长于以自身为例，表现漂泊落难的边愁情怀，有丰富的象征意味。如其写于川东三峡地区的《秋兴八首》其六：“瞿塘峡口瞿江头，万里风烟接素秋。花萼夹城通御气，芙蓉小苑入边愁。”钱谦益注释：“禄山反报至，上欲迁幸，登兴庆宫花萼楼，置酒，四顾凄怆，此所谓‘入边愁’也。”[①] 这解释固然不错，但写诗时杜甫是在川东三峡白帝城荒山野水之间，久被朝廷疏远甚至遗忘，远离中原政治文化中心，“倚人”“仗友”度日，不免回忆从前，也曾身置中心，一度有过热闹，而今国乱家破、流离失所，其家国情怀的边愁，也历历在目、丝丝入扣。《旅夜书怀》《登高》《诸将五首》《咏怀古迹五首》等，都极陈零落孤独之状，“关内昔分袂，天边今转蓬。”（《寄司马山人十二韵》）“万里悲秋常作客，百年多病独登台。”（《登高》）“关塞极天唯鸟道，江湖满地一

① 仇兆鳌注：《杜少陵集详注》三，文学古籍刊行社，1955 年，第 69 页。

渔翁。”(《秋兴八首》）极度的边缘化以及生命的自我流放，“百年歌自苦，未见有知音”。杜诗中的边愁有其特殊性。

北宋范仲淹词《苏幕遮·碧云天》《渔家傲·塞下秋来风景异》等亦是抒发边愁的杰作，如《渔家傲》：

> 塞下秋来风景异，衡阳雁去无留意。四面边声连角起。千嶂里，长烟落日孤城闭。浊酒一杯家万里，燕然未勒归无计。羌管悠悠霜满地。人不寐，将军白发征夫泪！

抒发边愁情怀的文学题材在我国文学中颇为常见，历代不绝。虽然于唐宋边塞诗高峰后渐至低落，有多种原因，一是文学题材的兴盛、多样化，特别是市井文学兴起，逐渐取代士大夫文学；另一方面的原因则是，愈到近代，愈有亡国之忧患，需要倡导鼓励英雄主义、爱国主义，哀愁不免渐次让位高昂悲壮、勇敢鼓舞乃至牺牲精神的英雄文学，如志在收复、捍卫、统一的主题，岳飞、辛弃疾、陆游、文天祥、戚继光等相继涌现即其显例。

乡愁是人类家园意义的一种长久主题，边愁即其一环，文学史上始终未有中断。即使到了新文学时代也有继承发扬，对边愁作新的引申与指代、象征，更多渲染文化乡愁、家国情怀，以及游子、孤子的天涯、海外情怀。如五四时代的留学生文学，当代台、港、澳与海外华文文学等。素有“乡愁诗人”之称的余光中，有“边愁”题名的散文集，也有边愁诗篇抒发连接这一古老的主题：

> 栏干三面压人眉睫是青山
> 碧螺黛迤逦的边愁欲连环
> 叠嶂之后是重峦，一层淡似一层
> 湘云之后是楚烟，山长水远
> 五千载与八万万，全在那里面……①

更多倾向文化乡愁以及乡愁的现代性书写，台湾诗作还如覃子豪《海洋诗抄》、郑愁予《错误》《水手刀》、洛夫长诗《漂木》等，这多是建构于乡愁与边愁的现代性双重话语上的集中书写与体现，当另文论之。

---

① 《沙田山居》，《鬼雨——余光中散文》，花城出版社，1989年，第226页。

# 第五编　“不废江河万古流”（下）

# 第一章 杜甫新津诗篇情景探微

四川成都新津县南距成都市区39公里，古属“蜀州”（今崇州市）辖治，是一座有名的江城、寺庙之城，唐初王勃诗《杜少府之任蜀川》有“风烟望五津”一句，是否确指新津一带尚存争议，但新津“五津”（岷江水系五支江河汇流，分别是金马河、羊马河、杨柳河、西河、南河）自来有名则是事实。新津旧城址今仍沿旧称“五津镇”，也说明历史悠久。唐由盛而衰时期伟大诗人杜甫旅游新津有诗篇传世，是新津风景名胜的有力证明。新津县的寺观众多，汇集了儒、释、道三教，并行不悖、相互参证，如同江水交流，自成特色。

杜甫居住成都期间，至少有三次往游新津，每游必咏，形诸笔墨，后世研杜学者多用“多次”或“几番”计其游历。如仇兆鳌引《年谱》云：“间常至蜀州之青城、新津。”① 冯至：“一再游览蜀州附近新津、青城等地的山水。”② 其他学者如写“二次”“三次”“四次”的表述都有。总之新津在杜甫成都诗作中留下鲜明印象，以及可资纪念的笔墨、清新的佳句，新津江山人文更为有名，值得后人纪念。

## 一、杜甫新津去来路线、缘由追索

当我们吟诵杜甫那些清新美妙的新津诗篇，看到那么多著名学者不禁神往之情时，就感觉那段历史不应被忽略。遗憾今人对杜甫新津的具体交游行踪多已不能详尽了解，例如去新津的次数，从王嗣奭、黄鹤、仇兆鳌到闻一多、冯至以至当代陈贻焮等学者，多没能亲自莅临新津，予以考

① 仇兆鳌：《杜少陵集详注》二，文学古籍刊行社，1955年，第124页。

② 冯至：《杜甫传》，百花文艺出版社，1999年，第107页。

察，依据注释不免采掇旁书旧说，有臆度之处。如闻一多《少陵先生年谱会笺》引黄鹤注："此必公暂如新津，与裴同至寺中，故有此作。当在上元元年。蜀至成都才数百里，故可唱和也。"[①] 察崇州（蜀州）老马路行程与成都相距不过41公里（今高速路26公里），均不及百里，"数百里"一说显系想象。新津县直线距成都约39公里，新津、崇州两地间距，据清《一统志》与《新津县志》记载，新津县境西北三江口、正北兴义（有明月寺）"抵崇州界二十五里"[②]。也就是说，以上总加起来也不过百来里左右。如形容其辗转往复总约几百里，未尝不可，但笼统说个一次行程几百里，其实不确。

杜甫往返新津路径，学者比较一致的看法是由西经蜀州（今崇州）而新津再由蜀州返回成都，这或许可信；毕竟一则杜甫居处成都西郊的浣花溪，距离西部崇州较为近便；二则崇州是州治所在地（马路相对宏敞），杜甫访人（"仗友"）首选州治地有其必要性。读者会问，杜甫往蜀州会友办事，却"一再"去新津干什么呢？

曾枣庄先生有这样的看法："杜甫在成都期间还先后到过新津、青城等地。一则固然是为了游山玩水，再则也是为了谋生。裴冕还朝后，李若幽、崔光远相继为成都尹，杜甫同他们似乎没有什么交往。他在成都无所依靠，只好往来谋生。'老耻妻孥笑，贫嗟出入劳。'（《赴青城县出成都寄陶王二少尹》）可见他的'出入劳'是因为'贫'引起的。"[③] 为生活奔走求助，这固然是读者比较认同的说法，杜诗中所反映的求助于高适和依仗"王侍郎"（据分析可能是王维弟王缙）等也是旁证。但笔者研读杜诗，更倾向于杜甫旅游新津还有一重被大家忽视的原因，即杜甫精神上寻求解脱与慰藉，以释放心理压力。如他诗写李白"脱身事幽讨"一样，他自己也时有"拨闷"、脱去"樊笼"、洗却"途穷"，希望忘却营营，摆脱压抑，特别是生活上所受到的屈辱，以及他人对之轻蔑、误解所带来的忧伤。王

---

① 闻一多：《唐诗杂论》，中华书局，2003年，第76页。

② 新津县史志办编：《新津县志》，四川人民出版社，1989年，第28页。

③ 曾枣庄：《杜甫在四川》，四川人民出版社，1980年，第31页。查杜诗正文作"老被樊笼役"，也有作"妻孥笑"的。

嗣奭曾说：“公晚年溺佛，意主慈悲不杀。”[①] 这个“晚年”，或许要提前一些，包括成都居住时期。新津是水津寺庙、宫观之城，杜甫往游新津应该还有参访名寺空山、结交僧道、探讨佛释义理以求遁世逃禅、获得精神上的慰藉这一层缘由。对此不妨从以下三方面予以论证：

1. 他的新津游伴是谁？

杜甫首游新津作伴裴迪，杜甫写下了他第一首反映新津风貌的诗作《和裴迪登新津寺寄王侍郎》，诗云：

何恨倚山木，吟诗秋叶黄。
蝉声集古寺，鸟影度寒塘。
风物悲游子，登临忆侍郎。
老夫贪佛日，随意宿僧房。

诗中自谓“贪佛”，显然不全是一句玩笑话。关于裴迪其人，今人书写：

> 生卒年不详……《旧唐书·王维传》称裴迪为王维之“道友”，维笃信佛教，裴迪可能亦为佛教信徒。天宝末入蜀，与杜甫相友善。[②]

陈贻焮《杜甫评传》述及杜甫裴迪之交，有感：“以前在我的印象中，总以为老杜跟王维和他周围的人无甚交往，其实并非如此。裴迪跟王维合得来，也可以‘与杜甫友善’（《唐诗纪事》），这表明在实际生活中，人与人的交往，并不完全像常言所说‘人以群分，物以类聚’那样泾渭分明。积极入世的现实主义诗人老杜跟消极出世的山水田园诗派中人尚且有千丝万缕的联系，思想感情上也不无相通之处，那就更不可把本来是好朋友，又都有进步政治理想的伟大现实主义诗人杜甫和伟大浪漫主义诗人的李白，生拉硬拽地分离开来……”[③] 文中也说明了裴迪其人的特点。杜甫与裴迪天涯相遇，都是依人帐幕（“王侍郎”、高适等），论故地、故交，论

① 王嗣奭：《杜臆》，“缚鸡行”条，上海古籍出版社，1983 年，第 288 页。
② 周勋初主编：《唐诗大辞典》，江苏古籍出版社，1990 年，第 475 页。
③ 陈贻焮：《杜甫评传》，北京大学出版社，2011 年，第 521～522 页。

共同的朋友，或许都有共同的语言。这一时期经历战乱，头脑中多存有悲惨印象，故人相逢，不啻安慰，相同之处应多于相异之处。杜甫的佛禅思想其时颇有抬头，这也可从另一首关于梅花的赠答诗《和裴迪登蜀州东亭送客逢早梅相忆见寄》看得出来，这首诗中杜甫第一次直书了“乡愁”这个对后世影响颇大的语词。杜甫这个时期写有不少关涉寺庙与僧侣的诗作，如《赠蜀僧闾丘师兄》，将蜀僧称“师兄”，说：“漂然薄游倦，始与道侣敦。……惟有摩尼珠，可照浊水源。”陈贻焮评论：“老杜想向空门寻求精神上的安慰，只是乱世阴霾太重，非摩尼珠所能澄清，客愁郁积太深，非佛日所能照彻。”① 这固然有理，但杜甫亲佛却曾是事实。陈先生倾向老杜蜀州新津青城等地游归以后时期才有向佛之意，这显然不太确切，从杜甫刚到成都寄住僧院，高适赠诗《赠杜二拾遗》云“听法还应难，寻经剩欲翻”等诗句，可知好朋友早已知道他有这种爱好与倾向，才与他在诗中抖经文。杜甫自己在答诗中也不否认：“双树容听法，三车肯载书。”从杜甫前后诗意看，“漂然薄游”应该是包括他入蜀前后的辗转跋涉与艰苦境遇，长年会有的心境，而不是偶尔一段时间。不管怎么说，杜甫与裴迪“同是天涯沦落人”，又系“他乡遇故知”，都对佛禅有较为相近的兴趣，二人在蜀州府地听说所辖县新津寺庙林立、风景佳胜，路程不远，故而相约结伴往游，这是合乎情理的。杜甫第一首新津诗篇，从内容上看显然是唱和裴迪。次年春上再约，杜甫到了新津寺庙（这次他可能是由成都直道新津而未经蜀州转道），裴迪在蜀州却爽约未即至或已离去，杜甫在惆怅与遗憾中留下了这首新津题材的名篇《暮登四安寺钟楼寄裴十迪》：

> 暮倚高楼对雪峰，僧来不语自鸣钟。
> 孤城返照红将敛，近市浮烟翠且重。
> 多病独愁常阒寂，故人相见未从容。
> 知君苦思缘诗瘦，太向交游万事慵。

可知杜甫游新津寺庙受到“诗佛”王维的朋友裴迪一定程度的影响或

① 陈贻焮：《杜甫评传》，北京大学出版社，2011 年，第 523 页。

促成，是显而易见的。杜甫游新津记录有佛寺而无道观（新津道观亦很有名）书写，这兴许与同行的朋友的爱好有很大关系。当然更主要的，笔者以为是在这个时期，杜甫与前期李白、杜甫同游时代已有所不同，杜甫更为近佛，而渐远长生虚无的仙道之愿。虽然杜甫在成都期间也写有讴歌青城山风光、抒发一定程度的道教情怀思想的《丈人山》等诗篇，但与其表现佛禅思想的诗篇比较，显然不成比例，近佛的意思明显得多。

2. 他的诗歌表述

从传世的杜甫新津诗五首（暂不算有分歧的“观作桥”题材三首）中，细数竟涉及新津三座寺庙，可见杜甫“贪佛”不是偶然。他初来成都寄住草堂寺，“传道诏提客”，“听法”“寻经”，虽是说说，但写入诗篇，显然认真。不难想象，屡遭变故、失意、流离的杜甫颇需宗教慰藉。他答和高适的《酬高使君相赠》说：“双树容听法，三车肯载书。”施鸿保注解：“今按诗意，第借法华三车字，言寺中说法，当容我同听，即法华所言三车，亦当许我载书，正答高诗‘听法还应难，寻经剩欲翻’也。”[①]引经据典，阐述空门，这应不是简单与偶然的涉及。只是儒家的思想终究占据了上风：“草玄吾岂敢，赋或似相如。”这里的“草玄”显系借喻，指高适等友人指他的用心于佛经。他表达自己不过像汉代的司马相如那样，较为飘逸，远离权贵与中心政治罢了（可参见鲁迅《汉文学史纲》论司马相如）。也并不是说一定要投入赋这种古文体的写作，而有的学者恰作如此理解。总之杜甫也是一个矛盾的综合体，心灵上也有挣扎，甚至也“未能免俗”。他思想矛盾的纠结也还见于诗《堂成》：“旁人错比扬雄宅，懒惰无心作《解嘲》。”表白他自己结邻寺庙，并非真要遁身空门或“玄之又玄”。杜甫这方面的表现与南朝文学理论家刘勰有几分相似处，即接近空门，却终究以儒家思想意识表现名，杜甫甚至被后世冠以“诗圣”。杜甫居成都期间近佛逃禅的念头与行为，亦于诗中真实可见。所以他自己出游新津说：“老夫贪佛日，随意宿僧房。”用个“贪”字形容颇为形象。诗人当时的情状，颇可揣想。

郭沫若《李白与杜甫》列举杜甫近佛诗，选有十四例之多，有两例皆

① 施鸿保：《读杜诗注》，“酬高使君相赠”条，上海古籍出版社，1983年，第80页。

援自新津诗作①："老夫贪佛日，随意宿僧房。"（《和裴迪登新津寺》）"客愁全为解，舍此复何之?"（《后游》）"客愁全为解"，可见当时杜甫从佛禅以及山水名寺的境地中的确得到很多安慰，苦闷一定程度上有所解脱，这都是他自己写下来的。

3. 真实的心灵历程

正如郭沫若所论："其实杜甫对于道教和佛教的信仰很深，在道教方面他虽然不曾像李白那样成为真正的'道士'，但在佛教方面他却是禅宗信徒，他的信仰是老而弥笃，一直到他辞世之年。"② 这与王嗣奭"公晚年溺佛"判断基本吻合。不同处是郭沫若有否定杜甫"诗圣"地位的意思。笔者以为杜甫正因为有其心灵挣扎与矛盾，他的"诗圣"地位才更真实。杜甫经历的时代苦难与个人坎坷际遇，这里毋庸重复，他精神上的痛苦，尤其是屈辱的感受，历历见述，如乞告他人，除了早期长安生活"朝叩富儿门，暮随肥马尘"等大量记述外，在成都期间如"计拙无衣食，途穷仗友生"，"强将笑语供主人，悲见生涯百忧集"等，不啻血泪之语。杜甫寻求精神人格上的安慰、完善，势在必行。顾随认为："曹公是英雄中的诗人，老杜是诗人中的英雄。""老杜也曾挣扎、矛盾，而始终没有得到调和，始终是一个不安定的灵魂。""中西两大诗人比较，老杜虽不如莎士比亚伟大，而其深厚不下于莎之伟大。其深厚由'生'而来，而'生'即生命、生活。"③ 这都是很深刻的见识。

## 二、新津修觉寺等名胜古迹稽勘

1. 修觉寺

杜甫游新津修觉寺留诗二首，传诵后世。修觉山修觉寺也多少因之得到珍重保护，成为一处名胜古刹。今天新津绝大多数居民对修觉寺已茫然不知，盖因修觉寺于20世纪50年代中后期即被拆毁，改建为一所普通中学校（当地俚称"爬山中学"，先后命名"工读中学""武阳中学""五津中学"）。今学校于2008年"5·12"汶川大地震中毁坏，师生别迁，校园

① 郭沫若：《李白与杜甫》，人民文学出版社，1971年，第193页。
② 同上，第181页。
③ 叶嘉莹笔记整理：《顾随诗词讲记》，中国人民大学出版社，2006年，第76、94页。

荒草丛生、蛛网尘结，只能从残存的阶石和古树婆娑中，窥见当年古寺的影子。唯一堪称保存的文物——石刻“杜甫诗碑”（1989 年版新津县志将其列为“县文物保护单位”）已失落于残桥壕沟中，难辨字貌。据《新津县志》载：“碑高 155 厘米，宽 80 厘米，行书字体，用笔苍劲挺拔，布局错落疏朗，有柳欧风韵。……系乾隆时新津知县徐尧书杜甫新津三首五言律诗。”明万历年间曹学佺著《蜀中名胜记》有新津专节，记载修觉寺形胜风光香火旺盛，引用钟伯敬《游修觉山记》行文佐证，当时石刻诗醒目，常有观者。

关于修觉寺的方位，杜诗历注不同，有注县城南“一里”或“二里”“五里”，大凡都据前人志书转注。实距新津城南桥头约一公里较为确切。明代王嗣奭评杜诗：“修觉寺在新津县修觉山上，神秀禅师结庐于此。此诗当是往新津时作。既豁且幽，境地殊胜。能发诗人之兴，故云‘有神助’。”[①] 修觉山脚有观音岩，岩畔石级蜿蜒约二百级，即为原修觉寺山门（后五津中学大校门）。《蜀中名胜记》引《蜀志》所述河山地理状貌，直至今日变化不大：

> 其下为三江渡，因岷江、皂江水、白马，三江并列而名。其上为宝华山，横跨江表，俯瞰平川，取物华天宝之义也。峰顶多雪，又曰雪峰。[②]

杜甫诗“暮倚高楼对雪峰”正是对此的写照。修觉山修觉寺背后称宝资山，20 世纪 80 年代末建有宝资山森林公园，今已荒废。有揽胜亭（又称纪胜亭）耸立于危崖，可俯瞰新津县城，古代新津水陆观光客多有吟咏，因汶川大地震现已成为“危险建筑”。杜甫两游修觉寺，这些地方想应为所到之处。

2. 四安寺

杜甫于新津四安寺等候裴迪不遇，有诗记载。四安寺因此存名。各家杜注均转《蜀志》：“新津县南二里有四安寺，神秀禅师所建。”[③]《蜀中名

① 王嗣奭：《杜臆》，“游修觉寺”“后游”条，上海古籍出版社，1983 年，第 119 页。
② 曹学佺：《蜀中名胜记》，重庆出版社，1984 年，第 99 页。
③ 仇兆鳌：《杜少陵集详注》二，文学古籍刊行社，1955 年，第 134 页。

胜记》亦："南二里，四安寺，亦神秀创。"[1]"南一里"修觉寺为神秀创建，"南二里"四安寺又系神秀创建，附会的可能大。两寺邻近，一人重复建设想无必要。"四安寺"并不见载新津各版县志以及近古其他书籍，应该早已毁失。查《新津县志》有"宝华寺"一处记载，亦在修觉山上，值得注意，志称该寺创建于明万历年间，"头殿右角有钟楼，内置高约7尺的大钟一口，声传数里。'宝华钟梵'为新津十二景之一"[2]。杜诗《暮登四安寺钟楼寄裴十迪》中："僧来不语自撞钟。"从地理位置与寺庙特点看，宝华寺前身可能即杜甫曾经旅游住宿的唐"四安寺"。二寺都在修觉山上，相隔不远（县志载：修觉寺右侧约200米。《蜀中名胜记》："亭后数武为宝华寺"），结合杜诗描写都较吻合。

3. 新津寺

杜甫首次来新津（唐肃宗上元元年秋）与裴迪同游，诗记"新津寺"，这应该不像是个寺名，只是略指新津的某处或某寺庙。从杜甫以后游"修觉寺""四安寺"来看，都确写寺名，这儿用个"新津寺"，分析起来原因可能有三：一则名称即为"新津寺"（这个可能小，不见史书与当地口碑）；二则确实忘记了寺名，回去写诗的时候姑且以地名拟代；三则入寺不仅一处，笼统称之。笔者踏考新津，参阅方志，得到另一处唐庙遗址"齐一寺"，寺建唐太宗年代，原占地十亩，历28代祖师，传说玄奘系马得名。齐一寺（释义或出"一切有为法，如梦幻泡影；如露亦如电，应作如是观"）在五津城西南约一里处，与今存纯阳观、黄鹤楼相邻，仰老君山而建。寺院于1994年重建开放。杜甫首游新津寺院称"新津寺"，或许与这一处唐寺有关。"何恨倚山木，吟诗秋叶黄。蝉声集古寺，鸟影度寒塘。"（《和裴迪登新津寺寄王侍郎》）环境风光颇合，姑供研究参考。

4. 皂江

杜甫还有三首疑写新津的诗作，分别为：《陪李七司马皂江上观造竹桥即日成往来之人免冬寒入水聊题短作简李公》《观作桥成月夜舟中有述

[1] 曹学佺：《蜀中名胜记》，重庆出版社，1984年，第99页。

[2] 新津县史志办编：《新津县志》，四川人民出版社，1989年，第919页。

还呈李司马》《李司马桥成承高使君自成都回》，研究者向有分歧，如仇兆鳌《杜少陵集详注》等权威版本，今人陈贻焮《杜甫评传》等传记认为“蜀州作”，也有学者倾向于新津作，如：“冬天在蜀州新津县作。……皂江，在新津。”[①] 笔者认为当时新津县虽隶属蜀州，但“蜀州作”与“新津作”还是有区别的，涉及杜甫游蜀的细节。考“皂江”即岷江外江的别称，又称“皂里江”。一说系金马河的别称，金马河是岷江外江主流。观成都水系图，金马河虽由灌口注出流经崇州、温江，但在两地交界处，地属边境地带，流注新津，穿境而过，汇流于县城繁华地带，上引明代《蜀中名胜记》载修觉山下三江渡即含有皂江，可为证。《寰宇记》“蜀州下”引李膺《益州记》就明确指出：“皂里江津之所曰新津市。”[②]《新津县志》也有记载：

> 岷江自灌县至新津武阳镇（即五津镇，引者）段，称外江。古名“皂江，一名皂里江，又曰寿江”（《寰宇记》），这段河道流经平原，分支较多，成一网篼状，在新津武阳镇东南汇合。[③]

以江面宽广与人口密集居住而论，新津县皂江流域是在县境城镇，搭建竹桥方便两岸百姓来往的可能性更大，而崇温两县边境荒郊村落，人烟稀少，建桥的可能性很小。新津水城，有“皂江、皂里江”的俗称，由此判断杜甫参与新津城建桥庆典应无多疑。杜甫当时居成都浣花溪“衰谢多扶病，招邀屡有期”，时去高适那儿“仗友生”，参与一些幕僚“帮忙”工作，与“李司马”“陶王少尹”“王明府”等高适的部属同事交往较熟（另诗《题新津北桥楼》应酬即同类性质），有唱和之作。这三首新津诗内容纪实，艺术比较平板，但能流传下来，载入选本，原因无他，即因杜甫积极介入民间的精神，以及反映的民生题材意义。

---

① 李谊：《杜甫草堂诗注》，四川人民出版社，1982年，第136页。

② 见《四川郡县志》，成都古籍书店，1983年，第168页。

③ 见《新津县志》，四川人民出版社，1989年，第58页。

## 三、生活的情趣是杜甫新津诗美的精神、精华所在

虽然是在离乱间的异地漂泊，是理想不得实现的苦闷寄托，是乡愁的深深笼罩，以及贫病所困的违己奔走、屈己逢迎，但伟大诗人杜甫来到新津，仍旧睁大着好奇的双眼，开启着他善于发现的诗意双眼，以及开放人文的博大胸怀，对当地江山景色、历史现实，抒发了由衷之情，较为深婉地表达了希望国家和平、民生自由的愿望。前后游修觉寺二首脍炙人口，堪为新津诗篇之冠——

野寺江天豁，山屏花竹幽。诗应有神助，吾得及春游。径石相萦带，川云自去留。禅枝宿众鸟，漂转归暮愁。(《游修觉寺》)

寺忆曾游处，桥怜再渡时。江山如有待，花柳更无私。野润烟光薄，沙暄日色迟。客愁全为减，舍此复何之？(《后游》)

游历寺庙，交织着内心的矛盾，但西川美好的宁静风光，让杜甫仿佛回到了盛朝时代，诗笔“如有神助”。两次游览中间应该有些时光，不一定如学者们推断是同一年春天，否则频繁相近的旅游，不会有那种怀旧之感，要“忆”、要“怜”。“江山如有待，花柳更无私。”这一联写出了新津山川风貌的美好情状，亦写出了杜甫的情怀，与其浣花溪风光（尤其是春光）诗篇相映生辉。题《新津北桥楼》中，杜甫除了赞美新津“春城”“花柳”外，更说：“西川供客眼，惟有（一作偏爱）此江郊!”热爱之情，溢于言表!

黄维樑曾用佛莱“基型论”分析杜甫诗，阐述喜剧基型构成主要即为春天景物，杜诗“这个桃红柳绿的世界，正是人间乐园，世外桃源的基型。《客径》只用了‘花径’一词，但我们已由此而联想到那一片烂漫的锦城春色了”[①]。新津诗作为成都草堂诗的组成部分，正与基调匹配。尽管有寂寞惆怅，但在书写中更衬托了生命的活力与美好的希望，构成诗歌内在的张力。仇兆鳌《杜少陵集详注》对此评得好：

---

① 见黄维樑著：《中国文学纵横论·春的愉悦与秋的阴沉》，台北东大图书公司印行，1988年，第46～47页。

> 少陵诗，得蜀山水吐气；蜀山水，得少陵诗吐气。……少陵入蜀诸篇，绝脂粉以坚其骨，贱丰神以实其髓。破绳格以活其肢，首首摛幽撷奥，出鬼入神，诗运之变，至此极盛也。[①]

杜甫新津诗篇即深得“蜀山水”之气。

（后注：此章胞弟张新、聂晓芹夫妇有贡献）

① 仇兆鳌：《杜少陵集详注》二，文学古籍刊行社，1955 年，第 103 页。

# 第二章　杜甫与成都西山

杜甫在成都西郊浣花溪畔建草堂居住时间近四年，[如其自述："五载客蜀郡，一年居梓州。"（《去蜀》）] 即除去成都以外地区的漂泊，实际居住三年零九个月[①]，主要创作于成都或成都周边并留传下来的诗篇约二百七十多首，充分反映了杜甫的内心世界与川西生活特色，诗里写景抒情多有涉及成都"西山"（亦用"西岭""玉垒""雪山""岷山""雪岭""雪峰""青山"等指代同类词）。其中有的名诗佳句早已家喻户晓、深入人心，成为中华民族文学宝库中诗歌体裁作品晶莹璀璨的代表作。如《绝句四首》其三："两个黄鹂鸣翠柳，一行白鹭上青天。窗含西岭千秋雪，门泊东吴万里船。"《登楼》诗中："锦江春色来天地，玉垒浮云变古今。"等等。大凡儿童启蒙识字起即多由成人口授心传，脍炙人口。成都，作为中国西南名胜之地、大都会，杜诗无疑具有其传述、发扬的文本与符号学意义。

大凡成都人都知道，成都平原百花潭、浣花溪一带寻常是望不见所谓西山峰岭的，只有例外，即天气格外晴朗澄澈时，百里之外的西北岷山山脉即会跳映眼帘，如金银璀璨，峰峦叠伏，眺若幻景。笔者于 20 世纪 80 年代某日往游杜甫草堂在光华村一带即有幸得见。不独今人，古人向有记载。如清版书《汶志纪略》记载并转述史志方舆有关行文照抄如下——

> 《禹贡》：岷山导江。……西山即岷，……《一统志》：……山有九峰，四时积雪，经暑不消，每晨光射之，烂若红玉。去成都五百

① 学术界较为一致的意见认为，杜甫自唐肃宗乾元二年己亥（759）岁末入蜀，唐代宗永泰元年乙巳（765）五月离蜀。对此可参见闻一多：《少陵先生年谱会笺》，闻一多《唐诗杂论》，中华书局，2003 年。

里，西望之，若在户牖。居人呼为九顶山，杜子美诗所咏西山是也。《元和郡县志》：岷山即汶山，南去青城山百里，天色晴明，望见成都是，山顶积雪，尝深百尺，夏月融消，江为之溢。即陇之南首也。《史记》云：在陇西郡岷州溢洛南一里，连绵至蜀二千里皆为岷山，连峰叠岫，重接险阻，不详远近，青城、天彭诸山之所环绕，其为羊膊山、为铁豹岭、为渎山、为鸿蒙、为汶岭，皆是也。①

“西山”提法，亦早见于《华阳国志》，其《蜀志》章云：“七国称王，杜宇称帝，号曰望帝，更名蒲卑。自以功德高诸王，乃以褒斜为前门，熊耳、灵关为后户，玉垒、峨眉为城郭，江、潜、绵、洛为池泽，以汶山为畜牧，南中为园苑。会有水灾，其相开明决玉垒山以除水害。帝遂委以政事，法尧、舜禅授之义，遂禅位于开明，帝升西山隐焉。时适二月，子鹃鸟鸣，故蜀人悲子鹃鸟鸣也。”② 对此历史故事，杜甫成都草堂诗还有《杜鹃行》一首专记之。

成都去西山（岷山）山脉“百里”乃至“五百里”距离，这种“烂若红玉”“西望之，若在户牖”的壮丽景观，现因都市高楼林立阻挡视线，并大气层工业污染等，已不常见了，但在农耕生态文明时代，想其并非稀罕之景。

当然，“眼见为实”的绮丽风光并非杜甫题咏西山的单一原因，更重要的，兴许是他的心理际遇，所谓“境由心造”，文化心态，杜甫亲临巴蜀大地设身处地、浮想联翩，心目中所强烈感受到的蜀中历史人文地理风貌，以及中国当时社会现实原因（战争、分裂）所造成的对“西山”方位的特别注意，总之，西山题咏成为杜甫成都题材诗歌作品中的重要组成部分以及一种原型物象，其文学意义丰赡，作用重大，影响深远，值得我们深入发掘与品鉴。

本篇小文不拟专事理论追究，谨将杜诗西山题咏分门别类，予以归纳裁析，认识与理解杜诗旨归与审美创作的同时，并侧重于个别文献考索，

① 清嘉庆十年乙丑夏五月新镌《汶志纪略》，蕊室山房藏版，李锡书原著，罗晓林等校注，汶川县史志编纂委员会办公室，2004年，第290～292页。

② 常璩：《华阳国志》，重庆出版社，2008年，第311页。

尚祈方家有以教我。

个人认为，杜诗抒写成都西山题材作品大致上可归纳为以下四种类型：

一、出于人文历史、地理风貌的感受，审美创作。

二、漂泊、旅游与求助生活，感从中来。

三、入幕为僚，忧国忧民与战略考量、愿望。

四、实地躬逢其事与应酬、所谓“以诗代简”的专门提及。

实际上四类都不是截然分开的，往往事理感情水乳交融，兼而得之，这里只是为了归纳方便，有侧重点，权且划分而已。

先述其一：如上所述，这也是杜诗成都题材作品中最广为人知的名篇佳句之出处。国内乃至华人区域的人，也许很多人并没有到过四川成都，但从杜甫诗中熟晓了“锦官城”“锦江”“西岭”“百花潭”“浣花溪”“武侯祠”等方物名词，接受了西蜀名胜文化的熏陶与濡染。近人王国维《人间词话》有云：“昔人论诗词，有景语、情语之别，不知一切景语皆情语也。”又道：“词以境界为最上。有境界，则自成高格，自有名句。”① 杜诗正是这样的情景交融之语，这样有“境界”的不朽之作。杜甫自河南中原辗转逃难于秦陇西北而入蜀［其自述“洛城一别四千里，胡骑长驱五六年”（《恨别》）］，他尚未抵达成都平原，途经川北剑门关南端鹿头山眺望时，即表现出强烈的西蜀意识，他写道：

> 鹿头何亭亭，是日慰饥渴。连山西南断，俯见千里豁。游子出京华，剑门不可越。及兹险阻尽，始喜原野阔。殊方昔三分，霸气曾间发。天下今一家，云端失双阙。悠然想扬马，继起名硅兀。有文令人伤，何处埋尔骨？（《鹿头山》）

与“入蜀”即进入成都平原尚有一段距离，杜甫就深切地感受并联想到了蜀地的历史文化，三国诸葛亮，汉代杰出而身世寥落的文学家司马相如与扬雄等人，在他心里搅起了不小的波澜涟漪。抵成都后的好几首诗里，他都曾将扬马来自喻、自励、自慰。这种“爱屋及乌”“引比连类”

① 见《人间词话》，《王国维文学美学论著集》，北岳文艺出版社，1987年，第348页～385页。

的情怀，也使他眼中的河山更增加了亲切感情与动人魅力，真是“一则以喜，一则以忧”。他这种“我行山川异，忽在天一方。但逢新人民，未卜见故乡。大江东流去，游子日月长”（《成都府》），新奇、诧异、喜悦，同时深长感伤的情怀，造就了他一系列触景生情、抚今追昔，同时赞美名胜风物的抒情作品的诞生，透射着中华文化的特色魅力。西山入诗题材作品，即堪其表率。

除了脍炙人口的《绝句》多首、《登楼》之外，另如《泛溪》：“练练峰上雪，纤纤云表霓。”《出郭》：“远烟盐井上，斜景雪峰西。”《秋尽》：“雪岭独看西日落，剑门犹阻北人来。”《早起》：“贴石防隤岸，开林出远山。”《赴青城县出成都寄陶王二少尹》：“东郭沧江合，西山白雪高。”《野望》：“西山白雪三城戍，南浦清江万里桥。”《春日江村五首》其三：“经心石镜月，到面雪山风。”《溪涨》：“不知远山雨，夜来复何如?”《绝句二首》：“迟日江山丽，春风花草香。”“江碧鸟逾白，山青花欲燃。”《寄司马山人十二韵》：“长啸峨眉北，潜行玉垒东。”《立秋雨院中有作》：“山云行绝塞，大火复西流。”等等，直到出川途次如写于川东三峡云安县的《怀锦水居止二首》还历历如绘：“朝朝巫峡水，远远锦江波。……雪岭界天白，锦城曛日黄。惜哉形胜地，回首一茫茫。”无比恋眷之情，跃然纸上。

像这类西郊居处山景风光自然寓目，从而情景交融的“清词丽句”，当然还是以草堂诗《绝句》“两个黄鹂鸣翠柳，一行白鹭上青天。窗含西岭千秋雪，门泊东吴万里船”为系列翘首之作，堪称浓缩的精华。杜甫这些描写成都西山的诗句，往往大气磅礴，苍凉中透着壮丽，欣喜间不无哀愁。正如《杜少陵集详注》引周纽语：“少陵入蜀诸篇，绝脂粉以坚其骨，贱丰神以实其髓，破绳格以活其肢，首首摛幽撷奥，出鬼入神，诗运之变，至此极盛也。”[①]

古人以意会诗，形容得当，但要说出道理，还当数近人之论，如王国维《人间词话》：“有造境，有写境，此理想与写实二派之所由分。然二者颇难分别。因大诗人所造之境必合乎自然，所写之境亦必邻于理想故

① 仇兆鳌：《杜少陵集详注》第3册，文学古籍刊行社，1955年，第130页。

也。”[①] 杜诗成都西山入题入诗，即由此写境与造境之综合，符合自然与理想。杜甫的“理想”与激情源泉，除了盼望和平与贤明政治、还乡完聚等诸因由之外，亦由蜀中历史形胜文化所感染所激动，如他自述：“神交作赋客，力尽望乡台。”（《云山》）汉代大文学家、“作赋客”司马相如、扬雄等，三国蜀丞相诸葛亮乃至与杜甫时代相近的陈子昂即为他神交之友，而由其复沓先贤故土，凭吊遗踪（如《琴台》《蜀相》《陈拾遗故宅》等诗），俯仰追怀间，他胸中笔下，真的就如其自述：“下笔如有神。”这些情景交融的晶莹诗句、传世绝唱，是成都西山迄今为止最好的文学形容与歌咏，闪烁着审美极致的光芒。同时也可看出即便是暂时的和平对于颠沛流离的诗人，所激发出来的审美、爱美之欣悦情怀，以及现实主义风格并浪漫主义才华一面的展现，这尤其从他居处浣花溪边比较闲适的作品中体现出来，而西山形胜风光恰好为他所注意、所欣赏、所发挥表现。

其二：漂泊、旅游与求助生活。杜甫多次离开成都身临西山所处区域，他不禁感从中来，赞叹、怅触、寂寞、无奈等复杂情愫交织（多为乡愁），客观上也造成了杜甫成都作品多有涉及西山的题写。尤其他于上元二年（761 年，五十岁）左右，不止一次地深入成都以西蜀州、新津、青城、灌口等西山实地访友、旅游、谋生，身临其境，勘与其事，先后写下了多首表现或提及西山的诗作。计如：《丈人山》《暮登四安寺钟楼寄裴十迪》《题新津北桥楼》《游修觉寺》《后游》《赴青城县出成都寄陶王二少尹》《野望因过常少仙》《石犀行》《杜鹃行》《陪李七司马皂江上观造竹桥即日成往来之人免冬寒入水聊题短作简李公》《观作桥成月夜舟中有述还呈李司马》《放船》《石镜》《警急》，等等。还有的虽无西山字样，但牵连境域，相机而作，如《和裴迪登蜀州东亭送客逢早梅相忆见寄》《题新津北桥楼》《天边行》等。上述有题写山景的诗中，有的脍炙人口，如写青城山的《丈人山》，有的佳句清新可诵，如：“江山如有待，花柳更无私。”（《后游》）“竹覆青城合，江从灌口来。”（《野望因过常少仙》）“东郭沧江合，西山白雪高。”（《赴青城县出成都寄陶王二少尹》）“堋口江如练，蚕崖雪似银。”（《赠王二十四侍御契四十韵》）等等。这类诗或写景，或咏

① 见《王国维文学美学论著集》，北岳文艺出版社，1987 年，第 348 页。

史，或抒情达意，或纪实，表现西山行历所见所闻，莫不直抒胸臆。从艺术方面来说，尤以《暮登四安寺钟楼寄裴十迪》较为典型地体现了杜诗的“沉郁顿挫”风格：

> 暮倚高楼对雪峰，僧来不语自鸣钟。孤城返照红将敛，近市浮烟翠且重。多病独愁常阒寂，故人相见未从容。知君苦思缘诗瘦，太向交游万事慵。

《杜臆》作者王嗣奭注：“雪峰即西山。‘僧来不语自鸣钟’，此亦见‘孤’之可愁者。前联写暮景如画，束语颇有憾意。”[①] 注家多解后句为杜甫访友未见之憾，实际上诗里更侧重地表现了诗人自己在西山之下，暮照之中，人生不能自主、天涯漂泊的孤寂情怀，与其说是“讽人”[②]，不如说是“自讽”。拿西方现代哲学诠释，似乎表现了生存的虚无，体现了悲剧的意义。这首诗可看作是杜诗抒情顶峰之作《登高》的前奏，颇能首尾呼应，构成绝响。

不论怎样，杜甫西山旅行、谋生所作，除浇心中块垒之外，赞叹河山壮丽、历史悠久，赞同吏员为老百姓办实事办好事，亦无疑是作品主题的亮点所在。

写到这里，顺带要提及并予以辨析的，是杜甫看似描写西山题材的另一首诗作《禹庙》，近年多为选本收录，特别是西山所在地州县方志选集，多选录并特别注明是关涉西山之名家名作，如《玉垒金声——名人眼里的都江堰·诗歌卷》[③]《汶川县志》[④] 等书，都专门注明是描写的汶川县境内绵虒乡禹庙古迹，如“此诗为杜甫游川西北时在绵虒镇大禹庙内所题写”[⑤]。因自汉代史乘以来向有大禹出生于成都西山汶川县境石纽山侉耳坪的说法，故杜甫题写大禹处所显得顺理成章。如此说来，则杜甫远足西山，远达汶川县城境域，在今现代公路亦去成都约一百四十多公里，在当

---

① 王嗣奭：《杜臆》，上海古籍出版社，1983 年，第 213 页。

② 见前引《杜臆》之外，亦见仇兆鳌《杜少陵集详注》第 2 卷，文学古籍刊行社，1955 年，第 134 页。

③ 《玉垒金声——名人眼里的都江堰·诗歌卷》，巴蜀书社，2006 年。

④ 《汶川县志》，1941 年（民国三十三年）原版，阿坝州地方志编纂委员会 1997 年校注本。

⑤ 同上，第 448 页。

时可能吗？

这显然是后人一个良好的愿望，以杜甫当时的条件（既无公路，又有战火、“寇盗”），杜甫不可能深入西山至那么偏远的少数民族地区。当然也不是不可能，杜甫能从甘肃边境翻剑门关来，应该什么苦也能吃，什么险也可冒，什么人都可与之相处，关键是没那个必要，也没有那个机会，从其经历与所留文字考证，双流、新津、蜀州（包括今崇州市区域更大些）、温江与青城（今崇州市与都江堰市交界地）、灌口（原灌县，今都江堰市）即应当是杜甫成都西行投亲靠友、探幽访胜所历、所到的极境。

关于这首《禹庙》，仇兆鳌《杜少陵集详注》亦集前人之说（《钱笺》《方舆胜览》）有所申明：“禹祠在忠州临江县南，过岷江二里。”[①] 明王嗣奭《杜臆》亦持同样说法：“庙在忠州过江二里许。”[②]（另据业师张志烈先生告之宋《杜诗镜诠》即有此说，惜手边暂无此书未及引证。）总之禹庙所在地即今重庆市忠县境内应史无争议。至于“过岷江二里”或许是错讹，因忠县境内没有岷江，除非是广义地把长江上游河流统称为岷江，也是一种泛指，就像岷山有时盖指整个龙门山脉。不论如何，《禹庙》应该不是直接描写成都西山的景物，当然这首诗亦颇吻合西山境内风光特色，想即杜甫创作时产生联想自然而然地将西山风光亦综合写入也很难说。诗云：

> 禹庙空山里，秋风落日斜。荒庭垂橘柚，古屋画龙蛇。云气嘘青壁，江声走白沙。早知乘四载，疏凿控三巴。（末一句可知描写川东江口无疑。）

刚好西山境内灌口西北处有“白沙”地名，“青壁”亦令人想到杜甫赞叹不已的青城山［“自为青城客，不唾青城地。”（《丈人山》）］，故而后人有将此诗看作并列入青城山西北汶川县境内所作，存在一定争议，但依笔者这个汶川籍人看来，这不啻一个美好的误会与遗憾。

其三：杜甫在成都有半年时间入幕为僚，他自来忧国忧民的情怀与入幕工作的战略考量、愿望，促使杜甫也写下不少题及（或提及）西山的诗

① 仇兆鳌：《杜少陵集详注》第3卷，文学古籍刊行社，1955年，第79页。

② 王嗣奭：《杜臆》，上海古籍出版社，1983年，第216页。

作。他来川所处的年代恰为“安史之乱”，朝廷三代易主，其时西北西南也都不太平，甚至战乱频仍，偏安的成都亦产生多次杀伐祸乱兵变逃亡，这亦见于杜甫当时避乱亲身经历，事实上当时没有绝对的安全地带。严武在成都邀杜甫入幕，为检校参谋工部员外郎，即造就后世“杜工部”这一专属称呼。杜诗西山题材，不少是出于忧国忧民、考虑天下形势，祈愿罢战休戈，实现和平的惯性思维以及入幕为吏所需要的筹划考量所作。前已举涉作品不予重复之外，还有类似于《西山》（三首）及《入奏行赠西山检察使窦侍御》《严公厅宴同咏蜀道画图》《军城早秋》《大麦行》《草堂》《登楼》《扬旗》《寄董卿嘉荣十韵》《立秋雨院中有作》《奉和严郑公军城早秋》《奉和严中丞西城晚眺十韵》《陪严郑公秋晚北池临眺》《奉观严郑公厅事岷山沲江画图十韵》《天边行》《秋尽》《宿府》等。

还有许多字面虽不涉及西山但因事因物，亦多与西山形势与氛围相关的，在此限于篇幅不列出。总之，西山形势当时可说与成都人民的生活息息相关，现实主义的诗人杜甫，必然多有关注与涉及。

上述诗作传诵不绝且写得特别真切的诗句如：“昨夜秋风入汉关，朔云边雪满西山。”（《军城早秋》）“锦江春色来天地，玉垒浮云变古今。北极朝廷终不改，西山寇盗莫相侵。”（《登高》）“三州陷犬戎，但见西岭青。”（《扬旗》）“已收滴博云间戍，欲夺蓬婆雪外城。”（《奉和严郑公军城早秋》）“剑阁星桥北，松州雪岭东。”（《严公厅宴同咏蜀道画图》）“山云行绝塞，大火复西流。”（《立秋雨院中有作》）“夷界荒山顶，蕃州积雪边。”“烟尘侵火井，雨雪闭松州。”“蚕崖铁马瘦，灌口米船稀。”（《西山》三首）等等。都是当时战事形势、情景的具体实录。当然从今天的角度看，上述诗里有些提法已不合时宜，如“漫山贼营垒”（《西山》）等，也是杜甫站在当时统治阶级立场与出于自身安危利益所书写，因时代不同，今天我们也可予以理解。

其四：在成都西山地区如新津、蜀州等地参与当地民事、建设（如治水、建桥）所写下的作品，前已略有述及。再有不少的应酬、送别、所谓“以诗代简”的作品，特别提及西山或与西山相关的景况。这类作品如《和裴迪登新津寺寄王侍郎》《寄董卿嘉荣十韵》《赴青城县出成都陶王二少尹》《野望因过常少仙》《寄杜位》《石犀行》《阆中东楼筵奉送十一舅往青城》《阆中奉送二十四舅使自京赴任青城》《送裴五赴东川》《赠虞十五司马》《送舍弟颖赴齐州三首》《观李固请司马弟山水图三首》《赠别郑錬赴襄阳》《谢严中丞送青城山道士乳酒一瓶》等，还有不少或许是写于剑阁、梓、阆等川北地区乃至川东三峡沿途的诗作，也多有感触忆及当时身处浣花溪畔与西山景物交涉之作，也多有佳句警句。

成都西郊生活是杜甫生命历程中颇为重要的一段经历，是一个标志性的里程碑。而成都西山，为杜甫时常远眺与曾经亲足、深入之地，在杜诗川中（主要是成都）作品中打下鲜明而深刻的烙印，诗意中充满了历史兴衰的况味与人性的温暖，给成都这座历史上曾地处西南边陲的古城，增添了浓浓的人文理想与现实气息，同时亦兼浪漫、奇幻色彩，杜诗成为成都千年名城精神文明财富中不可或缺的瑰宝，其关涉成都西山之题咏亦堪称人类共享的"非物质文化遗产"。

# 第三章 “石墨镌华，颓影岂忒?”

## ——新旧《唐书》李白传记的史料问题与文学风格

二十四史中新旧《唐书》文苑人物传记先后问世以来，虽褒贬不一，或重或轻，实际影响巨大，可说各有千秋。无论后人如何评点指责，做翻案文章，新旧《唐书》仍旧如定海神针、灯塔一般，岿然不动，彼此照应补充，在史据人物研究方面，有不可或缺的重要性。本文以旧、新《唐书》李白传为例，梳理脉络，管窥二书精警蕴藉与笔墨生辉的动人风范，以及丹青史志擘画特色。

### 一、《旧唐书》称李白“山东人”应是时人的常识与泛指

《旧唐书·李白传》开门见山写道：

> 李白，字太白，山东人。少有逸才，志气宏放，飘然有超世之心。父为任城尉，因家焉。少与鲁中诸生孔巢父、韩准、裴政、张叔明、陶沔等隐于徂徕山，酣歌纵酒，时号“竹溪六逸”。

这一段开头历为后人诟病，认为将李白属地（故籍）搞错了。《新唐书》参详史料，作了较大的修改（碎叶迁蜀），更见翔实。这固然不错，但换个角度思考，《旧唐书》认为李白是山东人，或许正是当时人的一般常识与比较广泛的印象，也应是唐官史档案资料的实录。不少专家都曾经指出李白与山东的密切关系，如：“在山东，有他的爱子，有他的知友。他爱游侠，在山东可以学剑术；他好神仙，在山东可以受符箓，著道书；

他佩服鲁仲连，逢巧鲁仲连也正是齐人……”[1] “李白在开元二十八年，移居东鲁，安家于山东沙丘（今兖州）二十余年（其中有些时间去其他地方漫游），这里距孔子故乡曲阜、孟子故乡邹县很近，可以说他就生活在儒家的发祥地，鲁文化的核心地带。李白在鲁地创作诗歌约80首，文6篇。李白在鲁文化氛围中生活，必然有受其影响的一面。”[2] 不少专家也持不同意见，认为唐山东概念与后来不同，“‘山东’属于泛指，并不单指‘山东省’。李白壮年时期曾隐于徂徕山，后在太行山以东的开封等地漫游或居住；而战国时，则泛称六国为‘山东’”[3]。不论泛指、确指，“山东人”这个看法或许是李白当时人比较共通的看法。因为李白应诏入朝当时是在山东境，有诗云：“会稽愚妇轻买臣，余亦辞家西入秦。仰天大笑出门去，我辈岂是蓬蒿人！”（《南陵别儿童入京》）他与杜甫交游的主要时间场合即在齐鲁豫，所以杜甫有道：“近来海内为长句，汝与山东李白好。（《苏端薛复筵简薛华碎歌》）”径将李白落籍山东，看上去并不是草率的错误，众所周知，杜甫写诗字斟句酌，很是谨慎。郭沫若指出李白“有关杜甫的诗不多，只剩下四首，都是在漫游齐鲁时代的诗”[4]。这四首中有二首可以确定无疑写杜甫，如：“秋波落泗水，海色明徂徕。”（《鲁郡东石门送杜二甫》）“思君若汶水，浩荡寄南征。”（《沙丘城下寄杜甫》）都是山东背景特色。李白诗亦自述：“我家寄东鲁，谁种龟阴田？”（《寄东鲁二稚子》）。杜甫说“山东李白”，也说自己“余亦东蒙客”（《与李十二白同寻范十隐居》），可见他实际知道李白不是山东土著，但因长期生活（客居）于山东，可称山东人，所以他才说“山东李白”“余亦东蒙客”。直接将李白断为“山东人”的是元稹，其时距李杜去世已四五十年，杜甫孙子请他为杜甫写墓志铭，他写下：“是时山东人李白亦以奇文取誉。”[5] 可见在唐代李杜身前身后相当长一段时间，世间都比较一致地认为李白家居山东，是“山东人”。再如任华是李杜同时代的人，生平景仰李杜，对两位都写

① 李长之：《道教徒的诗人——李白及其痛苦》，天津人民出版社，2008年，第131页。

② 蒋志：《李白与地域文化》，巴蜀书社，2011年，第218页。

③ 燕白：《简论李白与杜甫》，四川人民出版社，1981年，第6页。

④ 郭沫若：《李白与杜甫》，人民文学出版社，1971年，第101页。

⑤ 见仇兆鳌注：《杜少陵集详注》第四册，文学古籍刊行社，1955年，第313页。

有长篇赞歌，留传下来的《杂言寄李白》中有：“有敕放君却归隐沦处，高歌大笑出关去。且向东山为外臣，……数十年为客，未尝一日低颜色。”[①]“数十年为客”，一般户口上在哪儿，也就算哪儿人了，少有人去追究祖籍或原籍，在今天这也是一般的通识、惯例。如上海朱东润、刘大杰，北京钱锺书、季羡林等，谁会细致数其原籍呢，除非是专事研究。明代蜀人杨慎（升庵）对此有一段议论，颇为精辟：

> 五代刘昫修《唐书》以白为山东人，自元稹序杜诗而误。诗云：“汝与山东李白好。”乐史云：“李白慕谢安风流，自号东山李白。”杜子美所云，乃是东山，后人倒读为山东，元稹之序亦由于倒读杜诗也。不然。则太白之诗云“学剑来山东”，又云：“我家寄东鲁”，岂自诬乎？宋有晁公武者，孟浪人也，信《旧唐书》及元稹之误，乃曰太白自序及诗皆不足信。噫！世安有己之族姓己自迷之，而傍取他证乎？[②]

这就颇为清晰，宁信当事人，不信旁人。不能因为旁人振振有词，就将当事的人说法也当作荒诞不稽抛弃了。可见在《旧唐书·李白传》山东人一说上，并非明显而简单的一个错误，其实这里边也颇有历史文化与文学的意味。李白自提山东（齐鲁），自号“东山”，应有主客观多种原因，颇堪追寻探讨与回味。

学界普遍认为，《旧唐书》采撷《唐实录》、宫档原始资料较多。既如此，《旧唐书》作者写到李白属地应不是信口开河。至于书中“父为任城尉”一说，没有史料与旁证，或许是李白生前好面子借口夸诩，抑或是别人的“据说”。封建社会门第观念根深蒂固，加之李白恃才傲物、玩世不恭，游戏权贵的说法，也有可能。有专家就认为李白家族亲戚多有官宦人士，他说过“我固侯门士”，他的两个叔父，一个兄长，一个从祖，曾分别在任城、嘉兴、中都和济南当过县令、太守一类的官职。[③] 为李白结集写序的李阳冰是李白族叔，当时即任“当涂县令”。所以要说李白父亲绝

---

① 见《李太白全集》下册附录，中华书局，1977年，第1492页。

② 杨慎：《李诗选题辞》，《李太白全集》下册附录，中华书局，1977年，第1513页。

③ 参见郑修平，《读旧、新两〈唐书〉论李白家世问题》，blog. sina. com. cn/u/1946302327。

没做过“任城尉”，恐怕也会过于武断。

《旧唐书·李白传》文简意赅，语气肯定，或许正是持之有据，建立在那个时代的通识之上。毕竟《旧唐书》作者与李白同朝，相距只百余年，现成的原始资料及口述历史应该还多。我们今天当然认定和欢迎李白是“蜀人”（特别笔者等亦“蜀人”），但李白“山东人”一说，兴许也不应该轻易否定或一笔抹杀。研究两地间（甚至三地）的关系与李白的身份识别意义，或许更为有益。

## 二、李阳冰文值得推敲

《旧唐书》传记署名作者刘昫（887—946），出生相去李白约125年，其为唐五代时期著名历史学家、政治家，后唐庄宗时任太常博士、翰林学士。后晋官至司空、平章事。欧阳修《新五代史》记叙刘昫“美风仪……好学知名……监修国史……昫性察”①，是一严谨而博学之人。确如此，刘昫写作落墨不多见渲染夸饰，主体事干清晰，内容蕴藉精彩，笔墨间留有余韵，兼有史家与文学家的风采。如他作《李白传》：“少有逸才，志气宏放，飘然有超世之心。”寥寥一行，已为李白勾勒出风貌，形神兼备。他的记叙为《新唐书》等后来的《李白传》打下坚实基础，可说奠定了格局，令后来者可以丰富完善，补充事迹，但不可以偏离根本，不妨将他的《李白传》未引于上边的部分抄录于下，予以欣赏：

> 天宝初，客游会稽，与道士吴筠隐于剡中。筠征赴阙，荐之于朝，与筠俱待诏翰林。白既嗜酒，日与饮徒醉于酒肆。玄宗度曲，欲造乐府新词，亟召白，白已卧于酒肆矣。召入，以水洒面，即令秉笔，顷之成十余章，帝颇嘉之。尝沉醉殿上，引足令高力士脱靴，由是斥去。乃浪迹江湖，终日沉饮。时侍御史崔宗之谪官金陵，与白诗酒唱和。尝月夜乘舟，自采石达金陵，白衣宫锦袍，于舟中顾瞻笑傲，旁若无人。初，贺知章见白，赏之曰：“此天上谪仙人也。”禄山之乱，玄宗幸蜀，在涂以永王璘为江淮兵马都督、扬州节度大使。白在宣州谒见，遂辟从事。永王谋乱，兵败。白坐

① 《新五代史》二，中华书局，1974年，第625页。

长流夜郎。后遇赦得还，竟以饮酒过度，死于宣城。有文集二十卷，行于时。[①]

画龙点睛，游刃有余，文有汉唐风度，也颇见《左传》及太史公等史家文学的精彩。文中李白事迹，也多见于李白自己与时人诗文（如杜甫等），相互印证。唯独结尾“饮酒过度，（醉）死于宣城”一说，引发争议。我们仔细推敲，这有两种可能。一种可能，即刘昫等人写作李白传记时未见过李阳冰《草堂集序》，不知道李白死于当涂（“依李阳冰”）。另一种可能，即不相信、不采信。这给了我们一种暗示，即李阳冰文许为衍文。是在李白死后一百多年时间中，由好事者炮制出来的。都知道，李白生前名噪天下（如时人任华诗形容“诸侯交讶驰朱轮”，白诗自况“千金散尽还复来”，等等），有过浮华热闹的时期，但也有过落寞落魄时，如杜甫名句所形容：“冠盖满京华，斯人独憔悴。”“世人皆欲杀，我独怜其才。”“千秋万岁名，寂寞身后事。”等等。李白生前也有很多自怜自叹的写照，如：“黄金散尽交不成，白首为儒身被轻。”“奈何青云士，弃我如尘埃。”“我本不弃世，世人自弃我。”等等。李白的身上颇能见到时代的影子，他的悲剧也是一代天才的悲剧。附会在他名下或谬称知己的写作，欺名盗世，满足虚荣，未必没有可能。阅读李阳冰文记叙李白，不免有疑。李阳冰文十分详细，来龙去脉，一应俱全，至于“枕上授简”之类，感人泣下，完全是英雄传奇、见义勇为。《旧唐书·李白传》同样称叙“有文集二十卷”，但对李阳冰序文，只字不提，李序中的行文说法，更断无采撷。这个中缘由，就不能不令人三思，至少要回味再三了。当然，我们宁愿相信是刘昫等未能见到李阳冰的这篇文章，就像不少学者推论的那样，唐五代十国战乱，许多流散民间的文献、手稿，要到相对统一和平的北宋时期才冒发出来，并为学者史家所重视。但愿是这样，但却不能不有些疑窦。

因为李白同时代人且为“族叔”的李阳冰的序文《旧唐书》作者似未见到并未采用，另一个李白身后不久记写李白身后事也十分详尽的“州观察使范传正”，他的名文《唐左拾遗翰林学士李公新墓碑》刘昫等居然也

① 版本见《李太白全集》下册附录，中华书局，1977年，第1474页。

未见到，这就有些奇怪了。范传正这篇文章像一篇小说，曲折尽致，真的刻到墓碑上去，墓碑是绝对装不下的，想来不过是借碑体文样式发挥而已。这篇名文讲到范传正自己到当涂寻找到李白荒坟（时去李白去世四十多年），并还找到李白两个孙女，她们都嫁给了贫苦农人（一名陈云，一名刘劝），留下李白儿子伯禽压在箱箧的“手疏十数行”，“纸坏字缺，不能详备，约而计之，凉武昭王九代孙也”[①]。于是抚恤后人并迁李白坟，等等。事实详备，与李阳冰文相为呼应，真如“花开两朵，各表一枝”。《旧唐书·李白传》完全不知道，恍若隔世，这是偶然？有“好学知名”“性察”之誉的大学者刘昫等人，真就那么“盲目”和“无知”？这怕只有起刘昫等人于九泉而问之了。我们以反向思维的方式来考虑，就怕要得出一个大胆的结论，上述二文记李白曲折备详之文，都是在刘昫等人之后，甚至晚到唐五代之后直到北宋初年，才由好事者托名炮制的。但愿这不是一个事实。

## 三、《新唐书·李白传》的博采杂收，文学手段丰富化、艺术化

李阳冰序文、范传正碑文等“当时人”状写、追述李白身世结局的名文，《旧唐书·李白传》全然无视，《新唐书》（去李白去世约三百年，为宋仁宗嘉祐五年、公元1060年完成）的《李白传》则恰好相反，对那些异常生动、曲折尽致表现诗人身前身后事的文章，基本打包照收，再予以割舍点化、渲染加工，从而在《旧唐书·文苑传》较为蕴藉简约风格的基础上，刻画、托现出一个更加丰满、清晰、传奇，结构完整首尾相照应的李白来。其好，在行文情节生动活泼、跌宕起伏，有悬念，能引人入胜。其不好，文学的夸饰性似过于明显，大于史实的庄重严谨，读之不免令人怀疑、猜测。故学界公认，《新唐书》大量采用笔记、小说，形成不少错误，着意文字而忽略考证。

《新唐书·李白传》采纳、认可与加入了李白的身世渊源来历，写他是“王孙”（“兴圣皇帝九世孙”），“隋末因罪徙西域，神龙初遁还，客巴

① 见《李太白全集》下册附录，中华书局，1977年，第1462页。

西”（“巴西”指今四川绵阳、广汉等地，即秦岭大巴山脉以西）。出生得名是因“母梦长庚星，因以命之”。故乡为今四川省绵阳江油青莲乡。对此，学界看法已比较一致（如上引明朝杨慎文）。我们说，李白长于蜀地，这是李白自己诗文也多能印证的。如脍炙人口的诗句：“仍怜故乡水，万里送行舟。”“一叫一回肠一断，三春三月忆三巴。”“我在巴东三峡时，西望明月忆峨眉。峨眉月出照沧海，与人万里长相随。”“国内遥天外，乡路远山隔。朝忆相如台，夜梦子云宅。”等等，还有李白生前的自荐书信中所叙等，亦能榫合，蜀应为少年成长之地无疑。《新唐书》传记作者果断采纳了李阳冰、范传正等人的序碑遗文以及述说记载，认定了唐神龙初（据李白自述资料推算李白时年五岁）从西域客迁蜀中的说法。但有趣的是，看得出来《新唐书》作者“果断”的同时却又不无迟疑，对一些文献似仍有持保留的态度。例如对李白当时的“超级粉丝”魏万（又名魏颢，其人经三千多里寻找到李白，与之交谊，并在其生前即受托为李白编诗集，还受托承诺照顾李白父子）的叙述，如魏文写李白目光英气逼人，“眸子炯然，哆如饿虎”，“少任侠，手刃数人”[①]，等等，这些描写《新唐书》就未加采纳，否则《新唐书》传记岂不更加生龙活虎、精彩纷呈？

仔细推想考究，笔者以为这“不采纳”有两重原因：一是觉得生动太过，不可靠，魏万手稿、版本令人有疑；二即因为时代的原因，众所周知，北宋时代偃武修文（文艺发达），文人思想趋于正统、保守、温软，过于耀武扬威，渲染暴力，恐怕要担嫌猜。再者，或许也不便于如魏颢那样大胆刻画李白的奇异夺人之貌，因为封建社会历来只认为帝王才配有那样的天姿奇状与不凡征兆（虽然已认可李白系帝王后裔），野史小说颇多表现，但《新唐书·李白传》毕竟不是传奇小说。再者从杜甫、高适、岑参等当时靠得住的大诗人笔下，也看不到李白那些奇异状貌（包括扑朔迷离的出身）的描写。察李白同时代的名家手笔，与李、范、魏等文能有所印证呼应的，似乎很少。《新唐书》作者系文学家，熟知前朝名家诗文，纵然大胆采纳资料，但看得出来还是有所顾忌，并有一定原则的。我们后来的学者推断李白是蓝眼睛白皮肤，是外国人、混血儿，胆子远大过《新

① 见魏颢：《李翰林集序》，《李太白全集》下册附录，中华书局，1977年，第1450页。

唐书》作者，但可惜只是“想当然耳”。

不管怎么说，《新唐书·李白传》仍写得绘声绘色，比较起《旧唐书》，增加了不少的曲折传奇色彩。上引之外如下：

> 安禄山反，转侧宿松、匡庐间，永王璘辟为府僚佐，璘起兵，逃还彭泽；璘败，当诛。初，白游并州，见郭子仪，奇之。子仪尝犯法，白为救免。至是，子仪请解官以赎，有诏长流夜郎。会赦，还寻阳，坐事下狱。时宋若思将吴兵三千赴河南，道寻阳，释囚辟为参谋，未几辞职。李阳冰为当涂令，白依之。代宗位，以左拾遗召，而白已卒，年六十余。

其中郭子仪一节就有如小说的雏形了，现代人写李白传记，广为援用。其实这段郭子仪报恩情节，怕是亦靠不住，或系民间传说乃至杜撰也未定。《旧唐书》不采写，正缘于不可靠。《新唐书》将李阳冰、范传正等人的文章、传说传奇精彩内容都加剪裁修饰，果真做到了以奇笔状写奇人奇事，为我们呈现出一个不羁封建制度的天才来，这是收获。从解放思想、文史通融互文、促进文学创作方面来说，《新唐书·李白传》当然好于《旧唐书》李传。

《新唐书》作者署名宋祁、欧阳修。众所周知，传记类由宋祁担纲，据说欧阳修敬其是文坛前辈，基本未加干涉与剪裁，这无疑给了宋祁很大的写作个性发挥空间。

我们感到有趣的是，传说《旧唐书》作者刘昫曾“奉使于蜀”，而《新唐书》传记作者宋祈，写出过“红杏枝头春意闹”的有名词句，据说他在任成都知府时，每天晚宴过后，开门垂帘燃烛，几乎都要著作到深夜。《宋景文公笔记》载宋祈自述：“年过五十，被诏作《唐书》，精思十余年，尽见前世诸著，乃悟文章之难也。虽悟于心，又求之古人，始得其崖略。……夫文章必自名一家，然后可以传不朽。”[①] 这是他的“夫子自道”，是典型的文学家的观点。在写李白方面，他真就“尽见前世诸著”“求之古人”。甚至正野不分家、兼收并蓄。我们测想他写到李白蜀人时，

---

① 见曾枣庄等编：《宋文纪事》上，四川大学出版社，1995 年，第 200 页。

应为自己身置蜀地写作时而骄傲吧。

不管怎么说，新旧《唐书》的李白传，各有千秋，至少保存了基本历史，传达了人文精神，表现了文学的魅力，丰富了人民的精神文化生活，成为研究李杜等人不可或缺的“信史”、工具书。《文心雕龙·诔碑》篇曾有云：“夫属碑之体，资乎史才，其序则传，其文则铭。”又“赞曰：写实追虚，碑诔以立。铭德慕行，文采允集。观风似面，听辞如泣。石墨镌华，颓影岂忒（一作戢）？”[①] 这仿佛就是在论旧、新《唐书》李白传记行文一样。的确，在先贤“石墨镌华”下，富有感情、引人追怀的历史人物，跃然纸上，熠熠生辉，没有被时间屏蔽，更没有被埋没。这是文字不朽的丰碑。

**2013年5月25日黄昏写成于成都霜天老屋，2013年9月16日改定**

① 周振甫注：《文心雕龙》，人民文学出版社，1983年，第128～129页。

# 第四章 幻灭与诗意栖居的深刻体悟

——杜甫成都幕府诗阐说

## 引 论

杜甫在成都入严武幕任节度使署中参谋、检校工部员外郎，时间不长，约为半年，后世却因之有“杜工部”之称。对于“工部”期间即成都幕府诗作，诸家虽有定评，称其不肯拘泥墨程、不堪与庸吏同僚为伍，向往率真自然的生活，但总体说来并未对此一时期杜甫诗的深刻哲学意味也即幻灭的悲剧意义以及杜诗由此的转捩点予以足够充分认识，而更多是推敲他与同僚的“意见不合”（“分曹失异同”），甚至与年轻十多岁的上司严武的隔阂（“晚将末契托年少，当面输心背后笑。”如郭沫若说[①]，朱东润说[②]），为这些表面现象遮眼，未能洞悉杜甫当时的真实心境与独立意识。这难免会产生误会与曲解，如颇有创见的《杜甫在四川》作者曾枣庄先生，分析此时期的杜诗也说：“杜甫不是不想做官，但他想做的是大官，‘窃比稷与契’，‘立登要路津’，而不愿做小官；想做朝官，做皇帝近臣，不愿做地方官，因此不赴河西尉，放弃华州司功，更不愿做幕僚。‘功名不早立，衰疾谢知音。’（《西阁二首》）——要建立功名，须趁年富力强的时候，现在年老体弱，百疾缠身而勉强就职者，无非是为了感谢知音严武而已。他早年奔走豪门，目的是建立功名；晚年之所以有官不做，是因为

① 见郭沫若：《李白与杜甫》，人民文学出版社，1971 年，第 219 页。如：“这所谓‘年少’，一般的注家认为是指同僚者，但何以说到‘末契’，何以说到‘托’，可见‘年少’中应当包含有严武。”

② 朱东润：《杜甫叙论》，人民文学出版社，1983 年，第 141 页。如：“杜甫生在那个时代，即使他长于严武十余岁，而且同是一殿之臣，但是既是他的下属，他的处境就十分困难了。”

早年都未能建立功名，现在白发苍苍来做幕僚，还能有什么作为呢？……总之，杜甫不是不想做官，只是想做大官、朝官、‘有是非’的官，但他又做不到，而且风险很大，于是他干脆不做了。”① 对此类意见论者实不敢苟同。第一，人是变化的，杜甫早年的确有过热衷功名的想法与言行，但经历世象与动乱，特别是民间底层布衣生活，他于成都的晚期已不复当年的想法。第二，幕府中的庸常人事矛盾并非他弃官的主因，虽然兴许也是他离开幕府的一个因素，但更深层次的原因还在于他的艺术抱负，即对诗意的自由栖居生活的习惯与认定。年龄方面，五十岁出头并不算老，杜甫的叹老嗟卑、刻意夸张自己的衰朽程度，无非是一种幻灭的坦陈、渲染与自嘲式的冷幽默，实际有其深刻意境，甚至近乎于现代的精神。对此我们不应该忽略，更不能方枘圆凿地予以曲解。实际上，成都幕府诗风，正是杜诗东下荆楚时期前所表现出的艺术转折点，是其晚年深刻的悲剧性与艺术成就高峰的必经之变与思想指向。

换句话说，杜甫晚年铸就的抒情篇章、不朽之作如《旅夜书怀》《登高》《登岳阳楼》《江南逢李龟年》《秋兴八首》等，正是成都幕府诗风的延伸与提炼、升华！

这种幻灭的感触与自由向往、悲剧精神的张扬与表达，在成都幕府诗中，已然身经心感，形成一种稳定的价值取向与果敢无畏的象征倾向的诗风，正如江弱水用“独语与冥想”“内倾化”② 来揭示晚期杜甫诗的现代性特征，并引用宇文所安论杜：“他的伟大基于一千多年来读者的一致公认，以及中国和西方文学标准的罕见巧合。”③ 正因为此，如果我们不认识、强调杜甫成都幕府诗的幻灭意识与自由的诗意栖居的觉悟并悲剧精神的追求，那以上论述也会失去牢固的基础，至少说是存在一个杜诗创作道路上研究、梳理的盲点、弱点。

对此，论者试对杜甫成都幕府诗的思想特征与价值取向分论之，以就教于方家。

---

① 曾枣庄：《杜甫在四川》，四川人民出版社，1980 年，第 113～115 页。

② 江弱水：《古典诗的现代性》，生活・读书・新知三联书店，2010 年，第 103～131 页。

③ 同上，第 130 页。

## 一、幻灭，清醒，诗意栖居的认定

杜甫成都幕府诗公认的代表作为《宿府》，这首诗对后世影响很大（如对中晚唐以及宋代诗人），是杜甫清夜反思，于孤独处境中对自我生存价值与定位的深刻怀疑与心灵拷问：

> 清秋幕府井梧寒，独宿江城蜡炬残。永夜角声悲自语，中天月色好谁看？风尘荏苒音书绝，关塞萧条行路难。已忍伶俜十年事，强移栖息一枝安。

在成都这座江城里，俯仰随人的幕府中，杜甫感到了深刻的孤独乃至恐惧。他把自己这种丧失自由的生活称为"强移栖息"，"一枝"取典庄子《逍遥游》："鹪鹩巢于深林，不过一枝；偃鼠饮河，不过满腹。"杜甫曾经也有长安十年追逐功名，邀悦权贵的时期，那时他已有羞耻之感，但尚处于无奈与不甘心（如《奉赠韦左丞丈二十二韵》等），但历经蹉跎、幻灭，这时他不仅是羞耻了，他更是有些恐惧了。这既是世事沧桑所带来的见识，也是他目睹并身经离乱现实，经验人生，特别是相当长一段时期清贫而自由的草堂诗意栖居生活的尝试所奠定的自我认知基础。《杜臆》作者王嗣奭，对此亦有深刻与细腻的觉察："江城独宿，所闻所见，悲则有之，好则无有，此何以故？而五六正发其故也。故乡乱而音书既绝，关塞险而归路甚难。自禄山叛乱，以至于今，苦忍伶俜，已历十年，而今得参谋幕府，安栖一枝，诚不幸中之幸，而实非中心之所欲也。清夜思之，宜其辗转而不寐也。"[①] 王嗣奭察觉到了杜甫的悲哀与深恐，但归结为回乡难、消息断绝，其"实非中心之所欲也"，限于条件解释得不够深入，不免容易让人曲解到"他想当大官"上边去。杜甫这时候对功名仕途其实已意趣阑珊，以至于兴味全无，他感觉到了生命存在的意义与虚无，在别的幕府诗里，他就明确说出了："沧溟恨衰谢，朱绂负平生。"（《独坐》）"青袍白马有何意，金谷铜驼非故乡。"（《至后》）"白头趋幕府，深觉负平生！"（《正月三日归溪上有作简院内诸公》）"负平生"，有负自己一生的志向、

① 王嗣奭：《杜臆》，上海古籍出版社，1983 年，第 204 页。

才华，但这个志向，当下绝非仕途经济，如“立登要路津”，“致君尧舜上”，而恰好，是文学抱负（“赋料扬雄敌，诗看子建亲。”“别裁伪体亲风雅，转益多师是吾师。”“为人性僻耽佳句，语不惊人死不休。”“读书破万卷，下笔如有神。”“文章千古事，得失寸心知。”“再使诗律细”“题诗仔细论”“论文笑自知”“新诗改罢自长吟”“暮年诗赋动江关”，等等），是野鹄闲云，是苦中作乐、率性自由的诗意栖居生活。他在去（离）蜀途中，更是惯性地写下了千古名作《旅夜书怀》，明确道出“名岂文章著？官应老病休”（这里的“文章”愚意以为指官样文章，以及早年邀悦的三大赋之类）。在宇宙洪荒面前，杜甫强烈地感到生命时空与其生存意义，他宁可为天地沙鸥，而不愿为人绳之臣。在成都幕府诗里他已反复表达这样的意思：“胡为来幕下？只合在舟中。……乌鹊愁银汉，驽骀怕锦幪。会希全物色，时放倚梧桐。”（《遣闷奉呈严公二十韵》）“仰羡黄昏鸟，投林羽翮轻。”（《独坐》）“浣花溪里花饶笑，肯信吾兼吏隐名！”（《院中晚晴怀西郭茅舍》）“此生随万物，何处出尘氛！”（《观李固请司马弟山水图三首》其二）“已拔形骸累，真为烂漫深。”（《长吟》）等等。读了这些诗句，如还认为成都晚期的杜甫仍然热衷于功名，内心“想当大官”，“向往功名富贵”，“每饭不忘君”，真不免蹈人迂阔强人之论！

杜甫在成都浣花溪畔草舍期间写下的许多脍炙人口、晶莹璀璨的清新抒怀佳作如《南邻》《春夜喜雨》《客至》《水槛遣心二首》，包括《茅屋为秋风所破歌》以及大量绝句，有理由让我们相信，杜甫对自己的平民身份与自由写意的文学生活已有充分认知、认定。早期的叩门随马生活，以及宫廷虚荣唱和（如《奉和贾至舍人早朝大明宫》“旌旂放暖龙蛇动，宫殿风微燕雀高。朝罢香烟携满袖，诗成珠玉在挥毫”之类）多半已被他自我否定，十年动乱生活更教育了他，幻灭的现实，是任何人也抹杀不了、改变不了的。所以他《去蜀》诗明白道出：“万事已黄发，残生随白鸥。安危大臣在，何必泪长流！”最后这一句明眼人一眼就能看出，有“肉食者鄙”的意思在里边，但对此他也不存任何介入与改变的幻想了。“古来存老马，不必取长途。”（《江汉》）曹操昔日所谓“老骥伏枥，志在千里”，于老杜当时，不过是梦话罢了。

杜甫幻灭还有另一层原因，即不少德行上佳、才华横溢的亲朋好友相继离世、猝死，使之对生命的脆弱与存在的荒诞性有了更加深刻的认识（“三吏三别”等不朽名篇已有表现，但那时尚有祈愿改变与心存侥幸的心理），同时也更多悲凉的感受。成都幕府诗写作前后，李白、斛斯、苏源明、郑虔、高适、严武等他生命中的至交好友相继去世，人生的无常与幻灭，令杜甫对世俗的功名、浮荣以至物质利益皆产生了深刻的怀疑与个体的觉悟，对天地宇宙精神，更增添了敏感与强劲的感受。由此他坚辞幕府，谢绝别人赠送的厚礼——一床宫廷丝褥（对此前人多曲解为杜甫小心谨慎，怕有僭越违禁之嫌），继而有了东下荆楚沿途期间的《旅夜书怀》《登高》《登岳阳楼》《秋兴八首》《江南逢李龟年》等艺术与悲剧精神堪称崇高壮美的登峰造极之力作！我们倘不诵读一下这首烙印在中华民族记忆深处的文学诗篇《登高》，真感到有如骨鲠在喉，不吐不快：

> 风急天高猿啸哀，渚清沙白鸟飞回。无边落木萧萧下，不尽长江滚滚来。万里悲秋常作客，百年多病独登台。艰难苦恨繁霜鬓，潦倒新停浊酒杯。

这一席天地宇宙人生现实的悲辞，倘无成都幕府诗如《宿府》等的前后呼应、前奏，则如横空飞来，或不可深喻。由此我们可知成都幕府诗，正是杜诗由幻灭到进入纯粹悲剧精神的宏大书写的转捩点。

叔本华有一段议论仿佛就是议论的后期杜诗：

> 悲剧给予我们的快感并不属于我们对优美的感觉，而应该属于感受崇高、壮美时的愉悦。悲剧带来的这种愉悦的确就是最高一级的崇高感、壮美感，因为，一如我们面对大自然的壮美景色时，会不再全神贯注于意欲的利益，而持直观的态度。同样，面对悲剧中的苦难时，我们也会不再专注于生存的意欲。也就是说，在悲剧里，生活可怕的一面摆在了我们的眼前：人类的痛苦与不幸，主宰这生活的偶然和错误，正直者所遭受的失败，而卑劣者的节节胜利……因此，与我们意欲直接抵触的世事本质展现在我们的面前，此情此景迫使我们的意欲不再依依不舍地渴望、眷恋这一生存。
>
> ……
>
> 在目睹悲惨事件发生的当下，我们会比以前都更清楚地看到：生

活就是一场噩梦，我们必须从这噩梦中醒来。……悲剧精神因而引领我们进入死心、断念的心境。[①]

叔本华这里当然是从哲学的角度泛论悲剧美学原理，但搁置杜甫那个非常的年代（安史之乱十年间人民辗转沟壑，十死其七），以及特具悲剧建构的现实主义作品，我们不是感觉到有如评论杜诗，画龙点睛，恰到好处吗？杜甫一生以史笔写作了很多反映人民苦难现实的诗歌，表现出超凡的勇气，被后世称为“诗圣”。其实杜甫勇敢地描写自己的苦难遭遇以及穷愁潦倒、幻灭意识与悲痛情怀的诗篇，不是一样戛戛独造，具有“圣者”乃至“过客”般的悲剧美感，以及特立独行的战斗精神吗？而杜诗的一件武器，或说是艺术手段，即叹老嗟卑、渲染其生理病痛。

## 二、渲染老病以烘托与表现幻灭的情怀

海德格尔有句名言：“孤寂作为纯粹的精神而成其本质。”[②] 杜甫的孤寂即为一种“纯粹的精神”，体现了一种“诗意栖居”的本质。他成都幕府诗以后的“独语与冥想”也罢，与人倾诉也罢，都将一种幻灭的情怀表达得淋漓尽致。而这之中，他惯常使用的是大量写愁（见论者另文《论杜甫是“乡愁”诗人的鼻祖》），以及刻意渲染自己的衰老病痛。从美学意义上来说，其与封建正统历来宣扬的和乐文化，如所谓“典乐”“温柔敦厚”“君子自强以不息”“乐而不淫，哀而不伤”“曲终奏雅”“志憾恨而不逞”等传统规范，差失岂止千里！甚至他就是一种有意的反动，这种颓废的、伤感的气息，反衬的是自由的美好，真理的求索，他的手段近乎现代的自叙状、忏悔录！

我们说，一个五十岁上下的人，并不算衰老，即便动乱年代，人生无常，苦难繁多，但比之寿者，尚属年轻，在今天尚称壮年。在杜甫诗中，“翁”“老翁”“衰翁”“白头翁”“老夫”“老人”“老病”“老丑”“衰老”“野老”“贱老”“发皓白”“牙齿落”“老无力”“老长嗟”，等等，不一而足，于诗篇俯拾皆是。他写他的老迈甚至到了要“倚杖”这个程度，除非

① 韦启昌译：《叔本华美学随笔》，上海人民出版社，2004 年，第 53 页。

② 海德格尔：《在通向语言的途中》，孙周兴译，商务印书馆，2004 年，第 66 页。

是生大病，谁相信？杜甫来成都四十七八岁，离开也不过五十三四岁，可能比论者现在的年龄还要小一点，他把自己写得那么苍老衰朽，显系有意为之，系夸张之辞［如其所言是“自觉成老丑”（《留别章使君留后兼幕府诸公》）］。查他自感衰老的肇始，居然早到二十九岁，这匪夷所思吧，当时尚是青年时代，他却“吾衰同泛梗，利涉想蟠桃”（开元二十九年秋作《临邑舍弟书至，苦雨，黄河泛滥，堤防之患，薄领所忧，因寄此诗，用宽其意》）。杜甫真的与别人不同，是未老先衰吗？其实直到四十岁，他也不过头上长出几根白发，身体仍旧不错（李白曾开玩笑说他“太瘦生”，但瘦并不代表身体不好，只是因为“作诗苦”，看上去有些憔悴），还说不上老。有其诗为证：“数茎白发哪抛得，百罚深杯亦不辞。”（天宝十载作《乐游园歌》）可能是由于穷愁的关系（苦难岁月催人老），四十岁这一年他居然开始称老人了。“长安苦寒谁独悲？杜陵野老骨欲折。”（《投简咸华两县诸子》）四十岁人有多老？“游子空嗟垂二毛。”（《曲江三章章五句》）“二毛”，不过是黑中间白，“早生华发”而已。其实是正常的，但在杜甫这儿，特别予以表现，不几年光阴他就自称“老夫”了。“老夫怕趋走，率府且逍遥。”（《官定后戏赠》）如说这还是“戏”作，但感觉上似乎的确是在老境了：“杜陵有布衣，老大意转拙。许身一何愚，窃比稷与契。居然成濩落，白首甘契阔。”（《自京赴奉先县咏怀五百字》）“男儿生不成名身已老。”（同谷县作）这里边兴许还有些功名上着急的心理在里边，老是焦虑，并非身老，所以翻阅其诗集一段时间并未见他频繁地叹老称老。入蜀之前，四十六岁，再次用了“少陵野老吞声哭”这样的自我形容。四十七岁：“无才日衰老，驻马望千门。”（《至德二载，甫自京金光门出，间道归凤翔……》）入蜀即四十八岁后，自此开始毫无掩饰地、一发不可收地叹老写老、大行渲染其老迈了。将以前惯用的“我”“吾”等第一人称代词多直接改称“老”什么，或什么“老”，如《宾至》：“老病人扶再拜难。”《狂夫》：“自笑狂夫老更狂。”《江村》：“老妻画纸写棋局。”《茅屋为秋风所破歌》：“邻村群童欺我老无力。”《野老》标题诗似乎正式界定他进入老年，衰老之辞漫布于后。以至后人也当真拿入蜀后的杜甫当老人看，称呼其翁叟老人，相关画像、塑像，看上去皆是耄耋之状、风烛残年的样子。其实杜甫来川五十岁上下，他妻子更还年轻些，在成都草堂他们的小孩子也才几岁，常常敲碗哭闹着要吃的，调皮时就举着父亲的图书玩，小女儿也还在胡乱学妈妈化妆。你说，方生育这么小的孩子不久，他夫妇会有多老？那么叹老，兴许就是有疾患的原因吧［“圣朝无弃物，衰病已成翁”（《客亭》）］。但据其诗考证，杜甫成都期间也不过就是患有“头风”“风痹”“病肺”等，盖属于一些不要命的常见病，如一般头痛脑热、风湿、气管炎之类，并不大要紧，这从他友人往来唱酬的赠诗中也可考证，如果杜甫重病在身，衰弱不禁风雨，朋友们哪不关问与记录？所以他是有病，但何至于要“倚仗”那么严重哦？他自己写得同一个八十多岁的风烛残年老者一样。排除其叫老叫穷以寻求友人物质与精神的支持［“计拙无衣食，途穷仗友生”（《客夜》）］以及暗含政治牢骚外，应该是杜甫文学创作审美方面经磨历劫，由现实诉求（对君王开明政治的幻想）而转向感伤的浪漫主义，从而有意做出的反讽与个性选择。“一语道破的绝妙的反讽本质反映了一种自我日趋分散的自身体验，‘对于这个自我，一切约束都被撕破了，他只愿在自我欣赏的环境中生活着’。富有表现力的自我实现成了作为生活方式出现的艺术的原则：‘按照这个原则，当我的一切言行对于我只是一种显现，它们所取的形状完全由我支配时，我才是作为艺术家而生活着。’所以，只有在感伤灵魂的主观折射中，艺术家才能表现现实，也就是说，现实‘只是一种通过自我的显现。’”① 前期的现实主义诗人杜甫与后期的现实主义诗人杜甫显然已有区别，后期描写浣花溪的葱茏写意生活与感叹天地间自身老病孤独、身不由己正是维系于这种强烈的通过“自我的显现”表述的现实。

实际上，杜甫自己在诗中不经意地透露出，他的身体状况自来是相当不错的。少年特别好动，“健如黄犊走复来”，“一日上树能千回”（《百忧集行》）。年轻时“裘马颇轻狂”，“挽弓当挽强”。他描写自己身手矫健：“春歌丛台上，冬猎青丘旁；呼鹰皂枥林，逐兽云雪岗；射飞曾纵鞚，引臂落鹙鸧。”（《壮游》）又遍游齐赵与大江南北。即便五十岁左右入蜀，他访幽览胜，越剑阁，涉蜀道，登青城，啸峨眉……在浣花溪畔草舍边上开

① 于尔根·哈贝马斯：《现代性的哲学话语》，译林出版社，2004年，第22页。单引号内所注为引用的黑格尔言论。

荒种树砍竹，放船收药，常常豪饮，甚至与当地农夫比酒量，可以说身体并不比他人差，更不见有多么衰老。及至成都晚期入幕期间，他仍陪严武登楼眺远及骑马检阅出征军队，闲暇荡舟拨浪于摩诃池中。有一个时候放假，他写自己回浣花溪草舍道："老去参戎幕，归来散马蹄。"（《到村》）"散马蹄"的意思就是信马由缰，甚至纵骑奔跑。想想，一个身体尚如此壮健顽硕、老当益壮的人，平常把自己写得就同要行将就木一样，他不是别有用意是什么呢？

论者以为，这也就是海德格尔所谓："终有一死的人以这种方式栖居于语言之说中。"[①] 无情地揭示人生"终有一死"的真相与本质，粉碎世俗的荣光与浮华，状写现实人生的苦楚与幻灭，反衬天地精神、人文情怀无限的壮美，杜甫成都诗抵达了这样高尚的境界，取得了神奇的效果。

杜甫渲染穷愁老病无疑还有着一些幽默的意味，这不是做作与虚伪，这恰是一种反讽的艺术（他是名人，也曾在皇帝身边工作过），这也是一种自嘲的艺术，使其诗歌内涵与现实的幻灭意味更加深刻、浓郁，诗歌的语言栖居性更加得到强化，甚至更接近于现代文艺的作风。尼采论悲剧说：

> 艺术作为救苦救难的仙子降临了。惟她能够把生存荒谬可怕的厌世思想转变为使人借以活下去的表象，这些表象就是崇高和滑稽，前者用艺术来制服可怕，后者用艺术来解脱对于荒谬的厌恶。[②]

杜甫的诗歌虽连篇累牍地渲染穷愁老病，后人却并不觉得讨厌，并不怀疑，反而喜悦之、审美之、模仿之，原因何在，即在于杜诗的无粉饰与勇敢真实（本质的真实）的态度，在于他洋溢于字词间壮美的情怀，以及自我拯救性质的"诗意的栖居"。对真理的不倦求索与拷问，始终是杜诗意象建构的底气与宗旨，即便是在谐趣与嘲讽中。江弱水的观点我赞同："在中国古典诗人中，杜甫是最具艺术上的自觉意识的一位。"[③] 但如果我们不把这种"自觉"理解为幻灭后的清醒、求索，以及对正统价值观念反

① 海德格尔：《在通向语言的途中》，孙周兴译，商务印书馆，2004年，第26～27页。
② 尼采：《悲剧的诞生》，周国平译，广西师范大学出版社，2002年，第55页。
③ 江弱水：《古典诗的现代性》，生活·读书·新知三联书店，2010年，第132页。

动的解构与审美尝试，仅说其诗艺诗律的形式特征，则未免会买椟还珠，搔不到或搔不尽痒处。

幻灭，以老迈衰病来陈辞，来渲染，来粉碎不朽的神话，与正统保持相当距离，甚至于表现出不肯合作的倾向，这是杜诗入蜀期间“未老先衰”的驱动性与秘密所在。虽然他迫于生活压力未能始终做到远离权贵，行为兴许有时也存在悖论、乖离与矛盾乃至反复，但他的心意终究如一，意识日渐清醒。矛盾与纠结，倒正好催生了他含意深远、沉痛中见出清凉、警觉与幽默的幻灭主题诗歌，成都幕府诗正是这样的产物。

## 三、成都工作期间的矛盾、心结与终极选择

如前所述，杜诗成都幕府期间所作，反映出一些人事矛盾纠葛（“细故”），令后人大费猜详与争议（涉及章彝、严武、高适、同僚等），自唐代起就众说纷纭。厉害些的，说严武几次险些杀杜甫，杜甫醉了如何登榻失礼犯上等，写得像小说，但却不可靠。还包括严武杖杀章彝，杜甫如何不忍从而心生嫌隙等（事实上严武是否杀章彝，也向有争论）。争论繁多，恨不能起老杜于地下质问之。这些不大靠谱的传说，如今只有想象与间接推测，我们唯一靠得住的第一手资料，还是杜甫自己的诗歌。如《正月三日归溪上有作简院内诸公》：

> 野外堂依竹，篱边水向城。蚁浮仍腊味，鸥泛已春声。药许邻人劚，书从稚子擎。白头趋幕府，深觉负平生。

这首诗是杜甫回归草舍后写给幕府同僚的以诗代简，即一封书信，从中表明杜甫的态度。什么态度？王嗣奭说：“‘公有分曹失异同’之语，似与诸公不合而归；此诗殊无芥蒂，可以占公之养。然异同有故，与严公故交，一也；才高，二也；部郎官尊，三也。犯此三忌，宜致参商，此公所自谅也，于诸公何尤。此诗只言溪上之乐，如鸟脱笼，自是衷语。公居种药而许邻人劚，其相睦可知。盖川出药材，公似不免从俗，而亦可得‘药阑’之解也。”[①] 这段评论其实分别说了两层意思，一层，仍在追究府中

① 王嗣奭：《杜臆》卷之六，上海古籍出版社，1983年，第210页。

矛盾，说从杜甫此诗看，他与同僚似并无多少芥蒂在心里边，因为入幕府是怪他自己身份太高太特殊，容易惹别人猜忌。他与严武有旧，又是个名人，还做过中央机关官员，同事不猜忌他，不与他参商分离也难。所以老杜能谅解同事们。二层意思，是说杜甫的生活状态，回归自然，“如鸟脱笼”，与当地民众打成了一片。对于这段评论，本人持赞同态度。杜甫与同事、上下级有矛盾，这主要出自他的两首歌行，《莫相疑行》《赤霄行》，其中如：“晚将末契托年少，当面输心背后笑。”“老翁慎莫怪少年，葛亮《贵和》书有篇。”不管“少年”里边包不包括比杜甫年轻十多岁的上级严武，我们认为，杜甫在成都幕府工作的人事矛盾，都不是他辞幕的主因，他的选择，实在还是生活状态的选择，以及幻灭后的一种毅然决然。这只要看他不无纠结的同时又真实抒发的诗作，就可看出，他的选择是一种终极选择（由前期的写实诉求到后期的写意“自语”），如叔本华所说：“每一种存在都是以某一本质为前提。”① 在这时代叹老嗟病的杜甫，清醒地认识到了自己已不再是正统圈里的一员，他已不容于他昔日曾经的梦想与光荣，那些浮云都被十年动乱的金戈铁蹄与封建社会、非常时期存在的荒谬可怕踏碎，回到真实层面。荒江野屋、天真烂漫的平民生活，才是他的本质，他的诗意栖居，这些悲剧理想与浪漫精神踊动于他的成都幕府时期诗中：“晓入朱扉启，昏归画角终。”（《遣闷奉呈严公二十韵》）那样的异化生活，与他同时所作《绝句四首》中如“两个黄鹂鸣翠柳，一行白鹭上青天。窗含西岭千秋雪，门泊东吴万里船”的写意人生岂止背道而驰，那简直就是对自我的扭曲。所以在同样一组绝句中，他还有二句：“苗满空山惭取誉，根居隙地怯成形。”野老平民生活无疑是苦难的，甚至令人害怕的，但这是一种真理实现的方式，所以当幕府生活与真理方式形成强烈对立与尖锐反讽时，他用自嘲来批判自己，挽救自己，揭示其荒谬性，同时坚定自己的信念，前引之外，还有如以下诗句：

穷途愧知己，暮齿借前筹。（《立秋雨院中有作》）

何补参军乏，欢娱到薄躬。（《陪郑严公晚北池临眺》）

老罢知明镜，归来望白云。（《怀旧》）

① 韦启昌译：《叔本华论道德与自由》，上海人民出版社，2006年，第63页。

未知栖集期，衰老强高歌。（《别唐十五诫因寄礼部贾侍郎》）

垂老戎衣窄，归休寒色深。（《初冬》）

岂知牙齿落，名玷荐贤中。（《村日江村五首》其三）

郊扉存晚计，幕府愧群材。（同上，其四）

如前所述，以老病形容来嘲弄甚至丑化自己，正是杜甫揭示存在的荒谬性的一支撒手锏，一柄利器，是一种比兴非常特别的艺术手段。

“已拔形骸累，真为烂漫深。”（《长吟》）杜甫用一生来探索一个诗人的真理与归宿。他的坚决辞职，旁人不理解，甚至为此得罪了上司严武，从他在回浣花溪后写给严武的《敝庐遣兴奉寄严公》一首，可以看出其中委婉的抱歉之意与并无悔意的抉择态度。我同意《读杜心解》作者蒲起龙与今人曾枣庄先生的考论[①]，杜甫去蜀是在严武殁前而非殁后，而且他离开成都时是很低调且很萧条的，几乎不着痕迹。

到那个地步，杜甫是不需要再入幕为吏，也不需要严武的怜恤照顾了。他要东去北折中原，表面上看，是为了归“故乡”“洛阳”，实际上：“万事已黄发，残生随白鸥！”（《去蜀》）“飘飘何所似，天地一沙鸥！”（《旅夜书怀》）“风急天高猿啸哀，渚清沙白鸟飞回。”鸥、鸟是一种象征物，是一种自由纯真的价值言说与表意符号。杜甫要真正寻觅的、栖止的，是他的精神家园，他的语词故乡，他的自由意志。这个意境也许就在前边，也许千万年不获。无所谓，他只要去寻找，去“漂泊”，去“长吟”……

支离东北风尘际，漂泊西南天地间。（《咏怀古迹五首》其一）

关塞极天唯鸟道，江湖满地一渔翁。（《秋兴八首》其七）

活着是如此痛苦地善和真。[②]

语词破碎处，无物可存在。[③]

杜甫是谁，无论在西北、在西南、在成都、在荆楚，他是“那些怀念

① 详见曾枣庄：《杜甫在四川》，四川人民出版社，1980年，第126～128页。

② 海德格尔：《在通向语言的途中》，孙周兴译，引述奥尔格·特拉克尔诗句，商务印书馆，2004年，第61页。

③ 同上，第212页。

异乡人并且想随着异乡人漫游到人之本质的家园中去的终有一死者”[①]。“白鸥”“沙鸥”“鸟”同特拉克尔笔下的“蓝色的兽”一样，都是精灵(Geistliche)的象征，“也许它进入‘途中’的道路是死路一条，这个其本质尚未确定的动物就是现代人”[②]。

这就是唐代伟大诗人杜甫晚年身上所表现出来的现代性，也即其成都幕府时期诗作总体反映与彰显出来的精神实质、艺术特色以及过渡意义。

① 海德格尔：《在通向语言的途中》，孙周兴译，引述奥尔格·特拉克尔诗句，商务印书馆，2004年，第40页。

② 同上，第39～40页。

# 第六编　“一湾浅浅的海峡”

# 第一章　“古典情怀的现代重构”

## ——余光中、洛夫成都杜甫草堂诗对读

在台湾著名现代诗人中，余光中与洛夫堪称是两位代表人物，虽然他们曾分别属于《蓝星》与《创世纪》两大阵营，作为发起人与主要代表，文艺风格、诗歌观点不尽相同，甚至彼此还有过分歧与论争。如 20 世纪 70 年代初关于余光中长诗《天狼星》现代性的争论等，但总体而言，二人都属于新诗现代派，且在很多方面，特别是精神气质方面，以及对诗歌语言的解构、锤炼、发明、塑造方面，志趣颇为接近与融通。甚至可以说，他二人走的是一条相近的道路——即由西方现代派艺术的追随、模仿者到探索创新有民族风骨、精神气质的新诗现代主义道路。诗评界曾以“回归传统的浪子”分别形容二人，事实上二者都不是简单的“回归传统”（与复旧更有霄壤之别），而是寻觅与探索一条具有历史意义、本土意象的现代诗抒情道路。在此方面，二人创作风格有所差异，有所犄重。大体说来，余光中作为“艺术上的多妻主义”，显得更加多样化，诗行自由灵活、圆融浏亮；而洛夫则更多一些空灵（禅意）、生涩，以及超现实主义的先锋惯性，实验性质更加明显。就题材而言，二人都比较长于海外游子情怀、乡愁的抒写，各有《乡愁》《乡愁四韵》与《边界望乡》《家书》等巅峰代表作品。二人的诗歌追求没有本质的差异与对立，诗人彼此感情融洽，世界观接近，艺术上求同存异，即便在激烈论争的时代，仍有许心协作、切磋交流。洛夫的《边界望乡》“后记”即记录了二人创作盛时真诚的友谊：

一九七九年三月中旬应邀访港，十六日上午余光中兄亲自开车陪我参观落马洲之边界，当时轻雾氤氲，望远镜中的故国山河隐约可见，而耳边正响起数十年未闻的鹧鸪啼叫，声声扣人心弦，所谓“近

乡情怯”，大概就是我当时的心境吧。[1]

对诗歌艺术一致痴心的苦吟、创新追求以及比较共通的外乡人的感触遭际，使二人容易走近。另外，两人还存在不少相似之处，如同年出生(1928年)，是“同庚”；曾从军，由大陆转徙台岛；大学英文专业毕业；一生主要从事诗歌、散文、随笔写作以及翻译外国文学作品等，创作样式爱好相当一致。如果要将二人比作现代台湾的“李杜”或“小李杜”，虽未必允当，但也未为过分，至少是如杜甫所述的“高李”一辈，是可以于吹台上边携手饮赋，让风流韵事传为佳话的。

成都的名胜古迹——杜甫草堂，是中国诗歌的一处馨香圣地。余光中与洛夫两位台湾著名诗人，曾于他们进入老年的时代先后来到草堂，拜谒诗圣杜甫诗魂，实现心中长久的夙愿。诗人于杜甫草堂俯仰今昔，不禁感伤、感动，更是思如泉涌，逸兴遄飞，二人都先后写有令读者产生强烈共鸣与感动的佳作，这便是余光中的《草堂祭杜甫》，洛夫的《杜甫草堂》。

两首诗歌堪称两首绝唱，毫无疑问代表了台湾现代诗在此题材领域的最高成就与最精彩尝试。我们将此二首诗比较勘读，对于体味现代派诗人的情怀，分析其艺术上的异曲同工，以及古今交汇的文化风骨，古典诗歌与现代派诗艺的巧妙熔铸、互文，别出心裁等，可说都颇有补益与启迪。以下试以分析论之。

## 一、二人都对杜甫有特别的崇敬

余光中与洛夫青年时代都曾经历过山河破碎、兵燹战火、苦难流离的生活，二人对于杜甫的认知是长期的、直接的，可说是深入体肤与精神灵魂，别有一番感兴与况味。故而创作新诗，不仅能够镕铸杜诗诗意诗象，而且能将古今相联系，设身处地，递加发挥，自然传承，仿佛将己身化为杜甫的鹃魂与知己，活灵活现，一呼百应。余光中写有追怀李白的三首新诗，脍炙人口：《戏李白》《寻李白》《念李白》，诗的豪气盖过了他对杜甫抒写的影响。实际上，李白的浪漫主义固然给予余光中深刻的影响与极大的启发，令他写出“绣口一吐就半个盛唐”之类天姿豪放、意气风发的警

[1] 洛夫：《洛夫世纪诗选》，台北尔雅出版社有限公司，2000年，第53页。

句，但正如研究者早期即有的总结：“他最佩服李白、杜甫、李商隐、屈原。自谓以诗之丰富多姿而论，最崇拜杜甫；但以诗之纯而论，则最羡服苏轼……”[①] 他是这样表达的，也是这样融注贯通与寄怀诗情画意的。在余光中对古典诗人的直接表述与借镜中，“最崇拜”，杜甫毫无疑问进入他感情世界与艺术境界，并占有相当重要的位置与多有契合。他20世纪70年代的专题《湘逝——杜甫殁前舟中独白》一诗长达80行，是他有关古典诗人的诗歌中篇幅最长，并写得最为酣畅淋漓的一首佳作。另如《秋兴》《夜读》《赠斯义佳》等诗篇以及不少抒情诗精品，都融用或化入杜甫的典故与诗象。杜甫——这位生前沉郁顿挫、苦愁而清新的诗人，对于千年后“台湾乡愁诗人”余光中来说，应该是血浓于水并水乳交融的关系。虽然这并不妨碍他对李白、苏轼、李商隐、姜白石等人的学习与景仰、借鉴，因为余光中本来即一位旁收博取的文学家，性格与诗风也兼具浪漫与沉郁之气质。夏志清在解析余光中的现代诗与他人之区别时特别指出：“就在于他深信若要建立有价值的现代文学，必须继承中国古代的遗产，同时融汇旁通西方潮流，单凭模仿西方二十世纪中个别流派实在是不够的。”[②] 对余光中诗中意象韵味采用、化入古典成功范例给予了高度评价。余光中对杜甫不仅是泛读，而是研读、精读，其用情、用心皆称深文周纳、曲尽精工。如《湘逝》加有长注附记，对于杜甫之死详加学术考究，参考新旧《唐书》资料，一一辨正分析，后还有由衷之感受，他写道：

> 虚拟诗圣殁前在湘江舟中的所思所感，时序在那年秋天，地理则在潭（长沙）岳（岳阳）之间。正如杜甫殁前诸作所示，湖南地卑天泾，闷热多雨，所以《湘逝》之中也不强调凉秋萧瑟之气。诗中述及故人与亡友，和晚年潦倒一如杜公而为他所激赏的几位艺术家。

这就不是一时兴起的书写或一般口占而已，其用情、用心、用学，都不言而喻。故此这些前奏与进行曲是余光中于耄耋之年参拜杜甫草堂，写出《草堂祭杜甫》一诗来的充分前奏与雄浑铺垫，是他一生寄兴与感情交

---

① 王晋民、旷白曼编著：《台湾与海外华人作家小传·余光中》，福建人民出版社，1983年，第167页。

② 同上，第165页。

撞的总的爆发与回顾。虽然《草堂祭杜甫》一诗只得四十行，比他壮年时代的作品《湘逝》少去一半，但行文用字更加经典、精粹、苍劲，更具有内在的张力与行文的活力，如他自己诗尾所述（完全是纵情地呼叫了，这激情在当年郭沫若、闻一多等人诗中会见到）：“在你无所不化的洪炉里，我怎能炼一丸新丹！”杜甫这座“无所不化的洪炉”，给予余光中创作的影响不仅是艺术手段如修辞手法等，更涉及他整个人生视野与态度（如宠辱不惊、情寄故国山河、悲剧审美等）。毫无疑问，《草堂祭杜甫》是余光中大半生来对杜甫感受与感情的高度概括，是诗艺、语言的精密锤炼与融会贯通，其“含金量”是很高的。只要我们关注到诗人写此诗时已年届八十高龄，我们就知道，他是寄托了怎样的激情与心得，他是怎样地深情向往与勇敢“忘年”（包括病痛、衰老、一生的忧患得失、恐惧等）！倘如有古今知音，灵犀相通，于此可听高山流水之声，余光中与杜甫可通隔世之曲、可执忘年之交也！

同样，诗人洛夫也将杜甫作为自己的精神偶像。他对杜甫的参拜，可谓一往情深，令人动容，且照录其《杜甫草堂》一诗“小序”为证：

> 中唐大诗人杜甫，河南巩县人，生于唐睿宗先天元年（公元七一二年），卒于唐代宗大历五年，享年五十九岁。公元七五九年因避“安史之乱”而流亡四川成都，卜居浣花溪畔自建之草堂，即今日的杜甫草堂。杜甫居此将近四年，得诗二四〇余首。
>
> 我于一九九〇年十月六日上午初访草堂，次日即去九寨沟旅游，返成都后复于同月十五日下午再度走访草堂。这前后数小时的盘桓，既是对大师真诚的瞻仰，也是时隔千载一次历史性的诗心的交融。这首诗的草稿两年前即已完成，一九九三年十月初始修正定稿。[①]

两度参访，一气呵成，却又搁置两年多时光，反复修订，诗行长达262行，其精雕细刻、忘我投入，宛若穿越时光的天籁，驭诗而行，驭诗而成，惊动与融化了读者的每一个毛孔，温暖了文学的心灵。其中如这样的诗句，可见清越绝俗：

① 洛夫：《世纪诗选》，台北尔雅出版社有限公司，2003年，第139页。

我来是客/是风/是印在你足迹中的足迹

哀伤/高过成都所有的屋顶

明朝的瓦上晒着唐代的诗/起风时/檐间的意象纷纷滚落

万里荒烟/唯你独行

而今/我找到的你/是火的兄弟，盐的姊妹/是大地的子嗣，是河流的至亲……

从草堂的后院到前门绕了一圈/就是两千多年/诗人，仍青铜般醒着

既是膜拜，也是平等的对话，诗人的访问草堂，表现了最深情的热爱与最高贵的故国之思。

中国古代文艺理论巨著《文心雕龙·征圣》篇有“赞曰”：“妙极生知，睿哲惟宰。精理为文，秀气成采。鉴悬日月，辞富山海。百龄影徂，千载心在。”移置现代诗人余光中、洛夫二人对杜甫之景怀，不是十分贴切吗？

## 二、从时间的意义肯定永恒

余光中与洛夫异曲同工的杜甫草堂题咏现代诗，都突出了时间的意义，从而深刻地揭示出永恒的魅力。如黑格尔哲学所指出：“人们可以从时间的肯定意义上说，只有现在存在，这之前和这之后都不存在；但是，具体的现在是过去的结果，并且孕育着将来。所以，真正的现在是永恒性。”① 海德格尔哲学名著《存在与时间》说：“其初步目标则是对时间进行阐释，表明任何一种存在之理解都必须以时间为其视野。”② 余光中与洛夫不约而同地都意识与沉浸在杜甫草堂时间的话语意义中，披浴着杜甫与其诗的存在、感受方式，进而展现“我思故我在”的现代性，即如——

俯听涛声过境如光阴

① 转见海德格尔：《存在与时间》，生活·读书·新知三联书店，2006年，第487页。
② 同上，第1页。

猿声，砧声，更笳声

比你，我晚了一千多年
比你，却老了足足二十岁
（余光中）

写天地间
一只沙鸥如何用翅膀抗拒时间的割切
我们以最新意象征服时间
永恒是你生前追逐的兔子

淡出：灰鼠色的岁月
淡入：千年后的草堂
特写：微雨中
我在仰读
一部倾斜的历史
（洛夫）

对时间的渲染旨在揭示永恒性，同时“我们共同的兴趣在于领会历史性”①，而“唯有一脉相通的灵犀才能把我们导向那里”②。故而与其说余光中、洛夫是怀着对诗圣的敬畏推门而入，不如说是怀着对时间的经典意义的肃然起敬，而杜甫毫无疑问即这一经典的体现。洛夫两度参拜杜甫草堂：

门虚掩
双掌作势轻推
一片落叶擦肩而过
先我一步跃入寂静的下午

余光中：

浣花溪不是曲江

① 转见海德格尔：《存在与时间》，生活·读书·新知三联书店，2006年，450页。
② 同上，第452页。

却静静地为你而流

更呢喃燕子，回翔白鸥

二人都写到一个“静”（寂静），仿佛杜甫草堂旁无别人，而诗圣仍在，灵感降至，成为时间所独有的保留物与不朽的体现，所以吟到动情处，余光中发出了“请示我神谕”的请求，而洛夫则听到了“隐微的鼾声/如隔世传来的轻雷”。他二人都没有将杜甫视作古人，而是视同平生知己，甚至视为自己的前世与理想的化身，所以行吟之处，随时与之对比、参照描写，与之参列对话，千载时光化为碎片，留存下来只是核心的精神妙道，而诗人融入永恒性的体悟中，掇拾最光辉的片叶，享受诗与天地共存的意象。在诗人眼中，这是唯一可以战胜时间的武器。

故而：“你的征程更远在下游”“与乡心隐隐地相应”（余光中）。

故而：“一个清醒的灵魂/在石头里坐着”“诗人，仍青铜般醒着”（洛夫）。

余光中诗简练，概括性强，字词的弹性十足；洛夫的诗酣畅，意弦丰富，意象奇幻。前者更笃实，后者更空灵。表现上各有千秋，但时间的强烈视野与存在、永恒的伟大意义，都是其揭示的共同的主题与结构方式。这令二首诗作或可与杜甫、杜甫草堂的名声共垂不朽，令后来读者难以忘怀。

## 三、人民性的阐释与认同

杜甫作为“人民诗人”，多年来是海峡这边的认知，这在生活区域与世界观均有所轩轾、差异的台湾诗人余光中、洛夫身上，却是相当趋同的认可与心许。也许这是千年来杜学积淀所形成的共识，这可以跨越政治意识形态的堑壑，属于一种公众视野与民族姿态。杜甫的“现实主义”，在五四时期即得到充分的发掘与认知，如胡适、朱自清、闻一多、李长之等都有极为精彩的点评与梳理。受着新文学濡染成长的“军旅”出身诗人余光中、洛夫等，可以说是继承与发扬着五四文学的创新精神、平民意识。虽然他们在现代诗方面曾经走得很远、很欧化，但“回归的浪子”一说，论证了向五四文学及民族精神寻定归宿的努力。地域、历史、现实，不期而然成为诗人的三维空间。而两首“杜甫草堂”现代诗，都集中地体现出了两位诗人的人文理想与品格、价值观、人民性，或说是“民胞物与”的尚古传道精神，在诗中即以现代话语方式，毫不犹豫、淋漓尽致、浓墨重彩——

好沉重啊，你的行囊
其实什么也没带
除了秦中百姓的号哭
安禄山踏碎的山河
你要用格律来修补

家书无影，弟妹失踪
饮中八仙都醒成了难民
（余光中）

这种集约、陌生而明白如话的现代诗方式，实际蕴藏着丰富的思想内容，承载着历史的担负，是余光中诗歌中“人民性”的常用修辞方式与出彩，多年重温，仍然给人以撼动式的感染与想象的充分释放。

晚年的诗人远离了早期摸索的青涩与对西方的敬畏，显得更加自信、从容不迫、淡定坚强，似乎是殊途同归，老年的诗人变得更加“肝胆相照”“形影相吊”——

五言七言步步为营
但哀江头哀王孙
四野的哭声
却又不怎么讲究对仗与平仄
你抱歉地说：
朱门发臭的酒肉
喂肥了长安阴沟里的耗子
（洛夫）

洛夫的这首《杜甫草堂》长诗，仿佛回到了他军中诗人时期的行军状态，他自己在诗中说得好：“啊，这么多蚂蚁/一群现实主义的坚持者。”草堂诗在其一生产量中，风格独特，星河闪烁，无疑占有举足轻重的地位。也许这正是“地域”（即故土、祖国）的力量——杜甫草堂留给诗人洛夫最真实的触动与纪念，这令诗人与其作品足足沉浸了两年，他像希腊力士一样向山顶不断推敲着他的圆石。而谁说余光中的《草堂祭杜甫》又不是倾注一生之感情与心血呢？杜甫草堂，或许正不啻是他们精神上的一座“希腊神庙”。

海德格尔论诗的语言说：“我们落到一个高度，其威严开启一种深度。这两者测度出某个处所，在其中，我们就会变得游刃有余，却为人之本质寻觅居留之所。”[①] 杜甫草堂，或许就是余光中、洛夫两位诗人在不同时段却是相同空间所寻觅得的“人之本质”共通的“居留之所”。《文心雕龙·附会篇》亦有云：“道味相附，悬绪自接。如乐之和，心声克协。”

草堂诗，杜甫与余光中、洛夫，古今不同时，诗体不同体，道路自相异，却“悬绪自接”，异常地“如乐之和，心声克协”。重奏之中有无限单纯的美乐。

① 海德格尔：《在通向语言的途中》，商务印书馆，2004 年，第 4 页。

# 第二章　“一个还乡的种类的美”

## ——论余光中诗歌中的四川情结与李、杜、苏信息

余光中的诗歌创作应为传世之作——这是中国现当代文学教研者比较共通的看法。观点视域或有所不同，信心与口径则比较一致。黄维樑曾在《试论余光中各时期诗作的特色》中研判：“二十世纪中国最杰出的新诗作者，应该是余光中了。”论文发表时被编辑添加了二字改为：“最杰出的新诗作者之一。”黄氏见后表示不满，说：“在语意上自然有很大的分别……语意上的重大改动如上述‘之一’……没有先向我询问。……我是经过深思熟虑才下笔的，绝非率尔操觚。”① 可见研究余光中的学者，到了如何“锱铢必较”的认真程度。这是信心与判断力的体现，是对余光中文学成就的总体把握。笔者学问谫陋，不敢像黄维樑先生那么驱“二十世纪中国”马车首推余夫子，但下个判断，即余光中系20世纪台湾诗人中影响最大、最具代表性者，当亦是信心满满。余光中的诗歌可以传世的最大理由我以为：一是个性之外特别具象地表现了20世纪下半叶华人尤其是海外游子共通的、感同身受的分离主题与情怀——核心是乡愁。其二，他的诗歌中有着宏大的精神家园主题与地理文明意识，作品构织成一张现代行走者的世界地图，江海交通，陆岛互补，学贯中西，气象万千。其三，是丰富的知识信息含量，如对古典文学诗骚文豪精华的继承与应合、化用、延伸。其余方才是横溢的才气以及其自谓的“艺术上的多妻主义”等综合能力。总括一句，余光中是20世纪下半叶最具代表性的台湾乡愁诗人。

《诗经》有所谓“天生蒸民，有物有则”。余光中主题鲜明的文学作品

---

① 上引见黄维樑：《一个广阔自足的宇宙》，黄维樑著《期待文学强人》，香港当代文艺出版社，2004年，第124页。

即有这样的分量与准则。“物”，是万象、万物；“则”，即为一种精神、情理、思路。余光中的诗歌作品中经常奔泻长江黄河，峙立泰山峨眉，有江南飞花、蜀中烟雨布谷，有台北厦门街雨注屋瓦、太平洋惊涛骇浪、美国落矶山东望看雪、香港沙田海湾煮茶、遥想青山背后的大陆乃至记忆中那一座“母亲的孤坟”，等等，题材与意境十分辽阔丰富，如他形容“记忆像铁轨一样长”，丰富的感情，深刻的寓意，构筑起一道天下人生、美好家园的风景线。这个家园是物质的，更是精神的，从中体现出现代人的时间意识与民族情怀。与他同时代同遭际的诗人才华横溢、学问丰硕者也不在少数，甚或较余氏有过之，但能像余氏这样始终坚守、歌咏、抒发、描写故土情感与离散悲剧主题，寄寓“还乡者”的呼声希冀，彰显心灵家园永恒的价值，将华文语词书写发挥到淋漓尽致、浑然一体，兼有继承与创新者实属罕见。余光中乡愁作品有如昔人形容杜诗“浑涵汪茫，千汇万状”，几十年来脍炙人口，轰动文坛，颇具符号学意义，虽时光远去而并不见衰竭之相，这种现象可说别无二致，有独到之处，值得我们深入探究。

本论文集中讨论余光中富有故土家园意识的诗歌中四川情结以及与四川关系（维度）紧密、频仍的李（白）、杜（甫）、苏（轼）等文豪于其诗的影响、映射，以此讨论其主题意义与艺术特色。论述若有不到，尚祈同好高明指教为盼。

## 一、“饕餮地图”“代替回乡”

20 世纪 80 年代初期成都诗人流沙河评介余光中诗《当我死时》惊讶不已，对于诗中“当我死时，葬我，在长江与黄河 /之间，枕我的头颅，白发盖着黑土”，以及诗尾“用十七年未魇中国的眼睛/饕餮地图，从西湖到太湖/到多鹧鸪的重庆，代替回乡”，流沙河评论道：“他想起了重庆江北悦来场，抗日战争时期他在那里读过中学，那里多山多树多鹧鸪……在这首诗里他却不想南京而想重庆——多鹧鸪的山城。该是啼鸟唤人归吧？”[①] 在老一代人心目中，重庆即系四川，是川东的一方重镇。余光中

① 流沙河：《台湾诗人十二家》，重庆出版社，1983 年，第 30 页。

涉川诗文中无疑涉及重庆最多，在他心目中，长江也即川江、峡江、扬子江。余光中祖籍福建，生于南京，长于重庆，就读中学从十岁到十七岁共“七年间”[①]，据余氏自述是“重庆的团圆。月圆时的空袭，迫人疏散。于是六年的中学生活开始，草鞋磨穿，在悦来场的青石板路”（《逍遥游》）。“七年”，是居川整数；“六年”，指其就读中学的时光。余氏中年时代回顾他早年生活时如是说：“他同样也是广义的江南人，常州人，南京人，川娃儿，五陵少年。杏花春雨江南，那是他的少年时代了。”（《听听那冷雨》）可知他诗里最爱写到的“江南”，包括四川重庆等地在内，即他所谓“广义的江南”（古人“江南”一说如李白、杜甫、韦庄等人诗歌中都有指代成都等地，包括湖湘地区，明显例子如杜诗《江南逢李龟年》）。从十岁到十七岁，是一个少年人的主要成长经历，是最好奇、求知欲望最强、记忆最深刻、最鲜活的人生阶段，余光中的“川娃儿”物象意境，不时穿插布撒于诗文中，构成一种记忆惯性、聚焦远景，可以说这是他诗文中颇具所指与能指意义的语词符号与标注方式。打个比喻，如果剥离了四川情结这块台基，余光中的诗文大厦会有残缺与倾斜，甚至坍塌。“四川”，确是余光中创作中不可分割的心结，是其作品中重要的情感物象，是处处触发的链接。对此，余光中在散文《海缘》中说得最明白清晰不过：

> 我的少年时代，达七年之久在四川度过，住的地方在铁轨、公路、电话线以外，虽非桃源，也几乎是世外了。白居易的诗句“蜀江水碧蜀山青”，七个字里容得下我当时的整个世界，蜀中天地是我梦里的青山，也是我记忆深处的“腹地”。没有那七年的山影，我的“自然教育”就失去了根基。

《文心雕龙·章句》云：“夫设情有宅，置言有位……区畛相异，而衢路交通矣。”大半生作为“世界人”的余光中，擅长多类文体与题材写作，是文学创作的多面手，堪称一代大师。四川即他诗文“设情”“置言”的一个重点“宅”“位”，由此“区畛相异”而“衢路交通矣”，通往物质的故乡家园，更通往精神的故乡家园。即便没有“四川”字样标识的代表作

---

① 参见刘安海：《在散文美学的烛照下——读余光中散文新作〈思蜀〉》，《火浴的凤凰，恒在的缪斯》，湖北人民出版社，2002年，第264页。

如《乡愁》一诗，"邮票""船票"两个载体喻体即关涉巴山蜀水（川江）。另如脍炙人口的《乡愁四韵》中"给我一瓢长江水啊长江水""给我一朵蜡梅香啊蜡梅香"等名句，多有描写"乡土的芬芳"，无疑都具有川土风物风光的影射、喻指，带给人丰富的联想与审美通感。这种表现是贯注他长年矢志不移的乡愁创作中的。

对故乡特别是精神家园的赋予、铭心刻骨的召唤、思念，挥之不去，伴随余氏一生。在写作《当我死时》，余光中年仅三十多岁，这时离死以及对死的盘算就平常人而言恐怕还太早，用"死"去设想、"置言"、盟誓，虽是古今诗人的"本能"，但用于极致的表达，也只能说明余光中对抒发物（对象）难以言喻的深情与牵挂，是一种形而上的精神托付与给予。正如海德格尔所言："终有一死者的说话植根于他与语言之说的关系……终有一死的人以这种方式栖居于语言之说中。"[①] 余光中的诗正是有着这样的哲学含义，这样的艺术况味，从人生终极意义与尺度上表达着他"诗意的栖居"。汉《铙歌》道死以诉情，魏晋刘伶醉酒交代"死便埋我"，鲁迅对死亡的反复书写与充分准备，无一不是反射着生命的极致意义与赤子般纯粹的心情。余光中在现代意义上深入开掘，诗歌常常展开惊奇的象喻，如将长江黄河设喻为"两管永生的音乐"，将人生的有限与山川的无限以及意义的永恒黏合融会，互为映射，语词张力特别突出，对此他实际继承了古代李、杜、苏等人对长江、黄河等神州景物最多、最知名的见证与抒写，文本约中见丰、深入浅出。[②]"到多鹧鸪的重庆，代替回乡"，戛然而止，这里的"重庆"，应不单为物质的重庆，她象征精神的家园，更是心灵的故乡，是时间的纪念碑。《当我死时》里"重庆"的符号意义明显，亦提升了四川作为一种追忆的地理人文标志地位，延续了自古而来四川（巴蜀）在文学诗歌中的突出意象与寄托。这已超过一般意义上的怀乡、回乡，具有高尚、开启的深度，有悲剧美学的悲壮、宏伟美感。"甚至可以说，一首诗的伟大正在于：它能够掩盖诗人这个人和诗人的名

① 海德格尔：《在通向语言的途中》，商务印书馆，2004 年，第 25～26 页。

② 此一点正如林庚先生论唐诗："它的充沛的精神状态，深入浅出的语言造诣，乃是中国古典诗歌史上最完美的成就。"见袁行霈等注：《林庚推荐唐诗》，广陵书社，2004 年，第 1 页。

字。"[①] 余光中的乡愁诗歌作品能使华人世界读者赏心悦目、产生感动共鸣，传诵不衰，如果没有民族的深厚东西在里边，坚如磐石，是不可能抵御时间大浪的无情淘汰的。同时，如果没有哲学的高度与深意，特别是现代人（后工业、后大战时代）全球化的离散遭际感触、幻灭意识与精神乡愁，交相变奏，也同样不可能让人体味深刻、经久难忘，甚至可以让人推论其不朽的价值。

"四川"（包括重庆）即为余光中"代替回乡"的一条语言途径，他书写于此，每有神来之笔。手边无余氏全集，仅凭选集，就可不费力气地列举他凡涉明喻、确指的涉川（巴蜀）诗歌（暗喻、隐喻、隐射等作品略），例如——

《扬子江船夫曲——用四川音朗诵》(1949) 这首不仅写四川，且用川音朗诵，颇具司空图《诗品》"滋味"一说；《大江东去》(1972) 中有句"失眠的人头枕三峡"；《湘逝——杜甫殁前舟中独白》(1979) 中有"西顾巴蜀""蜀中是伤心地，岂堪再回楫""莫问成都的街头"等；《赠斯义佳》(1979) 中"摇篮一样地摇我，摇我回四川　摇回那沃美的盆地啊摇篮"；《戏李白》(1980) 中"天下二分/都归了蜀人"；《寻李白》(1980) 中"陇西或山东，青莲乡或碎叶城"；《寄给画家》(1981) 中"豪笑的四川官话"；《记忆伞》(1982) 中"找到小时候的那一把/就能把四川的四月天撑开"；《蜀人赠扇记》(1985) 中"那一片声浪仍像在巴山/君问归期，布谷都催过多少遍了"；等等。

以上例述仅见一部《余光中诗选》(海峡文艺出版社 1988 年版)，收录的主要是余光中青壮年时代作品，倘若清理其全集或纳入其近二三十年创作，涉川之作当不胜枚举。还有不少名作，写物喻象抒情用"蟋蟀""布谷""鹧鸪""乡土""田埂""江南""春天""短笛""莲""梅""蝉""棉""柳"等，隐喻与联系巴蜀地区风物特色，络绎不绝，精彩纷呈。显然随着年龄的增长，其怀乡之情愈发突出浓烈，涉及亦愈见多。自古诗人多有怀旧悔少、嘤嘤其鸣的先例，在传统链接上求新求变（所谓"新古典主义"）的余光中也不例外。如果我们再纳入余光中散文名篇而议，代表

① 海德格尔：《在通向语言的途中》，商务印书馆，2004 年，第 8 页。

作如《逍遥游》《九张床》《鬼雨》《听听那冷雨》《记忆像铁轨一样长》《伐桂的前夕》《海缘》《思蜀》等，会惊讶地发现，多有涉川的书写与铺张、引喻、象征，有的如《思蜀》就是专题长文。前期散文如——

当我怀乡，我怀的是大陆的母体。啊，诗经中的北国，楚辞中的南方！当我死时，愿江南的春泥覆盖在我的身上，当我死时。

——《逍遥游》

这可与《当我死时》诗篇对读，异曲同工，是诗文姊妹篇。可以确信其“江南”与“重庆”（四川）是同一个所指与能指范畴，皆代表他所表达的“大陆的母体”“睡整张大陆”“钟整个大陆的爱”等意谓。再如——

雨在海峡的这里下着雨在海峡的那边，也下着雨。巴山夜雨。……巴山的秋雨涨肥了秋池，少年听雨巴山上。桐油灯支撑黑穹穹的荒凉。

——《鬼雨》

雨是一种回忆的音乐。听听那冷雨，回忆江南的雨下得满地是江湖下在桥上和船上，也下在四川在秧田和蛙塘，下肥了嘉陵江，下湿布谷咕咕的啼声。

——《听听那冷雨》

风雨无阻，春风吹度，四川的意象无时不湿漉漉地润澈在其行文中。余光中创作散文（Creative Prose）篇章与诗歌作品向不分家，皆发诸性情，挥洒不羁，氤氲着浓浓的乡愁心意，大气如汉赋，凄丽如六朝文，警绝则又有如唐律绝句。可以与上边引文对读的诗作还有他的《亲情伞》——

最难忘记是江南/孩时的一阵大雷雨/下面是漫漫的水乡/上面是闪闪的迅电/和天地一咤的重雷/我瑟缩的肩膀，是谁/一手抱过来护卫/一手更挺着油纸伞/负担雨势和风声

多少江湖又多少海/一生已度过大半/惊雷与骇电早惯了/只是台风的夜晚/却遥念母亲的孤坟/是怎样的雨势和风声/轮到该我送伞去/却不见油纸伞/更不见那孩子

这首亦堪名作，与古代孟郊《游子吟》或可相映生辉，古今应合，皆

于浅近中表达情深意长，书写永久的人性。

余光中的江南四川情结表述与渲染，除却上述家园意义的地理方位途径指向外，详加体味，感到还特别体现在他的文学审美追求、汲取上，他心目中崇拜与追思的诗骚文豪如李白、杜甫、苏轼等人，或系川籍出身，或将四川当作第二故乡，多有勾留，并有重要创作。对于这些大诗人，余光中诗歌中多有专题吟咏，流露出由衷的喜爱之情，更多的还是新诗意义上的吸收、应合与互文，以此强化表现力，增加感染力。他这方面的代表作，多为力作，亦多脍炙人口，通过借代、寄兴、以古喻今的手法，加深了他的四川情结与人文意识。以下试申论之。

## 二、李、杜、苏等人的影响与应合

余光中诗歌中涉及中国古典诗人除屈原之外，李、杜、苏次数最多，被其引用频率亦最高，由此可见他对乡土情怀与大家风度的深切仰慕与欣赏。可以说，李白、杜甫、苏轼等人，活在余光中的文学情怀与诗生命中。余氏曾有自白："一切创作之中，最耐读的恐怕是诗了。就我而言，'峨眉山月半轮秋'和'岐王宅里寻常见'，我读了几十年，几百遍了，却并未读厌；所以赵翼的话'至今已觉不新鲜'是说错了。"（《开卷如开芝麻门》）对苏轼也多有赞美，甚至将明月简称"苏月"（《沙田山居》）。我们于此不妨先用材料统计的方法，直观一些，将余光中有关李、杜、苏的诗咏大致罗列出来。仍援引《余光中诗选》。

1. 涉及李白：

我想起中外的无尽天才：
最高的星星莫非是李白？
——《沉思——南海舟中望星有感》，1950 年

你以为警察不没收李白的酒壶
十三妹中不可能有乔治桑
——《放逐季》，1960 年

专题作品《狂诗人——兴酣落笔摇五岳，诗成啸傲凌沧州》，1961 年

醉酒的李白，违警的贾岛
超级公路驶千条
哪条是通向长安的大道？
——《多峰驼上》，1961 年、1976 年

李白去后，炉冷剑锈
——《湘逝——杜甫殁前舟中独白》，1979 年

专题作品《戏李白》1980 年

专题作品《寻李白——痛饮狂歌空度日，飞扬跋扈为谁雄》，1980 年

专题作品《念李白》，1980 年

莎士比亚，雨果，李白，川端康成
用英文，用法文，用中文与日文
——《国际会议席上》，1984 年

2. 涉及杜甫：

一召老杜
再召髯苏，三召楚大夫
——《夜读》，1978 年

夹在诗选的“秋兴”那几面
——《秋兴》，年代佚

专题作品《湘逝——杜甫殁前舟中独白》（全诗共 80 行），1979 年

偏是落花的季节又逢君
海景纵非江南的风景
——《赠斯义佳》，1979 年

把胡马和羌马交践的节奏
留给杜二去细细地苦吟
——《寻李白》，1980 年

3. 涉及苏轼：

在莎胡子
和苏髯等长老之间
——《狂诗人——兴酣落笔摇五岳，诗成啸傲凌沧州》，1961 年

赤壁下，人吊髯苏犹似髯苏在吊古
——《大江东去》，1972 年

何日重圆，八万万人共婵娟？
——《中秋月》年代佚

专题作品《夜读东坡》，1979 年

该你凌波而翩翩东来呢
或是我乘风去西南？
——《中秋》，1980 年

有一条黄河，你已够热闹的了
大江，就让给苏家那乡弟吧
天下二分
都归了蜀人
你踞龙门
他领赤壁
——《戏李白》，1980 年

恍惚的侧影谁是东坡
一捋长髯在千古的崩涛声里
——《橄榄核舟——故宫博物院所见》，1982 年

以上主要就一个版本的诗选集援引，集中有的诗作如《招魂的短笛》《春天，遂想起》《唐马》《碧潭》《黄河》《白玉苦瓜》《十年看山》等，对上引几位都或有隐喻或有串用、借指。有的则写此及彼，引比连类，相互映射。在其抒情散文中，出现则更加频繁明显。总之，李、杜、苏等人的精神与名作似乎像血液一样流淌于余光中的诗行与行文中，影响着他“语词”的风貌，他与古典复沓、呼应、推陈出新。涉及另外的古代文学家亦

多，如屈原、司马迁、陶渊明、陈子昂、王维、杜牧、李商隐、姜白石等，但都不如李、杜、苏三人频密持久。我们从余光中年轻时代梳理下来，可以感受到，他豪放追踪李白，沉郁不失杜甫，咏史与抒发浪迹天涯的情怀则首选东坡。他涉及杜甫似乎较晚，可能是中老年时代更感到亲近，这原是爱杜、学杜者的普遍规律，如杜所谓“庾信文章老更成”。余光中于2007年到四川成都参拜杜甫草堂故居创作的《草堂祭杜甫》一诗，尚未发表即在读者中不胫而走、传诵开来，诗句如：

好沉重啊，你的行囊
其实什么也没带
除了秦中百姓的号哭
安禄山踏碎的山河
你要用格律来修补

家书无影，弟妹失踪
饮中八仙都醒成了难民
……

造句写意堪称铿锵有力、寄意无穷。结尾“在你无所不化的洪炉里，我怎能炼一丸新丹”则近乎呐喊，激情澎湃地表达着对杜甫的景仰爱戴之情。近年发表的组诗《唐诗神游》十首[①]，范围更广，依次录为：《登鹳雀楼》;《江雪》;《登乐游原》;《寻隐者不遇》;《问刘十九》;《空山不见人》;《下江陵》;《桂魄初生》;《夜雨寄北》;《寄扬州韩绰判官》。正如黄维樑所评：“余光中数十年来写诗逾千首，题材极为广阔……《唐诗神游》则是他充满情味理趣的诗歌艺术小品。……余氏有浓厚的古典意识，写诗时常与古代诗歌或深或浅地‘文本互涉’，如《诗人——和陈子昂抬抬杠》(1973年)，《公无渡河》(1976年)，《将进酒》(1980年)，《天问》(1986年)，《行路难》(2012年) 等，余氏或变奏或延伸或戏拟，常有《文心雕

① 黄维樑：《余光中〈唐诗神游〉导游》附录，台湾《国文天地》，2013年总第29卷第5期。

龙》说的‘自铸伟辞’，不乏佳意妙趣。”[1] 这和往年研究者整理所感受到的“他最佩服李白、杜甫、李商隐、屈原。自谓以诗之丰富多姿而论，最崇拜杜甫；但以诗之纯而论，则最羡服苏轼”[2] 并无违拗之处，反之，表现了余光中学无止境、兼收并蓄、博大精深的造诣追求与生命体认。这种充沛的精神使他的诗歌肌理坚实丰满，更能“于细微处见精神”。

毫无疑问，李、杜、苏三人中，李白对余光中的影响最为明显，他有关李白三题：“戏”“寻”“念”，似乎已成他的拟人亦是“夫子自道”，如杜甫当年“戏为六绝句”一样表达出自己的文艺观念。其中“绣口一吐就是半个盛唐”等警句，为人津津乐道。再如上引他诗中所述的：“天下二分/都归了蜀人”（指李白与苏轼）。杜甫亦在蜀中长期羁留，有不朽名作与纪念胜景，余光中的“兼爱”情结，不言而喻，也增加了他对巴蜀大地的认知与留恋，驱使了他诗文每有“乘风去西南”的冲动。他诗中形容苏轼为李白的“乡弟”，这个称谓或许也可移作他自己的写照。名家、川土、“水晶绝句轻叩我额头”（《寻李白》），交汇无痕，体现于余氏的精神气质与创作灵感。

> 他抚摸中国像中国抚摸过他
> 抚不平的垒垒记忆不平
> 亦血亦汗亦泪亦流水
> ——《老战士》，1972 年

战火、隔绝、苦恋、生离死别、时光流逝，这些既是诗人心中的创伤，却也是他诗文的发酵剂与创作源头。

## 三、“海波镶边的一种乡愁”

余光中的文学作品具有显著的现代性，反映在世界意识（包括创作中明显的地理文明、地图脉络），亦反映在其乡愁题材方面，往往由此及彼、

---

① 黄维樑：《余光中〈唐诗神游〉导游》，台湾《国文天地》，2013 年总第 29 卷第 5 期，第 70~71 页。

② 王晋民、旷白曼编著：《台湾与海外华人作家小传·余光中》，福建人民出版社，1983 年，第 167 页。

纵横交错、追忆无穷、联想无限，有如百川汇海，展现了大气磅礴的文学景观与行文驾驭能力，精致的结构、现代派的气息，颇相融合。

梁启超1902年著《地理与文明》指出温带地区乃是人类历史文明的发源中心、摇篮。余光中所怀念的“江南”包括四川盆地、重庆山城，即中国温带地区的典型区域。长江文化的摇篮，源远流长，人文信息量丰赡，古代文明赋予的特点尤其突出。余光中的诗歌行文，蹈厉发扬，具备一种传统的磁场应力，而其对外部世界特别是海洋、海岛、海峡乃至异域他国的描写互文，更加烘托了祖国文明、精神家园的边界意义，开阔了文学的视野，丰富与深化了思想内涵。梁启超称：“海也者，能发人进取之雄心者也。陆居者以怀土之故，而种种之系累生焉。试一观海，忽觉超然万累之表，而行为思想，皆得无限自由。”[①] 余光中的“怀土”并不局限、拘泥、自固，正是有着“超然”与“自由”的现代思想驱动，亦有着陆海文明、思想方式相辅相成所呈现的艺术机制与创新特色。即如他的代表作《乡愁》为人传诵的末句“而现在/乡愁是一湾浅浅的海峡/我在这头，大陆在那头”。“语词”气象万千，警新雄奇，刷新了乡愁诗歌的古代意象。如他文中所形容的奇新、深情：“这岛屿，是海波镶边的一种乡愁。……每一圈年轮都是江南的太阳。”（《伐桂的前夕》）

余光中对四川盆地的不尽追忆与怀念，正有着波光云海乃至海洋新大陆异质文明的烘托反衬。换句话说，他作品的地球家园意识强烈，大陆逶迤、沧海横流，作品景象往往似于太空俯拍，巨细无遗，如《文心雕龙·总术》篇所谓“乘一总万”“理有恒存”。他对李、杜、苏等人波澜壮阔、身世漂泊、心灵传奇的人生经历、创作特色都有取镜，如“海客谈瀛洲”（李）、“已具浮海航”（杜）、“海南万里真吾乡”（苏）、“沧海月明珠有泪”（李商隐）、“遥望齐州九点烟”（李贺）等佳构名句，融会贯通，左右逢源。《文心雕龙·神思》篇：“古人云：形在江海之上，心存魏阙之下。……登山则情满于山，观海则意溢于海，我才之多少，将与风云而并驱矣。”这就像在形容当代余光中的创作。多才，固然是他的长处，时或

① 梁启超：《地理与文明之关系》，《梁启超哲学思想论文选》，北京大学出版社，1984年，第76页。

也不免是他的短板，偶尔不免“才溢”，意象繁多，稍嫌累赘，好作品无此弊。少年时代七年四川生活固然是他“自然教育”的“根基”，大千世界、海洋文明则是他的憧憬与向往，是其不懈追求的象征，他述说：

> 我的中学时代在四川的乡下度过。那时正当抗战，号称天府之国的四川，一寸铁轨也没有。不知道为什么，年幼的我，在千山万岭的重围之中，总爱对着外国地图，向往去远方游历，而且觉得最浪漫的旅行方式，便是坐火车。
>
> ——《记忆像铁轨一样长》

> ……当时那少年的心情却向往海洋，每次翻开地图，一看到海岸线就感到兴奋，更不论群岛与列屿。
>
> ……那水蓝的世界，自给自足，宏美博大而又起伏不休，每一次意外地出现，都令人猛吸一口气，一惊，一喜，若有天启，却又说不出究竟。
>
> ……造化无私而山水有情，生命里注定有海。
>
> ……所以我的窗也都朝西或西南偏向，正对着海岸，而落日的方向正是香港，晚霞的下方正是大陆。
>
> ——《海缘》

这种“海陆之交”“可谓双重的边镇”（《海缘》），开放与怀旧的情怀交织，无疑映衬与推助了余光中文学意境造诣，是20世纪文学走出“夔门”、国门融入世界语境的现代文学体式特征。

李、杜、苏等余光中心仪的古典文学大师，多出生于中国内陆腹地，但一生漂泊，壮游江海，踏歌日月，余光中对其讴歌吟咏，借用取镜，沿用刷新，如现代哲学所指“异乡人的脚步”传达着“一个还乡的种类的美”[①]，这种有关人的主体精神、本质的追问与书写，负载着更多的现代性，是人类共通的精神家园亦即失乐园的隐喻与寻觅。余光中对巴蜀大地，对李、杜、苏等人讴歌描绘，往往即有传神之笔、融会之美，如：“你曾是黄河之水天上来/阴山动/龙门开/而今黄河反从你的句中来/惊涛

① 海德格尔：《在通向语言的途中》，商务印书馆，2004年，第75页。

与豪笑/万里滔滔入海”（《戏李白》）。“四十年后每一次听雨/滂沱落在屋后的寿山/那一片声浪仍像在巴山/君问归期，布谷都催过多少遍了/海峡寂寞仍未有归期……”（《蜀人赠扇记》）。“落日已沉，晓日未升/在昼夜接缝处徘徊/飘然一身/在大陆的鼾声之外/在羁愁伶仃的边境”　（《夜读》）……

余光中的文学作品特别是乡愁题材浸润着江南巴山蜀水的烟雨气息，也浸润着一派“海蓝”[①]，浸润着古典文学李、杜、苏等人的精魂与“水晶绝句”，不朽价值得到圈内公认，或仍在时间的印证与读者的会心接受中。

① 余光中诗如《六角亭》有句“海蓝得可以蘸来写诗”；散文《海缘》有“水蓝的世界”，他确将海色与海的气派发挥到诗文中了。

# 第三章　“海的制高点上”

## ——论汪启疆海洋诗作的象征性

汪启疆是台湾“创世纪”诗社活跃且比较高产的诗人，与前辈诗人洛夫、痖弦、张默等人一样，都曾供职海军（他的军旅生涯更长）。因为年龄老少居中，台湾文坛惯称他这一代为“中生代”诗人，更多人则直接称他为“海洋诗人”，因其主要题材都与海洋、海疆密切相关、丝丝相扣。他的战友与诗友张默说：“继覃子豪、郑愁予、痖弦、沈临彬之后，汪启疆的确是台湾现代诗坛抒写海洋诗最有成绩与实力的承接者。当代海洋诗直到汪启疆的出现，似乎有了更崭新的转机。”① 虽然用了“似乎”这一不确定词，但明显感觉评判的把握还是很大的。这来源于汪启疆作品不俗的质量，以及日益凸显的创作风貌。汪氏海洋诗作主要见载迄今约十部海洋专题诗集②以及岛上报刊经常散见的发表。首先映入我们眼帘的能给人焕然一新的境界在于：一、他不是观光式地，即立足海岸浮光掠影想当然或客串式地写写海洋题材，而是倾其一生将海洋作为生活场域、人生舞台、中心话语，突出生命体验，能够代表海洋诗人这一称谓与指向。就像提起麦尔维尔，人们就会想到《白鲸记》，汪启疆也许还没有那么大的世界知名度，但一提起他的名字，华文诗界朋友与读者就自然而然想起海洋这个命题与场域，这是当代台湾诗坛的一个现实存在。二、突破了一般意义上的浪漫主义、乐观主义抒怀和简单写事写景，通过对生与死、灾难恐

① 张默：《拾穗，在童话的海里——〈海上的狩猎季节〉读后》，汪启疆《海上的狩猎季节》，九歌出版社，1995年，第234页。

② 汪启疆海洋诗集迄今主要见氏著：《海洋姓氏》《海上的狩猎季节》《蓝色水手》《人鱼海岸》《台湾海峡与稻谷之舞》《台湾·用诗拍摄》《风涛之心·台湾海峡》《到大海去呀，孩子》《山林野旅手札》等。

惧、海洋与陆地、今与昔、喧嚣与孤独、战争与和平等多重关系的隐喻，构建了一个海洋诗的整体图景。换句话说，他的海洋诗不侧重孤篇单章的精致称名，而更重视创作的整体性、系统性与契合关系，所谓象征诗派的“联想群”（associative clusters）。正如加拿大文论家弗莱所指：“关系到作为一个共同体所关注的中心的诗歌。……象征是可交际的单位，我给它起名叫原型：即一种典型的、反复出现的意象。我用原型来表示那种把一首诗同其他诗联系起来并因此而有助于整合统一我们的文学经验的象征。”[①] 汪诗正有着这样比较充分的原型象征呼应、积累关系与鲜明特征。三、诗歌语言的陌生化与碎片化艺术追求，突出反映了诗人在摆脱传统老套、力求创新方面的苦苦探索，以及力图从单调重复的海上生活突围，实现更多的精神内涵，调动更多的文艺交响效果。虽然早期他也写有反映现实社会问题如报告文学一样的“战斗诗”“口号诗”“历史诗”，但就其成熟期与代表作来看，诗人无疑是一位现代派乃至有后现代倾向的诗人，有显著的象征意识与解构主义、形式主义情结。“诗魔”洛夫曾称赞他“将军和诗人这两个不同的形象能在同一个人身上达到高度的调和，得到卓越的发展，这在文学史上颇为罕见”[②]。同时不无批评：“汪启疆的诗，有时在句法上偶有‘脱序’的现象，意象的爆发力很强，但弹着点间或有些散乱，因而若干诗在解读上会造成一些困难。”[③] 这种“散乱”“困难”兴许正是汪启疆有意尝试与突破的过程。诗人兼评论家萧萧就认为汪诗：“……海洋意象已完全溶入诗中，血肉肌骨，无可析离。……深入海洋之中，优游洪澜之上，汪启疆之所拓，是真不同于曹操式的岸上之观。”[④] 这恰好概括出了汪诗的整体风貌特色。即便碎片化，也能从不同角度照映、烘托出诗人的大体精神面貌。以下谨对上述详分论之。

---

① 弗莱：《作为原型的象征》，叶舒宪选编《神话——原型批评》，陕西师范大学出版社，1987年，第151页。

② 汪启疆：《海上的狩猎季节》，九歌出版社，1995年，第2页。

③ 同上，第3页。

④ 萧萧：《以海为生活经验之拓本》，汪启疆《人鱼海岸》附录，九歌出版社，2000年，第268、271页。

## 一、突出生命体验

众所周知，象征主义诗歌发源于法国19世纪后期而蔓延欧洲文坛，五四时期引入中国。这一倡导生命体验、精神象征从而深度表现内心“最高真实”的艺术流派，反对简单模仿自然与轻浮的乐观，不肯回避生死苦难乃至残忍丑恶现象，通过影射、暗示、通感、散合等较为曲折复杂的艺术手法，实现心灵景象与艺术价值的最大化书写。恰如学者总结：“象征主义追求文学整体的无限性，是一种意识与潜意识交互发展的结果。文学不是简单的组合物，而是作家体验、感受交互运动的产物。……象征主义文论家要求作家用生命去体会生命的无限性，对创作提出了更高的要求。”① 汪启疆诗歌不同于“岸上之观”，也不是一两次偶然的海洋行旅观光，是他浸淫海洋、船舰为生、军旅生涯长达近五十年（1962—2000）的生命体验书写。仅仅是这个事例，就足堪惊人。在华文世界甚至世界文坛，还没有一位这样资深的“水手”“海军”，身心极为投入地写下这么多并产生相当影响的海洋现代诗。过去黑格尔曾经有过定论：“这种超越土地限制，渡过大海的活动，是亚细亚洲各国所没有的，就算他们有更多壮丽的政治建筑，就算他们也是以海为界——像中国就是一个例子。在他们看来，海只是陆地的中断，陆地的天限；他们和海不发生积极的关系。”② 汪启疆的航海生涯与持久不懈的海洋专题诗创作足以宣告黑格尔论断的破产与时过境迁。像这样的评论似乎已成诗坛公认：“汪启疆是属于海的，他的诗就像波涛的罗列，一波波涌向诗的岛屿土地。他是散发出台湾岛屿海洋性格的代表诗人，读他的诗，会让人省悟到台湾确实是一座岛屿。”③ 末一句颇为有趣，提醒了人们环海台湾宝岛的存在。汪启疆对海洋的执着书写亦缘于其鲜明的海洋地理意识，台湾的海洋生态与海洋岛屿文明以及中国大陆移民悠久历史文化，皆在汪启疆诗中可以得到综合、形象、直观的反映与深刻的象征寓意。亦如萧萧所指：“汪启疆以丰富的海上生活经

① 张首映：《西方二十世纪文论史》，北京大学出版社，1999年，第67页。

② 同上，第84页。

③ 苏绍连：《走进汪启疆的创作房间》，汪启疆《人鱼海岸》，九歌出版社，2000年，第21页。

验，以难得的军旅生涯，充实了台湾海洋诗的内涵与视野，继覃子豪海洋诗的感性美、郑愁予的海洋诗的创造美之后，为台湾海洋诗掀起最壮阔的巨浪!”[①] 萧萧罗列比较的前两位诗人，虽然有杰出的海洋题材现代诗作，但仍旧算不得典型的“海洋诗人”，因毕竟不脱“岸上之观”以及时来感发的“遣兴之笔”。汪启疆则如其自白：

> 我是个海军军官，波涛涤荡的岁月有如滴水穿石般磨着我颇多纹皱的头额，生活在汹涌幻变的大海上，心就自然而然去苦苦抓住精神的根。刺激和寂寞孪生的矛盾使我养成拿笔同自己谈话，往内里去倾听胸膛山河，肝胆热度的习惯。而思想着以一个军人瞳眸轻轻擦拭工作，拥抱家土——来测度自己魂魄之深阔?[②]

这种强调生命体验以及“精神的根”，常以诗作心灵独白、自问，以之驱遣洪荒般的独孤寂寞，深具空间体验与时间意识，有象征意味的情愫，颇似普鲁斯特曾形容：艺术杰作，“也不过是伟大才智遇难沉船漂散在水上的残留物”[③]，叔本华也有过类似形容，说有价值的作品会随着时间的长河漂浮，不会轻易沉没。汪启疆的海洋生命体验颇多惊涛骇浪、履险犯难，但更多是海上日常生活书写——人与自然以及人神对话（他信奉基督教），手法多为象征派，如《黑天鹅》首节——

> 圆月前的一群黑天鹅/在海面不语/（身体为什么那般累啊/是因为逐渐抽空了吗？/自海洋底层泌出光/月亮前那些，停飞的大黑鸟们/终究是累了/黑夜完全拥住海域时/它们群落水面，蹲踞如竖琴/……）[④]

这固然是海洋实景的书写，但颇多隐喻，鸟类之外，是船舰水兵的生活、栖息，是时间的具象、空间的浓缩，是寂寞、孤独对灵魂的“抽

---

① 萧萧：《以海为生活经验之拓本》，汪启疆《人鱼海岸》附录，九歌出版社，2000年，第274页。

② 汪启疆：《白日黑夜凝留在风涛上的重》（后记），《蓝色水手》，黎明文化出版社，1996年，第258页。

③ 普鲁斯特：《驳圣伯夫》，百花洲文艺出版社，1992年，第69页。

④ 汪启疆：《人鱼海岸》，九歌出版社，2000年，第105～106页。

空”……两两相对，人与海鸟产生呼应对等关系，生物意义上讲都是生命，是海上灵动变化脆弱之物，须以海洋船礁为依存、为载体。从社会属性上讲又有绝大的不同，这就是人是社会关系的总和，人有精神文明、家园文化的需求。故而诗末以“月亮是家的轮廓”终结。这其实寓意了宏大的离散主题，契合了现代哲学“灵魂的漫游”“诗意的栖居”这一系著名的现代性指喻提示。其他作品如评论家众口称赞的代表作《日出海上》“海的胸膛蕴藏一千度灼热/波浪覆盖，而海鸥啄开了晨”[①] 以及大量有关写海鱼、海龟、海象等海洋生物品类题材，亦都颇具拟人化或呼应关系，深具象征，其写景抒情可以媲美覃子豪当年《海洋诗抄》中写落日的《追求》。就其“咸湿味”以及对海洋生态、生命体验特别是海上旷日持久岁月感受的淋漓尽致的表现，汪启疆还独持胜场，无愧海洋诗人之名。

生命的体验当然有美好，但也直面分离、孤独、危险、恐惧以及死亡，这些作为象征的组合，密布汪诗之中。他驾驭海上，常见终结者的遗骸，也会产生联想，如作品《亡者》《骷髅》《骨头》等诗，绝非“岸上之观”者可以目击或想象。录最短的《骷髅》为例——

一具骷髅，坐在海边
它怕听骨头跟骨头
摩擦的声响

牙齿的上下颚，它问
没有肉怎么笑呢

一个人脆化的骨头，在问
时间以潮汐一直说些什么[②]

这不由令人联想到波德莱尔《恶之花》《腐尸》《巴黎的忧郁》等前后期象征诗派的许多直面生命扭曲、消失之作，对时间更是对人间发出具象而抽象的诘问。

汪启疆，1944年元月生于四川泸州叙永（一般多录为成都，经笔者

① 汪启疆：《人鱼海岸》，九歌出版社，2000年，第55页。

② 汪启疆：《风涛之心·台湾海峡》，春晖出版社，2013年，第176页。

2016年5月初向诗人当面求证坐实），1949年随家长由海南岛乘船赴台，1962年保送台海军官校，1966年毕业留任少尉队职官，军中生涯职衔终至中将。1972年加入“创世纪”诗社，与海军诗友创办“大海洋”诗社，曾任总编辑。2000年台海军退休，致力创作，笔耕不辍。①

## 二、水天世界的呼应关系

汪启疆虽属现代派、象征诗派，但其创作路径亦有发展，有分支、融合。他是一名海军官兵，曾是幼小的“陆客”。其民族意识与家园情结十分深厚浓郁，这亦是其创作的突出主题。如其自己形容：诗人“是对民族永不涸竭的眼泪和信心；……要到最后把责任卸下来，尽了工作职分，才肯安睡在山川土地和海洋深处，这就是我们军人”②。他对死亡的设想极为另类，符合海洋诗人的身份元素。他随时准备置身于“海洋深处”长眠，这是海洋冒险生涯所必需的心理准备和时刻面对。

汪启疆幼承家训，是虔诚的基督徒。其海军生涯，对生死问题、灵魂置放与升华等哲学命题多有思考，这都散见其诗中，而且诗题下边，每引耶稣教义，也能增加诗篇意境。如：“耶稣醒了，斥责风，向海说：‘住了吧！静了吧！’风就止住，大大的平静了。”（《马可福音》四章39节）“彼得说：‘主，如果是你，请叫我从水面上走到你那里去。’”（《马太福音》十四章28节）③ 正如海德格尔说：“语言之词语有其神性的本源。”④ 这使诗人的象征作风，更与欧洲文艺有所亲近关合。“人在死亡时，灵魂常常要涉过水域或者沉入水底。在启示的象征中，‘生命之水’即伊甸园中的四重河水在上帝之城中再度出现，在宗教仪式上则体现为洗礼。”⑤ 汪启疆同样认为：“许多人以为海洋是一种隔绝，其实不然，她是一种连接，

---

① 以上据《汪启疆写作年表》，汪启疆《蓝色水手》附录等资料，黎明文化出版社，1996年，第215～218页。

② 汪启疆：《白日黑夜凝留在风涛上的重》（后记），《蓝色水手》，黎明文化出版社，1996年，第265页。

③ 汪启疆：《风涛之心・台湾海峡》。

④ 海德格尔：《在通向语言的途中》，孙周兴译，商务印书馆，2004年，第5页。

⑤ 弗莱：《原型批评：神话理论》，叶舒宪选编《神话——原型批评》，陕西师范大学出版社，1987年，第189页。

而且是以水相连的生命体。”①

汪启疆诗作对水天世界的极度渲染，书写海洋往往与陆地江河互文、互喻，有充分的原型象征意识，这是他家园情结的总和，亦是其民族精神的象喻与展示。其《晒海作盐，舔盐为诗》一文中有：“我曾是海洋诗人，而又是基督徒军人。以军人的目光凝视海洋，就成了：经历，前瞻和盼望，渗透着责任信仰和群体的态度。……销魂歌及台湾海峡的种种，时间的必然和偶然，大我小我的交织，乃趋势所致。”② 他诗中的民族之义与生命畅想包括对疾患死亡所作的准备，也都以“交织”“编织”的关系，呈现于诗中。这恰好表现了象征诗派的路数作风，令其作品有与海洋世界比较契合的宽广深度，内涵与外延的无限性，堪称“汪洋恣肆”。

“‘民族’本质上是一种现代的（modern）想象形式——它源于人类意识在步入现代性（modernity）过程当中的一次深刻变化。”③ 有关民族性的现代性言说，台湾诗坛表现尤其充分，如覃子豪、纪弦、余光中、痖弦、洛夫、郑愁予等，名单颇长。汪启疆步武其后，独以海洋水天世界烘托细写见长。汪启疆的莫逆之交林耀德曾赞扬其早年《染血的天空》《给我们，中国的儿女们》等长篇抒情诗有“烈士的情怀”，说：“启疆将军所坚持的信仰与他少年时期并无轩轾，那就是身为中国人的苦难与荣耀。”④ 汪启疆生于内地长江上游岸边，大半生服务于台湾海洋波涛之上，这种江海相接、心灵呼应的意识与原型象征手法，是多部诗集的“共同体”。他怀念父母、怀念原籍父老乡亲、惦记神州大陆乃至咏物（如大陆的名酒）的题材作品，如江源滚滚，“滔滔汩汩”，更见“血浓于水”的寓意。这都使他的海洋抒写注入了更多人性的话语以及“神州”的映照，致诗格小而气格宏，意象恢诡奇幻，指喻致密，信息量丰富。《川流与大海》《雪落在中国的土地上》等篇，无不情牵梦绕。

---

① 见《台湾诗人泉州行：仿佛回到“更老的老家”》，《泉州晚报》，2004 年 11 月 5 日，亦见新华网 http：//www. sina. com. cn。

② 汪启疆：《风涛之心·台湾海峡》，春晖出版社，2013 年，第 196～200 页。

③ 吴叡人：《导论》，本尼迪克特·安德森《想象的共同体》，吴叡人译，上海世纪出版集团，2013 年，第 8 页。

④ 林耀德：《将军和将军的诗》，汪启疆《蓝色水手》附录，黎明文化出版社，1996 年，第 250～251 页。

海吃尽河川流来的一切，沉溺宁静

船摸索方向，朝着碎片们的磷光

血肉凝固的海峡……（《死海》）[①]

他更把海洋比喻为“裹着我睡的蓝毯子”[②]，这一神奇象喻，暗示游子、浪子的情怀，也只有这位身经“百漂”“百航”尝尽“咸滋味”的台湾海洋诗人才能体会得出，写得出来。读汪启疆诗，你会常有置身波涛之间、不由自主、不能平静之感。

## 三、包括性欲在内的“苦闷的象征”

汪启疆诗歌具有明显的在场（台湾常称在地）意义，表现在题材方面，细大不捐，特别深入近乎庸常的真实，也是人性的真实。这就包括海军水兵的寂寞苦闷乃至性的饥渴，都通过一些航行见闻与景物的状写、联想与象征，予以生动揭示。这样的艺术表现是以往涉海题材从五四时期的郭沫若到郑愁予等比较唯美的诗人没有尝试过的。汪启疆通过孤独寂寥写性，通过写性反映孤独寂寥，衬托生命活力，折射压抑、边缘化的苦闷。这与其惊涛骇浪、壮歌海上、宏大主题表现并不相违背，往往更加真实与自然的人性也即反映于这些着重表现时空关系的庸常生活中，暗示被现代城市“放逐”的水兵所付出必然的牺牲。这方面他的诗作有如航海日志、海上风土志，却出之于象征手法，有波折，有艺术意象滋味，读之并不枯燥。较长篇幅的有《大海的女人》《水手之歌》《尉官年代》以及组诗《海上肉体之歌》等，例如《航行图》：

无方向感的蓝啊

极远的海平面又暗又阔

船失踪在任何位置，是找不到的

但不断被雌性的鱼和女人提升的骚动

衔住蒲公英茎

---

① 汪启疆：《风涛之心・台湾海峡》，春晖出版社，2013年，第82页。

② 汪启疆：《蓝毯子》，《风涛之心・台湾海峡》，春晖出版社，2013年，第62页。

把船拖回到一定坐标，铺开航行图定位①

再如《远洋航行》：

整个海
腌出我满身癣来
搔满身的癣，海不停扭着
这永不疲倦餍足的女人，被穿蓝衫的二副
关在圆舷窗外②

本能的饥渴，形容毕至，多有在场气息。还如《非禁欲主义者》《海上廪仓》《人鱼》《渔汛季》等篇皆有灼热的欲望渲染，乃至见到浮海光滑的人形雌鱼，水兵也有压抑不住的冲动，难以言喻。锚港间歇对渔女等异性的好奇打量与渴望，更难压制，见诸形容。而军人纪律之下，只能“在醒着肌肉的床板上发梦/叫喊比出航更高一倍的亢奋/每根毛发分泌带腥味的粘液”（《渔汛季》）③。

比性欲更难压抑、克服的，还是日复一日远离海岸线、家园、亲人的单调无聊与孤独空虚，汪启疆在这方面的艺术表现，堪称圣手，描述往往穷形极相，但凡海上生物如飞鸟、鲸鱼等，船上小动物如猫、鸽等，莫不观察细微，引为伴侣，他写水兵养一只公鸡在甲板上啼鸣以慰土地之思，不料公鸡竟不辞蹈海而死。那种远离大地人群的孤寂难耐言说，十分饱满。再写水兵睡觉与床榻捆缚以防备海浪掀翻跌伤，海上书写的动荡不休，一纸数次，生病受伤独卧海浪之巅等，那种种严重的空虚与要命的思乡思亲之情：“我小声咳嗽/怕把旧伤震裂……/将斑白的发茨间/火焰冷舌炙人/在烫泡的皮肤/屠鲸的创痕犹在/霜已冻结，月光狠狠咬紧脊髓/海，在梦魇粘滞中刻划屏息的航迹……”（《界域》）④ 这样的作品在华文文学史上殊为少见，在海洋文学中实为《白鲸记》《冰岛渔夫》般的写实，更是象征的诗化的新写实。

① 汪启疆：《人鱼海岸》，九歌出版社，2000年，第68页。
② 汪启疆：《海洋姓氏》，尚书文化出版社，1990年，第30页。
③ 汪启疆：《人鱼海岸》，九歌出版社，2000年，第68页。
④ 汪启疆：《蓝色水手》，黎明文化事业有限公司，1996年，第85页。

苦闷本身并不成其为文学，通过象征从而达到文学的境界。在汪启疆步入创作成熟的年代，台湾文坛盛行西方存在主义哲学思想（欧洲后期象征主义流派诗人叶芝、庞德、艾略特等显然亦受到存在主义哲学影响），这显然对汪启疆也有深刻影响，使他的作品颇见一些“存在与虚无”的意味。孤寂是他海洋诗题材的一个重心，这显然更能体现与映衬精神的追求，使诗歌更趋向本质的语言，成为精神文化的避难与栖居之所，而非浅浅的即景抒情与词语消遣游戏。“人的表达始终都是一种对现实和非现实的东西的表象和再现。”[①] 台湾大陆移民向有“过咸水”的说法，汪启疆的“过咸水”旷日持久，已堪称浸淫咸水，这如张默所述：“他如何豪迈地在这一片浩瀚无垠处处都可开发的新世界，极目四望，纵横千里，唯有以个人精心完成的诗作才是最具体的见证。”[②]

## 四、家园的象征与身份的冲突

汪启疆诗作频繁写到父母以及父母之邦，物质生命的家园意义之外，更隐喻了精神家园这一指向与所指，是诗的自叙状，更是灵魂的呼唤：

好瑰丽的流逝啊
在缓缓升沉的落日里，看到那个小孩
……那是昔日的我啊，迷路了
浪褶如皱纹，所有的时间都会回来
“爸爸、妈妈——”（《梦幻航行》）[③]

表现赤子之心多有海洋背景与象征：“一年第十二个月/太阳趴在蓝毯子上/忘了抬头/广阔的天空以意象在走动/太阳任海水溅湿额头/……炭火泛白，走远的父亲的形躯/任浪沫拍击——蓝毯子将太阳和这男人/蒙起。”（《太阳》）[④] 原型象征多见于家园书写。从诗集《海上的狩猎季节》《海洋姓氏》《台湾海峡与稻谷之舞》《人鱼海岸》等题名亦可领会，原型象征，

① 海德格尔：《在通向语言的途中》，孙周兴译，商务印书馆，2004 年，第 5 页。
② 张默：《怎样揉捏诗的蓝土壤》，《人鱼海岸》，九歌出版社，2000 年，第 17 页。
③ 汪启疆：《海洋姓氏》，尚书文化出版社，1990 年，第 33 页。
④ 汪启疆：《海上的狩猎季节》，九歌出版社，1995 年，第 52 页。

是他海洋诗艺术的基本建构。“在原型本身的层次上，诗歌是人类文明的产品，自然则是人类容身的寓所。”① 通过陆地的呼应关系，大大延伸了诗语的空间版图。

汪启疆将海洋修辞为一床蓝毯子以及一片无限延伸的“蓝土壤”（《蓝色水手》），形象隐喻了家园的意义以及家园的心灵慰藉。实际上过去的家园永远不能回去了，正如人生永远不能回到儿提时代。汪启疆重在强调的是精神的家园、梦的港湾、感情的寄托。他作为一名台湾海军军人、作战人员，随时有可能与对岸也即祖国大陆发生正面武装冲突，甚至你死我活争夺于海上，这种威胁与忧患随时存在于海疆。他诗集中也多有这方面的题材与渲染。是诗人，也是军人；是陆客，也是台湾人。这种身份冲突与心理矛盾，也是其原型象征大量出现的动能。他似乎一直在自问、自诘，拷问自己，从而让心灵得到平衡与紧张缓解。“某些原型深深地植根于传统的联想之中，几乎无法使它们与那些联想分开。”② 汪启疆海洋诗联想群中出现意象最多的是陆地、山川、家园、土壤、田禾、穗实、稻谷、果树、狩猎、农舍、风车、井畦等，偏好静思阅读，追慕农业社会安居乐业的和平生活，职业军人这一悖论直接映现于话语冲突中，令其诗作更有波澜起伏之势、象征的复杂况味。如洛夫所指：“汪启疆的创造力却大部分有赖于海军生活所形成的压力。”③ 姚仪敏也指出：“写诗这个习惯，便成为他维系梦想的唯一方式。他可以在诗中对自己说话，在诗中让那漂泊浮荡的心获得暂憩，在诗中将离乡愁绪尽情抒发。同时，他也知道为这样的理由寻求表现仍是不够的，因此，当他读历史，读战争，战火自然吸收进自我内里同自己交揉合一。”④ 都含蓄地指出了诗人的冲突性，以及对心理平衡的追求。

---

① 弗莱：《原型批评：神话理论》，叶舒宪选编《神话——原型批评》，陕西师范大学出版社，1987 年，第 187 页。

② 弗莱：《作为原型的象征》，叶舒宪选编《神话——原型批评》，陕西师范大学出版社，1987 年，第 155 页。

③ 洛夫：《把海横在膝上倾谈整夜》，汪启疆《海上的狩猎季节》，九歌出版社，1995 年，第 2~3 页。

④ 姚仪敏：《理想与梦想的交集》，汪启疆《蓝色水手》，黎明文化事业股分有限公司，1996 年，第 3 页。

汪启疆认为：“脐带拔离乡土的插头，就会失忆/整个地球以原乡作支点，才能扛起世界。”[①] “我们的船上全是土壤，我们用梦/天天回家。”（《巴士海峡》）[②] 甚至连看到舰首破浪行驶，也是在切割重重稻浪（《台湾海峡》）。他坦言：“那蓝色的、遥远在土壤外想扎根的东西，我永远的情怀。”[③] “我在海洋诗内容的精神的底质内，都保持着颇强烈的父系体认与归航。”[④] 出海与归航的情结，一直是海洋文学与海洋故事的基本轨迹，也是人生的循环往复。汪启疆的诗也不能脱离这样的宿命，但他颇能通过象征，通过艺术的创新追求，写出这些老而又老的情怀故事，使之在海洋文学尤其是抒情诗中别具一格，焕发新意。他是一位现代派的象征诗人，但他对时局的关怀焦虑，亦体现其人道主义境界，使诗歌的前沿性至为突出。台湾评论家说：“一九九〇年以来，写有关海峡两岸军事对峙状况的诗，当以汪启疆为第一人。战争是台湾岛民最不愿见到的事情，然而，在政治现实环境的考量之下，却不能没有战争的忧虑意识。”[⑤] 诗人此时的心情连看到早上的太阳，也感到像一颗“沾满眼泪和死亡的旭日”。“正是桑葚的红色，一用力，啐了一手血”（《红色印渍》）[⑥]。其他如《海峡升温》《如果战争发生》《牙齿们》《海域侦巡》等诗作，皆预设战争，同胞骨肉相残，虽然不言畏惧，但心理十分纠结，悲剧的象征意义不言而喻。“眉宇间波涛落差极大，而军舰守住门槛/顶浪于九级风侦巡/钢铁是冷的/（血是热的）/时间颠颠簸簸/走在，海的制高点上”（《一九九六最末波涛》）。[⑦]

“只有在感伤灵魂的主观折射中，艺术家才能表现现实，也就是说，现实‘只是一种通过自我的显现’。”[⑧] 汪启疆大量有着原型象征的诗作包

① 汪启疆：《台湾海峡与稻谷之舞》，黎明文化事业股份有限公司，2005 年，第 139 页。

② 同上，第 147 页。

③ 汪启疆：《蓝色水手》，黎明文化事业有限公司，1996 年，第 100 页。

④ 汪启疆：《台湾海峡与稻谷之舞》，黎明文化事业股份有限公司，2005 年，第 195～196 页。

⑤ 苏绍连：《走进汪启疆的创作房间》，汪启疆《人鱼海岸》，九歌出版社，2000 年，第 29 页。

⑥ 汪启疆：《人鱼海岸》，九歌出版社，2000 年，第 88 页。

⑦ 同上，第 98 页。

⑧ 哈贝马斯：《现代性的哲学话语》，曹卫东等译，译林出版社，2004 年，第 22 页。

括其时事（军事）题材诗，都似为这段名论所做出的形象的演绎。

## 五、散乱“脱序”是对单调划一的解构

汪启疆的诗多表现长年单调寂寞而动荡的海上生活与景观，题材并不单一，生命体验的在场感十分强烈，往往能以细节制胜，象征制胜。由于诗的产量多，题材的制约性又较强，他诗歌的字词不免显得比较琐碎与繁复，难免给人造成“散乱”“脱序”“困难”[①] 的印象。笔者以为这恰是汪启疆海洋诗不肯循规蹈矩并力图突破传统，走出单调划一的海洋“在地”生活限制，同时摆脱模仿的熟路，毕竟他是“中生代”诗人，在他之前，台湾现代派诗歌已取得相当不俗的成就，名家辈出。汪启疆要生存，只有另辟蹊径。他有意对日复一日的单调海洋画面突围、解构，文本方面造成对抗的效果，诗体语言更加陌生化，甚至以象征的、后现代的晦涩出之，使之与海洋生活深入、丰富、细微的身心体验更加匹配。用雅各布逊的话说，文学写作是一种“对普通言语所施加的有组织的暴力”[②]。将军汪启疆学古人用兵，不惜将自己“置于绝地而后生”。他借助变化万千的胸中景象与原型，造成诗体语言的极大落差、散合与参差万变、无规则甚至无中心的律动，争取不寻常的阅读效果。张默就曾有感受：“对海洋生活体验之深，对海洋意象挖掘之烈，对海洋远景规模之巨，在在均突显汪启疆的从容不迫，有备而来，他一丝一缕将诸多不易为他人省察捕捉的海上视觉嗅觉触觉听觉川流不息的风景，一起汇集在他的诗篇中连连发出神奇的光彩，令人雀跃。……不断注入新鲜、奇绝、大胆、活化的语汇，使得这一领域，于即将跨入第三个千禧年之际，而更形丰沛、潇洒、深刻与引发议论。”[③] 剔除友人的溢美成分，这段评论还是颇能允中，代表一定数量读者的通感。汪启疆在诗行上有意“造难”，是其艺术追求、创新尝试。他少有一首成名，似乎没有绝唱，但他的诗作整体意义突出，海洋资源丰富，象征充沛，引用弗莱的话：“这是一个整体的隐喻世界，其中每一事

① 汪启疆：《海上的狩猎季节》，九歌出版社，1995 年，第 3 页。

② 特雷·伊格尔顿：《二十世纪西方文学理论》，伍晓明译，北京大学出版社，2007 年，第 2 页。

③ 张默：《怎样揉捏诗的蓝土壤》，汪启疆《人鱼海岸》，2000 年，第 9～10 页。

物都暗中意指其他的事物，仿佛一切都包含在一个单一的无限本体之中。”① 他以整体的海洋意象与象征艺术异军突起。诗句尽管“脱序”“散乱”，但神魂相通、相勾连，体现了“语言是最切近人的本质的”② 这一基本命题。他大量看似废话、碎片化、反中心化的写作，如前所述，恰好表现了海上生活的庸常乏味一面和水兵（甚至包括所有海上正派作业人员）点点滴滴付出牺牲的人性道义精神、情操以及关爱。

当然，汪启疆诗作艺术上也不完美，有时语言过于晦涩、碎片化、抽象、教义化，也会阻止阅读传播。有的题材不免撞车，意象较为重复，如写“航行”、鱼类、鸟类等颇多相近，亦有手记式的粗放不计等，也或多或少削弱了象征的纯粹性与新意。对传统过头的解构，如表现在写给小朋友的儿童诗集《到大海去呀，孩子》，显然不够成功。表面看是“科普”知识分量有些过重，实际还是诗体的成人化、西化，造成两难（诵读难，记忆难）的隔膜。

总体而言，如同台湾同行所形容：“带着种籽出海”③，“太平洋上，站满故乡的水稻”④。汪启疆有着大量原型象征意义的极富生命体验的海洋“在地”作品，是台湾现代派文学的一次别开生面，是华文文学的一道亮丽风景，他的作品丰富了海洋文学的宝库，甚至于一定意义上可说弥补了华文文学海洋领域的短板与缺陷。

**2016 年 10 月 19 日改成于成都霜天老屋**

鸣谢：这篇论文的写成，得到香港大学黎活仁先生鼎力支持。

① 弗莱：《原型批评：神话理论》，叶舒宪选编《神话——原型批评》，陕西师范大学出版社，1987 年，第 175 页。

② 同上，第 1 页。

③ 林耀德：《跋》，汪启疆《海洋姓氏》，尚书文化出版社，1990 年，第 211 页。

④ 同上。

# 第四章 身证香江非沙漠

## ——黄维樑博士文学成就与影响概说

“小河弯弯向东流，流到香江去看一看，东方之珠，我的爱人……”这首凡有华人的地方皆能唱诵的名曲，虽不是黄维樑先生所创作，但曾为香港文艺家“祭酒”之一的黄维樑，可以说一生都在执行这样的精神使命，都在为“香江”——一座美丽的都市而讴歌。香江是香港的别称，传说港岛有山溪名为香江，港人饮如甘霖，以作指称，与当地紫荆花同为物华天宝之象征。香港经济繁荣，堪称“东方之珠”，过去商会盛名、犬马洋风，似盖过故国斯文，一度被人轻诮为“文化沙漠”。黄维樑博士曾力驳所谓“沙漠”之论，鸿文联翩[①]，投枪之勇，颇见维护之情，他甚至不怕开罪名家、权威。而今事实说明，世界名校多所列矗岛上，而香港的文艺家（且不含影视歌星），文学方面“武”（武侠小说）如金庸、梁羽生、倪匡等人，“文”（纯文学：诗歌、散文、小说）如余光中（居港十年，创作盛期）、宋淇（林以亮）、思果（金耀基）、小思（卢玮銮）、梁锡华、陈之藩、潘铭燊、黄维樑、黄国彬等人，被研究界称为20世纪80年代前后的香港新界（中文大学为中心）“沙田文学群体”（余光中先生戏称其骨干为“沙田帮”）；其他的“凌云健笔”如何达、司马长风、刘以鬯、董桥、刘绍铭、陶然等人，老一代的巨擘如曹聚仁、叶灵凤、钱穆、包天笑等人，乃至曾经年轻的畅销文学圣手如亦舒、李碧华、西茜凰、梁凤仪等人，都是怀珠衔玉，各有精彩，不容抹杀，可资骄傲。余光中先生的长篇记人名文、妙文《沙田七友记》，维樑先生位居末席，这并不是因为他成

① 最“新”的一篇是28年前发表于香港《信报》的辩驳余英时先生论点的万言长文：《香港有文化，香港人不堕落》，《中西新旧的交汇——文学评论选集》，作家出版社，2013年。

就最微，只因他当年最年轻，少长有序，青青子矜，故最后花径掩门送客，非他莫属。他的成就或不可论最大，但坚持最长久——这个奖项，无疑可颁发给黄维樑博士，他二三十年来一直在“沙田”“战斗”，29 岁即执教香港中文大学（其间曾任美国大学讲座教授），近年受邀执教台湾佛光大学、澳门大学、四川大学等名校，香港新界沙田仍是他的固定居所。即便云游天下讲学，仍“常回家看看”。余光中先生当年预测说：“维樑出身新亚中文系，复佐以西洋文学之修养，在出身外文复回归中文的一般比较文学学者之间，算是一个异数。他动笔既早，挥笔又勤，于文学批评不但能写，抑且敢言，假以时日，不难成为现代文坛一个有力的声音。”[①]预测早成现实。1987 年 6 月香港作家协会宣告成立，黄维樑荣膺主席。从讲师到高级讲师、教授，各项社会任职、文化活动主持人，他的名字无疑成为香港文化、文学的符号之一。他一生努力为之印证的香港并非文化沙漠，事实上早已得到华人世界的公认。2000 年 10 月 6 日至 9 日，首届海内外学者“余光中暨香港沙田文学国际学术研讨会”在武汉华中师范大学举行，会上有七篇专题论文探讨黄维樑文学成就。沙田文学群体主要成员梁锡华也有一番结论：“他（指黄维樑）的文章理明辞达，且温润如玉，又情趣理趣兼备。他以往志在畅晓，之后渐进而多姿。近年来，从前少见的幽默感也摇曳着轻松的步履出场了。他抒情的时候，在某些散文中颇有清丽的诗意，但他毕竟是批评家多于作家，用力之勤在前者，他推崇中国的刘勰，西方的新批评学派和原型论。他又致力推动当代文化，多方策划香港文学的推广与研究。他在五人（按指沙田作家群几位骨干）之中，是对外‘发射’最多最亮的一位。”[②] 堪为允当之论、精辟之见。

本文下面采取夹叙夹议的手法，分片择要介绍与探析黄维樑博士的文学成就与事业路径。

## 一、“港仔”书致泰斗夏志清，一生未改初衷

黄维樑未忘祖地，不论何时皆署“广东澄海人”。他生于 1947 年，

① 余光中：《鬼雨——余光中散文》，花城出版社，1989 年，第 278～279 页。

② 黄曼君等主编：《火浴的凤凰，恒在的缪斯——余光中暨香港沙田文学国际学术研讨会论文集》，湖北人民出版社，2002 年，第 30 页。

1955年随家人迁港定居，小学、中学、大学教育皆接受于香港。虽不生于斯，却是长于斯，他算得上一个真正的“港仔”。他1969年毕业于新亚书院（香港中文大学成员书院之一）中文系，副修英文，获一级荣誉学士学位（在海外为本科学士中成绩最优异者所得的学位）。同年赴美留学，先后获俄克拉荷马州立大学新闻传播学硕士与俄亥俄州立大学文学博士学位，29岁学成归港，任教于母校，其间曾任美国威斯康星大学东亚语文系客座副教授以及美国默士达学院客席讲座教授。大半生定居香江，饮水思源，致力文教，且扎根中文系，成为香港中文大学校园“地标”风景之一。他1969年（22岁）写给海外汉学泰斗夏志清的信，1977年夏在为黄的处女集《中国诗学纵横论》作序时还将当年第一封信翻找出来，保存完好且摘引入序文：

> 晚今夏毕业于香港中文大学新亚书院中国文学系，获一级荣誉学士学位。……晚自幼酷爱中国文学，嗜好写作。……喜中国文学中小说戏剧部分，对现代中国文学之发展，尤其关注。深感文学批评为时下中国文坛殷切之需，颇有意从事此道。曾用心研读《文心雕龙》，又涉猎中西文学评论之专著多种。①

当时夏志清的《中国现代小说史》《中国古典小说导论》等英文著述出版，轰动西方汉学界，声名如日中天。一名大学毕业生写去的求教信，夏保存完好，可见慧眼识珠、善擢英才。而黄维樑的信雅隽清聪，见得功夫。其时他22岁，于今66岁，其兴趣爱好，仍然一如当初。梁锡华对他的形容“温润如玉”，于今更是玉汝于成，光亮稳重，奏告大雅。

毫无疑问，黄维樑属于早慧的青年，属于中西兼学的渊博学者，亦是“不薄今人爱古人”的器量雅士。他虽然满腹西学，出口成章（英文经典），但“中学为体”。他用心研究、坚持（魂牵梦绕）的还是古之《文心雕龙》、诗学、文论、杜甫、李商隐等，今之钱锺书、余光中、郑愁予、白先勇、黄国彬等，乃至四川的文学家流沙河等（古今之间的五四文学亦为其研究重点），他都情有独钟，可称“中西新旧交汇”（这也是他新近出

① 黄维樑：《从〈文心雕龙〉到〈人间词话〉》，附录夏志清序，北京大学出版社，2013年，第195页。

版文集的书名)，土洋不捐，有述有评，有独到的见地与建构（长于中西文学比较研究）。这也许是他家教雅训（父亲黄应亮先生曾为他的散文集《大学小品》封扉题写书名）以及新亚书院钱穆弟子的本色与熏陶（他所热爱的《文心雕龙》所谓“体性”“风骨”是也）。当然，更多的还是他对文学的处子般的情怀，那一份热诚，那一份天真，那一份善良，始终不改其志。古人有“抱朴守恒”“赤子”一说可以形容。他在《大学小品》(1985，系其主持“沙田文学丛书”之一）一书的自序中曾说：“‘大学之道，在明明德，在亲民，在止于至善。’为学的宗旨与做人的宗旨都在这里了。英国19世纪狄士瑞利（Benjamin Disraeli）则说：‘大学应该是光明、自由、学问之地。’吸引我一入学海二十年而不悔也不倦的，正因为大学具有这样的品质。”① 这是他一生立足大学校园的宗旨，也是他致力文学教研以及文学创作，推动与普及文化的用心所在。“《文心雕龙》说的‘照辞如镜’‘平理若衡’，是我治学为文的座右铭。”② 过去了二十年又二十年，黄维樑，仍然是那个“温润如玉”“平理若衡”的黄维樑；夏志清、余光中等前辈抽屉中保存完好的旧书信，仍然可取出做他的“镜鉴”与体裁。以下一段他近年吐露的心声与妙语，生动刻画出一位学者、一位文学家的风貌与品性、智慧：

> “老”版面世时我30岁，在香港教书，仍属青年，岁月像中大校园的草木一样青葱；“中”版出现时我处中年，仍在香港；“年青”版发行时我已头发染霜，即将甚或已踏入老年（我却美其名为“华年”）了。刘勰大概三十五六岁时写成《文心雕龙》，而华年的我仍研读这本中华文论的经典。其实这是学术界的平常事：不久前辞世的周汝昌先生，耄耋之年仍研究《红楼梦》；诗翁余光中先生，年逾80，还翻译26岁就去世的济慈的诗。经典值得皓首穷力去钻研。……希望我的学术生命依然年轻，或仰望昆仑，或平视西山，仍然低吟《秋兴》，高诵史诗；并希望老中青高明的读者，都赐我教益。③

---

① 黄维樑：《大学小品》，香江出版公司，1985年，第1页。

② 黄维樑：《中西新旧的交汇——文学评论集》，作家出版社，2013年，第2页。

③ 黄维樑：《从〈文心雕龙〉到〈人间词话〉·后记》，北京大学出版社，2013年，第205页。

这就是黄维樑，一位真正意义上"永葆青春"的文学工作者。

## 二、奠定学术地位的长篇"少作"

黄维樑诚系文学评论家，长于批评，亦长于晶莹剔透、理趣盎然的书斋小品的创作。其在学术研究方面，则是发轫与收获极早。他尚未博士毕业，就已连续刊发数万言一篇的长论，旁征博引，学识渊博，兼及中西新旧，辩机异常丰满，完全超出其年龄资历，至今仍能引起海内外学坛的惊奇、重视与佳评。他的成名作要数写于1974年底的《艾略特与中国现代诗学》，发表于台北名刊《幼狮文艺》（1975），后收入柯庆明主编《1975年中国文学批评年选》。他推崇艾略特（T. S. Eliot）为"英美诗坛的一代宗师"、西方现代诗学的祭酒，对中国五四以后特别是台湾地区现代诗运动，产生了直接的影响与关联。在这篇长文中，他除了理论的梳理（如对"意象"概念的辨析、主张"意之象"的另类翻译等），更结合实际，分析了台湾夏济安、余光中、叶维廉、杜国清、颜元叔等人对艾略特的译介与借鉴，更早溯及大陆曹葆华20世纪30年代前期的重要翻译，以充分的理由与坚实的论据链接（中英文皆引自原文原版），呈现了"艾略特已在台湾现代诗坛留下巨硕的身影，辅助中国现代批评家写成了一页重要的诗学史"[①]。这篇论文也让夏志清击节赞赏，被认为系"畅论"之作，并认为他的学术路线即"师承T.S.艾略特而属于'新批评'这一派的"。[②]事实如此，至今黄维樑仍然走此道路，即重视文学作品本身价值（排除外部干扰与喧夺），深察体认其内涵，并"借用西洋批评来诠释我国固有的诗学传统"[③]。真正令其成名并让海内外学坛刮目相看的论文要数《王国维〈人间词话〉新论》这一篇幅达六七万言的长论。这篇论文带有驳论性质，展现了年轻的黄维樑"敢言"的气质，也体现他作为一位卓有成就的文学评论家一贯不肯苟同的学术风格。[④] 这篇论文仍写于其博士生期间

① 黄维樑：《中国文学纵横论》，东大图书公司印行，1988年，第139页。

② 黄维樑：《从〈文心雕龙〉到〈人间词话〉》，附录夏志清序，北京大学出版社，2013年，第197页。

③ 同上。

④ 他诘问与批评马悦然、顾彬的两篇文章，也词锋犀利、意味深长，引起广泛注意。见载其《中西新旧的交汇——文学评论集》。

(1975)，论文也是分三期连载于台北的《幼狮月刊》。论文针对王国维“境界”说几十年来的“神坛”地位，详细梳理了“境界”这一词源，指出其只是王沿袭旧说并加以演绎，《人间词话》虽具有个性，但仍不免前后矛盾、破绽百出，不过是一部夹杂于新旧之间、体系不全的传统诗话而已，尚不足以坐镇神坛。论文的发表引起学界强烈反响，褒贬皆有之，质疑之声于今不息。黄维樑自己对此有说法：“其实，我只是认为几十年来，大家太过褒崇《人间词话》了，把它高高放在中国文学批评典籍这个书架的顶格，我要把《人间词话》向下移一两格，以示公道。”[①] 学术自然不摈争鸣，关键是持之有据。依笔者的看法，王国维文艺理论方面重要的代表作是《红楼梦评论》，《人间词话》位其次。王国维重要的贡献并非“境界”说，而是他将西方的悲剧观念（特别是叔本华、尼采学说）运用于我国文学加以阐说，推陈出新，这确实令当时人耳目一新且颇有同感。换句话说，王国维的文艺多少有西方近现代色彩的理论（架构、轮廓、平台）支撑，而此前的诗学家大多没有或罕有，故任由传统与时光的波涛淹没遗忘。不知这种想法能否获维樑先生认可？这方面他已是专家权威。我们感觉有趣的是，王国维写作的文艺理论著作，多系三十岁前作品，而研究与批评他的黄维樑，当时也只二十多岁（结集出版时 29 岁），不同时代的两位学者，隔着时空喊话，为青年的发愤努力，真的做出了一个榜样。

1977 年黄维樑出版了他的第一本学术专集《中国诗学纵横论》（台北洪范书店），收入长篇论文三篇（除上篇之外，有《诗话词话和印象式批评》《中国诗学史上的言外之意说》），皆系他在美攻博之“少作”，这三篇青春治学（激情澎湃、辞严意丰）的心血结晶，奠定了黄氏的学术地位，或许亦成为他能毕业即赴任母校中大教席的雄厚资本。夏志清当年曾劝年轻的黄维樑学位论文选题宜以小驭大省气力（选一二部书专攻即可），勿自讨苦吃，结果呢，“我当时虽一番好意，实在低估了维樑弟的诗学造诣和英文写作能力”[②]。黄维樑 22 岁前就熟读了《文心雕龙》与中西经典著

---

① 黄维樑：《从〈文心雕龙〉到〈人间词话〉·为境界研究热降温》，北京大学出版社，2013 年，第 140 页。

② 黄维樑：《从〈文心雕龙〉到〈人间词话〉》，附录夏志清序，北京大学出版社，2013 年，第 196 页。

作多种，写学位论文涉及中国历代诗话、词话超过21种，其一生对艾略特、弗莱、韦勒克等英美大师念念不忘，路线是中西文学比较研究。黄维樑如果不算早慧并卓尔有才，余者恐难枚举。大陆学者因客观原因虽晚见到他的“少作”，其赞扬也有代表性，如称其：“……更为精彩……并与现代诗歌美学思潮进行汇通。从选题、研究方法到理论视野……都是极有水平之作。”① 古人有“悔其少作”的说法，而真正的饱满沉实之力作，多是经得起时间和世事沧桑的检验的。这正如上面黄维樑所列举的济慈等人的“少作”，我国自古青年英才留名丹青之作也不胜枚举，文学家如王勃、李贺、徐志摩、梁遇春等人，俯拾即是。

## 三、“精雕龙”与“精制瓮”

对近世名著《人间词话》“不敢恭维”，但对公元5世纪后期（梁代）人刘勰写成的《文心雕龙》，黄维樑则顶礼膜拜（常梦见刘勰），“从少年到白头”，无论天涯海角，怀璧行囊，行吟有加，向未改其志。除《以〈文心雕龙〉为基础建构中国文学理论体系》《东方文论的龙头：〈文心雕龙〉与文学研究》等代表性论文外，最近他还有一部“龙学”专著即将面世，令学界同仁翘首期盼。1988年，“龙学”泰斗四川大学杨明照教授80大寿，海内外《文心雕龙》专家及杨门弟子聚集成都，祝寿兼“龙学”研讨，黄维樑发表了一篇精心架构的论文，展示了他渊博而独具慧眼的学识与情采。他在这篇名为《精雕龙与精制瓮——刘勰和“新批评家”》的论文前，有趣地按语道：“1988年龙学之会，群贤毕至，少长咸集。笔者叨陪末席，初识了几位心仪甚久的龙学前辈。其中一位是‘龙伯’杨明照教授。杨先生年近八旬，身壮力健，温雅中不掩豪迈之气。年轻的曹顺庆追随左右，‘晚有弟子传芬芳’，杨先生有这样一位‘龙的传人’，自感心怀喜悦’。”② 这篇“寿文”既见对学术前辈的景仰之情、对学术同仁的惺惺相惜，亦表现出他自己作为“新批评家”对文本的重视，可谓精雕细刻，着意发掘其胜义。论文篇幅较长，向有海外学人兼及中西的特色。他列举

① 蒋述卓、刘绍瑾等：《20世纪中国古代文论学术研究史》（北京大学出版社，2005年），转引自黄维樑：《从〈文心雕龙〉到〈人间词话〉》，北京大学出版社，2013年，第193页。

② 曹顺庆主编：《文心同雕集》，成都出版社，1990年，第114页。

了西方新批评派的布鲁克斯、泰特等人的经典学说，尤对布氏名文《精制瓮：诗结构的研究》详加阐述，笔锋一转，印证其与《文心雕龙》精神方法正相契合。近年他多次强调《文心雕龙》“六观”之说，颇可运用于文学批评实践，是理论与实践相结合的最好范式。在他另外的“龙学”论文如《现代实际批评的雏形——〈文心雕龙·辨骚〉今读》《〈文心雕龙〉“六观说”和文学作品的评析》《〈文心雕龙〉与西方文学理论》等文中，都递相发微，指出《文心雕龙》“是中国最好也应是世界一流的”“体大虑周”之巨构。黄氏于龙学方面的贡献是将《文心雕龙》这部古代集大成的文论名著与西方古今文学批评流派学说观点等纵横比较，揭橥刘勰的先见之明与睿智之功。即如其论《文心雕龙》与新批评：“刘勰的时代距今已一千多年，而新批评到了80年代也早已不新了。然而，刘勰和诸新批评家的主张，特别是他们对艺术性（包括对结构）的肯定，是不会过时的。……韦礼克（按又译韦勒克）一定同意刘勰‘外文绮交，内义脉注’之说；好的作品，是一个精制瓮，是一条精雕龙。”[①] 学问沿新，贵在有创见，视野宏大，自圆其说，且理趣盎然，黄维樑做到了。他将才情与学术对接，实现了文学、文章浑然一体的审美效果。而他的行文历来都不枯燥，即便是思理严密、考据繁多的长篇论文，也自有一气呵成之畅，洋溢或暗合着《文心雕龙》所谓“神思”“情采”。

## 四、扬杜而不抑李

作为西方新批评派的中华学人，黄维樑对故国的文学在理论方面推崇刘勰。而在文学创作方面，他最心仪者是谁呢？简言之，今人余光中，古人杜甫，这二位堪称他一生的“莫逆之交”。他与余光中的交情更早，他念大学时代即以“游之夏”的笔名撰文评论余光中诗文，后余至港讲学（1969），他与爱好余氏的十多位文友又去酒店拜访（详见余光中《沙田七友记》），以后的几十年竟因缘文字成莫逆之交。在中文大学同事教书，他可说是“入室弟子”，堪称亦师亦友，正如梁锡华所说：“论到与余氏的相交之深，任何人都比不上黄维樑。因为他早在60年代念大学时第一次接

① 曹顺庆主编：《文心同雕集》，成都出版社，1990年，第131页。

触余氏作品之后已倾心倾意。”[①] 古人中黄维樑最尊杜甫，这大概一缘于他“明明德”“亲民”的人生价值观，以及比较沉稳的性格，二即在于特别重视文学结构与精雕细刻（锤炼）的新批评审美取向。而且如前所述，他的信仰从年轻时候至今几无改变，可称“守身如玉”、始终如一。这在朋友中也是“周知”，如：“黄维樑在古典诗人中，最尊杜甫。屈原、李商隐、苏轼也在喜爱之列。”[②] 1986 年黄氏写成的《唐诗的现代意义》，也是一篇气势酣畅的长论，从内容到形式，分析唐诗层出不穷的新意与无与伦比的精美，从而得出“这种忠于艺术的精神，比现代主义者早出现了十多个世纪”[③] 的结论。就中充实的依据与典型列举，即为杜甫以及李贺、李商隐等。他还有《春的悦豫和秋的阴沉——试用佛莱“基型论”观点析杜甫〈客至〉与〈登高〉》一篇长论，也是新批评案研文本、领略精神的方式方法，将西方现代的“基型论”用于杜诗研究，仿佛洋奶与山泉，水乳亦颇能交融，真的揭示了“古今一梦”“东西同理”的原理。对杜甫《秋兴八首》的评论与身心沐浴般的喜悦，更如珠落玉泻，撒落在他的各种行文著作里。文辞精美、气势磅礴的《秋兴八首》深得他的欢心，我想最主要还是郁积诗中的悲剧意识与幻灭气息，而这在黄氏的文学审美中，卓荦强调。而这正是西方现代哲学包括新批评文学比较共通的认知（从亚里士多德、文艺复兴以来的宏大与悲壮的审美认知）。在《伟大和卑劣》一篇短文中，黄氏提出了伟大的标准：“反映时代社会的真实，探索深沉而永恒的人性，有悲天悯人之心，具民胞物与之怀，视野宏大，气魄雄伟，文字炉火纯青，技巧高明超卓，使人读来有登高望远、境界独辟之感，这样的作品是伟大的。……《红楼梦》……杜甫——也是伟大的作家。”[④] 中外名作名家中，他于本国仅举了《红楼梦》与杜甫。其圭臬之高判严格，可见一斑。他推崇杜甫，由于性格与欣赏的角度，却也不轻易贬低李白，在他的诗学长文中，每有涉及，如《沧浪诗话》中形容李杜“金支鸟擘海，香

---

① 黄曼君等主编：《火浴的凤凰，恒在的缪斯——余光中暨香港沙田文学国际学术研讨会论文集》，湖北人民出版社，2002 年，第 25 页。

② 同上，第 31 页。

③ 黄维樑：《中国文学纵横论》，东大图书公司印行，1988 年，第 24 页。

④ 黄维樑：《大学小品》，香江出版公司，1985 年，第 40 页。

象渡河”，称为“形象语”。不过他的著述确少有相关列举。总括他的著作与平常的交流，除上述涉及社会人生话题之外，他同意并强调诗是象征的，是暗示的观点（引用西蒙斯译马拉美名言：“直说即破坏，暗示才是创造”[①]），而李白在此方面似乎太直白太露了些。

关于李杜的抑扬，历史上争论久矣，公案多矣，“仁者见仁，智者见智”，“口之于味，有同嗜焉”，却也有异趣。黄氏推崇杜甫，自是黄氏的审美与自由，亦是他的学问条理。读者颇能理解。在黄氏执教中大时的长篇论文（也许当初是用作教案）《文学的四大技巧》中，列举文学手法，绪言用“寻找文学的月桂”为题目，结语则题用“碧梧栖老凤凰枝”，其实这也巧妙契合了李杜诗意。黄氏未曾强调他喜欢李白，但李白的浪漫唯美、想落天外、放言无忌等特色，仍然潜在于他的文学欣赏与汲取中，如他对余光中的激赏就多有类此方面（浪漫主义）的影响。再如他颇多的“Familiar Essay”（如有思辨、驳论、幽默、辛辣意味的行文小品等）亦颇见挥洒性情、不拘一格之豪放。

## 五、身证香江非沙漠

黄维樑是学者型的作家，除了大量的学术专著和论文集外，他在香港也早以美文理趣小品以及文学普及类读物、杂文著名，他亦是香港各大报刊文艺栏目的常见作者、专栏作家（尤以20世纪八九十年代为盛）。他先后有《中国文学纵横论》和《突然，一朵莲花》《大学小品》《香港文学三探》（分为三部：初探、再探、三探）、《清通与多姿——中文语法修辞论集》《怎样读新诗》《古诗今读》《中国现代文学导读》《中西新旧的交汇》等，另有主编（其中以“沙田文学丛书”最有影响）与编集的大量文化丛书，堪称著作等身。放下洋博士、大教授身段，走出象牙塔红墙内，更多介入社会生活（多有社会批判）、大众文化、社会公益事业，联络同仁，奖掖后进，黄维樑能参与发起并曾领衔香港作家协会，绝非偶然。诚如在2000年湖北武汉专题研讨会上朱寿桐先生的感触：“黄维樑既长于在春晖清

① 黄维樑：《中国诗学史上的言外之意说》，《从〈文心雕龙〉到〈人间词话〉》，北京大学出版社，2013年，第162页。

音、良玉生烟的古雅情趣中畅抒艳羡的文思，又善能在崇楼巨厦、名车通衢的现代文明中倾吐礼赞的心曲，更令人击节称奇的是他能将这两者融为一体，以风雅的古意看取现代的新景，在古趣盎然中向现代文明奉献出一颗健壮的文心。”①

“健壮的文心”一说可称传神写照，这也是余光中20世纪70年代“七友记”中对年轻黄氏的期许（“健康的影响”），他没有辜负夏、余等前辈巨擘。现在虽然已自称“华年”，但黄维樑的健影，仍然见于两岸学坛、讲座，他曾奋力“为香港文化辩护”②（《不在沙漠的鸵鸟》《又有人说香港没有文化》《香港文学展颜》《香港有文化，香港人不堕落》等檄文、杂文）的执拗与赤子之心，传为佳话，亦影响至今。他散文随笔总的特质、风貌即理趣、雅隽与“亢言直谏”（敢言）。在真理面前，他选择宁可牺牲利害关系与温情脉脉（如批驳一些海内外文学名宿的言论），这也许是自刘勰、杜甫以来的一贯的“书生气”。

黄维樑一生执教向学，“桃李春风一杯酒”，学生遍布海内外。现浙江大学教授江弱水是黄门高足，2010年出版《古典诗的现代性》专著，或系受其师名著《唐诗的现代意义》等文启发而成，别有洞见与增益。弟子请序，黄氏认真（一丝不苟，仍如同在教室③），表扬激励之余，竟抛出许多问题，引发弟子辩论，师生的“代沟”“对攻”，纸墨淋漓，并载于书杪，颇为客观呈现，亦是一桩学术砥砺、彰显个性、自由的美谈。而去年江弱水与他自己的门生收检业师早年行述，不辞手民之工，将之誊印刊世，成《从〈文心雕龙〉到〈人间词话〉》“黄著”一部，亦是学坛佳话，颇有益于后学、同好。

“六六大顺”之“华年”，与老前辈相比，黄维樑先生尚称富余，一生

---

① 朱寿桐：《黄维樑散文——写出心灵的健康与壮硕》，黄曼君等主编《火浴的凤凰，恒在的缪斯——余光中暨香港沙田文学国际学术研讨会论文集》，湖北人民出版社，2002年，第372页。

② 柳泳夏（韩国）：《为香港文化辩护——黄维樑散文的忧患意识》，黄曼君等主编《火浴的凤凰，恒在的缪斯——余光中暨香港沙田文学国际学术研讨会论文集》，湖北人民出版社，2002年，第377页。

③ 关于黄氏的认真与谨严，可见于他的学术著作，往往都有长段批注与后记、补缀，中英行文，不弃琐屑，要在出之有据，这也是他尊敬学术与学术同仁奉献的充分体现。

致力于文教、文论事业，游艺经典，关注创新，力持香港并非所谓“文化沙漠”的主张，这不仅有港岛历史悠久、宏丰饱满、锐意创新的创作实绩作为论点论据坚强支撑，且黄先生本人与其贡献，也算是文化见证、收获之一。传说中的香江澄澈甘洌，脉通长江黄河，有着潜注的巨大动力，生生不息，拥抱大海。黄维樑先生——身兼学者与作家的香江名士，亦如同精神财富的一名卫士，值得我们持续关注与研究。

**2013 年 9 月 5 日于成都霜天老屋，9 月 15 日增润，9 月 21 日三改。**

附：

# 后记

这篇论文用了差不多整个暑假的空闲时间，原因一则精力似不如前，炎暑之中，常感疲惫；二则颇有敬畏，对于评论一位学者型的著名作家，似感自己学力不逮。每想动笔，结果还是将黄氏的著作看了又看。而他的论文，往往是长论，动辄数万言，体系绵密周章，一旦看上，就不能中辍，非得努力抵达他的学识堂奥不可。而其间的才、识、趣自然也是诱因。

黄维樑先生学兼中西，为人正如文中所引述形容的"温润如玉"，他给我最深的印象，就是其才识仪景始终如一，保留着一颗文学的童心。他大量评论中涉及的当代作家，许多都半途改道或投笔了，而他仍在文学的道路上歌唱、前进。还好，他一生崇拜的刘勰、杜甫等人，终不会改行消遁，时可入梦来。虽然从奉献二十多年的香港中文大学转赴他处高校任教，但他仍旧是香港文学、学术界的一道风景线与标杆。这是他等身著作的"桃李不言"。

我与维樑先生的结识很早，但见面很晚。20 世纪 90 年代初我即读到他不少妙文，又购到一部他的《香港文学初探》，用于教学参考，颇有便利。1995 年初夏曹师顺庆先生去香港中文大学讲学交流，我得知便请捎去拙著一部，并书信一封，表达敬仰。曹师返回，即将黄先生一部《大学小品》转赠我。今天我还记得时间，其实全靠书的扉页上黄氏留下的墨宝，那一手清隽如凤鸟的行文。至今他仍是习惯不将字迹径书于页面上，而是以粘贴柠檬色"纸飞"于上面书写的习惯，他写给我：

张放先生：

谢谢惠赐大著及大函。缘悭一面。想将来弟必有请益之机会也。祝暑安

黄维樑

九五．六．二十八

字是繁体字，从右到左竖行，一如港台版本，可见古风犹然。这以后

有没有与他通信记不得了。忽忽十多年过去，其间据说他几次来我校讲学交流，我疏野不才，未得窥见门径，更未尽片寸地主之谊，实惭愧如也。直到去年春他来我校“985”讲坛，我到另一个教室去授课，适过其门，获知信息，立即“挥师东进”，将全班研究生移置东边他授课教室听授。我端坐首排，全程记录，课后上前与之握手言欢，他对我似早已淡忘了。不要紧，我另约时间去其下榻之九眼桥畔宾馆拜访，品茗谈学两小时，如坐春风。席间将我疑惑的一个问题，即杜诗欣赏“拥鼻微吟”作何解释提出来，这可难不倒他，得他粲然一笑，虽是温言细语，却是旁征博引（主要用《文心雕龙》）来解释，我恍然大悟，真的有如释家的醍醐灌顶呢。归去的途中，不禁吟诗一首，专记此行晤谈：

**与黄维樑先生谈杜诗二小时得益快慰步归有感**

锦水居处论杜诗，春风曾拂杜子颜。
草堂写意快我学，秋兴八首追天然。
拥鼻微吟得破解，龙学注杜色香全。
归途犹思高论妙，不觉去杜已千年。

诗是颇伧俗的，谈不上工律，但真实记录了黄先生当时留给我的清新感受。这以后时常以电子邮件有向他请益。今年春先生再来履职“985”讲座教席，我即受任临时“主持”，课余陪同、导游，驾车去了本地洛带古镇，坐在客家人的吊脚楼上品茗，与几位研究生一道，听了三小时他有趣的“龙门阵”，堪称“究天人之际，通古今之变”吧。

论文是学习的心得，也是听黄教授授课的一份作业。先生虽年长我十岁，但颜如冠玉，体能矫健，思维敏捷。我这个“老学生”，怕是要遭到他的狠狠“修理”。若是，则引为幸勉。“持之以恒”，请让我们充分领略文学与学人的风采。

2013 年 9 月 15 日

# 第五章　语词还乡与诗意栖居

## ——论渡也存在主义倾向的文化乡愁

### 前　引

记不得是在读大学还是留校任助教期间，我在成都街头徜徉时购得一册《台港文学选刊》，无意间读到一篇文学作品，似乎小说（Fiction）或似散文（Prose），更像是诗歌（Poetry）——诗的质地（en-soi commun），题目《永远的蝴蝶》，通篇不过八百字吧，却像图钉一样将我钉在街边，许久动弹不得。简介中叫陈启佑的青年作家，是台湾嘉义人，他这个作品，简单得几乎没有情节，唯一的情节就是一名叫樱子的女朋友过街去帮"我"投信给台南的母亲。邮筒兴许并不遥远，就在眼帘中，然而"随着一阵拔尖的刹车声。樱子的一生轻轻地飞了起来，缓缓地，飘落在湿冷的街面，好像一只夜晚的蝴蝶"①。作品的结尾是披露信上的内容："妈：我打算在下个月和樱子结婚。"而信中内容兴许飘逝的樱子并不知道。就这一个简单、凄凉的故事，令那天我的游程留下感伤的审美记忆。虽然我并不认识台湾的"樱子"，也不认识创作者陈启佑，但文学的共鸣与移情作用，可以深入人心、移人性情，有如太史公青年游孔子故地："余只回留之不能去云。"② 时间不能磨灭心灵记忆，包括恐惧与感伤，时间却能积淀出文明的精华。

由于孤独、害怕，以及命定自由，我们成了无可名状的忧虑、恐

① 渡也：《永远的蝴蝶》，原文载渡也文集《永远的蝴蝶》，台湾岭南大学图书馆，1980年，第一辑，第3～4页。

② 司马迁：《史记·孔子世家》，中华书局，1984年，第1947页。

惧、痛苦和负罪感的牺牲品……

我们的暴力无所不在：不仅在大街上，家庭里和日常生活中，而且在我们的心里、头脑里和灵魂里。[①]

也许《永远的蝴蝶》是要反映这样的主题。在这个充溢着存在主义气息的诗体“小小说”（一说散文）中，陈启佑写道：

她只是过马路帮我寄信。这样简单的动作，却要叫我终生难忘了。我缓缓睁开眼，茫然站在骑楼下，眼里藏著滚烫的泪水。世上所有的车子都停了下来，人潮涌向马路中央。没有人知道那躺在街面的，就是我的蝴蝶。这时她离我五公尺，竟是那么遥远。更大的雨点溅在我的眼镜中，溅到我的生命里来。

可以这样说，作者后来的创作许多时候都在书写这种“更大的雨点”，以及“溅在”“眼镜中”“生命里”的某种永恒（心灵记忆）。从存在主义倾向的危机意识到选择语词的还乡、诗意（灵魂）的突围与栖居，我认为是渡也（即陈启佑）先生文学创作呈现给我们的一条“总路线”，即诗意的指归（鲁迅说过：“指归在动作”[②]，即一个人有意识的行为实践）。

海德格尔评述诗歌时指出：

特拉克尔的诗咏唱着灵魂之歌，这个灵魂——“大地上的异乡者”——才漫游在大地上，漫游在大地上，作为还乡种类的更寂静家园的大地上。[③]

移置渡也，我认为比较吻合。生命如此脆弱、不测，时间如此仓促，瞬间定格永恒（失去了的美好），人在危机四伏与心灵的涸辙中，必须要做出选择，实现“归乡”的本质意义。因为人“命定的自由”[④]，必须要做出选择，“人是他的选择的总和”[⑤]。这是欧洲 20 世纪存在主义哲学揭

① 戴维斯·麦克罗伊：《存在主义与文学》，沈华进译，春风文艺出版社，1988 年，第 19 页。

② 鲁迅：《鲁迅全集·摩罗诗力说》，人民文学出版社，1982 年，第 66 页。

③ 海德格尔：《在通向语言的途中》，孙周兴译，商务印书馆，2004 年，第 83 页。

④ 戴维斯·麦克罗伊：《存在主义与文学》，沈华进译，春风文艺出版社，1988 年，第 60 页。

⑤ 同上。

示的常理。陈启佑用渡也的笔名，用诗的船篙，着力将灵魂渡到彼岸。这个彼岸不是简单的中国大陆领域概念，更不是西太平洋的新大陆及其他，这个彼岸即精神家园、文化止所，文学语词创造、追求的“诗意栖居”。总体而言，渡也的作品展示了他对人生现实处境的忧虑以及自我救赎的努力，“人的个性比他的种性更强”[①]。渡也诗歌的个性以及语词的张力，从他踏上文学创作道路即形成愈发清晰坚固的链接与构架，“风格即人”，即人所做出的存在方式的选择。

事隔三十多年再来认识渡也的多种作品，清新如一，更能显示出时间的本质意义以及精神现象，归纳其人生哲学取向。中国大陆和宝岛台湾虽然政治体制不一，生活习俗不尽相同，但汉语诗歌这棵根深叶茂的常青树，集合了我们共同的家园意义、文化乡愁，显示着某种默契无间的交流、应合（Ent-sprechen）、通感。“在作品中发挥作用的是真理，而不只是一种真实……这种被嵌入作品之中的闪耀（Scheinen）就是美。美是作为无蔽的真理的一种现身方式。”[②]《永远的蝴蝶》仍似鲜活，刚刚发生。没有人去究问作者生平有没有那么一场悲剧，即瞬间为永恒地失去过一个恋人，甚至没有更多人去考究这件作品的体例关系——是小说还是散文抑或散文诗，真实与体例都不是文学诗质的核心，诗质核心始终是真理的“显现”（如黑格尔名言“美是理念的感性显现”[③]）与一种“显现方式”。我们可以通过审美探及渡也诗质的核心领域，领会世间灾难并非出自偶然，也许这就足够了。“语词破碎处，无物可存在。”[④]“文本之外一无所有。”[⑤]这都尖锐地、深刻地指出了作品自身的唯一重要与合法性。渡也大量创作可用作我们充足的讨论与谈资，他近乎语词狂欢式的写作，印证了一条精神还乡之路。

---

① 戴维斯·麦克罗伊：《存在主义与文学》，沈华进译，春风文艺出版社，1988年，第5页。

② 海德格尔：《林中路》，孙周兴译，上海译文出版社，2008年，第37页。

③ 北京大学哲学系美学教研室编译：《西方美学家论美和美感·黑格尔》，商务印书馆，1982年，第190页。

④ 海德格尔：《在通向语言的途中》，孙周兴译，商务印书馆，2004年，第219页。

⑤ 余虹：《文学知识学》，北京大学出版社，2009年，第101页。

## 一、作为话语建构的乡愁

渡也诗歌比较鲜明的一个特征是有着浓郁的乡愁。乡愁原是中国古代诗歌的一种话语方式，一种特别的建构与语词中心，而在海洋国家所处的西方如英文词汇中，难以找到同义词汇，homesick（想家）与 nostalgia（怀旧）都不等同汉语“乡愁”的神韵与谱系。联系汉语乡愁近同义的如春愁、秋愁、旅愁、边愁、羁愁、客愁、牢愁、哀愁等，互文相应，源远流长。我曾经写了一部专著予以探讨，并考证出乡愁最早的词型与词格，是出自唐代诗人杜甫手笔，他的诗作《和裴迪登蜀州东亭送客逢早梅相忆见寄》一首：“幸不折来伤岁暮，若为看去乱乡愁。”[①] 而在五四运动以降，最早使用的则是冰心女士。[②] 这种乡愁话语方式以后在占有重要地位的民族救亡图存运动中渐趋淡化（让位于宏大题材），1949 年后几乎终止（克服所谓小资产阶级思想情绪，倡导“革命大家庭”“四海为家”“我为祖国守边疆”“哪里有石油哪里就是我的家”等）。而这时期在海峡对岸的台湾，则涌现一大批由大陆迁徙海岛后成长起来的“外省”作家，以书写乡愁见长、出名，最典型如被唤作“乡愁诗人”的余光中，而同题创作的乡愁诗歌作品，俯拾即是，如杨唤《乡愁》、朵思《乡愁》、沙漠《乡愁》、蓉子《乡愁》、席慕蓉《乡愁》等。现代派诗人洛夫、郑愁予、痖弦、杨牧、罗门、蓉子、周梦蝶等“陆客”，情牵于维系文化祖国家园，抒发乡愁不绝如缕。老前辈“陆客”于右任、胡适、林语堂、梁实秋、台静农、苏雪林、谢冰莹等怀乡感触，形于作品。可以说乡愁是台湾现代（包括现代派）文学中一项重要的话语方式，一种道说（Sagen）在场与接力的现象景观。这也是我们研究乡愁文学不可忽略且可以关注的重镇。但是面对渡也，我们有些讶异。渡也，1953 年早春出生的诗人，台湾嘉义市人，可称为台湾“原乡”“湾仔”，虽然倘如追溯他的祖先，依旧可以清理出中国大陆根的脉络（只要他的谱系不是台湾当地少数民族如高山族等），但

① 详见拙作《论杜甫是乡愁文学的鼻祖》，《四川大学学报》（社科版），2010 年第 6 期。另见拙著《中国乡愁文学研究》，巴蜀书社，2011 年，第 156 页。

② 详见拙作《论冰心文学的古典气质与“乡愁”书写》，《冰心论集 2012》，上海交通大学出版社，2013 年，第 565～569 页。

那毕竟是祖先记忆（众所周知，现在有些人已在尽量淡化或刻意加以遗忘）。是不是正因为这种远在的血缘关系，令渡也诗歌多有乡愁表现？我们通过考察，注意到一个事实，即他对台湾“嘉南平原”生长地的乡愁，固然有之，更多的却是一种弥漫性的、广义的乡愁，即精神的乡愁，作为“还乡的种类”（诗人），“贯穿着孤寂之精神”[①]，显然更是一种形而上的、文化的乡愁、语词的乡愁。关于乡愁的意蕴，诗人渡也有明显的用心与意识——

> 这本诗集所处理的均为中外文学的重要主题、原型，即乡愁与爱情。民事、返乡所呈现者或隶属时间的乡愁，或隶属空间的乡愁。不管写何种主题，我希望作深入浅出的表达，而读者能轻易掌握诗旨。[②]
>
> 1988年初离开嘉南平原，迁居台中，转眼已过七年了，执笔写此序时，思念故乡，郁郁累累，近读诗人贾果伯先生早期之七律：“台中林整可栖迟，我似鹪鹩寄一枝。频年多病独伤时。”寄居台中的我感慨良深，突然燃起再度返乡从事教育、推动文化工作之念啊！现在是正月初，春天快来了，策马的我不禁又想起王翰的乡愁：“杨柳青青杏发花，年光误客转思家。”[③]

此类表述多见其诗文集。我了解到台湾诗坛多位前辈行文（包括笔者与之面谈），不约而同地表达更喜欢渡也的乡愁诗作。这如同渡也自述：“隐地先生于去年十一月十八日给我的信，对《流浪玫瑰》提出意见，他表达‘我最喜欢第三辑：《返乡》令我感到欣慰’。”[④]“返乡”，显然是渡也诗歌题材中作为“应合”（Ent-sprechen）所在的一个突出的文学表现领域，即其设身处地描写迁来岛上的“外省”“陆居者”同胞（多是他前辈）还乡的情怀与人生遭遇、悲剧。这类诗他把握得很好，量身定做，很有分寸，甚至不逊色有亲身体验的前辈乡愁诗人。如“返乡辑”中《地

① 海德格尔：《在通向语言的途中》，孙周兴译，商务印书馆，2004年，第83页。

② 渡也：《流浪玫瑰·序》，台北尔雅出版社有限公司，1999年，第5页。

③ 渡也：《我策马奔进历史·年光误客转思家》，嘉义市立文化中心编印，1995年，第5页。

④ 渡也：《流浪玫瑰·序》，台北尔雅出版社有限公司，1999年，第4页。

图——为周老师而作》《茅台》《苏州》《归根》《录影带》《先进》等，以及散布于他其余诗集中的同类题材作品，这里录《茅台》一首观之：

茅台偷渡来台
看起来并不像
共产党
茅台偷偷到荣民家里
久别重逢
来！浮一大白

打开瓶盖
祖国的香味，扑过来
一把将他抓住
要他回去

仰首，合目，一饮而尽
贵州的山山水水
全在肚子里矗立，蜿蜒
叫他回去

如何回去？

人醉，贵州也醉了
深夜醒来，吐——
秽物满地都是
都是四十年来的
愁苦

——原载 1988 年 1 月号《联合文学》[①]

余光中（如《乡愁》《老战士》）、洛夫（如《家书》《边界望乡》）等名家的乡愁代表作无疑给当时尚是青年作家的渡也以相当的启发，看得出来他语词中的借鉴、学习。但他“视同己出”的那种简洁有力、取精用宏

① 渡也：《流浪玫瑰》，台北尔雅出版社有限公司，1999 年，第 109～111 页。

的驾驭表现能力，显然已经力透纸背，自成一体。“荣民”的痛苦被他详熟了解与洞察，包括他的老师北京籍人“周老师”，受到还乡限制的公务员、军人、寻亲线索中断未获者，等等，皆能“民胞物与”、感同身受，从而发为心声，作为代言。《归根》一首写老兵还乡经历的物是人非、不胜今昔之感，着实令人扼腕叹息。最奇特莫过“返乡辑”中《许多愁》一首，作者自己禁不住跃入诗中，如其另一个诗集名《我策马奔进历史》，显然突破了时间的界定，而以“我”之介入，更深度具象地表达一种人文关怀，以及绵绵不尽的故国情思：

一波波人潮
涌回故乡
只有我仍在台湾
流不走
载不动
许多愁

他们都有亲人在大陆
其实，我也有亲人
全大陆同胞都是

我到书店购买返乡探亲手册
大陆探亲旅游手册
准备回去
啊，我要回去
有关单位拦住去路

整理好行李
整理好心情，摊开
手册上的地图
找到长安
抚摸着久别的长安
这样
就算回去了吗？

滂沱的泪水淋湿了
手册中的地图
祖国山河也在哭泣
山洪暴发，河流泛滥
一片汪洋中
再也找不到长安
我怎么回去？[①]

起初的立意可能亦是代人（受政令限制者）立言，在实际书写过程中，作者的“长安”古意弥漫开来，将之纳入物我两忘、主客一体，所谓“你中有我，我中有你”。这种语词的通感与复合，以及现代性文学的介入肌质、在场意义，恰如海德格尔评述当时诗歌“你心系何方——你不知道”一行时所指：“这一诗句犹如演奏的低音一般回响在所有的歌中……这位诗人在词语上取得的经验进入暗冥之中，并且始终还把自身掩蔽起来了。我们必得任其如此；但由于我们如此这般来思考这种诗意经验，我们也就已经让这种经验处于诗与思的近邻关系中了。”[②] 渡也与他诗中代言的前辈处于“近邻关系”，甚至“忘我”状态与应合中，这亦如《文心雕龙·附会》篇所云：“道味相符，悬绪自接。如乐之和，心声克协。”[③] 登山观海，不免都情意相通，“思接千载”。这都为我们研究渡也的乡愁主题指出了一条路径，即他所写的乡愁，有小乡愁，有大乡愁，更多是他自己精神的乡愁——一种文化寻觅的乡愁，亦即语词精神的归所。他每时每刻都在使这一“返乡”行动，步伐嘹亮（“异乡人的步伐在鸣响”[④]），尽快地安居下来，以直达一个“诗意栖居”，以归宿、栖居来抵抗漂荡、恐惧、虚无与喧嚣。

与前辈乡愁诗人不同，渡也并没有在中国大陆地区生长的经历，因此也并没有那些少年时代所谓陆居者铭记在心的山川阡陌、乡土风物亲身体验记忆，更多只是会意、通感以及间接知识。但他描写陆居者的乡愁，一

① 渡也：《流浪玫瑰》，台北尔雅出版社有限公司，1999年，第115～116页。
② 海德格尔：《在通向语言的途中》，孙周兴译，商务印书馆，2004年，第175页。
③ 刘勰著，周振甫注：《〈文心雕龙〉注释》，人民文学出版社，1982年，第463页。
④ 海德格尔：《在通向语言的途中》，孙周兴译，商务印书馆，2004年，第82页。

样精警动人、形神毕现。纵观其诗篇，“陆居者”的分量与题义，可谓“兹事体大”、具象突出，这是他作品的一根红线，他梦绕魂牵的“栖居之所”，也即中国古代诗学所谓诗质、“诗眼”“诗魂”，无疑即中国文学——汉语文学的道义精神与语词魅力，如他《茅台》诗中所谓“一把将他抓住/要他回去”。又如一首诗自云——

**那人**

二十二岁起
一座大山奔进他眼里
二十九岁时
他眼里那座大山又长高了
一万公尺
他看到那山上站著一个人
捧著漫长的中国文学史
那人以长发击打
千丝万缕的风[①]

紧邻此首的《母亲的怀抱》以及《我策马奔进历史》等诗作，无不异曲同工、意旨如一。在行文中他则更加明确表达：

以书中的一首诗的题目为书名，其实并未用该诗意旨，而是别有含意。二十多年来，我骑着文学的骏马奔驰，“奔进历史”则是多年梦寐以求的，能上文学史，占有一席之地，乃是我最大的愿望也。“我策马奔进历史”是自励，而非自傲。[②]

你当然可以将其理解为“青史留名”的“意志”（will），但我们注意到他这个“历史”的指向与隐喻是“中国”，而非单单的台湾史或廓大而无关的西方世界史。我们有十分充足的材料说明诗人半生所系的这个“中国结”（与政治体制似无关），是其诗歌中最为醒目的一个心结，亦是他诗歌象喻的用心所系。他的题为《乡愁》的一首值得我们注意：

① 渡也：《我策马奔进历史》，台湾嘉义市立文化中心编印，1995年，第175页。
② 同上，第5页。

与病相续
醒来
不见鞋
只见

啊
琴
黯黯
断弦
黯黯地
说
鞋已还乡[①]

虽然与前举的乡愁同题诗看似别无二致，但解读则与前辈“陆居者”亲身回忆大不相同，他更侧重于精神象征的乡愁。写诗当时渡也年轻，兴许受到诗坛前辈的影响，例如“创世纪”诗社精神领袖纪弦的作品《脱袜吟》：

何其臭的袜子，
何其臭的脚，
这是流浪人的袜子，
流浪人的脚。
没有家，
也没有亲人。
家呀，亲人呀，
何其生疏的东西呀。[②]

看得出来这种简单明白的歌谣体所反映出来的现代隐喻，是渡也诗歌学习追求的一种风格。他那首颇为肖似法国象征派诗风的《乡愁》，所传递的是更倾向形而上的意味，摒弃了自传体的熟路，抽去了“回忆”环

① 渡也：《我策马奔进历史》，台湾嘉义市立文化中心编印，1995 年，第 19 页。
② 流沙河编：《台湾诗人十二家 · 独步的狼》，重庆出版社，1983 年，第 1 页。

节，从语词逻辑方面采取一种断裂化处理，陌生化、符号学式的书写，从而表达语词本质的还乡意义。“鞋”，先于身体，先于经验，甚至先于时间界定，在还乡的途中。“鞋”仿佛灵魂的载体与化身。“惟有在他的语词之到达中，未来才现身在场。”① “鞋”已先抵达未来，这正是语词作为思想载体的神奇功效。

曾经明显受到存在主义思想影响的青年渡也，在对黑暗命运与虚无的恐惧中，寻找到一条栖身永恒与精神的蹊径，从而实现人生的选择与救赎，“精神驱赶灵魂上路，使灵魂先行漫游，精神置身于异乡者之中”②。这仿佛是前引渡也《乡愁》一诗的注解，也是其大量乡愁意识诗歌创作的象喻与宗旨。虽然是台湾地区的人，但也是精神上的“异乡者”——诗人——“生活在别处”。渡也诗歌总体构建了一个清晰的自身的乡愁话语系统，值得细细梳理与专文研究，在台湾地区生长的一代诗人中，有特别的代表性。

## 二、语词还乡的现代性

渡也的诗风总体清新明白、言简意赅，重视历史的积淀与文艺的审美感染，似与晦涩艰深无关。他自己也于多处行文中表示对语词表达意义的理解，例如：

> 这几年诗坛流行的某些怪诞、晦涩的诗，我相当反感。去年底，洛夫返台，于台中开书法展，在报纸的报道中他也表示时下有些诗颇费解，而十二月下旬《联合副刊》亦有读者、主编探讨此一问题。让我们一起来关心这多年的沉疴！
>
> 我的诗该没有“看不懂”的问题吧。
>
> 我并不反对别人尝试新奇的路线，然而，无论开拓什么前所未有的途径，明晰易懂应是值得注意的原则，《古诗十九首》历久不衰，两千年后的今日仍令人回味无穷，恐怕与此原则有关。③

① 海德格尔：《林中路》，孙周兴译，上海译文出版社，2008年，第290页。

② 海德格尔：《在通向语言的途中》，孙周兴译，商务印书馆，2004年，第59页。

③ 渡也：《流浪玫瑰·序》，台北尔雅出版社有限公司，1999年，第5页。

再如：

> 写诗二十五年了，我始终勠力不懈，因而产量甚丰，迄今已发表诗作达千余首。我的诗路之旅，并非平安无事，一帆风顺，也有不少难关、挣扎和变化，早年曾沉湎于唯美的、个人的、玩弄技巧的小天地里，后来幡然改图，于十几年前，努力要求自己：
>
> 一、语言平易近人
>
> 二、题材生活化、大众化
>
> 三、不耍技巧
>
> 希望我的诗既具有诗质、诗味，又有很多人看得懂。这种“诗观”，这种“美学”，有些人反对，但我只管写我的，相信必有读者支持我。①

清新明白并不等同低俗浅泛。纵观渡也诗作，我感觉他的“明白”之中，指意丰富，其实深伏现代性与语词的诗兴空间，其能指与所指，常相转义、补充、迂回（detour），从而更具弹性。他的诗作因其“还乡”意识与历史介入意识，其诗歌的发动机、生命力亢奋经久，占据了一个现代性的高地，颇能代表台湾现代派诗风之一面，这是不能低估的。现代性并不等同晦涩、烦冗、空洞，现代性更是一种精神重构。于尔根·哈贝马斯《现代性的哲学话语》指出现代性产生于世界三大事件，“新大陆的发现、文艺复兴和宗教改革，则构成了现代与中世纪之间的时代分水岭”②。对现代哲学的深刻阐述，首数黑格尔，他称：“我们不难看到，我们这个时代是一个新时期的降生和过渡的时代。人的精神已经跟他旧日的生活与观念世界决裂，正使旧日的一切葬入于过去而着手进行他的自我改造。事实上，精神从来没有停止不动，它永远是在前进运动着。”③ 科瑟勒克、波德莱尔等人都对偶然与永恒以及新的世界史观有着深刻的阐述。概括而言，现代性即一种否定权威的前瞻意识，即主体性的精神建构与自由书写

---

① 渡也：《不准破裂·自序》，台湾彰化县立文化中心，1994年，第2页。

② 于尔根·哈贝马斯：《现代性的哲学话语》，曹卫东等译，译林出版社，2004年，第6页。

③ 黑格尔：《精神现象学》上卷，贺麟、王玖兴译，商务印书馆，2013年，第7~8页。

的风范。黑格尔赞美为“升起的太阳就如闪电般一下子建立起了新世界的形象”①。渡也在题材非常丰富的迄今约十九部诗集中，体现出鲜明的主体性与自由书写、历史解读，其语词的“还乡”——对中国文学瞬间与永恒价值的重估与自我认同、反思，在世界语境中，无疑有着清醒的时间意义。他的《流浪玫瑰》第一辑“民艺”，对民间历史文物的吟咏书写，系一组“咏物诗”，从中反映出现代人的批判意识与纪念情怀，表达出类似这样的审美倾向：“即这是一个进步与异化精神共存的世界。”② 且录两首短诗，以见一斑：

**三寸金莲**

绣花鸟图案
鞋上就有鸟叫的声音
图案的欢呼
啊，都飞不走
谁说一步一朵莲花
不！一步一朵
问号
一步一朵
泪花
从清朝辛苦走到民国
初年，就结束了
谁说一生数十年
不！一生只有
三寸
不只是脚
连一生都在鞋中
而脚、鞋以及一生

① 黑格尔：《精神现象学》上卷，贺麟、王玖兴译，商务印书馆，2013年，第8页。
② 于尔根·哈贝马斯：《现代性的哲学话语》，译林出版社，2004年，第19～20页。

啊，都在男人掌中①

你可以说诗歌明白如话，浅近易懂，但你不能否认其强烈的时代意识、批判精神。再如：

**饭桶**

稻米进口
朱红饭桶从清朝活到现代
从未听过
孤独站在现代客厅
听电视新闻报道
朱红生漆颜面如昔
饭香早已随清朝远去
只留下一桶的
无可奈何

一九九四年开始
台湾必须吃外国米活下去
空空的稻田只能愣着
不知想什么才好
如同旧饭桶一样
而老饭桶架也只能
茫然站在现代客厅
无路可走
如同稻农一样②

这种沉雄有力的批判，以及时间穿越的魅力，语词结构求新求变的掷地有声，是渡也诗歌长年不被淡忘的关键品质所在。看得出来，他在这方面深受“创世纪”“二弦”（纪弦与痖弦）的影响，如痖弦的名作《红玉

① 渡也：《流浪玫瑰》，台北尔雅出版社有限公司，1999 年，第 5～6 页。
② 同上，第 10～11 页。

米》《盐》等咏史诗，无疑给了他明显的影响。

渡也大量的中国历史题材的诗歌，咏物写人，包括叙事长诗（这也是他的一个创作重点），总体呈现出精神识别与语词返乡的宏大意义。这个“乡”，古代文言通假“向”（如司马迁“虽不能至，然心乡往之”[①]），可以互文，指出人心向背与世间怀抱，“还乡”意义即中国文化的更新魅力召唤，这也是诗人的诗旨用心所在。

## 三、抵制破裂与边缘化

台湾的现代诗比较不同于中国其他地区的诗歌格局风貌，我认为另一层重要意义与特征在于其中心意义观念与宏大书写。台湾大陆籍“外省”诗人以及台湾本土成长起来的文学作者，多倾向于家国意识、民族情怀，以及“以天下为己任”的责任担当。他们极少将自己置于地方化（方言区域）或偏安一隅的自足意识状态。即便风格全然不同甚至不免彼此“相轻”，例如李敖与余光中，二人都以春秋式的宏大书写出名，前者自认为中国白话写作五百年来最好；而后者以中华家园为感情维系，江山人文，一往情深。老一代如胡适、林语堂、梁实秋等，本来即新文化缔造者、发扬者，国人师表。成长于台湾的著名诗人还如洛夫、痖弦、郑愁予、杨牧、蒋勋、叶维廉等人，莫不主张江山文化、华夏一脉。再至林清玄、林文月、简媜、渡也（他一个笔名就叫“江山之助”，颇令人回味）、张晓风等这一代，虽系台湾出生，一样书写“中国心”，表现全景式的汉语语境。这都可以充分说明台湾自光复后，特别是1949年以后，即形成中国现代文学的另一个中心、重镇，特别体现中国认证意识。这一文化特征兼及各个领域，如白先勇的怀旧小说，乃至新派历史、武侠小说（高阳、古龙等），他们的视域与表现无不以大中华为在场、舞台、疆场。台湾文学这种中心建构意义与当下性，决定了他们的文学大气磅礴以及“国语”的核心语词属性。在中国大陆一些省区的作者，则较为乐意与甘心寂寞，以区域方言创作，潜心书写一地一隅之民风民俗，有如“花儿”“竹枝辞”等，不在意领导潮流，也没有急迫的家国忧患意识，更无意成为中心文化层面

① 司马迁：《史记·孔子世家》，中华书局，1984年，第1947页。

的代言人、领导者。例如笔者所在巴蜀，方言作者可以列数多位，最有名的如李劼人先生，他的“大河小说”三部曲创作，虽被曾经同窗的郭沫若评为“小说的近代史”，庶几可能成为“中国左拉”[①]，然其小说问之外省时人、今人，知者寥寥，多加入方言的写作，阅读之下不免佶屈聱牙、“向隅而泣”，限制了影响。再如吴语地区，粤、港、赣、琼等方言区，区域性的作者成就可谓不小，亦有流行，但中心意义的话语“霸权”意图与占据意识并不突出（金庸、梁羽生等“国语”作家恰好相反）。台湾则不然，学者、作家、诗人，皆长于宏大书写，表现国家意志、中心文化与在场意义。即便言情作家琼瑶，她的故事，亦多以京、津、沪等大都市乃至于清宫皇族题材（如《还珠格格》）著称。这一现象姑称“故宫”情结，在台北即有一“故宫”，与北京故宫，一本所出，花开两朵。“清华大学”等亦同此义。据说台北街名，多以大陆城市命名（如“厦门街”“四川路”等），“登高”意味，不言而喻。台湾的中华文化中心与重镇接绪建立之意识，有目共睹。“台独”潮流所臆想的试图“去中国化”的“台语文学”之路，实为一条方言土语之路，若更加入有意地屏蔽汉语大文化认同，无异走入迷途乃至死路。就文化“肌质”而论，畅通断难，遑论宏大致广。早在19世纪初黑格尔就指出：“中国‘历史作家’的层出不穷，继续不断，实在是任何民族所比不上的。”[②] 黑格尔继而指出中国人的精神是从“实体的‘精神’和个人的精神的统一中演绎出来；但是这种原则就是‘家庭的精神’……而同时又是‘国家的儿女’”[③]。中国的辽阔疆域与悠久文化，以及历史的责任感，曾令黑格尔震惊叹赏，虽然他并不赞成奴化的臣服的皇族文化，而是倡导现代性、世界性。

出身于台湾中国文化大学的渡也博士，似乎先天就打上了这一大文化的烙印，且在他的成长创作中，决意“策马奔进历史”。他的中国言说，极尽动静相宜的歌咏，以及历史审美判断，都可说明他宏大书写的意识。他虽然以台湾嘉义人为荣，但一直有意排拒孤裂化、边缘化乃至异化（他

---

① 郭沫若：《中国左拉之待望》，《中国文艺》，1937年，第1、2期，第265页。亦见《郭沫若学刊》，2011年第4期，第2页。

② 黑格尔：《历史哲学》，王造时译，上海书店出版社，1999年，第123页。

③ 同上，第164~165页。

创作的一个重要的隐喻的主题即在此)，为此他不辞顶着“偏向国民党”[①]的非议与压力，他的一本诗集就题名《不准破裂》，虽然其所指在于自己身心康全，有自励之意，而能指意味，极其丰富，大可发人深省。据其诗文中自述，在台湾他有被人称为亲陆亲左倾向，这种无理的嫌猜无疑因为他诗歌的中国化品质所导致。中国史上大部分名人文豪，多有收入渡也诗文关注，他的题材可称为一部诗歌的中国文案。可以担当黑格尔“历史作家”这样一个称号，虽然他只是将历史作为一种话语空间平台，更多是一种指喻、象征乃至戏仿、反讽，但历史的潮水，澎湃汹涌于其诗行行文间，这是不争的事实。在书写历史的同时，他自身也跃入其中，表达思想的多维空间与话语传奇，从而实现现代性的“过渡”与重建。如其《渡也与屈原》一首：

一九八〇年夏天
我沿高速公路南下
心里涌动涉江与怀沙

我看到三闾大夫
佩芝兰以为饰
在路边
低头独行

他首如飞蓬如
动乱的楚国
眼中流着哀伤
一看到我，马上
别过头去
一九八〇年八月
我默默南下
谪贬我的不是楚怀王
也不是顷襄王

① 渡也：《流浪玫瑰·序》，台北尔雅出版社有限公司，1999年，第4页。

原来是

我自己

一九八七年九月

我终于穿着一袭唐装

手执黑扇，毅然

离开众人皆醉的嘉义

离开我心中的汨罗江

带着屈原，再度

北上[①]

一个人于区域间转换工作，本是极为普通之事，由于作者“自我放逐”意义层面的书写，禀赋了语词还乡的意义，使时空风云穿流，与屈原互文呼应，语词直指中国历史文化的核心事件，这一中心意识与在场试图，随即发挥神奇作用，令读者也“闯入历史”，诗兴湍飞，感受到时间的永恒意指与悲剧精神。其余类似题材如涉及司马迁、陶渊明、李白、杜甫、王维、李贺等，皆援引古意，阐述今声。如《单兵》一首，描写“我携带武器装备，在中国的草原前进”，所遭遇种种，会合古之圣者，“全在山上”[②]。海德格尔指出：“只有当灵魂在漫游中深入到它自己的本质——它的漫游本质的最广大范围中时，灵魂的忧郁才炽热地燃烧。”[③] 渡也作品多有选入两岸中学语文课本，不仅在于他言畅意丰的语词风范，更得力于他表达的中心文明意识，以及扬弃历史正反的担当勇气，还有不假粉饰的现代性追求。

在此方面，除了大量的对古代文学家的“借喻”，还有述及英雄史诗层面的作品，包括多部长篇叙事诗，令其“中国诗人”“历史作家”的修为与特色，更加突出与彰显，表现了悲剧审美情怀的另一方面，即悲壮与崇高。叙事长诗集《最后的长城》，被痖弦赞为“抒大我之情”[④]，恰如其

---

① 渡也：《不准破裂》，台湾彰化县立中心文化编印，1994年，第12页。

② 同上，第80页。

③ 海德格尔：《在通向语言的途中》，孙周兴译，商务印书馆，2004年，第59页。

④ 渡也：《最后的长城·痖弦评语》，黎明文化事业有限公司，1988年，第4页。

分。全集由《宣统三年》《永不回头的方声洞》《最后的长城》等组成，写“革命党”，写方声洞、林则徐、陈天华（《殉国的梅花》）等，无不元气淋漓，慷慨悲歌，作者“有撰述‘近代诗史’之决心”，成绩斐然，当时获《“中央”日报》“千万读者，百万征文”奖。作者书写了一篇题为《中国近代史实　民族血泪交织》的获奖感言，特别“对在艰难困苦的险境下，推倒庞大专制帝国的先烈，对‘去邪无疑’的义士，表达正面的颂扬”[①]。另外一些讴歌历史文化精英与历史巨变的篇章包括诗剧，如写苏轼的《我静静眺望祖国江山》，写王维的《王维的石油化学工业》，写历史事件的《天下大水》《秦军败了》等，莫不歌颂中华魂魄精神，或于惊涛骇浪之间，穿插历史的现代理念，甚至于碎片化的处理映射中，再行构织历史的话语中心与场域意义。这些诗篇无疑应是台湾当代文学史一项不可淡化的可贵尝试与重要收获。“悲剧给予我们的快感并不属于我们对优美的感觉，而应该属于感受崇高、壮美时的愉悦。悲剧带来的这种愉悦，的确就是最高一级的崇高感、壮美感，因为，一如我们面对大自然的壮美景色时，会不再全神贯注于意欲的利益，而转持直观的态度，同样，面对悲剧中的苦难时，我们也不再专注于生存意欲。”[②] 悲剧净化心灵，摒除贪欲杂念，使读者沉浸于现代文艺的纯粹澄明意境中，感受到悲剧崇高与庄严的低音，这也是渡也“史诗”写作的一种尝试与效果。

这一文化中心层面意识与扛鼎历史的勇气（祖国、中华、国旗、神州、大地、人民、先烈、前贤等自觉意识频繁表诸渡也诗集），以及大胆创作的语词修辞能力，是对身份的游离特别是孤岛化、边缘化、区域化的抵抗，更是对“人是他的自由”[③] 这一现代哲学命题做出的回应。

## 四、对“活着”的荒诞性的揭示

渡也自创作《永远的蝴蝶》以来有关生存主题意义的书写，虽如前引他所说一个时候曾驱于艺术至上、玩弄技巧的歧途，但总体看来，并未偏

① 渡也：《最后的长城·痖弦评语》，黎明文化事业有限公司，1988 年，第 19～20 页。

② 叔本华：《叔本华美学随笔》，韦启昌译，上海人民出版社，2004 年，第 52 页。

③ 戴维斯·麦克罗伊：《存在主义与文学》，沈华进译，春风文艺出版社，1988 年，第 10 页。

离严肃文学的轨道，始终有追求、有意识，实现诗意栖居。特别是拷问生存意义方面，如反思人生、暴露人性的弱点甚至卑劣，渡也笔无旁顾，一路冲锋陷阵，以诗言志（着重于生活荒诞性的揭示），没有放弃纯文学的深度探索。洋溢在他诗中那种一如“凡有生者，皆痛苦”“活着是如此痛苦地善和真”[①] 等存在主义哲学倾向的（特别关于异化）主题表现，不遗余力，如醍醐灌顶，诗意往往直通文化精神要塞，彰显强烈冲突的现代性——也即我思、我在、我痛、我怀疑的生存方式。写出生活意欲的烦恼，揭示荒诞与虚无的本质，从而更加映衬还乡的、救赎的指归。本节侧重以渡也的情诗作品，探析其关于生存意义的叙事书写。

渡也有些情诗写得相当露骨（两性关系），散见于多个诗集，也有专以“情色诗”的冠名，如《手套与爱——渡也情色诗》，内容有不少戏谑与戏仿成分，有些甚至近乎“恶搞”，其实他是在着力展示现代与后现代的荒诞意味，表现“活着”与“情觞”的荒诞关系，从而揭示自由选择所必然付出的痛苦代价。渡也没有详述他恋爱失败的原因理由，写出来无非是种种存在的伪理由以及庸常琐屑，他擅长直抵语词极地，抽去过程、桥梁，直奔人性的软肋，侧重于表现两情相悦与灵肉分离、时间毁灭的情思、追忆以及历久弥渐的伤痛，包括忏悔甚至罪疚感，反衬真爱的不朽价值——瞬间即永恒的美丽。如：

**都不要说**

分手后这十几年/你在那里/无尽的泪水/已把你/载到天涯/或者海角？//

十几年来/我在每一个街角拐弯/都渴望不期然遇见/一个扑面而来的惊喜/一个撑伞而来的你/二十岁的你，或者/七十岁的你/我都喜欢//

让我们在街角紧紧拥抱/来时路多痛苦多漫长/都不许回头看/十几年的寂寞泪水爱与恨……/啊，都不要说/只让我抱着瘦小多病/衣衫褴褛的你……[②]

---

① 海德格尔：《在通向语言的途中》，孙周兴译，商务印书馆，2004年，第61页。

② 渡也：《空城计》，台北汉艺色研出版公司，1998年，第96页。

深情的书写，在多个诗集中迭相互映，是爱情主题的力作。有的诗则不无强烈的自嘲、反讽甚至“自暴自弃”，毫无疑问，暴露自己无非是为了暴露荒谬性，如有的诗中对性器官、性行为的夸张描写，无非要展示存在主义“我就是我的身体”[①] 这一著名的立论与反讽。描写面对情人的配偶、丈夫的善意相待时，纠结与荒诞感尤为突出，这不仅是内心道义的抬头，更着重表现了“现代文学：一个警告”[②] 的意味。“我们可以找到这些始终不变的主题：堕落的人，处于危险之中的人，没有信仰的人，没有希望、仁慈、博爱和爱的人——一句话，几乎完全辨认不出是人的人。”[③] 所以在渡也情诗中表现的“自暴”，比台湾其他现代派诗人显示出来的都大胆、直率得多。如：

**那人**

几年来/那人常写信给我/打电话来/常到我住的地方//

自从他太太的眼泪/来找我/来找我的眼泪/我决心不去开信箱/拒绝电话/把所有门窗锁上//

然而，那人仍在/仍在我心里徘徊/向我挥手，微笑//

我只好天天睡觉/试图将他从心中赶走/心，也决心不想他//

啊，那人竟然/仍然醒在我梦里//[④]

这类“偷情”题材诗作还有《今晚我从台北来》《散文家》等。展示情色世界的“喧嚣与骚动”，不假掩饰地揭示意欲的荒诞性。再如：

**兼爱非攻**

我在研究兼爱的思想/并且实践这套理论/阿桃却站在我心的边缘地带/哭得墨子束手无策/阿桃指责王兰花抢走她的地盘/抢走了我的心/那株兰花动手抓破阿桃的果皮/后来李小梅也加入/兵荒马乱之中/在我小小的心里/制造一个爱的/春秋战国//

---

① 李钧：《存在主义文论》，山东教育出版社，2001年，第17页。

② 戴维斯、麦克罗伊：《存在主义与文学》，沈华进译，春风文艺出版社，1988年，第22页。

③ 同上，第23页。

④ 渡也：《空城计》，台北汉艺色研出版公司，1998年，第104页。

她们一起打破了墨子的哲学体系/我仿佛听到/墨子挥汗高声急呼/非攻非攻[①]

在寓言式的“迂回”与反讽后边，还是内心的交战。渡也情诗更多的还是感伤的追忆与幻灭之感。如《妹妹》——

……

你转过头来问我你是谁/你是谁啊浪花互相拥抱/又挥手分离/无欢的潮汐涌过来/又含泪退回去了/我缓缓回答你（啊大海也知道）/上帝叫我带你来到这个人世/你就是我最最深爱的/但永远不能结发为夫妻的妹妹……[②]

总体而言，渡也情色诗的基调是郁积与悲观的，包括“戏仿”与反讽。他的情诗如同在重复着这样的理论：“人将不可避免地直面自身的真相：这是唯一真正的解决方式。他必须认识到他的基本孤立和孤独与他的命运无关；他必须清楚并没有可以为他解决问题的超自然的力量。他必须这样，因为他无法逃脱对自身的责任，并且事实上只有利用自身的力量，他才能使生命获得意义。”[③]

同样，渡也用语词的还乡来拯救自己，直抵汉语诗兴的核心层面，澡雪精神与灵魂，享受时间的积淀。如《三国演义》《李白》《诗经·卫风·氓》《灞桥》《中国结：两只老虎》等诗作，都无异于擦拭现实痛楚感伤泪水（他自己的诗题形容是“菊花泪”）的“红巾翠袖”，是疗治身心伤口的神草良药。这是语词还乡与自我救赎的一种比较特异的表现方式。

## 五、新一代乡愁诗人

渡也的诗写得很多，他早年在《流浪玫瑰》序中打趣地说，在台湾，论质量他也许进入不了前十名，论产量他则必定稳居前十名。事实上他才如泉涌，风格多样化，写诗成为一种生存样式与救赎惯性，在语词还乡的

---

① 渡也：《空城计》，台北汉艺色研出版公司，1998年，第120页。

② 同上，第10页。

③ 戴维斯·麦克罗伊：《存在主义与文学》，沈华进译，春风文艺出版社，1988年，第20页。

道路上，他从没有停止过脚步。除了上述充满生活气息与历史反正况味、感情杯葛的作品外，渡也还有一些另类风格的作品，如诗剧、儿童诗、科幻诗、讽刺诗、生态诗、散文诗等，内容亦正亦反，情趣亦庄亦谐，题材如洪波汇集，不捐小溪，充分表现出试图解构传统与重构心灵世界的现代性努力。他深受现代哲学的影响，这从一首奇怪的小诗即可见一斑。

**西洋哲学史**

黑格尔跑到旷野
无拘无束的旷野
在夕阳下
对着自己
大声喊：
放我出来！[①]

诗集《愤怒的葡萄》最后一首题为《天使》，内容令人触目惊心：

我沿着四月四日的早晨
散步过去
准备在开幕典礼时
用笑声轻拍
那些天使的肩膀
走进广场我才发现
儿童死了一地
他们静静带走了
人类巨大的梦
没有小草
这世界如何生长呢

我含泪将世上所有的
露水和初生的红玫瑰

① 渡也：《愤怒的葡萄》，台北时报文化出版事业有限公司，1983年，第140页。

撒在他们身上
这样
仿佛是
整部人类史的
闭幕典礼①

为什么用这首短诗结束诗集《愤怒的葡萄》，想来其义自见。我们在阅读的时候，脑海里撞来纳粹集中营、中东海湾战争、汶川大地震以及当下中东地区的血腥冲突场景（如近日发生的巴基斯坦塔利班暴徒冲进学校屠杀军人子弟学校百余名中小学生）等一个个令人心碎的画面。“我们存在的话，就没有死亡，死亡出现的话，我们就已不存在了。”② 存在有时候只是形骸，而没有灵魂。救赎的方法，按存在主义哲学海德格尔一派的说法就是语词的道路，即文艺拯救的避难所：“没有比艺术更好的逃避世界的出路，但也没有比艺术更牢固的联结世界的链环。”③ 从《永远的蝴蝶》开始，渡也一直在向我们暗示“生活的可怕的一面”，甚至直言“生活是一个黑色的寓言”④。诗歌带给我们的冲击无疑是痛苦，而“事实上，痛苦就是一个净化的过程。在大多数情况下，人只有经过这一净化过程才会神圣化，亦即从生存意欲的苦海中回头”⑤。“在目睹悲惨事件发生的当下，我们会比以往都更清楚地看到，生活就是一场噩梦，我们必须从这噩梦中醒来。”⑥“醒来”“回头”都寓意着向人的本质居所寻求庇护与归宿。在此方面渡也通过大量书写，近乎语词的狂欢，构建了一座精神建筑、一个心灵的港湾。他在诗文中多次表达这样的指向与寄寓，如前引《我策马奔进历史》，再如《不准破裂》一集中《上班》一首，缕述“泪水”“黑暗”，末阕写道：

---

① 渡也：《愤怒的葡萄》，台北时报文化出版事业有限公司，1983 年，第 146～147 页。
② 叔本华：《叔本华美学随笔》，韦启昌译，上海人民出版社，2004 年，第 211 页。
③ 戴维斯·麦克罗伊：《存在主义与文学》，沈华进译，春风文艺出版社，1988 年，第 43 页。
④ 同上，第 3 页。
⑤ 叔本华：《叔本华论道德与自由》，韦启昌译，上海人民出版社，2006 年，第 275、276 页。
⑥ 叔本华：《叔本华美学随笔》，韦启昌译，上海人民出版社，2004 年，第 52 页。

我永远上班
带着一颗巨大的心
在人生旅途上
在中国文学史上
在通往永恒的路上①

“真正的现在是永恒性。”② 渡也在现代人异化与喧嚣的道路上，坚持走着自己选择的道路，抒发着孤寂的文化与精神乡愁，品味着时间历练的坚果——

上楼到书房去
风雨向生命袭来
上楼到书房去
遗失职业了
上楼到书房去
家中没有柴米油盐酱醋茶
上楼到书房去

**读书**

生而为读书人
不准有眼泪③

“不准有眼泪”“不准破裂”，眼泪用于煮字洗砚，渗透着现代人的孤寂追求、纯粹精神与怀疑的价值观。在发达的工业与后工业化、资本主义社会形态的台湾，坚持，从某方面来说也意味着放弃、自我放逐甚至牺牲。渡也给自己下“不准破裂”的命令，以诗界斗士般的姿态与“过客”般的孤注一掷迎接无法回避的痛苦：

狂风暴雨有时来示威游行

① 渡也：《不准破裂》，1994 年，台湾彰化县立中心文化编印，第 85 页。

② 海德格尔：《存在与时间》，陈嘉映、王庆节合译，生活·读书·新知三联书店，1987 年，第 506 页。

③ 渡也：《我是一件行李》，台北晨星出版社，1995 年，第 195 页。

我全力抵抗
当干旱造访时
大脑和双手是我的信仰
我从不相信
神[①]

存在主义哲学诞生的前提即“上帝死了”，渡也的诗歌关注人生活的方方面面，能从哲学深处开垦，展示与暴露人生困惑，从而表现人性的庄严与社会荒诞的冲突，他甚至走着一条“以文入诗”，即无时、无事不可入诗的探索创新道路，生活的各个层面各个细节，无时无地不可撷取入诗，吟成章节。以诗代简、以诗启事（寻人、辞职等）、以诗日志、以诗论文、以诗写史、以诗议政、以诗教学……也许他的诗并非都好，有些也稍嫌浮泛轻率，选材不够谨严，像《我是一件行李》集中连如厕大便、内痣流血及一些个人隐私等都吟成诗行，形容有加，令人略感流于无谓，“恶搞”虽仍有揭示荒诞性之意，但机智中戏谑超标，后现代过头。这种弊端瑕疵在他另外的诗集中也或有存在。才捷不免辞浮、辞累。前辈名家赞许渡也年轻时写的长篇叙事诗后也表达了遗憾：“但是散文化之病仍然偶见。”[②] 这恰如过去刘勰评司马相如：“长卿傲诞，故理侈而辞溢。”[③] 不过，鲁迅的翻案文章却评论“精神极流动”，甚至总体“卓绝汉代”[④]。毕竟文艺的生命更在于立意、用情、创新、尝试。重要的是诗人的诗质，以及运用语词的天才、能力。叔本华说：“要评估一个天才，我们不应该盯着其作品中的不足之处，或者，根据这个天才稍为逊色的作品而低估这个天才的价值。我们只应该看到他最出色的创造。”[⑤]

## 结　语

渡也的文学成就即“最出色的创造”，在于他具有的存在主义倾向与

① 渡也：《我是一件行李》，台北晨星出版社，1995年，第189页。
② 渡也：《最后的长城·余光中点评》，台北黎明文化事业有限公司，1988年，第43页。
③ 刘勰：《文心雕龙·体性》，人民文学出版社，1981年，第309页。
④ 鲁迅：《鲁迅全集》第9卷《汉文学史纲》，人民文学出版社，1982年，第418页。
⑤ 叔本华：《叔本华美学随笔》，韦启昌译，上海人民出版社，2004年，第128页。

文化乡愁互动互文的形象书写。纵观其创作历程，由代言、代笔性质（如《流浪玫瑰》"返乡"辑）以及打量、观望（如"民艺"等"静物写生"）、咏史（如《最后的长城》）终至"我策马奔进历史""愤怒的葡萄""不准破裂"等，经历了语词的裂爆与蜕变，由旁观者、见证者转向亲历、交融、穿越、互文、重构，以及时间的现代性分享，空间叙事，表现诗人对现代世界冲突的勇敢担当、面对、不加掩饰，以及"独一性"的言说。其乡愁意识更多来自生命体验与文化精神层面，来自中华汉语文化现代被挤缩、压迫甚至威胁、异化、消解的现实危机与暴力（包括软暴力）困惑状态中。渡也以语词狂欢（他仅诗集就多达十九部）这一还乡行为与诗意栖居，包括碎片化的写作，集中映射自由抉择与悲剧精神之维，展示精神家园的指归。"唯有一脉相通的灵犀才能把我们导向那里。"[①] 中华文化核心言说这一"相通的灵犀"，令"流浪玫瑰"散发出别致的高尚与芳香。

致谢：本文撰写，得力于香港大学黎活仁教授的热情鼓励与大力支持。

① 海德格尔：《存在与时间》，陈嘉映、王庆节合译，生活·读书·新知三联书店，2006年，第452页。

# 第六章　“人是他的自由”

## ——寒山碧“大河小说”《狂飙年代》三部曲探绎

寒山碧原名韩文甫，海南文昌人，归国侨民，1962年毕业于广州师范学院中文系，曾任中学教师，出境后有务工人员、自由撰稿人、作家、出版家、特区政府文艺发展公务兼职等多重身份。他笔名的来源想来无疑取自传说李白所作的《菩萨蛮》诗词，中有“平林漠漠烟如织，寒山一带伤心碧”的意境。词的后半阙落足“何处是归程，长亭更短亭”一联，其愁苦的谐音与寓意，标出了离散后对故土的回望与生命体认。特别是当“文化大革命”浊潮涌起他冒死随粤广边境逃亡潮侥幸流落并辗转于我国港澳台地区以后，那种回望与牵念的意义更是不言而喻。

毫无疑问，寒山碧是香港“逃亡作家”（又称“南来作家”）群体中成名的一员，众所周知，在这个能够代表当代香港文学一些群体派别与现象的名家中，还有倪匡、亦舒、陶然、彦火、黄维樑、黄国彬、李碧华等多名。寒山碧以传记文学创作成名并引人注目，长于书写历史风云与政治人物，同时他也是一名著名的学者、评论家，著有《香港传记文学发展史》《从中西文化探索中国之出路》等学术著作。《狂飙年代》三部曲是他近年“孤注一掷”之作，即不惜代价的心血之奠。他说：“契诃夫说，一切都不会过去，佛道说，业始终随身（随身轮回）。我也相信大地上发生过的一切都不会成为过去，历史对错误和罪恶的拷问不会成为过去，人类的良知更不会成为过去。曾经发生的就会有记录，而作家的职责就是要把曾经发生过的悲喜剧记录下来，不让它成为过去。”[①] 酝酿与耗时近十年，百万

① 寒山碧：《自序——我写〈狂飙年代〉三部曲的心路历程》，《狂飙年代·还乡》，东西文化事业有限公司，2013年，第3页。

言杀青，作者说："我总算松了一口气，完成了人生最重要的夙愿。"[①] 年逾古稀的作家，是将暮年著述的托尔斯泰作为自己的精神偶像，从而激励自己高龄创作、锲而不舍，排除万难，终于完成了这部宏大书写的历史长卷。

没有问题，这是华文文学世界中的一部"大河小说"，所谓"大河小说"，称名台湾学界，"指具有广阔历史与时代背景、具有史诗式品格的长篇小说，一般为'三部曲'"[②]，又称"大河"三部曲。这样的体式在中国早起于五四以降，典型的如巴金"激流三部曲"以及李劼人的四川方言体《死水微澜》《暴风雨前》《大波》"大河"三部曲。寒山碧没有这样来称名自己的小说，但其特点完全吻合。如学者所论："'大河'三部曲当然取全景式结构，大抵采用以人物命运为支点，多重人物关系为框架的场景联缀方式。"[③] 作为传记文学作家，他对时代性、真实性以及紧密相关的人物生存历史语境，有着天然的敏感与倚重，而主题的"国家书写"意图，令其结构更加充分与特具代表性。邃密穿插文本中的华南方言与粤、港、澳、台以及海外华人世界地境游走、生存空间书写，正如哈佛大学王德威评当代文学："打开地理视界，扩充中文文学的空间坐标，在离散和一统之间，现代中国文学已经铭刻复杂的族群迁徙、政治动荡的经验，难以以往简单的地理诗学来涵盖。在大陆、在海外的各个华人社群早已经发展出不同的创作谱系。因此衍生的国族想象，文化传承如何参差对照，当然是重要的课题。"[④] 这就像专对寒山碧等人的作品做出论述，事实上《狂飙年代》三部曲正是这样的时代记录与文化结果。

寒山碧小说三部曲《狂飙年代》以美国华裔学者林焕然归国还乡寻亲为线索展开历史讲述，描写了早年以林嘉诠旧名在内地生活乃至"文化大革命"出逃的整个生命惊险历程。带有自传体小说色彩与编年史式的大事排列，逼真乃至酷真地反映了时代风云际会、人物悲剧命运与历史沧桑、

---

① 寒山碧：《自序——我写〈狂飙年代〉三部曲的心路历程》，《狂飙年代·还乡》，东西文化事业有限公司，2013年，第8页。

② 见曹惠民主编：《台港澳文学教程新编》，复旦大学出版社，2013年，第43页。

③ 见许道明：《插图本中国新文学史》，上海古籍出版社，2005年，第311页。

④ 王德威：《海外中国现代文学研究译丛总序》，普实克《抒情与史诗——现代中国文学论集》，上海三联书店，2010年，第8页。

鼎革，揭示了自由的寓意与离散人间的重大主题。这是香港严肃文学长篇小说领域的重要收获与力作。现有评论见解已多，本文着重从以下四个层面予以分析，以求“奇文共欣赏，疑义相与析”。

## 一、小说对自由命题的思考

三部曲小说篇目卷帙浩繁，但主题异常鲜明，始终涌动着对自由命题的审思与状写。如作者所云：“在六七十年代，逃亡是南国水乡最令人瞩目的风景线，那些年，前后逃亡到港澳的人数超过一百万，书写逃亡的故事，其意义不在于渲染逃亡过程惊心动魄的情节，而是寻找迫使百万人不惜拿生命作赌注的背后原因。”① 在中国内地，近年也涌现出这个历史题材的正面表现书写，如电视连续剧以及改编的纪实小说《历史转折中的邓小平》中，就有突出的情节表现与相应的强烈反响。《狂飙年代》中的林嘉诠，虽是归国侨生，他以雀跃的心情迎接新生活，但父亲曾任国民党军队军医的“历史问题”以及所处的乡绅阶层，娘（养母）被划成“地主婆”的现实，都成为他洗刷不去的“原罪”，每每政治运动到来，灾难首当其冲。以致父亲冤死于青海劳改农场，养母自杀。林嘉诠自己，也多次无辜被怀疑，被审查，被抓，总被视为异己分子，也被发配到边远农场强制劳动，似乎只能重蹈父辈覆辙。他与澳门居民身份的女朋友结婚，也成了难以辩白的罪嫌，后只得被迫辞去公职，却不能回到家乡广州上户口，一变而为“黑户”“盲流”。“文化大革命”的疯狂，终使林嘉诠幻想破灭，侥幸心理不再，决心偷渡逃亡，争取有尊严的生活，并与境外妻儿团聚。由此拉开了生死一念间、不断履险犯难、惊心动魄的人间传奇。

“我是谁，我从哪里来，我到哪里去?”这一现代文艺的身份识别与诘问，正是《狂飙年代》三部曲的醒目的“意识流”。小说前后反复出现娘（养母）遗书中的话语，像贯穿情节剧的主题曲：“人没有了尊严，生命就没有了价值。人无法在屈辱下存活，正像鱼离开了水无法生存。”无法改变的社会现实与无法摆脱的原罪身份，这是迫使林嘉诠以生命、自由为代

---

① 寒山碧：《自序——我写〈狂飙年代〉三部曲的心路历程》，《狂飙年代·还乡》，东西文化事业有限公司，2013 年，第 6 页。

价反复逃跑的动力，他为此多次失败入狱，乃至陷入绝境。即便在《还乡》卷中以林焕然的美籍华人身份返乡省亲，仍然有着步步惊心的紧张，过去偷渡的“反革命”的林嘉诠与80年代初回国探亲考察的爱国华侨林焕然，仍旧不敢自认与重合，不敢拼接无缝的历史。从这些荒诞不经的情节中，更可见到人的生存的尴尬、危险处境与生命写意。

小说不是一部哲理小说，但主题意义突出的情节，似乎处处书写与暗示着存在主义哲学的题义与名言。“人命定是自由的”，“人即他的自由”，“人是他的选择的总和”①。从三部曲《还乡》《逃亡》《他乡》标题可以看到，林嘉诠始终在逃跑，在寻找，直到最后，他仍然在拷问自我的意义与归属。写得颇令人叫绝与回味的，是他九死一生游到所谓“自由世界”澳门岸上后，迎接他的不是鲜花与温存，而是一记印度裔老毛子卫士的老拳，以后他辗转澳、港、台等地，这记精神上的老拳无时不追随着他，资本主义金钱社会的世态炎凉、人情浇薄，生存的艰难危险，以及台湾戒严时期的白色恐怖，仍旧处处陷阱、步步惊心，与大陆极左年代疯狂相比，无非在另一处人性阴暗的陷阱与机关即随时可能堕落的危崖边上行走。不论在大陆还是海外，林嘉诠都努力拒绝异化与堕落，自守坚定的人性尊严与清醒认识，同时拷问自己的生存意义与人生价值。由于有这样的高度与深度，《狂飙年代》三部曲没有流于通俗小说那种柳暗花明的巧合、简单、平庸乃至重复，而是开启了哲学的深度，艺术情节结构耐人寻味。换句话说，达到了严肃小说的思想性与艺术性的双重标准。“存在主义应运而生。它成为这场‘危机’最强烈的表达和最鲜明的成果，同时，它也和历史上对‘本质主义’问题进行质问的诸种思想中的类似者呼应起来，不断向历史纵深扩展自己的范畴，最终形成一条存在主义的线索。”② 这本是评价存在主义哲学的学术话题，移置寒山碧“大河”小说三部曲用心与题旨，令人惊讶地高度吻合与传神。

## 二、情爱描写的隐喻意义

存在主义的哲学意蕴，在作品中还通过不少的同时是非常必要的、精

① 见戴维斯·麦克罗伊：《存在主义与文学》，春风文艺出版社，1988年，第10、60页。
② 李钧：《存在主义文论》，山东教育出版社，2000年，第4页。

彩的情爱、性爱情节予以突出展示，具有丰富的隐喻指意与反讽。这令小说情节更能深入人物的内心世界，表现出类如存在主义哲学家马塞尔“我就是我的身体”[①] 那样著名的言说。

林嘉诠作为一名风华正茂的华南侨生、卓尔有才的青年教师，锲而不舍、有着坚强意志的漂泊者、理想主义者，他赢得女性的芳心是自然、合理的，小说中确也有不少较为暴露的情爱、性爱描写，在压抑甚至是恐惧的年代，这些性爱描写显然有其自身的丰富隐喻与用途。与通俗小说不同径庭的是这些状写绝非迎合感官刺激与增加小说的浮艳通俗能力，相反，它是揭示主人公在时代大潮（在内地为政治运动，在海外多为拜金社会、阴谋暗算等）重压与威胁下近乎一无所有，最终连身体支配权也危乎殆哉，或丧失或不能自主，自由的哲学隐喻十分形象。作者显然是认识到身体的象征意义，虽然他在文中秘而不宣，但他对情爱与自由身份意识的追索随时会抬头，警惕、自省、衡量、忏悔，充分体现了性爱描写的社会属性与存在主义意识。如他在小说题写中所言：“耽溺于器官功能享受，理智思考能力必在不知不觉中流失，整个剩下没有灵魂的躯壳，在不知不觉中沉沦。而他不可以沉沦，也无资格沉沦。”[②] 在林嘉诠与恋人、妻子、情人乃至异性难友的先后性爱描写中，都颇多这样的隐喻与象征书写，令情节、细节颇有张力，特别具有时代性质的尖锐的感受（如对沉闷压抑的反弹与紧张的规避）。例如《逃亡》中描写与异性难友“宁姐”生死与共的友谊到无所顾忌的性爱，写得非常生动细腻并自然，既充满人性的关怀，同时更表现人生的戏剧性、荒诞性。难友宁姐开始也只是一同逃亡路上的难友，他二人“惺惺相惜”，一个是偷渡去寻妻，一个是偷渡去寻夫，像姐弟一样纯洁无瑕、无私帮助，甚至在台风暴雨与濒死险境中彼此生死交予，以体温相救扶，全然心无杂念。但一次次的偷渡失败被掳，以及主动投降，反复劳改，经过磨难，二人终于相会于广州宁姐蜗居中。相对安全的小环境，两个年轻的男女难友，孤男寡女，从互相抚慰鼓励，到性别意识冲击，代替了此前自由意志与道德意识的顽强自持，似乎是为庆祝大

① 李钧：《存在主义文论》，山东教育出版社，2000 年，第 17 页。
② 寒山碧：《逃亡》，东西文化事业有限公司，2013 年，第十四章题写。

难不死屡经磨难以及悲苦交集如传奇般的幸存，二人坠入不伦之爱，同时也以纵欲方式来暂时地驱逐生存恐惧以及反复逃亡的挫败之感。这时的详细描写，在篇中就非常必要，且合乎人性，使情节有机组合，显然更具有哲学深度的象征与隐喻，文学的生动性、在场感甚至节奏感，都有纵深发展的寓意指向。更精彩的是，作者恰到好处地引用了泰戈尔的诗章，即一个苦行者如何被砍柴姑娘所幻变的美貌动人的仙女所掳获，从而放弃长期的苦行，堕入男欢女爱。但是这一生存的危险处境并不可能因二人纵欲而有所改变，现实没有取代物与麻醉品，更没有避风港。在宁姐的蜗居，二人纵欲归于理性之后，感到了更深的挫败感。这正如存在主义大师萨特所述："人由于命定是自由，把整个世界的重量担在肩上；他对作为存在方式的世界和他本身是有责任的。"[①] 责任，这一顽强意识终使二人回到现实中来，感觉到时代可能到来的更大的冲击与威胁、危险，同时也回到生命对自由意志的充分认定中，二人再次结盟冒险，苦练蛙泳，准备再度偷渡浮海。由两性相悦、乐以忘忧回到生死之交、更加勇猛的"神圣"交付关系，这是存在主义哲学意味小说多有的情节与结果。因为事实上你无处可逃。而人生来即是自由的属性，他必须寻找自己作为人的自由的意义所在。作者用"知止"来标题这一章情节，"他害怕无理性地沉迷下去，两人都会坠入不可自拔的深渊"。"男人不能只用下半身思考，男人必须在危险之前知停止。"林嘉诠的心理自白，亦充分表现出"危险"这一存在主义哲学如影随形的现代性命题。以后林嘉诠与宁姐在偷渡的深夜排天海浪中被彻底打散，及至他爬上彼岸乃至以后的漂泊生活中，那种与生俱来的更加入骨的孤独感，已然不言而喻，从而得到文学性的极好烘托。这一意义隐喻链接的情节书写，在全部作品中应是最为生动的一次"演义"。其余青春时代或漂泊生涯中的性爱，也都写得恰如其分，合乎人性的分寸。

如果将《逃亡》中两情相悦与临危救扶、履险犯难，包括渡过性爱欲海，改编拍成一部大片，一定可以惊心动魄，同时令人感动，经久难忘。在小说中，行文亦达到了这样水乳交融的效果。若非亲身经历逃亡者，断

---

① 萨特：《厌恶及其他》，郑永慧译，上海译文出版社，1987年，第310~311页。

难书写得如此丝丝入扣、惊心动魄、自然流畅，同时意味深长，即使局外人，读之亦不免低回唏嘘。

## 三、故乡体认的终极意义

乍看三部曲《还乡》列为第一部，还以为章节有所错置。事实上作者刻意以这样时间倒叙与首先强调的意义来突出“还乡”的意境。林焕然站在从前林嘉诠的旧地上，那种“归乡人”的情结得到充分的渲染与揭示。令人联想到海德格尔评述荷尔德林《还乡》诗中，反复提到的“异乡人的脚步在奏响”“痛苦已把门槛化成石头”①。冒险还乡的林焕然，不敢与昔日的林嘉诠身份对接，近乡情更怯，更加畏惧听到包括至亲在内的亲人的生死讯息。百感交集，在三部曲开首即揭示得淋漓尽致。而其不被允许还乡到终于踏上家乡的土地，那个过程更是波澜起伏，中间穿插着无数的今昔之感与情景再现。在“回国”一章题头，作者以这样的行文书写生命中的重要性：

> 三文鱼逆流而上，跃过巨石，战胜激流，回到它出生的溪涧繁殖；海龟会游过大洋，回到它出生的沙滩产卵。人类虽然号称为“万物之灵”，但始终无法超脱物性，喜欢千里迢迢回去他出生和生长的地方凭吊，寻拾昔日的足印。

虽然语调看似轻松调侃，而于角色实则深沉复杂而颇多感喟。像所有长期离境的归乡华人一样，风云际会，沧桑已改容颜，昔日的家园甚至已经不复存在，疼痛来自生命中的每个回忆节点以及时间的创伤。家乡，与其说是物质的地理的家园，更不如说是永远的心中的精神故里。作者在三部曲的最后即“尾声”以“望乡”加以题写，强调并抒发心中的惦念与生命体认。情节中当林焕然的孩子因历史因袭、负荷对自身的中国人身份有所质疑与异议时，林焕然几乎痛苦地喊出：

“You can’t hate China. It is dad’s homeland. Our ancestor’s graves and houses rest on there. It is Chinese blood flowing inside dad and the same blood

① 海德格尔：《在通向语言的途中》，商务印书馆，2004年，第9页。

flowing inside you."

（你不能恨中国，中国是爸爸的故乡，那里有我们的祖屋祖坟，爸爸身上流着中国人的血，你也流着中国人的血！）

作者描写林焕然，也是自叙状："他已不可能像上一代人那样落叶归根，他的家毕竟还是在洛杉矶。这次还乡尽管隔着河仍能看到耸立的林家大屋，但娘不在了，嬷嬷不在了，伯父也不在了。他熟悉的音容旧貌都已不可寻觅，连瘦小怯怯的小妹都变了，唯一不变的只是画像上曾祖父炯炯有神的目光，不禁令他黯然神伤。他觉得下次回中国，得设法把曾祖父的画像复制回美国。"以百万言记述小说主人公林焕然的一次还乡之行，通过复杂的自传体色彩曲折情节，最终演绎与体认了作者自己生命的故土与精神家园意义。即便是苦难的行程，仍旧魂魄相维系，这恰是一种血脉关系与无法割裂的根的意识。时间可以改变一切，但不改的是故土的地理方位与不朽的神韵。毫无疑问，这也是全球华人的生命共同体以及相近似的集体记忆。

## 四、结构、称谓与方言艺术的"二重隔离"效果

回忆暴风骤雨般的历史过往，作为"狂飙年代"的亲历者，作者有充足的生活经验与介入性，作者说："构思书的结构时，不想用时间顺序来写，而采用了一种倒叙的手法，把 30 年的光阴压缩在一个星期。"① 这显然是一种结构性的重组，具有叙述学上的"二重隔离"处置手法效果。即作者与书中主人公关系，主人公新旧之间关系等多对双重关系组合，既隔离，又呼应，形成一种特定的共同的"应合"关系。作者显然在一定程度上是不愿意过多干预故事情节发展的，他兴许怕受到自身的局限，毕竟小说是带有虚构特点的写作。这种结构性调换、隔离性质的回忆性笔法，使文本更能兼具实写与虚构的双重乃至多重建构元素。特别是在性爱描写方面，显然这种结构不坐实于传主自身，则更为方便自如，有更多想象与发挥的空间胜场，更能穷形极相、物尽其态。如作者自言："体现出制度的

① 寒山碧、邵宁宁、房福贤、孙德喜：《"狂飙年代"三部曲四人谈》，《海南师范大学学报》（社会科学版），2014 年第 2 期，第 53～57 页。

压抑”及“体现出平凡人生的复杂人性”[1]。这也是利用叙事学“二重隔离”途径所能达到的叙事所指与能指。

“二重隔离效果”让人物更加丰满，同时一个人物多个名字的使用也可以揭示更多意义。如主人公以“林焕然”的名称出现，“林焕然”的身份是揣着美国护照来北京举行讲座的交流学者，但是“林焕然”这个名字，如果我们按照故事的顺时针来看，则是人物偷渡到香港后，在香港人民入境事务处登记领取身份证时，才由“林嘉诠”而变更的。林嘉诠小时候被唤作为“诠仔”，在林嘉诠和刘淡竹的恋爱中，又化名“琳”。在与宁姐准备偷渡去澳门时，为保密起见，林嘉诠让宁姐改呼“郑仔”。到了香港，又取笔名“林一新”。和陈董事长一起到台湾参加“国民党第十次全国代表大会”时，又换名“包树人”。书中每一个名字其实都代表着一种身份，指出一种特定的处境，具有鲜明的符号学意义，这种处置与转换，令人自然而然联想到历史的处境与当时当地当事人的极其微妙复杂的关系。

另外小说大量使用广东方言对话，同时标示对应的普通话，以便于阅读。这为小说注入了浓浓的地方特色与乡情显现。“一般来说，小说家要进行文学耕耘，必须占有一块与他的生命经验具有某种血肉联系的生活的土地，地域的文化风俗与小说个性化的关系重大。”广东方言作为广东地域内人群所特有的生活方式、思维方式和文化心理积淀的呈现，是来自这一地域的自然环境和人文环境。方言运用于写作，尤其是对话，不仅对于小说中人物的塑造有使其形象鲜活的作用，对于《狂飙年代》三部曲这样的回忆性质的半自传体小说来讲，更有一种思乡情怀溢于言表，乡土气息扑面而来。就《狂飙年代》而言，广东方言对话使用虽不免造成一定的阅读限制，但在一定程度上也可以成为区域文学富有生命力的生动鲜活表现，不失为一种大胆尝试。毕竟广东方言与北方方言系统差别甚大，尤其音韵，作者绘声绘色，如果不采用这种“二重隔离”的显现效果，作为北方话的普通话则很难传达与表现出特定环境中广东人那种特定的口吻、气

---

① 田中阳：《论方言在当代小说中的修辞功能》，《中国文学研究》，1995年第3期，第86～92页。

色、文化。小说通过语言艺术表现对于家乡的思念，显然是存在着广袤的文化地理动因的，其间所蕴含的乡愁则是小说所刻意追求的另一重文学表意与精彩效果。

得失相兼，“二重隔离”的长处是融入更大的信息量，有着更多描写与回旋的空间余地书写，亦有着自然转换的便捷乐趣。但作为传记文学的名家，有意将虚构色彩的小说与记年纪事的传记体例相融合，用心良苦，不免也有隔膜的地方，造成文体间难免的疏离与对抗，表现为遑多叙事而描写不尽从容细密，也有过于坐实史实与拘泥年代，包括时政人物一律真名实姓，似乎在一定程度上也妨碍了文学特别是小说文体的诗意驰骋与行文的想象力以及更加生动大胆的奇异性、弹性。

总体而言，近百万言《狂飙年代》三部曲的问世，大气磅礴，是 20 世纪特别突出的离散主题文学在 21 世纪伊始香港文坛的重要收获，同时，也是华文文学世界值得瞩目与重视、研究的一部“大河”小说长卷。

（后注：本章系与王延瑜同学合撰）

# 后 记

“既现代，又古典”这一书名受到余光中先生散文作品《催魂铃》中“既古典，又浪漫”的语句启发，如说套用或借鉴也都可以。

“既古典，又浪漫”，不少“余粉”学者用以形容余光中先生的平生文学成就与风格。自己用“既现代，又古典”做书名比较能够概括近十年来两栖于“古今”文学领域研究、穿梭与摭拾的情况。今古间的关系梳理与互文比较，是本书的重点，例如书中探讨鲁迅先生与司马相如文，何其芳先生与杜诗，以及余光中先生受李、杜、苏等四川文豪影响，等等。与古今关联意义不大或已经见载于以前拙著中的行文，自然还有不少，有的自己还有些偏爱，却大都没有编入。希望送给读者看到的，是自己近年比较新的、有关联意义的思考、爬梳与书写。书中章节曾经多以论文方式见载于学术刊物，如《文学评论》《四川大学学报》《天府新论》《江西社会科学》《杜甫研究学刊》《当代文坛》《中华文化论坛》《成都大学学报》《郭沫若学刊》《重庆三峡学院学报》《台湾诗学》《香港文学评论》等，这次成书有所重组改纂，但“契阔谈谯，心念旧恩”，感怀之情不言而喻。

书名副题的“新旧文学”也是沿用五四时期对文学体式的习惯称呼，虽然也觉得不尽合理，因为新旧判别不全是以时空及样式区分，都知道《圣经》“行道书”里名言有“日光之下并无新事”，我国古训如汤之《盘铭》“苟日新，日日新，又日新”，《诗》也有“周虽旧邦，其命维新”，所以曾想过用“古、今文学”取代，但“古文学”“今文学”在古代有所专指，涉及经学，兹事体大，搞不好产生歧义误解。生命中曾亦有两三位“高人”抓小辫子斥我“不学无术”，“耳顺”之年，总不至于还跟人争吵，像市井揪斗。有没有学与术，自有公论。所以考虑之下仍然沿用比较通行的说法“新旧文学”。“名学”本有的遗憾那也是无可奈何，就像西哲所谓："语词破碎处，无物可存在。"而我们存在，总得理论，总得"语词"，是不?

"集腋成裘"，是不是"腋"，成不成"裘"，自己穿着合适，别人会不会欣赏、试穿，那我也就考虑不到那么多了。终究还有几个亲友、门人、同好、"冷板凳"爱好者，或许为了完成作业、工作，或许追慕前贤、爱屋及乌，穿穿、翻翻甚至把玩鉴赏一下，也是可能的!

感谢四川大学社会科学研究处、文学与新闻学院领导、师长（尤其是大学本科业师张志烈先生、研究生业师曹顺庆先生）、同事（赵毅衡教授、李怡教授、陈思广教授等），感谢四川大学出版社，特别要提的是庄剑先生、谢正强博士等列位，他们为此书的出版编辑、订正、装帧付出了辛苦专注的劳动。著名画家刘学伦教授为作者创作了速写像。

2018 年 6 月 6 日于四川大学望江校区南门太守居